EL JUEGO DE ENDER

EL JUEGO
DE ENDER

ORSON **S**COTT **C**ARD

Traducción de José María Rodelgo y Antonio Sánchez

GRUPO ZETA

Barcelona • Madrid • Bogotá • Buenos Aires • Caracas • México D.F. • Miami • Montevideo • Santiago de Chile

Título original: *Ender's Game*
Traducción: José María Rodelgo y Antonio Sánchez
Ante la imposibilidad de contactar con el propietario
de la traducción, la editorial pone a su disposición
todos los derechos que le son legítimos e inalienables.
1.ª edición: octubre, 2013
1.ª reimpresión: noviembre, 2013
2.ª reimpresión: diciembre 2013

© Orson Scott Card, 1977, 1985, 1987
© Ediciones B, S. A., 2013
 Consell de Cent, 425-427 - 08009 Barcelona (España)
 www.edicionesb.com

Printed in Spain
ISBN: 978-84-666-5395-4
Depósito legal: B. 21.293-2013

Impreso por LIBERDÚPLEX, S.L.U.
Ctra. BV 2249 Km 7,4 Polígono Torrentfondo
08791 - Sant Llorenç d'Hortons (Barcelona)

*A Geoffrey,
que me recuerda
cuán jóvenes y cuán viejos
pueden ser los niños*

Agradecimientos

Partes de este libro estaban incluidas en el primer cuento de ciencia ficción que publiqué, *Ender's Game*, en el *Analog* de agosto de 1977, editado por Ben Bova; su confianza en mí y en este cuento son los cimientos de mi carrera.

Harriet McDougal, de la editorial Tor, es una de esas rarísimas editoras que entienden una historia y ayudan al autor a hacerla exactamente como quería que fuera. No le pagan lo que se merece. La tarea de Harriet fue facilitada un poco por el excelente trabajo de mi editora particular, Kristine Card. Tampoco le pago lo que se merece.

También estoy agradecido a Bárbara Bova, que ha sido mi amiga y mi agente a lo largo de las épocas de escasez, y algunas veces, de abundancia; y a Tom Doherty, mi editor, que me dejó convencerle para que presentáramos este libro en la ABA de Dallas, lo que pone de manifiesto o bien su exquisito gusto, o lo aburridas que pueden llegar a ser las convenciones.

1

Tercero

—He mirado con sus ojos, he escuchado con sus oídos, y te digo que es el indicado: o por lo menos, lo más adecuado que vamos a encontrar.

—Eso es lo que se dijo del hermano.

—El hermano resultó imposible. Por otras razones. Independientemente de su capacidad.

—Lo mismo pasó con la hermana. Y hay dudas sobre él. Es demasiado maleable. Demasiado dispuesto a sumergirse en la voluntad de otro.

—No si el otro es su enemigo.

—¿Qué hacemos entonces? ¿Rodearle continuamente de enemigos?

—Si es preciso, sí.

—Creía que habías dicho que te gustaba ese chico.

—Si los insectores le cogen, harán que parezca que soy su tío favorito.

—De acuerdo. Al fin y al cabo, se trata de salvar al mundo. Siga con él.

La señorita monitor sonrió afablemente, le pasó la mano por el cabello y dijo:

—Andrew, supongo que a estas alturas estarás más que harto de llevar ese horrible monitor. Bien, voy a darte una buena noticia. Te lo vamos a quitar hoy. Vamos a extraerlo ahora mismo, y no te dolerá nada.

Ender asintió con la cabeza. Naturalmente, era mentira que no dolería nada. Pero como los adultos siempre decían lo mismo cuando algo iba a doler, podía considerar esa afirmación como una predicción exacta del futuro. Algunas veces las mentiras eran más de fiar que las verdades.

—Ven por aquí, Andrew. Siéntate en la camilla de reconocimiento. El doctor vendrá a verte en seguida.

Sin monitor. Ender trató de imaginarse la ausencia del pequeño dispositivo de su nuca. «Me daré vueltas en la cama y no estará ahí presionando. No le sentiré hormiguear y absorber calor cuando me ducho.

»Y Peter ya no me odiará. Iré a casa y le mostraré que el monitor ya no está, y verá que tampoco yo lo he conseguido. Que ahora soy un chico normal, como él. Después de todo, las cosas no irán tan mal. Me perdonará que haya conservado mi monitor un año más que él el suyo. Seremos...

»No, amigos, probablemente no. No, Peter es demasiado peligroso. Se pone tan furioso... Hermanos, sí. Ni enemigos, ni amigos, sino hermanos; que puedan vivir en la misma casa. No me odiará, simplemente me dejará en paz. Y cuando quiera jugar a insectores y astronautas, a lo mejor no tengo que jugar, a lo mejor puedo ponerme a leer un libro.»

Pero Ender sabía, incluso mientras pensaba eso, que Peter no le dejaría en paz. Había algo en sus ojos cuando estaba exaltado, y cada vez que Ender veía esa mirada, ese destello, sabía que lo único que Peter no iba a hacer era dejarle en paz. «Estoy haciendo ejercicios de piano, Ender. Ven a pasarme las páginas. ¡Oh!, el chico del monitor está demasiado ocupado para ayudar a su hermano. ¿Es demasiado listo para eso? ¿Tienes que ir a matar unos cuantos insectores, astronauta? No, no, no *quiero* tu ayuda. Puedo hacerlo yo mismo, pequeño imbécil, pequeño *Tercero*.»

—No tardaré mucho, Andrew —dijo el doctor.

Ender asintió con la cabeza.

—Está especialmente diseñado para ser extraído. Sin infecciones, sin secuelas. Pero sentirás una especie de hormigueo, y algunos dicen que tienen la sensación de que les falta

algo. Te sentirás buscando algo, algo que echas en falta, pero que no encuentras, y ni siquiera recuerdas lo que era. Por eso te lo digo ahora. Es el monitor lo que estarás buscando, pero ya no estará ahí. Esa sensación pasará al cabo de unos días.

El doctor estaba retorciendo algo en la nuca de Ender. De repente, un dolor le atravesó como una aguja desde el cuello hasta la ingle. Ender sintió un espasmo en la espalda y su cuerpo se arqueó violentamente hacia atrás; su cabeza golpeó contra la cama. Podía sentir sus piernas dando sacudidas, y sus manos estaban agarrotadas una contra otra con tanta fuerza que le dolían.

—¡Dedee! —gritó el doctor—. ¡La necesito! —La enfermera entró corriendo, estupefacta—. Hay que relajar esos músculos. ¡Démelo! ¡A qué espera!

Algo cambió de manos; Ender no podía ver nada. Dio un bandazo hacia un lado y se cayó de la mesa de reconocimiento.

—¡Agárrele! —gritó la enfermera.

—Sujétele bien.

—Sujétele usted, doctor, es demasiado fuerte para mí.

—¡No se lo ponga todo! Hará que se le pare el corazón.

Ender sintió que una aguja le entraba en la espalda, justo por encima del cuello de la camisa. Quemaba, pero dondequiera que el fuego llegaba, los músculos se desagarrotaban lentamente. Ahora podía llorar de miedo y de dolor.

—¿Estás bien, Andrew? —le preguntó la enfermera.

Andrew no conseguía recordar qué tenía que hacer para hablar. Le subieron a la mesa. Le tomaron el pulso e hicieron otras cosas; no entendía nada.

El doctor estaba temblando; su voz vacilaba cuando dijo:

—Dejan estas cosas en los chicos durante tres años. ¿Qué esperan? Podíamos haberle anulado para siempre. ¿Se da cuenta? Podíamos haber desconectado su cerebro para toda la vida.

—¿Cuándo desaparecen los efectos de la droga? —preguntó la enfermera.

—Téngale aquí por lo menos una hora. Vigílele. Si den-

tro de quince minutos no ha empezado a hablar, llámeme. Podíamos haberle desconectado para siempre. Se creen que tengo el cerebro de un insector.

Volvió a la clase de la señorita Pumphrey sólo quince minutos antes de que sonara el timbre de salida. Todavía titubeaba un poco al andar.

—¿Estás bien, Andrew? —preguntó la señorita Pumphrey.

Ender asintió con la cabeza.

—¿Has estado enfermo?

Ender negó con la cabeza.

—No tienes buen aspecto.

—Estoy bien.

—Es mejor que te sientes, Andrew.

Se dirigió hacia su asiento, pero se paró. ¿Qué estaba buscando? No recordaba qué estaba buscando.

—Tu asiento está allí —dijo la señorita Pumphrey.

Se sentó, pero era otra cosa lo que necesitaba, algo que había perdido. Lo encontraría más tarde.

—Tu monitor —susurró la chica que estaba detrás de él.

Andrew se encogió de hombros.

—Su monitor —susurró la chica a los demás.

Andrew levantó la mano y se tanteó la nuca. Había un vendaje. Ya no estaba. Ahora era como los demás.

—¿Cancelado, Andy? —preguntó un chico que estaba sentado más atrás, al otro lado del pasillo. No podía acordarse de su nombre. Peter. No, ése era otro.

—Silencio, señor Stilson —dijo la señorita Pumphrey.

Stilson sonrió desdeñosamente.

La señorita Pumphrey hablaba de la multiplicación. Ender garabateaba en la consola mapas de islas montañosas y pedía luego a la consola que las presentara en tres dimensiones desde todos los ángulos. Indudablemente, la profesora sabría que no estaba prestando atención, pero no le molestaría. Él siempre se sabía la respuesta, incluso cuando ella creía que no estaba prestando atención.

En la esquina de su consola salió una palabra que empezó a desfilar a lo largo del perímetro de la consola. Estaba boca abajo y al revés al principio, pero Ender sabía lo que decía mucho antes de que llegara al borde inferior de la consola y se pusiera al derecho.

TERCERO

Ender sonrió. Era él quien había inventado la forma de enviar mensajes y hacerlos desfilar; aunque su enemigo secreto le llamara de todo, el método de envío se debía a él. No era culpa suya ser un Tercero. Había sido idea del gobierno. Ellos eran los que habían dado permiso. ¿Cómo, si no, podía haber ido a la escuela un Tercero como Ender? Y ahora el monitor no estaba. El experimento titulado Andrew Wiggin había fracasado después de todo. Estaba seguro de que, si pudieran, rescindirían la excepción que le había permitido nacer. «Como ha sido un fracaso, borremos todo el experimento.»

El timbre sonó. Todos desconectaron sus consolas o teclearon a toda prisa notas para sí mismos. Algunos volcaban lecciones o datos en los ordenadores de su casa. Unos pocos se reunían en las impresoras mientras salía impreso algo que querían mostrar. Ender extendió las manos sobre el teclado de tamaño infantil situado cerca del borde de la consola y se preguntó qué sensación produciría tener manos tan grandes como las de un mayor. Se deberían sentir grandes y torpes, con esos dedos gordos como muñones y esas palmas tan carnosas. Por supuesto, tenían teclados más grandes, pero ¿cómo iban a dibujar esos dedos gordos líneas tan finas como las que hacían los de Ender, unas líneas delgadas tan exactas que podía hacerles describir una espiral que daba sesenta y nueve vueltas desde el centro hasta el borde de la consola sin que las líneas se tocaran o se acercaran demasiado en ningún punto? Todo esto le distrajo mientras la profesora desgranaba una explicación aritmética. ¡Aritmética! Valentine le había enseñado aritmética cuando tenía tres años.

—¿Estás bien, Andrew?

—Sí, señorita.

—Perderás el autobús.

Ender asintió con la cabeza y se levantó. Los demás chicos se habían ido. Algunos estarían esperando, pero serían los malos. Su monitor no estaba encaramado en su nuca oyendo lo que él oía y viendo lo que él veía. Podrían decirle lo que quisieran. Ahora incluso podrían pegarle; nadie podría ya verlos y por lo tanto nadie acudiría en ayuda de Ender. El monitor tenía sus ventajas, y las echaría de menos.

Era Stilson, claro. No era más grande que la mayoría de los chicos, pero era más grande que Ender. Y tenía a otros a su lado. Siempre los tenía.

—Eh, Tercero.

«No respondas. No hay nada que decir.»

—Eh, Tercero, te hablamos a ti. Tercero, eh, medio insector, te hablamos a ti.

«No sé qué responder. Diga lo que diga, empeorará las cosas. También las empeorará no decir nada.»

—Eh, Tercero; eh, cagarro, te han cateado, ¿eh? Creías que eras mejor que nosotros, pero has perdido tu pequeño pajarito, Tercero, tienes un vendaje en la nuca.

—¿Me vais a dejar pasar? —preguntó Ender.

—¿Le vamos a dejar pasar? ¿Le dejaremos pasar? —Se echaron a reír—. Claro que te dejaremos pasar. Primero dejaremos pasar tu brazo, después pasará tu trasero, luego a lo mejor un trozo de la rodilla.

Los demás corearon «Has perdido el pajarito, Tercerito. Has perdido el pajarito, Tercerito.»

Stilson empezó a empujarle con una mano; alguien le empujó por detrás, hacia Stilson.

—¿A qué jugamos? —dijo uno de ellos.

—¡Tenis!

—¡Ping-pong!

Esto no iba a acabar bien. Y Ender decidió que prefería no ser él quien acabara mal. Cuando el brazo de Stilson volvió a extenderse para empujarle, Ender intentó agarrarle. Falló.

—Oh, me vas a pegar, ¿eh? Me vas a pegar, Tercerito.

Los que estaban detrás de Ender le sujetaron.

Ender no tenía ganas de reírse, pero se rió.

—¿Quieres decir que hacen falta otros como tú para pegar a un Tercero?

—Nosotros somos *personas*, no *Terceros*, cara de cagarro. Tienes menos fuerza que un pedo.

Pero le soltaron. En cuanto lo hicieron, Ender soltó una patada alta y fuerte que dio a Stilson justo en el esternón. El chico cayó. Ender se quedó sorprendido; no había pensado tirar al suelo a Stilson de una patada. No se le ocurrió pensar que Stilson no había tomado en serio una pelea como ésa, que no estaba preparado para un golpe tan desesperado.

Por un momento, los otros retrocedieron y Stilson siguió en el suelo, inmóvil. Todos se preguntaban si estaba muerto. Ender, sin embargo, trataba de descubrir la forma de anticiparse a la venganza, de evitar que mañana le atacaran todos juntos. «Tengo que vencer ahora, y para siempre, o tendré que pelearme todos los días y cada vez será peor.»

Ender conocía las reglas nunca dichas de la guerra entre hombres, aunque sólo tuviera seis años. Estaba prohibido golpear al oponente caído indefenso en el suelo; sólo un animal lo haría.

Precisamente por eso se acercó al cuerpo inerme de Stilson y le dio otra patada en las costillas, con saña. Stilson soltó un gemido y rodó hacia el otro lado. Ender caminó en torno a él y le dio otra patada, en los genitales. Stilson no pudo emitir ningún sonido; se limitó a doblarse, y de sus ojos surgieron lágrimas.

Entonces Ender miró a los otros fríamente.

—Es posible que se os pase por la cabeza la idea de atacarme en grupo. Es probable que me dierais una buena paliza. Pero no olvidéis lo que hago con los que intentan hacerme daño. En adelante, os pasaríais el tiempo preguntándoos cuándo os agarraré y qué haré con vosotros. —Dio una patada a Stilson en la cara. La sangre de la nariz salpicó el suelo—. No será así —dijo Ender—. Será peor.

Se dio la vuelta y se marchó. Nadie le siguió. Dobló una esquina y entró en el corredor que conducía a la parada del autobús. Podía oír a los chicos detrás de él, diciendo: «Miradle. Está deshecho.» Ender apoyó la cabeza contra la pared del corredor y lloró hasta que llegó el autobús. «Soy como Peter. Quitadme el monitor y seré exactamente igual que Peter.»

2

Peter

—Ya se lo hemos quitado. ¿Que tal está?

—Vives dentro del cuerpo de alguien unos años y llegas a acostumbrarte. Ahora, miro su cara y no sé descifrarla. No estoy acostumbrado a ver sus expresiones faciales. Estoy acostumbrado a sentirlas.

—Deje de hablar como un psicoanalista. Somos soldados, no brujos. Acaba de verle despanzurrar al líder de una pandilla.

—Estuvo perfecto. No se limitó a pegarle, le dio una gran paliza. Igual que Mazer Rackham en...

—Ahórrese las explicaciones. O sea que, según el criterio del comité, pasa.

—Casi seguro. Veamos qué hace con su hermano, ahora que no tiene el monitor.

—Su hermano. ¿No le da miedo lo que su hermano va a hacer con él?

—Fue usted quien dijo que éste no era un asunto exento de riesgos.

—He repasado algunas cintas. No puedo evitarlo. Me gusta el chico. Creo que se lo vamos a poner muy difícil.

—Claro que sí. Es nuestro trabajo. Somos los brujos malvados. Prometemos golosinas pero nos comemos vivos a esos pequeños desgraciados.

—Lo siento, Ender —susurró Valentine. Estaba mirando el vendaje de su cuello.

Ender tocó la pared y la puerta se cerró detrás de él.

—No me importa. Me alegro de que no esté.

—¿Qué es lo que no está? —Peter entró en el recibidor con la boca llena de pan y crema de cacahuete.

Ender no veía en Peter al hermoso muchacho de diez años que veían los mayores, con el pelo revuelto, negro y espeso, y un rostro que podía haber sido el de Alejandro Magno. Ender miraba a Peter únicamente para detectar ira o aburrimiento, los peligrosos estados de ánimo que casi siempre acarreaban dolor. En cuanto los ojos de Peter descubrieron el vendaje del cuello, apareció el centelleo que delataba su ira.

Valentine también lo vio.

—Ahora es como nosotros —dijo, intentando apaciguarle antes de que tuviera tiempo de golpear.

Pero Peter no estaba dispuesto a dejarse apaciguar.

—¿Como nosotros? Ha llevado ese cacharro hasta los seis años. ¿Cuándo perdiste tú el tuyo? Tenías tres años. Yo perdí el mío antes de cumplir los cinco. *Éste* casi lo consigue, este pequeño desgraciado, pequeño insector.

«Eso está bien —pensó Ender—. Habla, habla, Peter. Hablar es bueno.»

—Bien, ahora tus ángeles de la guarda ya no están protegiéndote —dijo Peter—. Ahora no están velando para ver si sientes algún dolor, escuchando para oír lo que estoy diciendo, viendo lo que te estoy haciendo. ¿Qué te parece esto? ¿Qué te parece?

Ender se encogió de hombros.

De pronto, Peter sonrió y se puso a dar palmadas en una parodia de regocijo.

—Juguemos a insectores y astronautas —dijo.

—¿Donde está mamá? —preguntó Valentine.

—Está fuera —dijo Peter—. Yo estoy al mando.

—Creo que llamaré a papá.

—No te responderá —dijo Peter—. Ya sabes que papá nunca está en casa.

—Jugaré —dijo Ender.

—Tú serás el insector —dijo Peter.

—Déjale que por una vez sea el astronauta —dijo Valentine.

—No metas las narices donde no te importa, cara culo —dijo Peter—. Ven arriba y elige tus armas.

No iba a ser un juego divertido, Ender lo sabía. La cuestión no era vencer. Cuando los chicos jugaban en los corredores, formando verdaderos batallones, los insectores nunca ganaban, y algunas veces el juego terminaba mal. Pero aquí, en su piso, el juego iba a comenzar mal, y el insector no podría abandonar como hacían los insectores en las guerras de verdad. Tendría que seguir hasta que el astronauta decidiera que se había terminado el juego.

Peter abrió su cajón inferior y sacó la máscara de insector. Su madre se había enfadado cuando la compró, pero su padre dijo que esconder las máscaras de insectores y no dejar a los chicos jugar con pistolas láser de imitación no alejaría la guerra. Es mejor jugar a la guerra y tener más posibilidades de sobrevivir cuando los insectores vuelvan.

«Si sobrevivo al juego —pensó Ender. Se puso la máscara. Le oprimía como una mano que le estrujara la cara—. Pero un insector no siente lo mismo. No llevan esta cara como máscara, es su cara. ¿Se pondrán en sus mundos máscaras humanas y jugarán como nosotros? ¿Cómo nos llamarán? ¿Babosas, porque somos blandos y grasos en comparación con ellos?»

—Cuidado, babosa —dijo Ender.

Apenas podía ver a Peter a través de los agujeros de la máscara. Peter sonrió.

—Conque babosa, ¿eh? Vale, insector, veamos cómo te rompes la cara.

Ender no pudo verlo venir; sólo advirtió un ligero movimiento de la figura de Peter. La máscara recortaba su campo de visión. De pronto, sintió el impacto de un golpe en un lado de la cabeza; perdió el equilibrio y cayó hacia ese lado.

—No ves bien, ¿eh, insector? —dijo Peter.

Ender comenzó a quitarse la máscara. Peter le puso un pie en la ingle.

—No te quites la máscara —dijo.

Ender bajó la máscara a su sitio y retiró las manos.

Peter hizo presión con el pie. Ender sintió que el dolor le atravesaba y se dobló.

—Sigue tendido, insector. Te vamos a viviseccionar, insector. Por fin hemos cogido a uno vivo y podemos ver qué tenéis dentro.

—Peter, para —dijo Ender.

—Peter, para. Muy bien. O sea, que los insectores podéis adivinar nuestros nombres. Podéis haceros pasar por niños buenos para que os queramos y seamos buenos con vosotros. Pero no te servirá de nada. Puedo ver lo que eres en realidad. Querían hacernos creer que eras humano, Tercerito, pero en realidad eres un insector, y ahora se ve.

Levantó el pie, dio un paso adelante y se arrodilló sobre Ender, apretando la rodilla contra su vientre justo debajo del esternón. Aplicó cada vez más peso. Se hacía difícil respirar.

—Te podría matar así —susurró Peter—. Basta apretar y apretar hasta que estuvieses muerto. Y podría decir que no sabía que te iba a hacer daño, que estábamos jugando, y me creerían, y todo saldría bien. Y estarías muerto. Todo habría salido bien.

Ender no podía hablar; no le quedaba aire en los pulmones. Peter podría estar hablando en serio. Probablemente no hablaba en serio, pero podría.

—Hablo en serio —dijo Peter—. Pienses lo que pienses, hablo en serio. Sólo te autorizaron porque yo era tan prometedor. Pero no salí tan bien como pensaban. Tú saliste mejor. Creen que tú eres mejor. Pero no quiero tener un hermanito mejor, Ender. No quiero tener un Tercero.

—Lo contaré todo —dijo Valentine.

—Nadie te creería.

—Me creerán.

—Entonces, tú también morirás, dulce hermanita.

—Claro —dijo Valentine—, se creerán toda esta historia:

«No sabía que mataría a Andrew. Y cuando ya estaba muerto, no sabía que mataría a Valentine también.»

La presión cedió un poco.

—Hoy, no. Pero algún día no estaréis juntos. Y habrá un accidente.

—Hablas por hablar —dijo Valentine—. No lo dices en serio.

—¿Tú crees?

—¿Sabes por qué no lo dices en serio? —preguntó Valentine—. Porque quieres estar en el gobierno algún día. Quieres que te elijan. Y no te elegirán si tus adversarios descubren que tu hermano y tu hermana murieron en accidentes sospechosos cuando eran pequeños. Especialmente gracias a una carta que he introducido en mi fichero secreto, y que será abierta en caso de que muera.

—No me harás creer esas tonterías —dijo Peter.

—La carta dice: «No he muerto de muerte natural. Peter me ha matado y si todavía no ha matado a Andrew, lo hará pronto.» No es suficiente para condenarte, pero sí es suficiente para que nunca te elijan.

—Tú eres ahora su monitor —dijo Peter—. Más vale que le vigiles noche y día. Más vale que estés ahí.

—Ender y yo no somos estúpidos. Obtuvimos tan buenas puntuaciones como tú en todo. Mejores en algunas cosas. Los tres somos niños asombrosamente brillantes. No eres el más listo, Peter, sólo el más grande.

—Lo sé. Pero llegará el día en que no estés con él, en que se te olvide. De pronto te acordarás y correrás en su busca, y él estará ahí, perfectamente. Y la siguiente vez no te preocuparás tanto, y no te darás tanta prisa. Y una y otra vez, él estará perfectamente. Y pensarás que lo he olvidado. Aunque te acuerdes que dije esto, pensarás que lo he olvidado. Y pasarán los años. Y entonces sucederá un accidente terrible, y encontraré su cuerpo, y lloraré desconsoladamente sobre él, y te acordarás de esta conversación, Vally, pero te avergonzarás de ti misma por haberlo recordado, porque sabrás que he cambiado, que en realidad fue un accidente, que

sería cruel incluso acordarse de lo que dije en una discusión infantil. Sólo que será verdad. Voy a grabarme esto en la cabeza, y él morirá, y tú no harás nada, nada. Pero sigue creyendo que tan sólo soy el más grande.

—El más gilipollas —dijo Valentine.

Peter se puso de pie de un salto y se dirigió hacia ella. Valentine retrocedió espantada. Ender se arrancó la máscara. Peter se desplomó de espaldas en la cama y empezó a reírse.

—Sois estupendos, chicos, los mamones más grandes del planeta Tierra.

—Ahora nos va a decir que era sólo una broma —dijo Valentine.

—No una broma, un juego. Puedo hacer que os creáis cualquier cosa. Puedo haceros bailar como títeres. —E imitando la voz de un monstruo, dijo—: Os voy a matar; os cortaré en trocitos y os tiraré por el agujero de la basura. —Se rió de nuevo—. Los mamones más grandes del sistema solar.

Ender se quedó allí mirándole reír y pensó en Stilson, pensó en la sensación de haberle pateado. Éste era el que lo necesitaba. Éste era el que se lo merecía.

Como si pudiera leer en su mente, Valentine susurró:

—No, Ender.

Súbitamente, Peter rodó hacia un lado, saltó de la cama y se puso en posición de pelear.

—Vale, Ender —dijo—. Cuando quieras, Ender.

Ender levantó el pie derecho y se quitó el zapato. Lo esgrimió.

—¿Ves esto, en la punta? Es sangre, Peter.

—Oh, oh, voy a morir, voy a morir. Ender ha matado a una oruga y ahora me va a matar a mí.

No había nada que hacer. Peter era en el fondo un asesino y nadie lo sabía excepto Valentine y Ender.

Su madre llegó a casa y confortó a Ender por lo del monitor. Su padre llegó a casa y se puso a decir que era una sorpresa maravillosa, que tenían unos hijos tan fantásticos

que el gobierno les había dicho que tuvieran tres, y ahora, después de todo, el gobierno no quería llevarse a ninguno de ellos, así que ahí estaban con tres, seguían teniendo un Tercero... hasta que a Ender le dieron ganas de gritarle: «Sé que soy un Tercero, lo sé, si quieres me marcharé y así no tendrás que avergonzarte delante de los demás; siento haber perdido el monitor y que ahora tengas tres hijos y ninguna explicación obvia, ya sé que es embarazoso, lo siento, lo siento, lo siento.»

Estaba tendido de espaldas en la cama mirando a la oscuridad. Podía oír a Peter agitarse y dar vueltas nerviosamente en la litera de arriba. Luego, Peter, se deslizó de la litera y se fue de la habitación. Ender oyó el sonido del agua que caía por el váter; luego vio la silueta de Peter en la entrada.

«Cree que estoy dormido. Va a matarme.»

Peter se dirigió a la cama y, efectivamente, no subió a su litera. En vez de hacerlo, se acercó y se detuvo a la cabecera de la de Ender.

Pero no intentó coger una almohada para asfixiar a Ender. No tenía ningún arma.

—Ender, lo siento, lo siento, sé lo que se sufre; lo siento, soy tu hermano, te quiero —susurró Peter.

Un largo rato después, la apacible respiración de Peter revelaba que estaba dormido. Ender se quitó el vendaje del cuello. Y por segunda vez en ese día, lloró.

3

Graff

—Su hermana es nuestro punto débil. La quiere mucho.

—Lo sé. Puede echarlo todo a perder, desde el principio. Ender no querrá separarse de ella.

—¿Qué va a hacer entonces?

—Persuadirle de que su deseo de venir con nosotros es más fuerte que el de quedarse con ella.

—¿Cómo se las va a arreglar para conseguirlo?

—Le mentiré.

—¿Y si la cosa no funciona?

—Entonces le diré la verdad. Estamos autorizados a hacerlo en caso de emergencia. Ya sabe que no podemos prever todo.

Ender no tenía mucha hambre a la hora del desayuno. Seguía preguntándose qué pasaría en la escuela. Encontrarse con Stilson tras la pelea de ayer. ¿Qué harían los amigos de Stilson? Probablemente nada, pero no estaba seguro. No quería ir.

—No has comido nada, Andrew —dijo su madre. Peter entró en la estancia.

—Buenos días, Ender. Gracias por dejar tirada tu apestosa toalla en mitad de la ducha.

—Un regalo para ti —murmuró Ender.

—Andrew, tienes que comer.

Ender levantó las muñecas en un gesto que quería decir: «Pues inyéctame los alimentos en la sangre.»

—Muy divertido —dijo su madre—. Hago todo lo que puedo, pero eso no significa nada para mis pequeños genios.

—Son tus genes los que nos han hecho genios, mamá —dijo Peter—. Está claro que no hemos heredado ninguno de papá.

—Lo he oído —dijo su padre sin levantar la vista de las noticias que iban apareciendo en la consola mientras comía.

—Habría sido un despilfarro si no lo hubieras oído.

La consola emitió un pitido. Había alguien en la puerta.

—¿Quién puede ser? —preguntó la madre.

El padre pulsó una tecla y en su vídeo salió un hombre. Vestía el único uniforme militar que seguía teniendo algún significado, el uniforme de la F.I., la Flota Internacional.

—Creía que ya había pasado todo —dijo el padre.

Peter no dijo nada; se limitó a añadir leche a sus cereales.

Y Ender pensó: «Después de todo, a lo mejor no tengo que ir a la escuela hoy.»

El padre marcó el código que abría la puerta y se levantó de la mesa.

—Ya voy yo —dijo—. Quedaos aquí y seguid comiendo.

Se quedaron ahí, pero no siguieron comiendo. Un momento después, el padre volvió a la estancia y llamó con señas a la madre.

—Estás perdido —dijo Peter—. Se han enterado de lo que le has hecho a Stilson y ahora te van a hacer pasar una buena temporada en el Cinturón.

—Sólo tengo seis años, subnormal, soy menor de edad.

—Eres un Tercero, cagarro. No tienes derechos.

En ese momento llegó Valentine, con el pelo todavía despeinado formando una corona de somnolencia alrededor de la cara.

—¿Dónde están mamá y papá? Estoy enferma y no puedo ir a la escuela.

—Otro examen oral, ¿eh? —dijo Peter.

—Cállate, Peter —dijo Valentine.

—Deberías relajarte y disfrutarlo —dijo Peter—. Podría ser peor.

—No sé cómo.

—Podría ser un examen anal.

—Cállate —dijo Valentine—. ¿Dónde están mamá y papá?

—Hablando con un tío de la F.I.

Instintivamente, miró a Ender. Al fin y al cabo, habían estado cuatro años esperando que alguien llamara a la puerta y les dijera que Ender había pasado, que le necesitaban.

—Mira a Ender si quieres —dijo Peter—. Pero sabes que podría ser por mí. Pueden haberse dado cuenta de que, al fin y al cabo, yo era el mejor de los tres.

Peter se sentía herido, y por eso reaccionaba de una forma tan ruin, como siempre.

La puerta se abrió.

—Ender —dijo el padre—, es mejor que vengas.

—Lo siento, Peter —dijo Valentine en tono burlón.

Su padre les dirigió una mirada conminatoria.

—Niños, no es un asunto de risa.

Ender siguió a su padre al recibidor. El oficial de la F.I. se puso de pie cuando entraron, pero no extendió la mano hacia Ender.

Su madre estaba dando vueltas a la alianza que llevaba en el dedo.

—Andrew —dijo—, nunca pensé que eras de los que se meten en peleas.

—El chico de los Stilson está en el hospital —dijo el padre—. Hiciste un buen número con él. Con los pies, Ender. No se puede decir que hayas jugado limpio.

Ender asintió con la cabeza. Había supuesto que vendría alguien de la escuela por lo de Stilson, no un oficial de la flota. El asunto era más serio de lo que había pensado. Y sin embargo, seguía pensando que lo que hizo era lo único que podía hacer.

—¿Tienes alguna excusa por tu comportamiento, jovencito? —preguntó el oficial.

Ender negó con la cabeza. No sabía qué decir, y además tenía miedo de que se descubriera que era un monstruo peor de lo que sus acciones delataban.

«Aceptaré el castigo, sea el que sea —pensó—. Apechugaré con él.»

—Estamos dispuestos a tener en cuenta las posibles circunstancias atenuantes —dijo el oficial—. Pero tengo que decirte que el asunto no tiene buena pinta. Una patada en la ingle, varias patadas en la cara y en el cuerpo cuando estaba caído. Da la impresión de que disfrutabas.

—No es verdad —susurró Ender.

—¿Por qué lo hiciste entonces?

—Estaba con su pandilla —dijo Ender.

—Y qué. ¿Crees que eso justifica lo que hiciste?

—No.

—Dime por qué seguiste pegándole. Ya habías vencido.

—Noquearle significaba ganar la primera batalla. Quería ganar también todas las demás, en ese mismo momento, para que me dejaran en paz.

Ender no pudo evitarlo, tenía demasiado miedo, estaba demasiado avergonzado de sus propios actos: aunque intentó dominarse, lloró otra vez. No le gustaba llorar y raramente lo hacía; ahora, en menos de un día, lo había hecho tres veces. Y cada vez era peor. Llorar delante de su madre y de su padre y de ese militar. Era vergonzoso.

—Ustedes me quitaron el monitor —dijo—. Tenía que valerme por mí mismo, ¿no?

—Ender, deberías haber pedido ayuda a una persona mayor —comenzó a decir su padre.

Pero el oficial se levantó y cruzó la estancia dirigiéndose hacia Ender. Extendió la mano.

—Me llamo Graff, Ender. Coronel Hyrum Graff. Soy director de enseñanza primaria en la Escuela de Batalla, en el Cinturón. He venido a invitarte a ingresar en la escuela.

«Al fin...»

—Pero, el monitor...

—La última prueba de tu examen era ver qué ocurriría si

te quitábamos el monitor. No siempre lo hacemos así, pero en tu caso...

—¿Y he pasado?

Su madre no podía creérselo.

—¿Por mandar al chico de los Stilson al hospital? ¿Qué habrían hecho si Andrew le hubiera matado? ¿Darle una medalla?

—La cuestión no es lo que hizo, señora Wiggin, sino el porqué lo hizo. —El coronel Graff les dio una carpeta llena de papeles—. Aquí tienen la solicitud. Su hijo ha sido reclutado por el Servicio de Selección de la F.I. Naturalmente, tenemos ya su consentimiento, extendido por escrito cuando ratificamos su concepción, pues en caso contrario no se le hubiera permitido nacer. Desde entonces ha sido nuestro, si superaba las pruebas.

La voz de su padre temblaba cuando dijo:

—No es muy amable de su parte hacernos pensar que no le querían y acabar llevándoselo.

—Y esa mascarada sobre el chico de los Stilson —dijo la madre.

—No era una mascarada, señora Wiggin. Hasta que conociéramos el verdadero móvil de Ender no podíamos estar seguros de que era ése y no otro. Teníamos que conocer el significado de su acción. O por lo menos lo que Ender creía que significaba.

—¿Es preciso que le llame con ese estúpido apodo? —se puso a gritar la madre.

—Lo siento, señora Wiggin, pero así es cómo él se llama a sí mismo.

—¿Qué va a hacer, coronel Graff? —preguntó el padre—. ¿Salir por la puerta con él ahora mismo?

—Eso depende —dijo Graff.

—¿De qué?

—De si Ender quiere venir o no.

Los sollozos de la madre se trocaron en una risa amarga.

—O sea, que a fin de cuentas es voluntario. ¡Cuánta amabilidad!

—Ustedes dos ya hicieron su elección cuando Ender fue concebido, pero Ender todavía no ha hecho ninguna elección. Los conscriptos son buenos para carne de cañón, pero para el cargo de oficial necesitamos voluntarios.

—¿Oficial? —preguntó Ender. Al oír su voz, los demás enmudecieron.

—Sí —dijo Graff—. La Escuela de Batalla forma futuros capitanes de astronaves, comodoros de flotillas y almirantes de la flota.

—No nos llevemos otra decepción ahora —dijo el padre con disgusto—. ¿Cuántos chicos de la Escuela de Batalla acaban al mando de una nave?

—Por desgracia, señor Wiggin, ésa es información clasificada. Pero le *puedo* decir que ninguno de los chicos que pasan el primer año ha dejado nunca de recibir el nombramiento de oficial. Y ninguno ha servido en una posición de rango inferior a la de oficial en jefe de un navío interplanetario. E incluso en las fuerzas domésticas de defensa de nuestro propio sistema solar, eso es un honor.

—¿Cuántos pasan el primer año? —preguntó Ender.

—Todos los que quieren pasar —dijo Graff.

Ender estuvo a punto de decir «Yo quiero», pero se contuvo. Esto le mantendría alejado de la escuela, pero era estúpido pensar en ello, ese problema pasaría en unos días. Le mantendría alejado de Peter; eso era más importante, podría ser cuestión de vida o muerte... Pero dejar a mamá y a papá, y, sobre todo, dejar a Valentine. Y ser soldado... A Ender no le gustaba pelear. No le gustaba el estilo de Peter, el fuerte contra el débil, y no le gustaba tampoco su propio estilo, el listo contra el tonto.

—Creo —dijo Graff—, que Ender y yo deberíamos tener una conversación en privado.

—No —dijo el padre.

—No me lo llevaré sin dejar que hablen con él otra vez —dijo Graff—. Y, de todas formas, no pueden impedírmelo.

El padre dirigió a Graff una mirada desafiante y luego se levantó y salió de la estancia. La madre se detuvo un mo-

mento para estrechar con fuerza la mano de Ender y cerró la puerta al salir.

—Ender —dijo Graff—, si vienes conmigo, no volverás aquí en mucho tiempo. En la Escuela de Batalla no hay vacaciones. Ni visitas. El período de entrenamiento completo dura hasta los dieciséis años. Tendrás tu primer permiso, en determinadas circunstancias, cuando tengas doce años. Créeme, Ender, las personas cambian en seis años, en diez años. Si vienes conmigo, tu hermana Valentine será una mujer cuando la vuelvas a ver. Seréis extraños. La seguirás queriendo, Ender, pero no la conocerás. Como verás, no pretendo hacerte creer que es fácil.

—¿Y mamá y papá?

—Ender, te conozco. Me he pasado mucho tiempo estudiando los discos del monitor. No echarás de menos a tu madre y a tu padre, no mucho, ni por mucho tiempo. Y tampoco ellos te echarán de menos mucho tiempo.

A pesar de sus esfuerzos, a los ojos de Ender se asomaron unas lágrimas. Volvió la cara, pero no levantó la mano para enjugarlas.

—Te quieren, Ender. Pero tienes que comprender lo mucho que les ha costado tu vida. ¿Sabías que nacieron en familias con creencias religiosas? Tu padre fue bautizado con el nombre de John Paul Wieczorek, un nombre católico. El séptimo de nueve hermanos.

Nueve hijos. Era inconcebible. Criminal...

—Sí, bueno, la gente hace cosas extrañas a causa de la religión. Ya conoces las sanciones, Ender. En ese tiempo no eran tan duras, pero de todas formas no resultaba fácil. Sólo los dos primeros hijos recibían educación gratuita. Los impuestos subían a cada nuevo hijo. Cuando tu padre cumplió los dieciséis años, invocó el Acta de las Familias No Conformistas para separarse de su familia. Cambió su nombre, renunció a su religión y prometió no tener más que los dos hijos permitidos. Era sincero. ¡Había pasado por tantos desprecios y persecuciones cuando era niño! Se prometió que ningún hijo suyo pasaría por eso. ¿Lo entiendes ahora?

—No me quería.

—Bueno, ya nadie *quiere* un Tercero. No puedes esperar que estén contentos. Pero tu padre y tu madre son un caso especial. Los dos renunciaron a sus religiones, tu madre era mormona, pero de hecho sus sentimientos siguen siendo ambiguos. ¿Sabes lo que significa la palabra ambiguo?

—No saben de qué lado están.

—Se avergüenzan de proceder de familias no conformistas. Lo ocultan. Hasta el punto de que tu madre se niega a admitir que nació en Utah, por miedo a que sospechen. Tu padre niega su ascendencia polaca, pues Polonia sigue siendo una nación no conformista, y está bajo sanción internacional por ello. Ya ves que tener un Tercero, incluso siguiendo instrucciones directas del gobierno, va contra todo lo que habían intentado hacer.

—Lo sé.

—Pero es más complicado aún. A pesar de todo tu padre os dio nombres de santos. De hecho, os bautizó él mismo a los tres en cuanto os tuvo en casa nada más nacer. Tu madre puso objeciones. Discutieron sobre ello en las tres ocasiones, no porque no quisiera bautizaros sino porque no quería bautizaros como católicos. No han abandonado de verdad su religión. Te miran y te ven como un símbolo de orgullo, porque pudieron esquivar la ley y tener un Tercero. Pero eres también un símbolo de cobardía, porque no se atreven a ir más lejos y practicar el no conformismo, que siguen creyendo que es bueno. Y eres un símbolo de vergüenza pública, porque interfieres en sus esfuerzos por integrarse en la sociedad conformista normal.

—¿Cómo sabe todo eso?

—Hemos examinado con el monitor a tu hermano y a tu hermana, Ender. Te asombraría saber lo sensibles que son los instrumentos. Hemos estado conectados directamente a tu cerebro. Hemos oído todo lo que oías, estuvieras escuchando con atención o no. *Nosotros* sabemos.

—O sea, que mis padres me quieren y no me quieren.

—Te quieren. La cuestión es si quieren que estés aquí. Tu

presencia en esta casa es un trastorno constante. Una fuente de tensiones. ¿Lo entiendes?

—No soy yo el que causa las tensiones.

—No es lo que tú hagas, Ender. Es tu misma existencia. Tu hermano te odia porque eres la prueba viviente de que no fue suficientemente bueno. Tus padres están resentidos contra ti por todo el pasado que están tratando de eludir.

—Valentine me quiere.

—De todo corazón. Completa e instintivamente te idolatra, y tú la adoras. Ya te he dicho que no iba a ser fácil.

—¿Cómo es aquello?

—Mucho trabajo. Estudio, exactamente igual que en las escuelas de aquí, pero os hacemos estudiar matemáticas e informática mucho más a fondo. Historia militar. Estrategia y tácticas. Y sobre todo, la Sala de Batalla.

—¿Qué es eso?

—Juegos de guerra. Todos los chicos están organizados en ejércitos. Día tras día, en gravedad cero, hay batallas simuladas. Nadie sale herido, pero ganar o perder importa. Todos comenzáis como soldados rasos, recibiendo órdenes. Los chicos mayores son vuestros oficiales, y es su deber entrenaros y dirigiros en la batalla. No puedo decirte nada más. Es como jugar a insectores y astronautas, pero ahora tienes armas que funcionan, y compañeros que luchan a tu lado, y todo tu futuro y el futuro de la raza humana depende de lo bien que aprendas, de lo bien que luches. Es una vida dura, y no tendrás una infancia normal. De todas formas, teniendo el cerebro que tienes y siendo además un Tercero, no ibas a tener una infancia muy normal.

—¿Todos chicos?

—Unas pocas chicas. No suelen pasar la prueba de admisión. Hay demasiados siglos de evolución en su contra. De todas formas, ninguna de ellas será como Valentine. Pero tendrás compañeros, Ender.

—¿Como Peter?

—Peter no fue aceptado por las mismas razones por las que tú le odias.

—No le odio, sólo le...

—Tienes miedo. Peter no es malo del todo, Ender. Ha sido el mejor que hemos visto en mucho tiempo. Pedimos a sus padres que tuvieran a continuación una hija, que iban a tener de todas formas, en la esperanza de que Valentine fuera como Peter, pero más apacible. Salió demasiado apacible. Por eso probamos contigo.

—Para ser mitad Peter y mitad Valentine.

—Si las cosas salían bien.

—¿Lo soy?

—Por lo que sabemos, sí. Nuestras pruebas son muy buenas, Ender, pero no nos dicen todo. De hecho, cuando llega el momento de la verdad, no nos dicen casi nada. Pero son mejor que nada. —Graff se inclinó hacia Ender y tomó sus manos entre las suyas—. Ender Wiggin, si se tratara simplemente de elegir el futuro mejor y más feliz para ti, te aconsejaría que te quedaras en casa. Quédate aquí, crece, sé feliz. Hay cosas peores que ser un Tercero, hay cosas peores que tener un hermano mayor que no se decide entre ser un ser humano o un chacal. La Escuela de Batalla es una de esas cosas peores. Pero te necesitamos. Ahora, los insectores pueden ser para ti sólo un juego, Ender, pero la última vez casi nos borran del mapa. Pero no fue suficiente. Nos cogieron en frío, inferiores en número y en armamento. Lo único que nos salvó fue que teníamos el comandante militar más brillante que hemos tenido nunca. Llámalo destino, llámalo Dios, llámalo suerte si quieres, pero teníamos a Mazer Rackham.

»Pero ahora no lo tenemos, Ender. Hemos hecho acopio de todo lo que la humanidad podía producir, una flota que hace que la que mandaron contra nosotros la última vez parezca un puñado de niños jugando en una piscina. Tenemos nuevas armas también. Pero aun así, puede que no sea suficiente. Porque en los ochenta años que han pasado desde la última guerra, ellos han tenido el mismo tiempo que nosotros para prepararse. Necesitamos lo mejor, y lo necesitamos pronto. A lo mejor no nos sirves, o a lo mejor sí.

A lo mejor te rompes ante tanta presión, a lo mejor ello arruina tu vida, a lo mejor me odias por haber venido a tu casa hoy. Pero si hay una sola posibilidad de que por estar tú con la flota, la humanidad sobreviva y los insectores nos dejen en paz para siempre, entonces te voy a pedir que lo hagas. Que vengas conmigo.

Ender tenía problemas para enfocar al coronel Graff. Ese hombre parecía muy lejano y muy pequeño, como si Ender pudiera agarrarle con unas pinzas y metérselo en el bolsillo. «Dejar todo aquí e ir a un lugar que es muy duro, sin Valentine, sin mamá y papá.»

Y luego pensó en las películas de insectores que todo el mundo tenía que ver por lo menos una vez al año. *La Masacre de China. La Batalla del Cinturón. Muerte, sufrimiento y dolor.* Y Mazer Rackham y sus brillantes maniobras, destruyendo a una flota enemiga de doble tamaño y con doble capacidad de fuego, con las pequeñas naves humanas que parecían tan frágiles y débiles. Como niños luchando contra mayores. Les vencimos...

—Tengo miedo —dijo Ender en voz baja—, pero iré con usted.

—Dilo otra vez —dijo Graff.

—Es para lo que he nacido, ¿no? Si no voy, ¿por qué existo?

—No es suficiente —dijo Graff.

—No quiero ir —dijo Ender—, pero iré.

Graff asintió con la cabeza.

—Puedes cambiar de opinión. Hasta el momento en que subas a mi coche conmigo, puedes cambiar de opinión. Después estarás a disposición de la Flota Internacional. ¿Lo entiendes?

Ender asintió con la cabeza.

—Está bien. Vamos a decírselo.

Su madre lloró. Su padre le abrazó fuertemente. Peter le estrechó la mano y le dijo:

—Eres un tonto con suerte, come pedos.

Valentine le besó y dejó lágrimas en su mejilla.

No había nada que empaquetar. Nada que llevarse. «La escuela proporciona todo lo que necesitas, desde uniformes hasta accesorios escolares. En cuanto a los juguetes, sólo hay un juego.»

—¡Adiós! —dijo Ender a su familia. Se enderezó, cogió la mano del coronel Graff y salió por la puerta con él.

—¡Mata a unos cuantos insectores por mí! —gritó Peter.

—¡Te quiero, Andrew! —exclamó su madre.

—¡Te escribiremos! —dijo el padre.

Y cuando llegaron al coche que esperaba en silencio en el corredor, oyó el grito de angustia de Valentine:

—¡Vuelve a mí! ¡Te querré siempre!

4

Lanzamiento

—Con Ender tenemos que mantener un equilibrio delicado. Tenemos que aislarle lo suficiente para no ahogar su creatividad, pues en caso contrario adoptará el sistema imperante aquí y le echaremos a perder. Y, al mismo tiempo, necesitamos asegurarnos de que conserva una fuerte capacidad de mando.

—Si se gana la graduación, mandará.

—No es tan sencillo. Mazer Rackham pudo manejar él solo su pequeña flota y vencer. Para cuando estalle esta guerra, será demasiado grande, incluso para un genio. Demasiadas lanchas pequeñas. Tiene que trabajar en estrecha colaboración con sus subordinados.

—Ya veo. Tiene que ser un genio y, además, bondadoso.

—Bondadoso no. Con bondad sólo conseguiremos que los insectores nos cojan a todos.

—¿Va a aislarle, entonces?

—Para cuando lleguemos a la Escuela, ya le habré separado totalmente de los demás chicos.

—No me cabe ninguna duda. Estaré esperándole cuando llegue aquí. He visto los vídeos de lo que hizo al pequeño Stilson. No es una dulce criatura lo que trae.

—Ahí es donde se equivoca. Es incluso demasiado dulce. Pero no se preocupe. Extirparemos ese mal rápidamente.

—Algunas veces pienso que disfruta destrozando a esos pequeños genios.

—Es todo un arte, y en eso soy muy bueno. Pero, ¿disfru-

tar? No lo sé. Quizá cuando se recomponen después pieza a pieza y eso les hace mejores.

—Es un monstruo.

—*Gracias. ¿Quiere decir que puedo contar con un aumento?*

—*Sólo con una medalla. El presupuesto no es inagotable.*

Dicen que la ingravidez puede producir desorientación, especialmente en los niños, cuyo sentido de la dirección no es todavía muy seguro. Pero Ender estaba desorientado antes de abandonar la gravedad de la Tierra. Antes incluso del lanzamiento del transbordador.

Había otros diecinueve chicos en su lanzamiento. Desfilaron desde el autobús hasta el ascensor. Hablaban y jugaban y alardeaban y reían. Ender guardaba silencio. Advirtió que Graff y los otros oficiales les miraban. «Analizando. Todo lo que hacemos tiene algún significado —pensó Ender—. Ellos ríen. Yo no río.»

Acarició la idea de intentar ser como los demás chicos. Pero no se acordaba de ningún chiste, y ninguno de los que contaban le hacía gracia. De dondequiera que provinieran sus risas, Ender no conseguía encontrar tal sitio en su interior. Tenía miedo, y el miedo le ponía serio.

Les habían vestido con un uniforme de una sola pieza; encontraba extraño no llevar un cinturón ceñido alrededor de la cintura. Vestido así, se sentía muy holgado y como desnudo. Había cámaras de televisión filmando, encaramadas como animales en los hombros de hombres que merodeaban agazapados. Los hombres se movían lentamente, felinamente, para que el movimiento de las cámaras fuera suave. Ender se encontró moviéndose lentamente también.

Se imaginó a sí mismo en la televisión, en una entrevista. El presentador le preguntaba: «¿Cómo se siente, señor Wiggin? Bastante bien, pero tengo hambre. ¿Hambre? Claro, no nos dejan comer las veinte horas anteriores al lanzamiento. ¡Qué interesante!, no lo sabía. La verdad es que to-

dos tenemos mucha hambre.» Y durante toda la entrevista, Ender y el hombre de la tele se moverían sigilosamente delante del cámara, con largas y ágiles zancadas. Los chicos más próximos también estaban riéndose en ese momento, por otra razón. «Creen que me río por su chiste —pensó Ender—. Pero me río por algo mucho más divertido.»

—Subid por la escalerilla de uno en uno —dijo un oficial—. Cuando lleguéis a un pasillo con asientos vacíos, ocupad uno. No hay asientos con ventanas.

Era un chiste. Los otros chicos se rieron.

Ender era casi el último, pero no el último. Aun así, las cámaras de televisión no se retiraron. ¿Me verá Valentine desaparecer en el transbordador? Se le ocurrió la idea de saludarla con la mano, correr hacia el cámara y decirle: «¿Puedo despedirme de Valentine?» No sabía que si lo hacía cortarían esa escena de la cinta, pues se suponía que los chicos que volaban a la Escuela de Batalla eran héroes. Se suponía que no echarían de menos a nadie. Ender no sabía nada sobre la censura, pero sabía que correr hacia las cámaras no era correcto.

Atravesó el corto puente que llevaba a la puerta del transbordador. Advirtió que la pared de su derecha estaba enmoquetada como si fuera un suelo. Ahí es donde comenzó la desorientación. En el momento en que vio la pared como un suelo, comenzó a sentirse como si andara por una pared. Llegó a la escalerilla y advirtió que la superficie vertical que había detrás estaba enmoquetada también. «Estoy subiéndome por el suelo. Primero una mano y después la otra, primero un pie y después el otro...»

Y luego, para entretenerse, se puso a pensar que estaba *bajando* por la pared. Lo hizo mentalmente, autoconvencido de ello aunque tenía en contra la evidencia de la gravedad. Se vio aferrándose firmemente al asiento, a pesar de que la fuerza de la gravedad tiraba de él hacia el asiento.

Los demás chicos botaban en sus asientos, dándose codazos y empujones, gritando. Ender encontró las correas, descubrió cómo se ponían para que le sujetaran por la ingle,

la cintura y los hombros. Se imaginó la nave pendiendo boca abajo de la tierra, con los dedos de gigante de la gravedad sujetándola firmemente en su sitio. «Pero nos escabulliremos —pensó—. Nos vamos a caer de este planeta.»

No se dio cuenta de su significado entonces. Más adelante, se acordaría sin embargo que había sido antes de dejar la Tierra cuando la vio por primera vez como un planeta más, como cualquier otro, no especialmente el suyo.

—Oh, ya has descubierto cómo se hace —dijo Graff. Estaba de pie en la escalerilla.

—¿Viene con nosotros? —preguntó Ender.

—No suelo bajar a reclutar chicos —dijo Graff—. Se puede decir que estoy al mando aquí. Administrador de la Escuela. Algo así como director. Me dijeron que tenía que volver o perdería mi empleo. —Se rió.

Ender le devolvió la sonrisa. Se sentía a gusto con Graff. Era una buena persona. Y además era director de la Escuela de Batalla. Ender se relajó un poco. Tendría un amigo allí.

Estaban poniendo el cinturón de seguridad a los otros chicos, a los que no lo habían hecho ya como Ender. Luego esperaron una hora mientras una televisión les informaba sobre el vuelo de los transbordadores, la historia de los vuelos espaciales, y su posible futuro con las grandes naves espaciales de la F.I. Era todo muy aburrido. Ender ya había visto esas películas.

Con la diferencia de que entonces no estaba atado con un cinturón de seguridad a un asiento de un transbordador. Colgando boca abajo del vientre de la Tierra.

El lanzamiento no fue malo. Nada aterrador. Unas cuantas sacudidas, unos momentos de pánico ante la posibilidad de que éste fuera el primer lanzamiento fallido en la historia del transbordador. Las películas no le habían transmitido con suficiente claridad la violencia que se podía sentir, tumbado de espaldas en un asiento mullido.

Al poco tiempo todo había pasado, y ahora sí pendía de las correas, no había gravedad por ningún sitio.

Pero como ya se había reorientado, no se sorprendió cuando Graff subió por la escalerilla al revés, como si estuviera bajando a la proa del transbordador. Tampoco se alteró cuando Graff trabó un pie debajo de un escalón y dio un empujón con las manos, lo que le hizo columpiarse de repente hasta ponerse boca arriba, como si estuviera en un avión normal.

Las reorientaciones eran demasiado para algunos. Un chico hizo ademán de vomitar; Ender comprendió entonces por qué les habían prohibido comer nada durante las veinte horas anteriores al vuelo. Vomitar en gravedad cero no debía de ser nada divertido.

Pero, para Ender, el juego de la gravedad de Graff sí era divertido. Y lo llevó más lejos; se imaginó que en realidad Graff estaba colgando boca abajo del pasillo central, y luego se lo imaginó aferrándose a una pared lateral. «La gravedad puede tener cualquier dirección. La dirección que yo quiera. Puedo hacer que Graff esté apoyado de cabeza y él ni siquiera lo sabe.»

—¿Qué te divierte tanto, Wiggin?

La voz de Graff era dura y enojada. «¿He hecho algo malo? —pensó Ender—. ¿Me he reído en voz alta?»

—¡Le he hecho una pregunta, soldado! —bramó Graff.

«Ya lo veo. Éste es el principio de nuestra formación.» Ender había visto en la televisión algunas películas de militares, y siempre gritaban mucho al principio del período de instrucción, antes de que el soldado y el oficial se hicieran buenos amigos.

—Sí, señor —dijo Ender.

—¡Respóndala entonces!

—Le he imaginado colgando boca abajo de los pies. Me ha parecido divertido.

Sonaba estúpido ahora, con Graff mirándole fríamente.

—Me figuro que para ti es divertido. ¿Es divertido para alguien más?

Murmullos de no.

—¿Por qué no?

Graff les miraba con desdén.

—Cerebros de mosquito, eso es lo que hay en este lanzamiento. Pequeños subnormales cabezas de chorlito. Sólo uno de vosotros ha tenido el cerebro suficiente para darse cuenta de que en gravedad cero las direcciones son las que cada uno quiera que sean. ¿Has entendido, Shafts?

El chico asintió con la cabeza.

—No lo has entendido. Claro que no. No sólo eres estúpido, además eres mentiroso. En este lanzamiento sólo hay un chico con cerebro, y ése es Ender Wiggin. Miradle bien, muchachitos. Será comandante cuando vosotros estéis todavía en pañales ahí arriba. Porque él sabe pensar en gravedad cero, y vosotros sólo pensáis en devolver.

Ése no era el rumbo que se suponía que iba a tomar el asunto. Se suponía que Graff iba a meterse con él, no destacarle como el mejor. Se suponía que al principio iban a estar uno contra el otro y que más adelante se harían amigos.

—La mayoría de vosotros vais a fallar. Id haciéndoos a la idea, muchachitos. La mayoría vais a acabar en la Escuela de Combate, porque no tenéis el cerebro suficiente para pilotar una astronave. La mayoría no valéis lo que cuesta traeros a la Escuela de Batalla, porque no tenéis lo que hay que tener. Algunos podéis conseguirlo. Algunos podéis servir de algo a la humanidad. Pero yo no apostaría nada. Sólo apostaría por uno.

De repente, Graff dio un brinco hacia atrás y agarró la escalerilla con las manos, y luego volteó los pies separándolos de la escalerilla. Hacía el pino si el suelo estaba debajo, pero pendía de las manos si el suelo estaba encima. Poniendo una mano después de otra, retrocedió balanceándose a lo largo del pasillo hasta llegar a su asiento.

—Parece que te lo has montado bien —susurró el chico que estaba a su lado.

Ender negó con la cabeza.

—¿No te dignas hablar conmigo? —dijo el chico.

—No le he pedido que diga esas tonterías —susurró Ender.

Sintió un dolor punzante en la cabeza. Luego otra vez. Unas risitas detrás de él. El chico del asiento de atrás se debe haber soltado las correas. Otro golpe en la cabeza. «Déjame en paz —pensó Ender—. No te he hecho nada.»

Otro golpe en la cabeza. Risas de los chicos. «¿No lo ha visto Graff? ¿No va a hacer nada para evitarlo?» Otro golpe. Más fuerte. Dolía mucho. «¿Dónde está Graff?»

Entonces lo vio claro. Graff lo había hecho deliberadamente. Era peor que los abusos de las películas. Cuando el sargento se metía contigo, los demás te querían más. Pero cuando el oficial te prefería, los otros te odiaban.

—Eh, comemierda —dijo el susurro por detrás de él. Recibió otro golpe en la cabeza—. ¿Te gusta esto? Eh, supercerebro, ¿te diviertes? —Otro golpe, esta vez tan fuerte que se le escapó un pequeño grito de dolor.

Si Graff le estaba haciendo destacar no podía esperar ayuda de nadie, sólo de sí mismo. Esperó hasta que calculó que estaba a punto de llegar otro golpe. «¡Ahora!», pensó. Y, efectivamente, ahí estaba el golpe. Dolía, pero Ender ya estaba intentando presentir la llegada del siguiente golpe. «¡Ahora!». Y, efectivamente, en el momento justo. «Te he cogido», pensó Ender.

Justo cuando estaba en camino el siguiente golpe, Ender se irguió ayudándose con las dos manos, aferró al chico por la muñeca y luego tiró del brazo, con fuerza.

En gravedad normal, los dos hubieran chocado contra el respaldo del asiento de Ender, golpeándose el pecho. En gravedad cero, sin embargo, el otro chico salió despedido por encima del asiento, hacia el techo. Ender no se lo esperaba. No se había dado cuenta de que la gravedad cero magnifica incluso la fuerza de un niño. El chico navegó a la deriva por el aire, rebotó contra el techo, luego salió despedido contra otro chico que estaba sentado y después fue a parar al pasillo, agitando siempre los brazos, hasta que dio un grito cuando su cuerpo chocó violentamente contra el tabique del frente del compartimiento, con el brazo izquierdo retorcido bajo su cuerpo.

Todo esto duró sólo unos segundos. Graff ya estaba allí, aferrando el cuerpo a la deriva. Con destreza, le propulsó por la parte inferior del pasillo hacia el otro hombre.

—Brazo izquierdo. Roto, creo —dijo.

Un momento después, le habían dado un calmante y el muchacho reposaba tranquilamente en el vacío mientras el oficial inflaba una tablilla alrededor de su brazo.

Ender se sintió mal. Sólo había querido agarrar el brazo del chico. No. No, había querido hacerle daño, y había tirado con todas sus fuerzas. No había pensado que la cosa iba a ser tan pública, pero ese chico estaba sintiendo ahora el mismo dolor que había querido que sintiera él. La gravedad cero le había traicionado, eso era todo. «Soy Peter. Soy exactamente igual que él.» Y Ender se odió.

Graff estaba de pie en el frente de la cabina.

—¿Cómo podéis ser tan torpes? ¿No cabe en vuestras cabecitas de subnormales una cosa tan sencilla? Se os ha traído aquí para ser *soldados*. En vuestras anteriores escuelas, en vuestras anteriores familias, quizá fuerais los primeros, quizá fuerais los duros, quizá fuerais los listos. Pero nosotros elegimos lo mejor de lo mejor, y ésa es la única clase de chicos que vais a encontrar ahora. Y cuando os digo que Ender Wiggin es el mejor de este lanzamiento, aprovechad el consejo, cabezas de chorlito. No os metáis con él. No seríais los primeros que mueren en la Escuela de Batalla. ¿He sido suficientemente claro?

El resto del lanzamiento se hizo en silencio. El chico que estaba sentado al lado de Ender tuvo mucho cuidado de no tocarle.

«No soy un asesino —se dijo Ender en voz baja una y otra vez—. Diga lo que diga, no soy un asesino. No lo soy. Tenía que defenderme. Le he aguantado mucho tiempo. He tenido paciencia. No soy lo que ha dicho.»

Una voz les dijo por el altavoz que estaban acercándose a la escuela; tardaron veinte minutos en decelerar y atracar. Ender se rezagó un poco. No les importó permitirle ser el último en abandonar el transbordador, subiendo en la di-

rección en que habían bajado cuando se embarcaron. Graff estaba esperando al final del estrecho tubo que conducía desde el transbordador hasta el corazón de la Escuela de Batalla.

—¿Has tenido buen vuelo, Ender? —le preguntó Graff de buen humor.

—Creía que era mi amigo. —A pesar suyo, le temblaba la voz.

Graff parecía perplejo.

—¿Qué te ha hecho pensar eso, Ender?

—Porque... Porque me hablaba con mucha amabilidad, y parecía sincero. No mentía.

—No mentiré ahora tampoco —dijo Graff—. Mi trabajo no es ser vuestro amigo. Mi trabajo es fabricar los mejores soldados del mundo. De toda la historia del mundo. Necesitamos un Napoleón. Un Alejandro. Con la salvedad de que Napoleón perdió al final, y que Alejandro brilló fugazmente y murió joven. Necesitamos un Julio César, con la salvedad de que se hizo dictador y murió por eso. Mi trabajo consiste en fabricar esa criatura, y todos los hombres y mujeres que necesitará para ayudarle. Nada de ello implica que tenga que ser amigo de los niños.

—Ha hecho que me odien.

—¿Ah, sí? ¿Qué vas a hacer entonces? ¿Esconderte en un rincón? ¿Ponerte a besar sus traseros para que te vuelvan a querer? Sólo hay una cosa que hará que dejen de odiarte. Y esa cosa es ser tan bueno en todo lo que hagas que no puedan ignorarte. Les he dicho que eres el mejor. ¡Mejor que lo seas!

—¿Y si no puedo?

—Mala cosa entonces. Mira, Ender, siento que estés solo y asustado. Pero los insectores están ahí fuera. Diez billones, cien billones, un millón de billones, por lo que sabemos. Con otras tantas naves, por lo que sabemos. Con armas que no conocemos. Y con ganas de usar esas armas para barrernos. No está en juego el mundo, Ender. Sólo nosotros. Sólo la raza humana. En lo que se refiere al resto de la Tierra, si

somos barridos habría un reajuste y se acomodaría al siguiente paso de la evolución. Pero la humanidad no quiere morir. Como especie, hemos evolucionado para sobrevivir. Y lo hacemos esforzándonos, afanándonos, y, al cabo de unas cuantas generaciones, trayendo al mundo un genio. El que inventó la rueda. Y la luz. Y el vuelo. El que construyó una ciudad, una nación, un imperio. ¿Entiendes algo de lo que te digo?

Ender pensaba que sí, pero no estaba seguro, y por eso no dijo nada.

—No. Claro que no. Te lo diré llanamente. Los seres humanos son libres, excepto cuando la humanidad los necesita. A lo mejor la humanidad te necesita. Para hacer algo. Creo que la humanidad me necesita *a mí* para averiguar para qué sirves. Los dos podemos hacer cosas despreciables, Ender; pero si la humanidad sobrevive, habremos sido buenos instrumentos.

—¿Nada más? ¿Sólo instrumentos?

—Los seres humanos son todos instrumentos, que los demás usan para que podamos sobrevivir todos.

—Eso es mentira.

—No. Es simplemente una verdad a medias. Te puedes preocupar de la otra mitad una vez que hayamos ganado esta guerra.

—Habrá terminado antes de que haya crecido —dijo Ender.

—Espero que te equivoques —dijo Graff—. Por cierto, no te ayuda nada hablar conmigo. Los demás chicos estarán comentando que el tal Ender Wiggin está haciendo la pelota a Graff. Si llega a correr la voz de que eres el pelota de los profesores, estás frito.

«En otras palabras, vete y déjame en paz», pensó Ender.

—¡Adiós! —dijo Ender.

Se remolcó con las dos manos a lo largo del tubo por donde se habían ido los demás chicos.

Graff le observaba.

—¿Es ése? —le dijo uno de los profesores que había a su lado.

—Dios sabe —dijo Graff—. Si no es Ender, mejor que aparezca pronto.

—Quizá no sea nadie —dijo el profesor.

—Quizá. Pero en ese caso, Anderson, en mi opinión Dios es un insector. Puedes repetirlo por ahí si quieres.

—Lo haré.

Permanecieron en silencio un buen rato.

—Anderson.

—¿Sí?

—El chico está equivocado. *Soy* su amigo.

—Ya lo sé.

—Es bondadoso. Es limpio de corazón.

—He leído los informes.

—Anderson, piensa en lo que le vamos a hacer.

Anderson fue terminante:

—Le vamos a convertir en el mejor comandante militar de la historia.

—Y después vamos a cargar el destino del mundo sobre sus hombros. Por su propio bien, espero que no sea él. De verdad.

—¡Ánimo! Los insectores pueden matarnos a todos antes de que se gradúe.

Graff sonrió.

—Tienes razón. Ahora me siento mejor.

5

Juegos

—*Puede contar con mi admiración. Un brazo roto. Ése sí que ha sido un golpe maestro.*

—*Ha sido un accidente.*

—*¿De verdad? Y pensar que yo ya le he recomendado en el informe oficial.*

—*Es demasiado fuerte. Eso convierte al otro pequeño imbécil en un héroe. Podría dificultar la formación de muchos chicos. Creo que debería haber pedido ayuda.*

—*¿Pedir ayuda? Creía que eso era precisamente lo que más valoraba en él, que resolvía sus problemas sin ayuda de nadie. Cuando esté allá fuera rodeado por una flota enemiga, no habrá nadie que acuda en su ayuda si la pide.*

—*¿Quién iba a pensar que el otro idiota saldría disparado de su asiento? ¿Y que aterrizaría en tan mala posición contra el tabique?*

—*Un ejemplo más de la estupidez de los militares. Si tuviera usted un poco de cabeza, se dedicaría a una actividad con futuro, como vender seguros de vida.*

—*Usted también, mente lúcida.*

—*Tenemos que aceptar el hecho de que somos gente de segunda categoría. Con el destino de la humanidad en nuestras manos. Da una deliciosa sensación de poder, ¿verdad? Especialmente teniendo en cuenta que esta vez no habrá ningún tipo de críticas en caso de que perdamos.*

—*No lo había visto nunca desde esa perspectiva. Pero hagamos lo posible por no perder.*

—*Veamos cómo lo arregla Ender. Si ya le hemos perdido, si no lo arregla, ¿quién es el siguiente? ¿Quién viene ahora?*

—*Haré una lista.*

—*Mientras tanto, vaya buscando la forma de recuperar a Ender.*

—*Ya se lo he dicho. No podemos romper su aislamiento. Si lo hacemos, jamás se convencerá de que nunca acudirá nadie en su ayuda, nunca. Si piensa, aunque sólo sea una vez, que hay una salida fácil, está perdido.*

—*Tiene razón. Sería terrible que creyera que tiene algún amigo.*

—*Puede tener amigos. Lo que no puede tener es padres.*

Los demás chicos ya habían elegido sus literas cuando llegó Ender. Se detuvo en la puerta del dormitorio buscando la única cama que quedaba libre. El techo era bajo; podía tocarlo con las manos. Un dormitorio de tamaño infantil, con las literas inferiores apoyadas directamente en el suelo. Los demás chicos le miraban, de reojo. Efectivamente, la litera inferior situada justo al lado de la puerta era la única que estaba vacía. Por un momento, se le pasó por la cabeza la idea de que permitirles ponerle en el peor sitio era abrir la posibilidad a futuras intimidaciones. Y sin embargo no era fácil desalojar a ninguno.

En consecuencia, mostró una amplia sonrisa.

—Eh, gracias —dijo. Sin asomo de sarcasmo. Lo dijo con tanta sinceridad que parecía que le hubieran reservado el mejor sitio—. Creía que iba a tener que pedir una litera baja al lado de la puerta.

Se sentó y miró el casillero que estaba abierto al pie de la litera. Había un papel pegado en la puerta.

Pongan la mano en el lector
de la cabecera de la litera
y pronuncien su nombre dos veces

Ender encontró el lector, una hoja de plástico opaco. Puso la mano izquierda en él y dijo: «Ender Wiggin, Ender Wiggin.»

El lector se iluminó con luz verde durante un momento. Ender cerró su casillero e intentó abrirlo otra vez. No pudo. Luego puso la mano en el lector y dijo: «Ender Wiggin.» El casillero se abrió solo. También se abrieron otros tres compartimientos.

Uno de ellos contenía cuatro monos como el que llevaba puesto, y uno blanco. Otro compartimiento contenía una pequeña consola, exactamente igual que las de la escuela. Parecía que los estudios no habían terminado todavía.

El compartimiento más grande contenía la recompensa. Parecía a primera vista un traje espacial, con su casco y sus guantes. Pero no lo era. No tenía ningún sello de hermeticidad. Y sin embargo, parecía cubrir todo el cuerpo. Era muy acolchado. Y bastante rígido.

Y con él había una pistola. Parecía una pistola láser, la punta era ciega, de cristal transparente. Pero casi seguro que no pondrían armas letales en manos de los niños.

—No es láser —dijo un hombre.

Ender levantó la vista. No le había visto nunca. Era un hombre joven y de aspecto agradable.

—Pero dispara un rayo bastante espeso. Muy concentrado. Podéis apuntar y hacer un círculo de luz de diez centímetros en una pared situada a una distancia de cien metros.

—¿Para qué sirve? —preguntó Ender.

—Para uno de los juegos que jugamos en el recreo. ¿Alguien más ha abierto su casillero? —dijo mirando a su alrededor—. ¿Habéis seguido las instrucciones y codificado vuestras voces y vuestras manos? No tendréis acceso a vuestro casillero hasta que lo hagáis. Este dormitorio será vuestra casa durante aproximadamente vuestro primer año en la Escuela de Batalla; coged la litera que queráis y seguid en ella. Normalmente os permitimos elegir vuestro oficial en jefe e instalarle en la litera inferior situada al lado de la puerta, pero parece ser que ese sitio está cogido ya. Ya no

se pueden volver a codificar los casilleros. Id pensando a quién queréis elegir. La cena en siete minutos. Seguid los puntos iluminados en el suelo. Vuestro código de colores es rojo amarillo amarillo. Siempre que se os asigne un camino a seguir, será rojo amarillo amarillo, tres puntos seguidos. Id por donde indican esas luces. ¿Cuál es vuestro código de colores, chicos?

—Rojo, amarillo, amarillo.

—Muy bien. Mi nombre es Dap. Seré vuestra mamaíta durante unos meses.

Los chicos rieron.

—Reíd cuanto queráis, pero meteos esto en la cabeza. Si os perdéis por la escuela, lo que no sería nada extraño, no vayáis por ahí abriendo puertas. Algunas dan al exterior.

Más risas.

—Decid a cualquiera que vuestra mamaíta es Dap y me llamará. O decidle vuestros colores, e iluminará un camino de vuelta a casa. Si tenéis algún problema, contádmelo. No lo olvidéis; aquí soy el único que cobra por ser bueno con vosotros. Pero no demasiado bueno. Al primero que me replique le rompo la cara. ¿De acuerdo?

Se rieron otra vez. Dap tenía un dormitorio lleno de amigos. ¡Es tan fácil ganarse a los niños asustados!

—¿Alguien puede decirme qué dirección va hacia abajo?

Se lo dijeron.

—De acuerdo, pero esa dirección va hacia el *exterior*. La nave está en rotación, y eso es lo que produce la impresión de que el suelo está debajo. En realidad, el suelo hace una curva en esa dirección. Seguid esa dirección sin parar y volveréis al sitio de partida. Pero no hagáis la prueba. Porque por ese lado están los alojamientos de los profesores y por este lado están los chicos mayores. Y a los chicos mayores no les gusta que los reclutas anden husmeando. Se podrían meter con vosotros. De hecho, *se meterán* con vosotros. Y cuando eso ocurra, no vengáis lloriqueando. ¿Entendido? Estáis en la Escuela de Batalla, no en un jardín de infancia.

—¿Qué se supone que tenemos que hacer entonces?

—preguntó un chico, un muchacho negro verdaderamente pequeño que ocupaba una litera superior cercana a la de Ender.

—El que no quiera que se metan con él, que se las arregle solo para salir del atolladero, pero os lo advierto: el asesinato va contra las reglas. Y también causar heridas deliberadamente. He oído que ha habido un intento de asesinato durante vuestro viaje. Un brazo roto. Si se vuelve a dar ese tipo de cosas, alguien va a salir frito. ¿Entendido?

—¿Qué significa frito? —preguntó el chico con el brazo inflado dentro de una tablilla.

—Freír. Poner a freír. Enviar a la Tierra. Expulsado de la Escuela de Batalla.

Nadie miró a Ender.

—Por lo tanto, chicos, si alguno de vosotros tiene la intención de causar problemas, por lo menos que sea listo. ¿De acuerdo?

Dap se fue. Los chicos seguían sin mirar a Ender.

Ender sintió que el miedo crecía en su vientre. No sufría por el chico al que rompió el brazo. Era un Stilson. Y, como Stilson, ya estaba reuniendo una pandilla. Un puñado de chicos, algunos de los más grandes. Estaban riéndose en la otra punta del dormitorio, y, de vez en cuando, uno de ellos se daba la vuelta para mirar a Ender.

Ender quería irse a casa, con todas sus fuerzas. ¿Qué tenía que ver todo eso con salvar al mundo? Ahora ya no tenía un monitor. Era otra vez Ender contra la pandilla, con la diferencia de que ahora estaban en su mismo dormitorio. Peter otra vez, pero sin Valentine.

El miedo siguió con él durante toda la cena, pues nadie se sentó a su lado en el comedor. Los demás chicos comentaban cosas; el enorme marcador que había en una pared, la comida, los chicos mayores. Ender sólo podía mirar, aislado.

Los marcadores daban las posiciones de equipos. Juegos ganados-perdidos, con los resultados más recientes. Algunos chicos mayores parecían haber hecho apuestas en los últimos juegos. Dos equipos, Mantis y Aspid, no tenían el último

resultado; esa casilla se encendía intermitentemente. Ender llegó a la conclusión de que debían estar jugando en ese mismo momento.

Advirtió que los chicos mayores estaban divididos en grupos, por los uniformes que llevaban. Unos cuantos que vestían diferente uniforme hablaban entre sí, pero normalmente cada grupo tenía su propia zona. Los reclutas, su grupo y los dos o tres grupos de chicos un poco mayores, llevaban todos uniformes lisos. Pero los chicos mayores, los que estaban en equipos, vestían ropas mucho más llamativas. Ender intentó adivinar quiénes correspondían a cada nombre. Escorpión y Araña eran fáciles. También lo eran Llama y Marea.

Un chico más grande vino a sentarse a su lado. No era sólo un poco más grande; aparentaba doce o trece años. Ya tenía algo de pelusilla en la cara.

—Hola —dijo.

—Hola —dijo Ender.

—Me llamo Mick.

—Ender.

—¡Eso es un nombre!

—Me llamo así desde que era pequeño. Así es cómo me llamaba mi hermana.

—No es mal nombre para este lugar. Ender. Acabador.

—Eso espero.

—Ender, ¿eres el insector de tu lanzamiento?

Ender se encogió de hombros.

—He notado que comías solo. Cada lanzamiento tiene uno así. Un chico que no cae bien a nadie. Algunas veces pienso que los profesores lo hacen adrede. Los profesores no son muy agradables. Ya lo verás.

—Seguro.

—¿Así que tú eres el insector?

—Eso parece.

—No te preocupes. No es como para echarse a llorar.

Dio a Ender su panecillo y cogió a cambio su flan.

—Come cosas nutritivas. Te hará fuerte.

Mick atacó el flan.

—¿Y tú? —preguntó Ender.

—¿Yo? Yo no soy nada. Un pedo en el sistema de aire acondicionado. Siempre estoy ahí, pero la mayoría del tiempo nadie lo nota.

Ender sonrió con indecisión.

—Ríete, pero no es broma. Aquí no tengo ninguna salida. Me estoy haciendo mayor. Me mandarán a la siguiente escuela muy pronto. Desde luego, no será la Escuela de Tácticas. Nunca he sido un líder, ya lo ves. Sólo los que llegan a ser líderes tienen alguna posibilidad.

—¿Qué hay que hacer para ser un líder?

—¿Crees que estaría aquí si lo supiera? ¿Cuántos tíos de mi tamaño ves por aquí?

«No muchos.» Ender no respondió.

—Pocos. No soy el único que es carne de insector medio frito. Unos pocos. Los otros tíos son todos comandantes. Todos los de mi lanzamiento tienen ahora sus propios equipos. Menos yo.

Ender asintió con la cabeza.

—Escucha, chaval. Te estoy haciendo un favor. Haz amigos. Sé un líder. Besa traseros si hace falta, pero si los otros chicos te desprecian, ¿sabes lo que significa?

Ender volvió a asentir con la cabeza.

—No, no sabes nada. Todos los reclutas sois iguales. No sabéis nada. Vuestras cabezas son como el espacio. No tenéis nada ahí. Y si recibís un golpe, os desmoronáis. Escucha, cuando acabes como yo, no olvides que hubo alguien que te lo advirtió. Es lo último que alguien va a hacer por ti.

—¿Por qué me lo dices entonces? —preguntó Ender.

—¡No seas bocazas! ¡Come y calla!

Ender se calló y comió. No le gustaba Mick. Y sabía que no había ninguna posibilidad de que acabara como él. Quizá fuera eso lo que habían planeado los profesores, pero Ender no tenía ninguna intención de encajar en sus planes.

«No seré el insector de mi grupo —pensó Ender—. No he dejado a Valentine, a mamá y a papá para venir aquí simplemente para salir frito.»

Cuando se llevaba el tenedor a la boca, sintió a su familia alrededor, como habían estado siempre. Sabía a qué lado tenía que girar la cabeza para levantar la vista y ver a mamá intentando que Valentine no hiciera ruido al comer. Sabía exactamente dónde estaría papá, escudriñando las noticias de la mesa mientras hacía ver que tomaba parte en la conversación, y Peter, haciendo como que se sacaba de la nariz un guisante triturado; incluso Peter podía ser divertido.

Era un error pensar en ellos. Sintió que le subía un sollozo por la garganta y se lo tragó; no podía ver el plato.

No podía llorar. No había ninguna posibilidad de que tuvieran compasión de él. Dap no era mamá. Cualquier signo de debilidad diría a los Peter y a los Stilson que podían destrozarle. Ender hizo lo que hacía siempre cuando Peter le atormentaba. Se puso a contar dobles. Uno, dos, cuatro, ocho, dieciséis, treinta y dos, sesenta y cuatro. Y así siguió mientras pudo retener los números en la cabeza; 128, 256, 512, 1024, 2048, 4096, 8192, 16384, 32768, 65536, 131072, 262144. En el 67108864 comenzó a dudar. ¿Se había comido un dígito? ¿Estaba en los diez millones o en los cien millones o sólo en los millones? Intentó hacer un doble más y se perdió, 1342 y algo más, ¿16? ¿o 17738? Lo había perdido. A comenzar otra vez. Todos los dobles que pudiera memorizar. El dolor había desaparecido. Las lágrimas habían desaparecido. No lloraría.

Hasta esa noche, cuando las luces se hicieron mortecinas y oyó en la distancia a varios niños llamando entre sollozos a sus madres, sus padres o sus perros. No pudo evitarlo. Sus labios formaron el nombre de Valentine. Oía su voz riendo en la distancia, allá abajo, en el recibidor. Veía a su madre pasar por su puerta y mirar para comprobar que todo estaba en orden. Oía a su padre reír al lado del vídeo. Era todo tan claro, y sin embargo sabía que eso no volvería *nunca*, ... «Cuando vuelva a verlos otra vez seré mayor, doce años como mínimo. ¿Por qué dije que sí? ¿Por qué fui tan estúpido? Ir a la escuela no era nada. Encontrarse con Stilson todos los días. Y con Peter.» Era un mierda. Ender no le tenía miedo.

«Quiero irme a casa», susurró.

Pero su susurro era el mismo que utilizaba al gritar de dolor cuando Peter le atormentaba. El sonido no llegaba más allá de sus oídos, y algunas veces ni siquiera tan lejos.

Y sus lágrimas cayeron en la sábana, pero los sollozos eran tan leves que no zarandeaba la cama; tan tenues que nadie podía oírlos. Pero el dolor estaba allí, espeso en la garganta y la cara, caliente en el pecho y los ojos. «Quiero irme a casa...»

Dap entró esa noche y se movió sigilosamente entre las camas, tocando una mano aquí y otra allá. Por donde pasaba se oían más sollozos, no menos. Un contacto cordial en ese lugar de terror era suficiente para poner a algunos al borde de las lágrimas. No a Ender, sin embargo. Cuando Dap se acercó, los sollozos habían pasado, y su cara estaba seca. Era la cara falsa que presentaba a su madre y a su padre cuando Peter había sido cruel con él y no se atrevía a hacerlo saber.

«Gracias, Peter. Por los ojos secos y los sollozos callados. Me has enseñado a ocultar mis sentimientos.» Ahora lo necesitaba más que nunca.

Había escuela. Todos los días, horas de clases. Lectura. Números. Historia. Vídeos de batallas sangrientas en el espacio, los marinos rociando con sus tripas las paredes de las naves de los insectores. Holografías de guerras limpias de la flota, naves convirtiéndose en orlas de luz cuando las astronaves se aniquilaban diestramente en la noche profunda. Muchas cosas que aprender. Ender trabajó con tanto ahínco como cualquiera; todos ellos luchaban por primera vez en su vida, pues por primera vez en su vida competían con compañeros de clase que eran como mínimo tan brillantes como ellos.

Pero los juegos... vivían para eso. Era lo que llenaba las horas comprendidas entre la vigilia y el sueño.

Dap les llevó a la sala de juegos el segundo día. Estaba

arriba, encima de la cubierta donde los chicos vivían y trabajaban. Subieron escalerillas hasta donde la gravedad se debilitaba, y allí, en la caverna, vieron las luces deslumbrantes de los juegos.

Algunos juegos eran conocidos para ellos; algunos, incluso los habían jugado en sus casas. Fáciles y difíciles. Ender pasó los juegos bidimensionales de vídeo y comenzó a estudiar los juegos que jugaban los chicos mayores, los juegos holográficos con objetos suspendidos en el aire. Era el único recluta de esa parte de la sala, y de vez en cuando un chico mayor le apartaba de su camino a empujones. «¿Qué haces aquí? ¡Piérdete! ¡Levanta el vuelo!» Y, naturalmente, levantaba el vuelo; en la atenuada gravedad de ese lugar, dejaba de hacer pie en el suelo y planeaba hasta que chocaba con algo o con alguien.

Una y otra vez, sin embargo, salía del atolladero y volvía, quizás a un sitio diferente, para ver el juego desde un ángulo distinto. Era demasiado pequeño para ver los controles, para descubrir cómo se jugaba. Eso no importaba. Repetía con su cuerpo los movimientos del juego. Cómo excavaba el jugador túneles en la oscuridad, túneles de luz que las naves enemigas escudriñarían y después seguirían sin piedad hasta atrapar la nave del jugador. El jugador podía tender trampas: minas, bombas a la deriva, tirabuzones en el aire que forzaban a las naves enemigas a repetirlos interminablemente. Algunos jugadores eran más listos. Otros perdían rápidamente.

A Ender le gustaba más cuando jugaban dos chicos, uno contra el otro. Entonces, cada uno tenía que utilizar los túneles del otro, y rápidamente se ponía de manifiesto cuál de los dos valía algo como estratega.

Al cabo de una hora más o menos, empezó a hastiarle. Ender ya conocía los movimientos de rutina. Conocía las reglas que seguía el ordenador y sabía por lo tanto que, una vez que dominara los controles, estaría en disposición de anticiparse a las maniobras del enemigo. Hacer espirales cuando el enemigo estaba aquí; bucles cuando el enemigo

estaba allá; quedarse a la espera en una trampa; tender siete trampas y luego hacer que cayeran en ellas. No era en absoluto estimulante. Era sólo cuestión de jugar hasta que el ordenador fuera tan rápido que los reflejos humanos no pudiesen competir con él. No era nada divertido. Quería jugar contra los otros chicos. Los chicos que estaban tan entrenados por el ordenador que incluso cuando jugaban uno contra otro intentaban emularle. Pensar como una máquina en vez de como un chico. Podría vencerles de esta forma, podría vencerles de esa forma.

—Te echo una partida —le dijo al chico que acababa de vencer.

—¿Pero qué es esto? —dijo el chico—. ¿Es un insecto o un insector?

—Acaba de embarcar un rebaño de enanitos —dijo otro chico.

—Pero *hablan*. ¿Sabíais que podían hablar?

—Ya veo —dijo Ender—. Tienes miedo de jugar contra mí al mejor de tres juegos.

—Ganarte —dijo el chico— sería más fácil que mear en la ducha.

—Y ni la mitad de divertido —dijo otro.

—Soy Ender Wiggin.

—Escucha bien, carachicle. Eres nadie. ¿Entendido? Eres *nadie*. ¿Entendido? No eres alguien hasta que mates. ¿Entendido?

La forma de hablar de los chicos mayores tenía su ritmo propio. Ender lo cogió con rapidez.

—Si soy nadie, dime por qué te asusta jugar conmigo al mejor de tres.

Ahora los otros chicos estaban impacientes.

—Termina con el mequetrefe ya y acabemos.

Ender ocupó su sitio en los desconocidos controles. Sus manos eran pequeñas, pero los controles eran bastante sencillos. Sólo necesitó unas pocas prácticas para descubrir qué botones disparaban determinadas armas. El control del movimiento era una bola normal. Sus reflejos eran lentos al

principio. El otro chico, del que todavía no sabía el nombre, tomó la delantera rápidamente. Pero Ender aprendió mucho y cuando el juego llegaba a su fin lo estaba haciendo mucho mejor.

—¿Satisfecho, recluta?

—Al mejor de tres.

—No se permite jugar al mejor de tres.

—Me has ganado la primera vez que me pongo a jugar —dijo Ender—. Si no puedes ganarme dos veces, es como si no me hubieras ganado.

Jugaron otra vez, y esta vez Ender fue lo suficientemente diestro como para sacar adelante unas cuantas maniobras que estaba claro que el otro chico no había visto nunca. Sus pautas repetitivas no pudieron hacer nada. Ender no ganó con facilidad, pero ganó.

Entonces, los chicos mayores dejaron de reír y hacer chistes. El tercer juego se desarrolló en el más completo silencio. Ender lo ganó con rapidez y brillantez.

Cuando el juego acabó, uno de los chicos mayores dijo:

—Es hora de que cambien esta máquina. Si sigue aquí, cualquier cerebro de mosquito puede ganar.

Ni una sola palabra de felicitación. El silencio más completo cuando Ender se marchó.

No se fue lejos. Se detuvo a una distancia prudencial y observó que los siguientes jugadores intentaban poner en práctica lo que les había enseñado. «¿Cerebro de mosquito? —Ender se rió para sus adentros—. No me olvidarán.»

Se sentía bien. Había ganado algo, y contra chicos mayores. Probablemente no eran los mejores, pero ya nunca más tendría la sensación sobrecogedora de que no daba la talla, de que la Escuela de Batalla era demasiado para él. Lo único que tenía que hacer era observar el juego y entender cómo funcionaba todo, y luego podría usar el sistema, e incluso sobresalir.

Esperar y observar era lo que más le costaba. Porque mientras tanto tenía que aguantar. El chico al que rompió el brazo buscaba la venganza. Su nombre, que Ender aprendió

rápidamente, era Bernard. Pronunciaba su propio nombre con acento francés, pues los franceses, con su arrogante separatismo, insistían en que la enseñanza del Normalizado no empezara hasta la edad de cuatro años, cuando las pautas de la lengua francesa ya se habían establecido. Su acento le hacía exótico e interesante; su brazo roto le convertía en un mártir; su sadismo le convertía en un foco natural para todos aquellos a los que les gustaba ver sufrir a los demás.

Ender se convirtió en su enemigo.

Cosas sin importancia. Dar una patada a su cama cada vez que entraba y salía por la puerta. Darle empujones con la bandeja de comida. Ponerle la zancadilla en las escalerillas. Ender aprendió rápidamente a no dejar nada fuera de sus casilleros; también aprendió a levantarse rápidamente, a agarrarse. *Maladroit*, le llamó Bernard una vez, y se quedó con ese nombre.

Algunas veces Ender se enfurecía. Naturalmente, con Bernard la rabia era inadecuada. Se limitaba a comportarse como lo que era: un torturador. Lo que enfurecía a Ender era ver que los demás le seguían de buena gana. Indudablemente, sabían que la venganza de Bernard no era justa. Indudablemente, sabían que era él quien había golpeado primero a Ender en el transbordador, que Ender se había limitado a responder a la violencia. Si lo sabían, actuaban como si no lo supieran; incluso en el caso de que no lo supieran, el comportamiento de Bernard debería haber sido suficiente para que supieran que era una serpiente.

Al fin y al cabo, Ender no era su único blanco. Bernard estaba erigiendo un reino.

Ender observaba desde las afueras del grupo cómo Bernard establecía las jerarquías. Algunos chicos le eran útiles, y les adulaba descaradamente. Otros eran criados de buena gana, y hacían lo que quería aunque les trataba despreciativamente.

Pero unos pocos chocaban con el reinado de Bernard.

Ender, observando, supo quién guardaba rencor a Bernard. Shen era pequeño, ambicioso y fácil de provocar.

Bernard lo había descubierto rápidamente, y empezó a llamarle Gusano.

—Porque es tan *pequeño* —decía Bernard— y porque *colea*. Mirad cómo balancea el trasero al andar.

Shen se encolerizaba, pero sólo conseguía que se rieran más alto.

—Mirad ese *trasero*. Te veo, Gusano.

Ender no dijo nada a Shen; sería demasiado obvio que estaba formando su propia banda rival. Se limitó a sentarse con la consola en las rodillas, dando la impresión de que estudiaba.

No estudiaba. Decía a su consola que se dedicara a enviar un mensaje a la cola de interrupciones cada treinta segundos. El mensaje iba dirigido a todos, y era claro y conciso. Lo más duro había sido descubrir cómo ocultar de quién procedía, como hacían los profesores. En los mensajes procedentes de un chico, siempre quedaba insertado automáticamente su nombre. Ender no había descubierto todavía el sistema de seguridad de los profesores, por lo que no podía hacer creer que se trataba de un profesor. Pero sí había podido crear un fichero de un estudiante no existente, al que dio el peregrino nombre de *Dios.*

Sólo cuando el mensaje estaba listo para salir, intentó cruzar su mirada con la de Shen. Al igual que los demás chicos, estaba mirando a Bernard y a sus amigotes reír y hacer chistes, mofándose del profesor de matemáticas, que solía pararse en la mitad de una frase y mirar a todas partes como si se hubiera bajado del autobús en una parada equivocada y no supiera dónde estaba.

En un determinado momento, Shen apartó la vista de ellos y miró en torno suyo. Ender hizo un gesto con la cabeza, señalando la consola, y se rió. Shen parecía desconcertado. Ender alzó su consola un poco y volvió a señalarla. Shen se levantó a coger la suya.

Ender envió el mensaje entonces. Shen lo vio casi en ese mismo momento. Lo leyó y después se rió en voz alta. Miró a Ender como diciendo «¿Has sido tú?». Ender se encogió

de hombros, como diciendo: «No sé quién ha sido, pero desde luego no he sido yo.»

Shen se rió otra vez, y unos cuantos chicos que no estaban cerca del grupo de Bernard sacaron sus consolas y miraron. El mensaje aparecía en todas las consolas cada treinta segundos, desfilaba por la pantalla rápidamente y luego desaparecía. Los chicos se rieron al unísono.

—¿Qué es tan divertido? —preguntó Bernard.

Ender tuvo cuidado de no reírse cuando Bernard recorrió el dormitorio con la mirada, imitando el miedo que le tenían tantos otros. Naturalmente, Shen sonrió de la forma más desafiante. Bernard dijo a uno de sus chicos que trajera una consola. Todos leyeron el mensaje a la vez.

TÁPATE EL TRASERO. BERNARD VIGILA.

DIOS

Bernard se puso colorado de rabia.

—¿Quién ha sido? —gritó.

—Dios —dijo Shen.

—Todo el mundo sabe que no has sido *tú* —dijo Bernard—. Demasiado *cerebro* para un *gusano*.

El mensaje de Ender expiró al cabo de cinco minutos. Poco tiempo después salió en su consola un mensaje de Bernard.

SÉ QUE HAS SIDO TÚ.

BERNARD

Ender no levantó la vista. Actuaba como si no hubiera visto el mensaje. «Bernard sólo quiere pillarme con cara de culpable. No sabe nada.»

Naturalmente, no importaba que lo supiera o no. Bernard le iba a mortificar aún más que antes, porque tenía que restablecer su posición. Si algo no podía consentir, era que los

otros chicos se rieran de él. Tenía que poner en claro quién era el jefe. En consecuencia, esa mañana Ender fue derribado en la ducha. Uno de los chicos de Bernard hizo como que tropezaba con él y se las apañó para plantarle la rodilla en el vientre. Ender lo aguantó en silencio. En lo que a la guerra abierta se refiere, estaba todavía en la fase de observación. No haría nada.

Pero en la otra guerra, la guerra de las consolas, su segundo ataque ya había surtido efecto. Cuando volvió de la ducha, Bernard, encolerizado, daba patadas a las camas y chillaba a los chicos: «¡Yo no lo he escrito! ¡Cállate!»

Por todas las consolas de los chicos desfilaba constantemente este mensaje:

TU TRASERO, DÉJAME BESARLO.

BERNARD

«¡Yo no he escrito ese mensaje!», gritaba Bernard. Al cabo de un buen rato de sus gritos apareció Dap en la puerta.

—¿Qué alboroto es este? —preguntó.

—Alguien ha estado escribiendo mensajes utilizando mi nombre —Bernard respondió con brusquedad.

—¿Qué mensaje?

—¡El mensaje no importa!

—Me importa a mí.

Dap cogió la consola más cercana, que era precisamente la del chico que ocupaba la litera de encima de Bernard. Lo leyó, esbozó una sonrisa y devolvió la consola.

—Interesante. Ya sé quién ha sido —dijo Dap.

«Sí —pensó Ender—, el sistema era demasiado fácil de vulnerar, estaba hecho para que lo infringiéramos, o por lo menos alguna sección. Saben que he sido yo.»

—Dígame quién ha sido —gritó Bernard.

—¿Me está gritando, soldado? —preguntó Dap, suavemente.

El estado de ánimo de la estancia cambió de repente.

La rabia de los amigos más cercanos de Bernard y la hilaridad apenas contenida del resto dieron paso a la más absoluta seriedad. La autoridad iba a pronunciarse.

—No, señor —dijo Bernard.

—Todo el mundo sabe que el sistema pone automáticamente el nombre del remitente.

—¡Yo no he escrito eso! —dijo Bernard.

—¿Gritando otra vez? —preguntó Dap.

—Ayer, alguien mandó un mensaje firmado con el nombre DIOS —dijo Bernard.

—¿Ah, sí? —dijo Dap—. No sabía que hubiera ingresado en el sistema.

Dap se dio la vuelta y se marchó, y el dormitorio se llenó de carcajadas.

El intento de Bernard de convertirse en el dirigente del dormitorio había fallado. Sólo unos pocos siguieron con él. Pero eran los peores. Y Ender sabía que mientras tuviera que estar alerta, su vida allí iba a ser muy dura. De todas formas, la intromisión en el sistema había dado los resultados esperados. Había detenido a Bernard, y los chicos que merecían la pena se habían librado de él. Y Ender lo había logrado sin mandarle al hospital, eso era lo más importante. Mucho mejor así.

Luego se aplicó seriamente a la tarea de diseñar un sistema de seguridad para su propia consola, pues estaba claro que las salvaguardias incorporadas en el sistema eran inadecuadas. Si podía violarlas un niño de seis años, estaba claro que habían sido puestas ahí como un juego, que no eran un sistema de seguridad serio. «Otro juego más que nos han montado los profesores. Pero ésta es mi especialidad.»

—¿Cómo lo hiciste? —le preguntó Shen durante el desayuno.

Ender advirtió que era la primera vez que se sentaba a comer con él un recluta de su propia clase.

—¿Hacer qué? —preguntó.

—Enviar un mensaje con un nombre falso. Y con el nombre de Bernard. Ahora le llaman Miraculos. Sólo Mirón delante de los profesores, pero todo el mundo sabe qué mira.

—Pobre Bernard —murmuró Ender—. ¡Es tan sensible!

—Venga, Ender. Tú violaste el sistema. ¿Cómo lo hiciste?

Ender negó con la cabeza y sonrió.

—Gracias por creer que soy tan brillante como para hacer eso. Dio la casualidad de que fui el que lo vio primero, nada más.

—Vale, no tienes obligación de decírmelo —dijo Shen—. De todas formas, fue fenomenal.

Comieron un rato en silencio.

—¿Meneo el culo al andar?

—No —dijo Ender—. Un poco nada más. No des pasos tan largos y ya está.

Shen asintió con la cabeza.

—Bernard ha sido el único que lo ha notado —le dijo Shen—. Es un cerdo.

Ender se encogió de hombros.

—Bien mirado, los cerdos no son tan malos.

Shen se rió.

—Tienes razón. Era injusto con los cerdos.

Se rieron al unísono, y se les unieron otros dos reclutas. El aislamiento de Ender había terminado. La guerra estaba tan sólo empezando.

6

La bebida del gigante

—Hemos sufrido ya muchos desengaños; perseverando año tras año, esperando que salgan adelante, y luego no lo logran. Es interesante lo de Ender: está decidido a salir frito antes de cumplir los primeros seis meses.

—¿Ah, sí?

—¿Es que no ve lo que está pasando? Está atascado en la Bebida del Gigante, en el juego. Ese chico debe de ser suicida. No me había hecho ningún comentario al respecto.

—Todos llegan al Gigante alguna vez.

—Pero Ender no le va a dejar en paz. Como Pinual.

—Todos se parecen a Pinual en un momento u otro. Pero sólo Pinual se ha suicidado. No creo que tenga nada que ver con la Bebida del Gigante.

—Es mi vida lo que se está jugando en este asunto. Y fíjese lo que ha hecho con su grupo de lanzamiento.

—Sabe que no es culpa suya.

—No me importa. Culpable o no, Ender está envenenando a ese grupo. Se supone que iban a formar un grupo compacto, y allá donde va se abre un abismo insalvable.

—De todas formas, no tengo intención de dejarle ahí mucho tiempo.

—Pues mejor que cambie de intención. Ese grupo de lanzamiento está enfermo, y él es la causa de la enfermedad. Seguirá ahí hasta que estén curados.

—La causa de la enfermedad soy yo. Le he aislado, y la cosa ha funcionado.

—Dele tiempo. Para ver qué hace al respecto.

—No tenemos tiempo.

—No tenemos tiempo para precipitarnos con un chico que tiene tantas posibilidades de convertirse en un monstruo como de convertirse en un genio militar.

—¿Es una orden?

—El grabador está conectado, siempre lo está, tiene las espaldas cubiertas, váyase a la mierda.

—Si es una orden...

—Es una orden. Manténgale donde está hasta que veamos cómo se desenvuelve con sus compañeros de lanzamiento. Graff, me produce dolor de estómago.

—No le dolería el estómago si dejara la escuela a mi cargo y se ocupara de la flota.

—La flota está a la espera de un comandante. No hay nada que hacer hasta que me lo dé.

Entraron uno a uno en la sala de batalla, desmañadamente, como niños que entran por primera vez a una piscina, aferrándose a los asideros de los laterales. La gravedad nula sobrecogía, desorientaba; se dieron cuenta en seguida de que si no utilizaban los pies para nada, todo iba mucho mejor.

Y para empeorar las cosas, los trajes les oprimían. Era difícil hacer movimientos precisos, pues los trajes se adaptaban con un poco de retraso, oponían más resistencia que cualquier otra ropa que habían llevado antes.

Ender se agarró al asidero y flexionó las rodillas. Notó que, además de la dilación inicial, el traje tenía un efecto amplificador del movimiento. Era difícil poner las perneras del traje en marcha, pero después aún se movían, y con fuerza, cuando los músculos ya se habían parado. «Si doy un empujón con una fuerza X, el traje empujará con una fuerza doble. Me moveré con torpeza un buen rato. Mejor que empiece ya», se dijo.

En consecuencia, sin soltar el asidero, dio un fuerte empujón con los pies.

Instantáneamente, dio una voltereta sobre sí mismo, sus pies volaron por encima de la cabeza, y aterrizó golpeándose de lleno la espalda contra la pared. El rebote parecía aún más fuerte, y sus manos se desencajaron del asidero. Voló por la sala de batalla, dando tumbos de un lado a otro.

Durante un momento desazonador trató de conservar su orientación arriba-abajo, intentando ponerse boca arriba, en busca de una gravedad que no existía. Entonces se obligó a sí mismo a cambiar su punto de vista. Se precipitaba contra una pared. Por lo tanto, eso era abajo. Y una vez más recuperó el control de sí mismo. No estaba volando, estaba cayendo. Era como si hubiera saltado de un trampolín. Podía elegir la forma de chocar contra la superficie.

«Voy demasiado rápido para agarrarme a un asidero y pararme, pero puedo atenuar el impacto, puedo salir despedido en ángulo si me giro cuando choque y uso los pies.»

No resultó ni mucho menos como había pensado. Salió despedido en ángulo, pero no era el que había calculado. Tampoco tuvo tiempo de hacerse ninguna consideración. Chocó contra otra pared, esta vez demasiado pronto para estar preparado. Pero, casi por casualidad, descubrió una forma de usar los pies para controlar el ángulo de rebote. Planeaba otra vez de un lado a otro de la sala, hacia unos chicos que seguían aferrados a la pared. Esta vez había aminorado su velocidad lo suficiente como para poder agarrarse a un barrote. Estaba en un ángulo insólito con respecto a los otros chicos, pero su orientación había cambiado una vez más y, tal como él los veía, estaban todos tendidos en el suelo, no colgando de una pared, y no era él quien estaba boca abajo, sino ellos.

—¿Qué intentas hacer, matarte? —le preguntó Shen.

—Haz la prueba —dijo Ender—. El traje impide que te hagas daño, y puedes controlar los rebotes con las piernas, así. —Y remedó el movimiento que había hecho.

Shen negó con la cabeza. No iba a intentar hacer una pirueta estúpida como ésa. Pero un chico despegó, no con tanta velocidad como lo había hecho Ender, porque no em-

pezó dando una voltereta, pero sí con suficiente velocidad. Ender no necesitaba verle la cara para saber que era Bernard. Y, justo detrás de él, su mejor amigo, Alai.

Ender los vio cruzar la enorme sala, Bernard forcejeando para orientarse en la dirección que él consideraba el suelo, y Alai sometiéndose al movimiento y preparándose para rebotar en la pared. «No es de extrañar que Bernard se rompiera el brazo en el transbordador —pensó Ender—. Se tensa cuando vuela. Tiene pánico.» Ender se guardó la información para uso futuro.

Y más información. Alai no había tomado impulso en la misma dirección que Bernard. Se dirigía a una esquina de la sala. Sus caminos divergían más y más a medida que volaban, y mientras que Bernard hizo un aterrizaje torpe y estridente, y rebotó contra su pared, Alai rebotó oblicuamente contra las tres superficies de una esquina, y con ello conservó casi toda su velocidad y salió despedido con un ángulo inesperado. Alai dio gritos y alaridos, y lo mismo hicieron los chicos que le observaban. Algunos olvidaron que no pesaban y se soltaron de la pared para aplaudir. Ahora iban a la deriva en muchas direcciones, agitando los brazos, intentando nadar.

«Ése es otro problema —pensó Ender—. ¿Qué pasa si te quedas a la deriva? No puedes tomar impulso en ningún sitio.»

Sintió la tentación de dejarse ir a la deriva y tratar de resolver el problema haciendo la prueba. Pero observó a los otros, y no conseguía adivinar qué podía hacer que los otros no estuvieran haciendo ya.

Sujetándose al suelo con una mano, manoseaba la pistola de juguete que estaba prendida al traje por delante, justo debajo del hombro. Entonces se acordó de los cohetes de mano que utilizaban los marines cuando se lanzaban al abordaje de una estación enemiga. Sacó la pistola del traje y la examinó. Había apretado todos los botones en el dormitorio, pero la pistola no había respondido. «Quizá funcione en la sala de batalla.» No había ninguna instrucción. Ninguna

etiqueta en los controles. El gatillo era obvio: como todos los niños, había tenido pistolas de juguete casi desde su infancia. Había dos botones al alcance del dedo pulgar, y varios más a lo largo de la parte inferior del cañón que eran casi inaccesibles si no se utilizaban las dos manos. Estaba claro que los dos botones cercanos al dedo pulgar estaban allí para ser utilizados.

Apuntó la pistola al suelo y apretó el gatillo. Notó que la pistola se calentaba instantáneamente; cuando soltó el gatillo, se enfrió rápidamente. Además, en la parte del suelo donde había apuntado apareció un diminuto círculo de luz.

Pulsó el botón rojo de la parte superior de la pistola y apretó el gatillo otra vez. Lo mismo que antes.

Después pulsó el botón blanco. Disparó un destello de luz potente que iluminaba una amplia zona, pero no con tanta intensidad. La pistola estaba bastante fría cuando el botón estaba apretado.

«El botón rojo la convierte en una especie de láser, pero no es un láser —había dicho Dap—, mientras que el botón blanco la convierte en una lámpara.» Ninguno de los dos sería de mucha ayuda a la hora de hacer maniobras.

«Entonces, todo depende del empujón inicial, del curso que tomes cuando partes. Eso significa que tendremos que aprender a controlar bien nuestros lanzamientos y rebotes o acabaremos flotando en medio de ninguna parte.» Ender recorrió la sala con la mirada. Unos cuantos chicos estaban a la deriva cerca de las paredes, agitando las manos para intentar agarrarse a un asidero. La mayoría estaba dándose topetazos unos contra otros y riendo; algunos estaban agarrados de la mano y dando vueltas en círculo. Sólo unos pocos, como Ender, estaban sujetos a las paredes, en calma, y observaban.

Vio que uno de ellos era Alai. Había acabado en otra pared, no demasiado lejos de Ender. Tomando impulso, Ender dio un empujón y se dirigió rápidamente hacia Alai. Una vez en el aire, se preguntó qué le diría. Alai era amigo de Bernard. ¿Qué podía decirle?

En cualquier caso, ya era demasiado tarde para cambiar de curso. Miró hacia el frente, y ensayó diminutos movimientos de las piernas y los brazos para controlar la dirección de su vuelo. Se dio cuenta demasiado tarde de que había apuntado demasiado bien. No iba a aterrizar *cerca* de Alai, iba a chocar contra él.

—¡Cógete a mi mano! —gritó Alai.

Ender extendió la mano. Alai absorbió el impacto y ayudó a Ender a hacer un aterrizaje suave contra la pared.

—Muy bien —dijo Ender—. Deberíamos practicar este tipo de cosas.

—Eso es lo que estaba pensando, pero ésos se están derritiendo como mantequilla —dijo Alai—. ¿Qué te parece si vamos hacia allá juntos? Podríamos impulsarles en direcciones opuestas.

—Vale.

—¿De acuerdo?

Daban por supuesto que las cosas podían no ir bien entre ellos. ¿Era correcto que hicieran algo juntos? La respuesta de Ender fue coger a Alai por la muñeca y prepararse para tomar impulso.

—¿Preparado? —dijo Alai—. ¡Ya!

Como tomaron impulso con diferente fuerza, empezaron a describir círculos uno alrededor del otro. Ender hizo unos cuantos ligeros movimientos con las manos y luego movió una pierna. Aminoraban la velocidad. Lo hizo otra vez. Dejaron de orbitar. Ahora iban a la deriva suavemente.

—Chico listo —dijo Alai. Era una gran alabanza—. Tomemos impulso antes de chocar contra ese corro.

—Y nos encontramos en aquella esquina.

Ender no quería que se rompiera ese puente con el campamento enemigo.

—El último que llegue llena de pedos una botella de leche —dijo Alai.

Después, lentamente, uniformemente, maniobraron hasta que estuvieron uno frente al otro, como un águila de dos cuerpos, mano con mano, rodilla con rodilla.

—Y ahora un buen choque, ¿no? —preguntó Alai.

—Yo tampoco lo he hecho nunca —dijo Ender.

Se dieron un empujón. Les propulsó a mayor velocidad de lo que esperaban. Ender chocó contra una pareja de chicos y fue a parar a una pared que no estaba prevista. Tardó un momento en reorientarse y encontrar la esquina donde había de hallarse con Alai. Alai se dirigía ya hacia allí. Ender trazó un curso que incluiría dos rebotes pero que evitaría las mayores aglomeraciones de chicos.

Cuando llegó a la esquina, Alai había pasado los brazos por dos asideros adyacentes y hacía como que dormitaba.

—Has ganado.

—Quiero ver tu cosecha de pedos —dijo Alai.

—La he puesto en tu casillero. ¿No lo habías notado?

—Creía que eran los calcetines.

—Ya no llevamos calcetines.

—Claro.

Eso les recordaba que los dos estaban lejos de casa. Eso les robó parte de la diversión que habían obtenido por haber dominado los inicios de la navegación.

Ender sacó la pistola y le mostró lo que había descubierto sobre los dos botones del dedo pulgar.

—¿Qué hace cuando disparas contra una persona? —preguntó Alai.

—No lo sé.

—¿Por qué no lo averiguamos?

Ender negó con la cabeza.

—Podríamos herir a alguien.

—Me refería a dispararnos uno al otro en el pie o algo parecido.

—Ah.

—No puede ser tan peligroso; no pondrían estas pistolas en manos de niños.

—Ahora somos soldados.

—Dispárame al pie.

—No, dispárame tú.

—Disparémonos uno al otro.

Lo hicieron. Inmediatamente, Ender sintió que la pernera del traje se volvía rígida, inmóvil, a la altura de las articulaciones del tobillo y la rodilla.

—¿Te has congelado? —preguntó Alai.

—Rígido como un poste.

—Vamos a congelar un poco —dijo Alai—. Hagamos la primera guerra. Nosotros dos contra ellos.

Ambos esbozaron una sonrisa. Entonces, Ender dijo:

—Mejor que invites a Bernard.

Alai le miró con picardía.

—Oh.

—Y a Shen.

—¿A ese meneaculos de ojos de almendra?

Ender llegó a la conclusión de que Alai estaba bromeando.

—Eh, no todo el mundo puede ser negro.

Alai sonrió.

—Mi abuelo te habría matado por decir eso.

—El abuelo de mi abuelo lo habría vendido antes.

—Unámonos a Bernard y a Shen y congelemos a todos esos medio insectores.

Al cabo de veinte minutos estaban todos congelados, excepto Bernard, Shen, Alai y Ender. Los cuatro estaban sentados, chillando y riendo, cuando entró Dap.

—Ya veo que habéis aprendido a utilizar vuestro equipo —dijo.

Luego hizo algo con un control que llevaba en la mano y todos planearon lentamente hacia la pared donde él se encontraba. Se mezcló con los chicos congelados, tocándolos y descongelando sus trajes. Hubo un tumulto de protestas de que no había habido juego limpio y porque Bernard y Alai les hubieran disparado cuando no estaban preparados.

—¿Por qué no estabais preparados? —preguntó Dap—. Habíais tenido puesto el traje exactamente el mismo tiempo que ellos. Habíais estado aleteando por ahí como patos mareados el mismo número de minutos que ellos. Dejad de lamentaros y empezaremos.

Ender se dio cuenta de que habían asumido que Bernard

y Alai eran los líderes de la batalla. Eso jugaba en su favor. Bernard sabía que Ender y Alai habían aprendido a usar las pistolas juntos. Y Ender y Alai eran amigos. Bernard podría creer que Ender se había unido a su grupo, pero no era así. Ender se había unido a un nuevo grupo. El grupo de Alai. Y Bernard se había unido también.

No estaba tan claro para todos; Bernard seguía fanfarroneando y mandando hacer recados a sus compinches. Pero Alai se movía ahora libremente por todo el dormitorio, y cuando Bernard se salía de sus casillas, podía bromear con él y calmarle. Cuando llegó el momento de elegir al líder del lanzamiento, Alai fue elegido casi por unanimidad. Bernard anduvo enfurruñado unos cuantos días y luego volvió a estar bien, y todos se adaptaron a la nueva situación. El lanzamiento ya no estaba dividido entre el grupo integrado de Bernard y los marginados de Ender. Alai era el puente.

Ender estaba sentado en su cama con la consola en las rodillas. Era la hora de estudio privado, y Ender estaba jugando al Juego Libre. Era un tipo de juego que cambiaba sin ton ni son, en el que el ordenador de la escuela no paraba de sacar situaciones nuevas componiendo un laberinto que uno podía explorar. Se podía volver a las situaciones que le gustaban a uno, pero sólo un rato; si se las tenía ahí mucho tiempo sin hacer nada, desaparecían y otras venían a ocupar su lugar.

Algunas veces era divertido. Algunas veces excitante, y Ender tenía que ser rápido para seguir vivo. Murió muchas veces, pero eso no importaba, los juegos son eso: mueres mucho hasta que le coges el truco.

La figura que le representaba en la pantalla había empezado siendo un niño pequeño. Durante un rato había pasado a ser un oso. Ahora era un ratón grande, con manos largas y delicadas. Hizo correr su figura por debajo de gran cantidad de muebles. Había jugado mucho con el gato, pero ahora se aburría; demasiado fácil darle esquinazo, conocía todos los muebles.

«No pasaré por la ratonera esta vez —se dijo para sí—. Estoy harto del Gigante. Es un juego tonto y además no gano nunca. Elija lo que elija, siempre me equivoco.»

Pero pasó por la ratonera, y por el pequeño puente del jardín. Evitó a los patos y a los mosquitos bombarderos; había intentado jugar con ellos pero eran demasiado fáciles, y si jugaba con los patos mucho tiempo se transformaba en un pez, y eso no le gustaba. Ser un pez le recordaba demasiado a estar congelado en la sala de batalla, con todo el cuerpo rígido, a la espera de que el ejercicio terminara para que Dap le descongelara. Por lo tanto, y como siempre, se encontró subiendo a las colinas rodantes.

Comenzaron los corrimientos de tierras. Al principio había quedado atrapado una y otra vez, aplastado en medio de una enorme mancha de sangre que surgía de un montón de rocas. Ahora, sin embargo, había dominado la técnica de correr cuesta arriba en ángulo para evitar morir aplastado, en busca siempre de tierras más altas.

Y, como siempre, los corrimientos de tierras acabaron en un amasijo de rocas. La cara de la colina se cuarteó y en vez de esquisto era pan blanco, hinchado, subiendo como un bizcocho a medida que la corteza se cuarteaba y caía; era blando y esponjoso; su figura se movía con más lentitud. Y cuando saltó del pan, estaba de pie en una mesa. Detrás de él, una gigantesca rebanada de pan; a su lado, una gigantesca barra de mantequilla. Y el Gigante con la barbilla apoyada en las manos, mirándole. La figura de Ender medía aproximadamente lo mismo que la cabeza del Gigante desde la barbilla hasta la frente.

—Creo que te voy a arrancar la cabeza de un bocado —dijo el Gigante, como siempre.

Esta vez, en vez de correr o seguir allí, Ender hizo ascender su figura hasta la cara del Gigante y le dio una patada en la barbilla.

El Gigante sacó la lengua y Ender cayó al suelo.

—¿Quieres jugar a los acertijos? —preguntó el Gigante.

«O sea, que es siempre lo mismo: el Gigante sólo juega

a los acertijos. Estúpido ordenador. Millones de posibles escenarios en su memoria, y el Gigante sólo puede jugar un juego estúpido...»

El Gigante, como siempre, puso en la mesa dos enormes vasos largos, que llegaban a la altura de las rodillas de Ender. Como siempre, los dos estaban llenos de líquidos distintos. El ordenador era lo suficientemente bueno como para no repetir nunca los líquidos, por lo menos que él recordara. Esta vez, uno contenía un líquido espeso, de aspecto cremoso. El otro rechiflaba y espumajeaba.

—Uno es veneno y el otro no —dijo el Gigante—. Adivina y te llevaré al País de la Fantasía.

Adivinar significaba sumergir la cabeza en uno de los vasos para beber. No acertaba nunca. Algunas veces, su cabeza se disolvía. Algunas veces se prendía fuego. Algunas veces se caía dentro y se ahogaba. Algunas veces se caía hacia fuera, se ponía verde y se pudría. El resultado era siempre fatal, y el Gigante siempre se reía.

Ender sabía que eligiera lo que eligiera, moriría. El juego estaba amañado. A la primera muerte, su figura volvería a aparecer en la mesa del Gigante, lista para jugar otra vez. A la segunda muerte, volvería a los corrimientos de tierras. Después al puente del jardín. Después a la ratonera. Y después, si a pesar de todo volvía al Gigante y jugaba otra vez, y moría otra vez, su consola se oscurecería, desfilaría por ella la leyenda «Fin del Juego Libre», y Ender se echaría de espaldas en la cama y temblaría hasta que al final conseguiría dormirse. El juego estaba amañado, pero el Gigante seguía hablando del País de la Fantasía, algún estúpido País de la Fantasía para niños de tres años en el que probablemente habría algún estúpido Peter Pan o Pato Donald o Mickey Mouse, y al que valía la pena llegar, pero Ender tenía que encontrar la forma de batir al Gigante para llegar allí.

Bebió el líquido cremoso. Inmediatamente comenzó a inflamarse y a subir como un globo. El Gigante se reía. Estaba muerto otra vez.

Jugó otra vez, y esta vez el líquido se solidificó, como el

cemento, y le inmovilizó la cabeza allí abajo mientras el Gigante lo rajaba a lo largo de la espina dorsal, se la sacaba como si fuera un pez, y se ponía a comerlo mientras él sacudía los brazos y las piernas.

Volvió a aparecer en los corrimientos de tierras y decidió no seguir adelante. Incluso dejó que le cubrieran. Pero aunque estaba sudando y sentía frío, con la siguiente vida volvió a las colinas hasta que se convirtieron en pan, y se plantó en la mesa del Gigante para que le pusiera delante los dos vasos largos.

Miró fijamente a los dos líquidos. Uno espumajeaba, el otro hacía olas como el mar. Intentó adivinar qué clase de muerte contenía cada uno. «Probablemente, del océano saldrá un pez y me comerá. El espumoso probablemente me asfixiará. Odio este juego. No es limpio. Es estúpido. Está amañado», se dijo.

Y en vez de meter la cara en uno de los líquidos, lo volcó de una patada, y luego el otro, y esquivó las enormes manos del Gigante mientras éste gritaba:

—¡Tramposo, tramposo!

Saltó a la cara del Gigante, trepó por los labios y la nariz y se puso a escarbar en su ojo. La masa salía con facilidad, como requesón, y el Gigante chillaba. La figura de Ender horadó el ojo, saltó dentro y horadó más y más.

El Gigante se desplomó hacia atrás. El escenario cambiaba mientras caía, y cuando el Gigante llegó al suelo y se paró, era un encaje de intrincados árboles. Un murciélago voló y se posó en la nariz del Gigante muerto. Ender sacó su figura del ojo del Gigante.

—¿Cómo has llegado aquí? —preguntó el murciélago—. Aquí no viene nadie.

Naturalmente, Ender no podía responder. Por eso, se agachó, cogió un puñado de masa del ojo del Gigante y se lo ofreció al murciélago.

El murciélago lo cogió y se marchó volando, gritando mientras se iba:

—Bienvenido al País de la Fantasía.

Lo había conseguido. Debería explorar. Debería bajarse de la cara del Gigante y ver qué había conseguido por fin.

Pero, en vez de hacerlo, desconectó el programa, puso la consola en el casillero, se quitó la ropa y se cubrió con la manta. No había querido matar al Gigante. Se suponía que se trataba de un juego. No tenía más alternativa que una muerte horripilante o un asesinato incluso peor. «Soy un asesino, incluso jugando. Peter estaría orgulloso de mí.»

7

Salamandra

—¿No es maravilloso saber que Ender puede hacer lo imposible?

—Las muertes de los jugadores son siempre repulsivas. Siempre he creído que la Bebida de Gigante era la parte más pervertida de todo el juego, pero ir a por el ojo así... ¿Ése es el que queremos poner al mando de nuestras flotas?

—Lo que importa es que ha ganado el juego que no se podía ganar.

—Supongo que ahora le trasladará.

—Estábamos esperando a ver cómo se desenvolvía con Bernard. Se ha desenvuelto perfectamente.

—Así que en cuanto resuelve una situación, le pasa a otra que no pueda resolver. ¿Podrá descansar alguna vez?

—Seguirá uno o dos meses, quizá tres, con su grupo de lanzamiento. Eso es mucho tiempo en la vida de un niño.

—¿No ha tenido nunca la impresión de que estos chicos no son niños? Cuando se fija uno en sus acciones, en sus comentarios, ¿no le da la impresión de que no son jovencitos?

—Son los niños más brillantes del mundo, cada uno a su manera.

—Pero ¿no deberían seguir actuando como niños? No son normales. Actúan como... personajes históricos. Napoleón y Wellington, César y Brutus.

—Nuestra misión es salvar el mundo, no curar corazones heridos. Eres demasiado compasivo.

—El general Levy no tiene piedad de nadie. Todos los vídeos lo confirman. Pero no haga daño a ese chico.

—¿Está bromeando?

—Quiero decir que no le haga más daño del que sea necesario.

Alai se sentó frente a Ender a la hora de la cena.

—Por fin he conseguido descifrar cómo mandaste aquel mensaje. Usando el nombre de Bernard.

—¿Yo? —preguntó Ender.

—Venga, ¿quién si no? Seguro que no fue Bernard. Y Shen no es muy aficionado al ordenador. Y sé que no he sido yo. ¿Quién si no? No importa. He descifrado la forma de falsificar una entrada de un estudiante nuevo. Simplemente, creaste un estudiante llamado Bernard-espacio, B-E-R-N-A-R-D-espacio, y por eso el ordenador no lo rechazó por coincidir con el nombre de otro estudiante.

—Da la impresión de que puede funcionar —dijo Ender.

—Como quieras. Funciona. Pero tú lo hiciste casi el primer día.

—Yo o algún otro. A lo mejor lo hizo Dap, para evitar que Bernard acumulara demasiado poder.

—He descubierto algo más. No puedo hacerlo con tu nombre.

—¿No me digas?

—Todo lo que incluya el nombre de *Ender* es rechazado. Además, tampoco puedo meterme en tus ficheros. Has diseñado tu propio sistema de seguridad.

—Quizá.

Alai esbozó una sonrisa.

—Acabo de entrar y he destrozado los ficheros de uno. Está violando el sistema también, pegado a mis talones. Necesito protección, Ender. Necesito tu sistema.

—Si te doy mi sistema, sabrás cómo lo hago y te meterás y harás trizas mis ficheros.

—Quién, ¿yo? —preguntó Alai—. Soy el mejor amigo que tienes.

Ender se rió.

—Crearé un sistema para ti.

—¿Ahora?

—¿Puedo acabar la comida?

—Tú nunca acabas la comida.

Era cierto. En la bandeja de Ender quedaba siempre comida. Ender echó una mirada a su plato y decidió que ya había terminado.

—Vamos allá.

Cuando llegaron a su cuartel, Ender se sentó de cuclillas al lado de la cama y dijo:

—Coge tu consola y tráela. Te enseñaré a hacerlo.

Pero cuando Alai trajo su consola a la cama de Ender, Ender seguía sentado, y los casilleros seguían cerrados.

—¿Qué pasa?

Como respuesta, Ender dio una palmada en su casillero. Apareció el mensaje: «Intento de Acceso no Autorizado.» No se había abierto.

—Alguien se está riendo de ti, amigo —dijo Alai—. Se te han adelantado.

—¿Estás seguro de que te sigue interesando mi sistema de seguridad?

Ender se levantó y se alejó de la cama.

—Ender —dijo Alai.

Ender se dio la vuelta. Alai sostenía un trozo de papel.

—¿Qué es?

Alai levantó la vista.

—¿No lo sabes? Estaba en tu cama. Te debes haber sentado encima.

Ender lo cogió.

ENDER WIGGIN
ASIGNADO A ESCUADRA SALAMANDRA
COMANDANTE BONZO MADRID
EFECTIVO INMEDIATAMENTE
CÓDIGO VERDE VERDE MARRÓN
NO SE TRANSFIEREN PERTENENCIAS

—Eres listo, Ender, pero en la sala de batalla no eres mejor que yo.

Ender negó con la cabeza. Era lo más estúpido que se les podía haber ocurrido, ascenderle ahora. No ascendían a nadie hasta que tuviera ocho años. Ender ni siquiera tenía siete. Y los reclutas solían pasar a las escuadras juntos, para que casi todas recibieran a un chico nuevo al mismo tiempo. No había ninguna papeleta de traslado en ninguna otra cama.

Justo cuando las cosas estaban empezando a encajar. Justo cuando Bernard estaba empezando a llevarse bien con todo el mundo, incluso con Ender. Justo cuando Ender estaba encontrando en Alai a un amigo de verdad. Justo cuando su vida empezaba a ser soportable.

Ender se agachó para tirar de Alai y ayudarle a levantarse de la cama.

—La escuadra Salamandra está en competición —dijo Alai.

Ender estaba tan furioso por la injusticia del traslado que se le saltaron las lágrimas. «No debes llorar», se dijo a sí mismo.

Alai vio las lágrimas, pero tuvo la delicadeza de no decir nada.

—Son unos pedorros, Ender, y ni siquiera te dejan llevarte tus cosas.

Ender esbozó una sonrisa y al final no lloró.

—¿Crees que debería desvestirme e ir desnudo?

Alai se rió también.

Impulsivamente, Ender le abrazó, con fuerza, casi como si fuera Valentine. Entonces pensó en Valentine y quiso irse a casa.

—No quiero ir —dijo.

Alai le devolvió el abrazo.

—Te comprendo, Ender. Eres el mejor. Tal vez tengan prisa por enseñártelo todo.

—No quieren enseñármelo todo —dijo Ender—. Yo quería aprender lo que significa tener un amigo.

Alai asintió con la cabeza.

—Serás siempre mi amigo, mi mejor amigo siempre —dijo. Luego esbozó una sonrisa—. Ve a rebanar insectores.

—Claro.

Ender le devolvió la sonrisa.

Alai le dio un beso en la mejilla y le susurró al oído:

—Salaam.

Luego, ruborizado, se dio la vuelta y se fue a su cama, al fondo del dormitorio. Ender adivinó que ese beso y esa palabra eran algo prohibido. Una religión suprimida, quizás. O a lo mejor esa palabra sólo tenía un significado personal y fuerte para Alai. Significara lo que significase para Alai, Ender sabía que era sagrada; que Alai se había descubierto a Ender, como había hecho una vez su madre, cuando, siendo muy joven, antes de que le pusieran el monitor en la nuca, le puso las manos en la cabeza cuando creía que estaba dormido, y rezó sobre él. Ender no había hablado de ello con nadie, ni siquiera con mamá, pero se lo había guardado como un recuerdo de espiritualidad, de cómo le quería su madre cuando creía que nadie, incluso ni él mismo, podía verla ni oírla. Eso era lo que Alai le había dado; un regalo tan sagrado que ni siquiera a Ender le estaba permitido entender su significado.

Después de una cosa como ésa no se podía decir nada. Alai llegó a su cama y se dio la vuelta para mirar a Ender. Sus ojos mantuvieron una mirada cargada de comprensión. Luego, Ender se marchó.

No había nada verde verde marrón en esa parte de la escuela; tendría que ir a buscar esos colores a una de las zonas públicas. Los otros terminarían de comer muy pronto; no quería pasar cerca del comedor. La sala de juegos estaría casi vacía.

En su estado de ánimo, ninguno de los juegos le atraía. Se fue por lo tanto al banco de consolas públicas del fondo de la sala y conectó su juego privado. Llegó rápidamente al País de la Fantasía. Esta vez, el Gigante ya estaba muerto cuando llegó allí; tuvo que bajarse de la mesa con cuidado, saltar a la pata de la silla caída del Gigante, y luego dar un salto hasta el suelo. Unas ratas habían estado royendo el cuerpo del Gigante,

pero Ender había matado a una con un alfiler de la camisa desgarrada del Gigante, y después de eso le habían dejado en paz.

El cadáver del Gigante había llegado al límite de su descomposición. Lo que podía haber sido descuajado por los carroñeros, había sido descuajado; los gusanos habían hecho su trabajo en los órganos; ahora era una momia disecada, vacía, con los dientes esbozando una sonrisa rígida, los ojos vacíos, los dedos retorcidos. Ender rememoró haber escarbado en el ojo del Gigante cuando éste estaba vivo y era malicioso e inteligente. Furioso y frustrado como estaba, Ender deseó cometer ese asesinato otra vez. Pero ahora el Gigante formaba parte del paisaje, y por lo tanto no podía descargar su cólera contra él.

Ender había atravesado siempre el puente que llevaba al castillo de la Reina de Corazones, donde le esperaban muchos juegos; pero ninguno le atraía ahora. Rodeó el cadáver del Gigante y siguió el arroyo aguas arriba, hasta donde surgía del bosque. Había un patio de recreo, con toboganes y barras de monos, columpios y tiovivos, y una docena de niños riendo mientras jugaban. Ender entró y descubrió que allí adentro se había convertido en un niño, cuando normalmente la figura que le representaba en el juego era la de un adulto. De hecho, era más pequeño que los otros niños.

Se puso en la cola del tobogán. Los otros niños le ignoraban. Subió hasta lo alto, vio al niño que le precedía trazar vertiginosamente la larga espiral que llevaba hasta el suelo. Luego se sentó y empezó a deslizarse.

No había comenzado a deslizarse cuando cayó atravesando el tobogán y aterrizó en el suelo, debajo de la escalerilla. El tobogán no le sustentaba.

Tampoco las barras. Podía escalar agarrándose a unas cuantas, pero de repente, al azar, una barra parecía ser inmaterial y Ender caía. Podía sentarse en el columpio hasta que llegaba arriba; entonces caía. Cuando el tiovivo iba muy rápido, no podía agarrarse a ninguna barra, y la fuerza centrífuga lo lanzaba hacia afuera.

Y los otros niños: sus risas eran estridentes, ofensivas.

Daban vueltas alrededor de él y le señalaban y se reían un buen rato antes de volver a sus juegos.

Ender quería pegarles, tirarlos al arroyo. Pero en vez de hacerlo, penetró en el bosque. Encontró un sendero, que se convirtió muy pronto en un camino empedrado, casi totalmente cubierto de maleza, pero todavía transitable. Había letreros de posibles juegos situados a ambos lados del camino, pero Ender no siguió ninguno. Quería ver adónde llevaba el camino.

Llevaba a un claro, con un pozo en el medio, y un letrero que decía: «Bebe, viajero.» Ender se adelantó y echó una mirada al interior del pozo. Casi instantáneamente, oyó un gruñido. Del bosque surgió una docena de lobos con caras humanas que chorreaban baba. Ender les reconoció, eran los niños del patio de recreo. Pero ahora sus dientes podían desgarrar; Ender, desarmado, fue devorado rápidamente.

Su siguiente figura salió, como siempre, en el mismo sitio, y fue comida otra vez, aunque Ender intentó bajarse por el pozo.

Sin embargo, en la siguiente aparición estaba en el patio de recreo. Ahora los niños se reían de él. «Reíd cuanto queráis —pensó Ender—. Sé lo que sois.» Dio un empujón a una niña, que echó a correr detrás de él, enfurecida. Ender la condujo hasta el tobogán. Naturalmente, cayó atravesándolo; pero esta vez, pisándole los talones, también ella cayó. Cuando chocó contra el suelo, se convirtió en una loba y quedó tendida, muerta o aturdida.

Uno por uno, Ender hizo caer a todos los demás en una trampa. Pero antes de que hubiera acabado con el último, los lobos empezaron a volver en sí, y ya no eran niños. Ender fue descuartizado otra vez.

Esta vez, agitado y sudoroso, Ender encontró su figura revivida en la mesa del Gigante. «Debería dejarlo —se dijo a sí mismo—. Debería ir a mi nueva escuadra.»

Pero hizo que su figura saltara de la mesa y rodeara el cuerpo del Gigante en dirección al patio de recreo.

Esta vez, en cuanto un niño se golpeaba contra el suelo

y se convertía en lobo, Ender arrastraba el cuerpo al arroyo y lo tiraba dentro. Cada vez que lo hacía, el cuerpo chisporroteaba como si el agua fuera ácido; el lobo se consumía y del arroyo surgía una oscura nube de humo que se perdía en la lejanía. Despachó sin problemas a los niños, aunque al final empezaron a perseguirle de dos en dos o de tres en tres. Ender no se encontró a ningún lobo esperándole en el claro, y bajó al pozo por la cuerda del balde.

La luz de la caverna era mortecina, pero podía ver montones de joyas. Pasó delante de ellos, advirtiendo que, detrás de él, entre las gemas, destellaban unos ojos. Una mesa llena de comida no despertó su interés. Atravesó un grupo de jaulas que colgaban del techo de la cueva, cada una con una criatura exótica de aspecto amistoso. «Jugaré con vosotros más tarde», pensó Ender. Al final llegó a una puerta con esta leyenda formada por esmeraldas refulgentes:

EL FIN DEL MUNDO

No vaciló. Abrió la puerta y dio un paso adelante. Se detuvo en una pequeña cerca, en lo alto de un acantilado que dominaba un terreno de bosque cerrado, verde y brillante, con pinceladas de color de otoño y parcelas de tierra desbrozada aquí y allá, con arados tirados por bueyes y pequeñas aldeas, un castillo levantado en una elevación distante, y nubes que cabalgaban en corrientes de aire por debajo de él. Por encima, el cielo era el techo de una vasta caverna, con cristales colgantes que formaban estalactitas brillantes.

La puerta se cerró tras él; Ender estudió el escenario atentamente. Era tal su belleza que se preocupaba menos que de costumbre por su supervivencia. Le importaba muy poco, por el momento, en qué consistía el juego en ese lugar. Lo había encontrado y verlo era su recompensa. Así, sin detenerse a pensar en las consecuencias, saltó la cerca.

Caía vertiginosamente hacia un río de aguas tumultuosas y rocas peladas; pero una nube se interpuso entre él y el suelo en su caída, y lo recogió, y se lo llevó. Lo llevó a la

torre del castillo, y atravesó la ventana abierta, depositándolo en el interior. Lo dejó allí, en una habitación con ninguna puerta visible en el suelo ni en el techo, y con ventanas que daban a un abismo indudablemente fatal.

Un momento antes se había arrojado despreocupadamente desde la cerca; ahora vacilaba.

La pequeña alfombra que había delante del juego se destejió convirtiéndose en una serpiente larga y delgada con dientes perversos.

—Soy tu única escapatoria —le dijo—. La muerte es tu única escapatoria.

Ender echó una mirada a la habitación en busca de un arma, cuando, súbitamente, la pantalla se oscureció. A lo largo del borde de la consola brillaban intermitentemente estas palabras:

PRESÉNTESE A SU COMANDANTE
INMEDIATAMENTE.
LLEGA TARDE.
VERDE VERDE MARRÓN

Irritado, Ender apartó violentamente la consola y se dirigió a la pared de colores, donde encontró la banda verde verde marrón, la tocó y la siguió a medida que se iluminaba delante de él. El verde oscuro, el verde claro y el marrón de la banda le recordaban el reino otoñal que había encontrado en el juego. «Tengo que volver allí —se dijo—. La serpiente es una cuerda larga; puedo descolgarme de la torre y encontrar la forma de volver a ese lugar. A lo mejor se llama el fin del mundo porque es el fin de los juegos, porque puedo ir a una de esas aldeas y convertirme en uno de los niños que trabajan y juegan allí, sin que haya nada que matar y sin que nada me mate, simplemente vivir ahí.»

Pero no conseguía hacerse una idea de lo que podría ser «simplemente vivir». No lo había hecho en toda su vida. Pero quería hacerlo ahora.

Las escuadras eran más grandes que los grupos de lanzamiento, y los dormitorios-cuarteles de las escuadras también eran más grandes. Éste era largo y estrecho, con literas a ambos lados; tan largo que se podía apreciar la curvatura del suelo en la elevación de la otra punta; una porción de la rueda de la Escuela de Batalla.

Ender se quedó en la puerta. Unos cuantos chicos que estaban cerca de la puerta le miraron, pero eran mayores, y parecía como si ni le hubieran visto. Siguieron con sus conversaciones, tumbados o sentados en las literas. Naturalmente, estaban comentando batallas; los chicos mayores siempre estaban comentando batallas. Eran mucho más altos que Ender. Los de diez y once años parecían torres; incluso el más joven tenía ya ocho años, y Ender no era muy alto para su edad.

Intentó ver cuál de ellos era el comandante, pero casi todos estaban vestidos de una forma intermedia entre el traje de batalla y lo que los soldados llamaban siempre su uniforme de noche: desnudos de la cabeza a los pies. Muchos habían sacado sus consolas, pero pocos estaban estudiando.

Ender entró en el dormitorio. Su presencia fue advertida inmediatamente.

—¿Qué quieres? —le preguntó el chico que ocupaba la litera superior más próxima a la puerta. Era el más alto. Ender se había fijado antes en él, un joven gigante con pelusilla que le crecía desigualmente por la barbilla—. Tú no eres un Salamandra.

—Parece ser que sí, creo —dijo Ender—. Verde verde marrón, ¿no? He sido trasladado.

Mostró su papel al chico, obviamente el centinela.

El centinela alargó la mano hacia el papel. Ender lo retiró, justo lo necesario para ponerlo fuera de su alcance.

—Parece ser que tengo que entregárselo a Bonzo Madrid.

Otro chico se sumó a la conversación, un chico más pequeño, pero de todas formas más alto que Ender.

—No Ben-zoe idiota. Bonzo. Es un nombre español.

Bonzo Madrid. *Aquí nosotros hablamos español, señor Gran Fedor.*

—Tú debes ser Bonzo entonces —preguntó Ender, pronunciando el nombre correctamente.

—No, simplemente un políglota con talento. Petra Arkanian. La única chica de la escuadra Salamandra. Con más huevos que todos los de este dormitorio.

—Mamá Petra me ha hablado —dijo uno de los chicos—. Me ha hablado, me ha hablado.

Otro chico replicó:

—Mea hablado, mea hablado, mea hablado.

Unos cuantos se rieron.

—Que quede entre tú y yo —dijo Petra—. Si tuvieran que poner una lavativa a la Escuela de Batalla, se la pondrían a verde verde marrón.

Ender se desesperaba. No tenía nada que le avalase: sin ningún tipo de preparación, pequeño, sin experiencia, expuesto a los resentimientos de los demás por su temprano ascenso. Y por si no fuera suficiente, ahora, por casualidad, entablaba amistad precisamente con quien menos le convenía. Una marginada de la escuadra Salamandra, que los demás iban a asociar con él. ¡Qué día! Durante un momento, mientras recorría con la mirada sus caras sarcásticas, se imaginó sus cuerpos cubiertos de pelo, sus dientes puntiagudos preparados para desgarrar. «¿Soy yo el único ser humano de este lugar? ¿Son los demás animales, a la espera de devorar?»

Entonces se acordó de Alai. Seguramente, en todas las escuadras habrá por lo menos uno que merece la pena conocer.

De repente, aunque nadie dijo que se callaran, las risas pararon y el grupo quedó en silencio. Ender se dio la vuelta y miró a la puerta. Había allí un chico alto, oscuro y delgado, de bellos ojos negros y labios finos que insinuaban refinamiento. «Seguiría a esta beldad a cualquier parte —dijo algo dentro de Ender—. Vería lo que ven esos ojos.»

—¿Quién eres? —preguntó el chico sin levantar la voz.

—Ender Wiggin, señor —dijo Ender esgrimiendo las

órdenes—. Trasladado de grupo de lanzamiento a la escuadra Salamandra.

El chico cogió el papel con un movimiento seguro y veloz, sin tocar la mano de Ender.

—¿Cuántos años tienes, Wiggin? —le preguntó.

—Casi siete.

Con el mismo tono de voz que antes, le dijo:

—He preguntado cuántos años tienes, no cuántos años casi tienes.

—Tengo seis años, nueve meses y doce días.

—Cuánto tiempo has estado haciendo prácticas en la sala de batalla.

—Unos pocos meses. Intento mejorar.

—¿Algún tipo de preparación en maniobras de batalla? ¿Has formado parte de un batallón alguna vez? ¿Has realizado alguna vez algún ejercicio conjunto?

Ender no había oído hablar de todas esas cosas. Negó con la cabeza.

Madrid le miró impávidamente.

—Ya veo. No tardarás en descubrir que los oficiales al mando de la escuela, y notablemente el mayor Anderson, que está a cargo de los juegos, son muy aficionados a los ardides. La escuadra Salamandra está empezando a salir de una oscuridad indecente. Hemos vencido en doce de los últimos veinte juegos. Hemos sorprendido a Rata, Escorpión y Sabueso, y estamos preparados para luchar por el liderazgo de la clasificación. Naturalmente, por eso se me da tal espécimen de subdesarrollo como tú, sin utilidad, sin experiencia y sin esperanza.

Petra dijo en voz baja:

—No está encantado de conocerte.

—Cállate, Arkanian —dijo Madrid—. A una prueba añadimos ahora otra. Pero cualquiera que sean los obstáculos que nuestros oficiales decidan sembrar en nuestro camino, seguimos siendo...

—¡Salamandra! —gritaron los soldados, como un solo hombre.

Instintivamente, la idea que Ender se había hecho de estos acontecimientos cambió. Era una ceremonia, un ritual. Madrid no tenía intención de herirle, sólo quería mantener bajo control un acontecimiento inesperado y utilizarlo para reforzar su control de la escuadra.

—Somos el fuego que les consumirá, vientre e intestinos, cabeza y corazón, muchas llamas pero un solo fuego.

—¡Salamandra! —volvieron a gritar.

—Ni siquiera éste nos debilitará.

Por un momento, Ender abrió la puerta a la esperanza.

—Trabajaré duro y aprenderé rápidamente —dijo.

—No te he dado permiso para hablar —respondió Madrid—. Tengo la intención de intercambiarte en cuanto pueda. Probablemente, para librarme de ti tendré que desprenderme de algún elemento valioso, pero, siendo tan pequeño, eres peor que inútil. Un congelado más en cada batalla, eso es lo que eres, y en la situación en que estamos ahora, cada soldado congelado tiene consecuencias en la clasificación. Nada personal, Wiggin, pero estoy seguro que puedes formarte a expensas de algún otro.

—Es todo corazón —dijo Petra.

Madrid se acercó a la chica y le cruzó la cara con el revés de la mano. No sonó mucho, pues la había golpeado con las uñas de los dedos. Pero en la mejilla aparecieron unas señales rojas, cuatro, y otras tantas gotas de sangre marcaban los puntos donde habían dado las puntas de las uñas.

—Éstas son tus instrucciones, Wiggin. Y espero que ésta sea la última vez que tengo que hablar contigo. Te mantendrás aparte mientras nos entrenamos en la sala de batalla. Naturalmente, tienes que estar ahí, pero no pertenecerás a ningún batallón y no tomarás parte en ninguna maniobra. Cuando se nos llame a una batalla, te vestirás rápidamente y te presentarás en la puerta como todos los demás. Pero no atravesarás la puerta hasta que hayan pasado cuatro minutos desde el comienzo del juego, y entonces permanecerás en la puerta, sin desenfundar ni disparar tu arma, hasta que el juego termine.

Ender asintió con la cabeza. Así que iba a ser nadie. Anheló que el intercambio tuviera lugar pronto.

Se dio cuenta también de que Petra no había hecho nada parecido a gritar de dolor o llevarse la mano a la mejilla, aunque una de las gotas de sangre había comenzado a correr dibujando una veta que llegaba a la mandíbula. Podía ser una marginada, pero ya que Bonzo Madrid no iba a ser su amigo, entablaría amistad con Petra.

Se le asignó una litera al fondo del dormitorio. La litera superior, desde la que, estando tumbado, ni siquiera podía ver la puerta; la curva del techo la bloqueaba. Había otros chicos cerca de él, chicos con aspecto cansado y gesto taciturno, los menos valiosos. No tenían ninguna palabra de bienvenida que decir a Ender.

Ender intentó abrir su casillero palmándolo, pero no pasó nada. Entonces se dio cuenta de que los casilleros no tenían ningún seguro. Los cuatro tenían tiradores para abrirlos. Ahora, en una escuadra, nada era privado.

Había un uniforme en el casillero. No era el verde pálido de los reclutas, sino el uniforme verde oscuro con guarniciones naranja de la escuadra Salamandra. No le iba bien. Pero, claro, era probable que nunca se hubiesen visto en la necesidad de entregar un uniforme así a un chico tan joven.

Estaba empezando a sacarlo cuando advirtió que Petra caminaba por el pasillo en dirección a su cama. Se dejó caer de la litera y se puso en pie para saludarla.

—Tranquilo —dijo—. No soy un oficial.

—Eres jefe de batallón, ¿no?

Alguien que estaba cerca le interrumpió:

—¿Qué te ha hecho pensar eso, Wiggin?

—Ocupas una litera delante.

—Mi litera está delante porque soy el tirador más certero de la escuadra Salamandra, y porque Bonzo tiene miedo de que haga una revolución si los jefes de batallón no me vigilan. Como si se pudiera hacer algo con chicos como *éstos*. —Señaló a los chicos de gesto taciturno de las literas cercanas.

¿Qué intentaba hacer? ¿Empeorar todavía más la situación?

—Todos son mejores que yo —dijo Ender intentando disociarse del desprecio de Petra hacia los chicos que, al fin y al cabo, iban a ser sus compañeros de litera.

—Soy una chica —dijo—, y tú eres un meón de seis años. Tenemos mucho en común. ¿Por qué no somos amigos?

—No pienso hacer tus deberes —dijo.

Por un momento, Petra creyó que era un chiste.

—Alto —dijo—. Cuando estás en el juego todo es militar. La escuela no es para nosotros como para los reclutas. Historia y estrategia, y tácticas e insectores y matemáticas y estrellas, las cosas que necesitarás saber cuando seas piloto o comandante. Ya lo verás.

—O sea, que eres mi amigo. ¿Qué gano con ello? —preguntó Ender imitando su forma de hablar, desmesuradamente jactanciosa, como si no le importara nada.

—Bonzo no te va a dejar hacer prácticas. Te va a obligar a llevarte la consola a la sala de batallas para que estudies. Bien mirado, no es tan malo; no quiere que un niño sin ninguna clase de entrenamiento eche a perder sus maniobras de precisión.

Se puso a hablar en giria, la jerga que imitaba el inglés pidgin de la gente no cultivada.

—Bonzo, el *exacto*, el *cuidadoso*, el que mea en plato y nunca salpica.

Ender esbozó una sonrisa.

—La sala de batalla está abierta continuamente. Si quieres, te llevaré allí en las horas libres y te enseñaré algo de lo que sé. No soy un gran soldado, pero sí bastante bueno, y estoy segura que mejor que tú.

—Si quieres... —dijo Ender.

—Empezaremos mañana por la mañana después del desayuno.

—¿Y si hay alguien utilizando la sala? Los de mi lanzamiento íbamos siempre nada más terminar de desayunar.

—No te preocupes. En realidad, hay nueve salas de batalla.

—No había oído hablar de las otras.

—Las nueve tienen la misma entrada. Todo el centro de la escuela, el cubo de la rueda, son salas de batalla. No giran con el resto de la estación. Esa es la razón de su gravedad cero, de su no gravedad: están quietas. Si no hay rotación, no hay abajo. Pero se las arreglan para que haya siempre una sala de batalla dando al corredor de entrada que usamos todos. Una vez que estás dentro, mueven el cubo y ponen otra sala de batalla en esa posición.

—Ah.

—Tal como dije. Nada más terminar de desayunar.

Se puso a andar.

—Petra —dijo Ender.

Se dio la vuelta.

—Gracias.

Sin decir nada, se dio la vuelta otra vez y se fue por el pasillo.

Ender volvió a saltar a su litera y acabó de sacar el uniforme. Estaba desnudo en la cama, jugueteando con su nueva consola, intentando averiguar si habían hecho algo con sus códigos de acceso. Efectivamente, habían borrado su sistema de seguridad. Aquí no podía poseer nada, ni siquiera su consola.

Las luces se atenuaron un poco. Se acercaba la hora de dormir. Ender no sabía qué cuarto de baño tenía que utilizar.

—A la izquierda de la puerta —dijo el chico de la litera contigua—. Lo compartimos con Rata, Cóndor y Ardilla.

Ender le dio las gracias y comenzó a andar.

—Eh —dijo el chico—. No puedes ir así. En uniforme siempre que estés fuera de este dormitorio.

—¿Incluso para ir al lavabo?

—Especialmente. Y te está prohibido hablar con nadie de cualquier otra escuadra. En las comidas o en el lavabo. Puedes saltártelo algunas veces en la sala de batalla, y, naturalmente, cuando un profesor te lo diga. Pero si Bonzo te pilla, estás muerto. ¿Entendido?

—Gracias.

—Otra cosa. Bonzo se sale de sus casillas si estás desnudo delante de Petra.

—Estaba desnuda cuando llegué, ¿no?

—Ella hace lo que quiere, pero tú te vistes. Órdenes de Bonzo.

Era estúpido. Petra parecía todavía un chico, era una regla estúpida. La discriminaba, la hacía diferente, dividía a la escuadra. Estúpido. Estúpido. ¿Cómo llegó Bonzo a ser comandante si no sabía cosas así? Alai sería mejor comandante que Bonzo. Sabía aglutinar a un grupo.

«También yo sé aglutinar a un grupo —pensó Ender—. A lo mejor soy comandante algún día.»

En el lavabo, estaba lavándose las manos cuando alguien se dirigió a él.

—Eh. ¿Es que ahora meten bebés en los uniformes de Salamandra?

Ender no contestó. Se limitó a secarse las manos.

—Eh, mirad. ¡Salamandra está fichando bebés! Mirad esto. Podría pasar entre mis piernas sin rozarme los huevos.

—Porque no tienes, Dink, por eso —respondió alguien.

Cuando Ender salía, oyó a alguien decir:

—Es Wiggin. Ya sabes, el listillo de la sala de juegos.

Caminó por el corredor sonriendo. Podía ser pequeño, pero conocían su nombre. Por la sala de juegos, claro, lo que no quería decir nada. Pero ya verían. Iba a ser un gran soldado también. Todos conocerían su nombre, y pronto. Quizá no en la escuadra Salamandra, pero pronto.

Petra estaba esperando en el corredor que llevaba a la sala de batalla.

—Espera un poco —dijo a Ender—. Acaba de entrar la escuadra Conejo, y hay que esperar unos minutos hasta que cambie la sala de batalla.

Ender se sentó a su lado.

—El canje de sala de batalla implica algo más que sim-

plemente cambiarla por la siguiente —dijo—. Por ejemplo, ¿por qué hay gravedad en el corredor justo antes de entrar a la sala?

Petra cerró los ojos.

—Y si las salas de batalla son realmente ingrávidas, ¿qué pasa cuando una está conectada? ¿Por qué no se mueve siguiendo la rotación de la escuela?

Ender asintió con la cabeza.

—Esos son los misterios —dijo Petra con un susurro ronco—. No metas la nariz en esos asuntos. Al último soldado que lo intentó le pasaron cosas terribles. Lo encontraron colgando de los pies del techo del lavabo, con la cabeza hundida en el váter.

—Así que no soy el primero que hace esa pregunta.

—No olvides esto, pequeño —dijo *pequeño* con un tono que parecía amistoso, no despreciativo—. Nunca te dicen más de lo que tienen que decirte. Pero cualquier chico con cabeza sabe que la ciencia ha cambiado bastante desde los días de Mazer Rackham y la Flota Victoriosa. Está claro que ahora podemos controlar la gravedad. Conectarla y desconectarla, cambiar su dirección, a lo mejor incluso reflejarla. He estado pensando en la cantidad de cosas que se podrían hacer teniendo armas gravitacionales y energía gravitacional en las astronaves. Y piensa cómo se podrían mover las astronaves en las cercanías de los planetas. Podrían incluso desgajar pedazos enormes del planeta reflejando sobre el planeta su propia gravedad, pero en otra dirección, y concentrándola en un punto pequeño. Pero no nos dicen nada.

Ender entendió más de lo que Petra había dicho. La manipulación de la gravedad era una cosa; el engaño de los oficiales era otra; pero el mensaje más importante era éste: el enemigo son los adultos, no las otras escuadras. No nos dicen la verdad.

—Ven, pequeño —dijo Petra—. La sala de batalla está lista. La mano de Petra no tiembla. El enemigo está muerto. —Emitió una risilla—. Me llaman Petra el poeta.

—También dicen que estás más loca que un cencerro.

—Mejor que te lo creas, culo de bebé.

Llevaba en una bolsa diez pelotas que harían de blanco. Ender agarraba su traje con una mano y la pared con la otra, para retenerla cuando lanzaba las pelotas, con fuerza, en diferentes direcciones. En la gravedad nula, cada una rebotó en una dirección.

—Suéltame —le dijo Petra.

Zarpó girando sobre sí misma; haciendo diestros movimientos con las manos, se detuvo, y comenzó a disparar a las pelotas una detrás de otra. Cuando acertaba a una, su resplandor cambiaba de blanco a rojo. Ender sabía que el cambio de color duraba menos de dos minutos. Sólo una pelota había vuelto a ser blanca cuando acertó a la última.

Rebotó con precisión en una pared y volvió a gran velocidad hacia Ender. Ender la agarró y le ayudó a contrarrestar su rebote: era una de las primeras técnicas que le habían enseñado siendo recluta.

—Eres muy buena —dijo.

—Nadie mejor que yo. Y vas a aprender a hacerlo.

Petra le enseñó a extender el brazo totalmente, a apuntar con todo el brazo.

—La mayoría de los soldados no se dan cuenta de que cuanto más lejos está el blanco, más tiempo hay que mantener el rayo en un círculo de aproximadamente dos centímetros. Es simplemente la diferencia entre una décima de segundo y medio segundo, pero en batalla eso es mucho tiempo. Muchos soldados creen que han errado el tiro, cuando en realidad estaban dando justo en el blanco pero se retiraban antes de tiempo. No se puede utilizar la pistola como una espada, zas-zas y cortar por la mitad. Tienes que apuntar.

Se sirvió del llama-pelotas para atraer los blancos, y luego los lanzó otra vez lentamente, uno por uno. Ender les disparó. Falló casi todos los tiros.

—Muy bien —le dijo Petra—. No tienes ningún hábito malo.

—Tampoco tengo ninguno bueno —subrayó Ender.

—En eso te doy la razón.

No consiguieron mucho esa primera mañana. Casi todo fue hablar. Cómo pensar mientras se está disparando. Tienes que retener en la cabeza al mismo tiempo tu movimiento y el movimiento del enemigo. Tienes que mantener el brazo derecho y apuntar con el cuerpo para que, si te congelan el brazo, puedas seguir disparando. Averigua en qué punto del recorrido del gatillo se dispara la pistola, para que no tengas que apretar el gatillo hasta el fondo cada vez que disparas. Relaja el cuerpo, no te tenses, hace que tiembles.

Ésa fue la única práctica que Ender hizo ese día. En los ejercicios que hizo la escuadra por la tarde, a Ender se le ordenó que trajera su consola e hiciera sus deberes, sentado en un rincón de la sala. Bonzo tenía obligación de tener a todos sus soldados en la sala de batalla, pero no tenía obligación de utilizarlos.

De todas formas, Ender no hizo sus deberes. Si no podía hacer ejercicios como soldado, podía estudiar a Bonzo como comandante. La escuadra Salamandra estaba dividida en los cuatro batallones estándar de diez soldados cada uno. Algunos comandantes distribuían sus batallones de forma que el batallón A tenía los mejores soldados y el D los peores. Bonzo los había mezclado y todos tenían soldados buenos y soldados flojos.

Con la diferencia de que el B sólo tenía nueve chicos. Ender se preguntó quién habría sido transferido para dejarle su sitio. En seguida se puso de manifiesto que el jefe del batallón B era nuevo. No era extraño que Bonzo estuviera tan disgustado: había perdido un jefe de batallón para dar cabida a Ender.

Y Bonzo tenía razón en otra cosa: Ender no estaba preparado. Estuvieron toda la práctica haciendo maniobras. Batallones que no podían verse entre sí hacían operaciones precisas con una sincronización perfecta; los batallones hacían prácticas apoyándose los unos en los otros para hacer cambios súbitos de dirección sin romper la formación. Todos esos soldados daban por sabidas técnicas que Ender no

conocía. La técnica de hacer un aterrizaje suave y absorber el impacto. Vuelos precisos. Corrección de la dirección utilizando a los soldados congelados que flotaban por la sala. Balanceos, giros, regates. Deslizamientos por las paredes, una maniobra muy difícil y a la vez una de las más útiles, pues impide que el enemigo pueda ponerse detrás.

Aunque Ender aprendió muchas cosas que no sabía, también vio cosas que se podían mejorar. Las formaciones perfectamente ensayadas eran un error. Permitían a los soldados obedecer instantáneamente las órdenes, pero eso significaba también que eran previsibles. Además, los soldados disfrutaban de muy poca iniciativa individual. Una vez establecido un modelo, tenían que seguirlo hasta el final. No había lugar para hacer reajustes en función de lo que hiciera el enemigo contra la formación. Ender estudió las formaciones de Bonzo como lo haría un comandante enemigo, buscando las formas de romperlas.

Esa noche, durante las horas de juego libre, Ender pidió a Petra que hiciera prácticas con él.

—No —le dijo—. Quiero llegar a ser comandante algún día y tengo que jugar en la sala de juegos.

Estaba extendida la creencia de que los profesores rastreaban los juegos y escogían allí a los potenciales comandantes. Ender lo dudaba. Los jefes de batallón tenían más posibilidades de demostrar lo que podrían hacer siendo comandantes que ningún jugador de vídeos.

Pero no discutió con Petra. La práctica que siguió al desayuno fue más que generosa. De todas formas, tenía que practicar. Y no podía practicar solo, con excepción de unas pocas técnicas básicas. La mayoría de las técnicas más difíciles requerían compañeros o equipos. Si por lo menos siguiera teniendo a Alai o a Shen para hacer prácticas con ellos...

¿Y por qué no podía practicar con ellos? No había oído nunca que un soldado hiciera prácticas con los reclutas, pero no había ninguna norma en contra. Simplemente, no lo había hecho nadie; había demasiado desprecio hacia los reclu-

tas. Y de todas formas, a Ender se le seguía tratando como a un recluta. Necesitaba a alguien con quien practicar, y a cambio podría ayudarle a aprender las cosas que veía hacer a los chicos mayores.

—¡Atención, vuelve el gran soldado! —dijo Bernard.

Ender se detuvo en la puerta de su anterior cuartel. Sólo había estado fuera un día, pero le parecía ya un sitio extraño, y los chicos de su lanzamiento eran también extraños. Estuvo a punto de dar la vuelta y marcharse. Pero estaba Alai, que había convertido su amistad en algo sagrado. Alai no era un extraño.

Ender no hizo ningún esfuerzo para ocultar el trato que recibía en la escuadra Salamandra.

—Y tienen razón —dijo—. Soy más inútil que un estornudo en un traje espacial.

Alai se echó a reír, y otros reclutas comenzaron a rodearle. Ender propuso el trato. Juego libre, todos los días, trabajo duro en la sala de batalla, bajo su dirección. Ellos aprenderían cosas de las escuadras, de las batallas que pudiera ver Ender; y él podría hacer las prácticas que necesitaba para desarrollar sus técnicas de soldado.

—Nos formaremos juntos.

Muchos chicos querían ir.

—De acuerdo —dijo Ender—. Pero aquí se viene a trabajar. El que se dedique a hacer el tonto, será expulsado. No tengo tiempo que perder.

No perdieron el tiempo. Ender mostró considerables dosis de torpeza al intentar describir lo que había visto, al intentar descifrar la forma de hacerlo. Pero para cuando terminó el tiempo del juego libre, habían aprendido algo. Estaban cansados, pero estaban cogiendo el truco a algunas técnicas.

—¿Dónde estabas? —preguntó Bonzo.

Ender se puso firmes junto a la litera de su comandante.

—Haciendo prácticas en la sala de batalla.

—He oído que te llevaste contigo a unos cuantos de tu antiguo grupo de lanzamiento.

—No podía hacer prácticas solo.

—No voy a permitir que ningún soldado de la escuadra Salamandra ande por ahí con los reclutas. Ahora eres un soldado.

Ender le miró en silencio.

—¿Me has oído, Ender Wiggin?

—Sí, señor.

—No más prácticas con esos pedorros.

—¿Puedo hablar con usted en privado? —preguntó Ender.

Era una petición que los comandantes estaban obligados a conceder. Bonzo dejó traslucir su irritación en la cara, y condujo a Ender al corredor.

—Escucha, Wiggin, no quiero que estés aquí, estoy intentando librarme de ti, pero no me des problemas o te estamparé contra la pared.

«Un buen comandante —pensó Ender— no tiene necesidad de lanzar amenazas estúpidas.»

Bonzo se enfureció ante el silencio de Ender.

—Oye, me has pedido que saliera, habla entonces.

—Señor, hizo bien en no ponerme en ningún batallón. No sé hacer nada.

—No necesito que me digas lo que hago bien.

—Pero voy a convertirme en un buen soldado. No echaré a perder sus ejercicios regulares, pero voy a hacer prácticas, y voy a hacer prácticas con la única gente que está dispuesta a hacer prácticas conmigo, y esa gente es mi lanzamiento.

—Tú harás lo que yo te diga, imbécil.

—De acuerdo, señor. Cumpliré todas las órdenes que esté autorizado a darme. Pero el juego libre es libre. Nadie puede obligarme a hacer nada. Nada. Nadie.

Podía ver cómo se acaloraba Bonzo. El acaloramiento era malo. Ender era frío, y sabía aprovecharlo. Bonzo se acaloraba, luego lo aprovecharía.

—Señor, tengo que pensar en mi carrera. No interferiré en sus entrenamientos ni en sus batallas, pero alguna vez tengo que aprender. No le pedí que me pusiera en su escuadra, está intentando intercambiarme en cuanto pueda. Pero nadie me querrá si no sé hacer nada, ¿no? Permítame aprender algo y así se podrá librar de mí antes y conseguir a cambio un soldado que pueda servirle.

Bonzo no era tan estúpido como para que la ira le impidiera reconocer lo que tenía sentido cuando lo oía. De todas formas, no podía borrar su ira inmediatamente.

—Mientras estés en la escuadra Salamandra, obedecerás.

—Si intenta controlar mi tiempo de juego libre, puedo hacer que le frían.

Era probable que no fuera cierto. Pero era posible. Indudablemente, si Ender armaba jaleo, era concebible que Bonzo corriera el riesgo de perder su condición de comandante por interferir en el juego libre. Además, estaba claro que los oficiales veían algo en Ender, por algo le habían ascendido. A lo mejor tenía suficientes influencias entre los profesores para freír a alguien.

—¡Cabrón! —dijo Bonzo.

—No es culpa mía que me haya dado esa orden delante de todos —dijo Ender—. Pero si quiere, haré como que usted ha ganado. Y mañana podrá decirme que ha cambiado de idea.

—No necesito que me digas lo que tengo que hacer.

Bonzo le odiaba, por su generosidad. Era como si Ender le estuviera obedeciendo como haciéndole un favor. Con descaro, y sin embargo no tenía alternativa. Ninguna alternativa. No se le ocurrió pensar que era por su culpa, por haber dado a Ender una orden que no era razonable. Lo único que sabía era que Ender le había derrotado y que luego le había pasado la derrota por las narices mostrándose magnánimo.

—Algún día te pillaré —dijo Bonzo.

—Probablemente —dijo Ender.

Las luces se apagaron y la sirena sonó. Ender entró en el dormitorio con expresión de abatimiento. Derrotado. Irritado. Los demás chicos sacaron la conclusión obvia.

Y por la mañana, cuando Ender iba a desayunar, Bonzo le detuvo y le habló en voz alta:

—He cambiado de idea, renacuajo. A lo mejor aprendes algo haciendo prácticas con tus reclutas y puedo intercambiarte más fácilmente. Cualquier cosa con tal de librarme de ti cuanto antes.

—Gracias, señor —dijo Ender.

—De nada —susurró Bonzo—. Espero que salgas frito.

Ender sonrió agradecido y salió del dormitorio. Después del desayuno, practicó de nuevo con Petra. Se pasó la tarde observando los ejercicios de Bonzo e imaginando formas de destruir su escuadra. Durante el juego libre, él y Alai y los demás trabajaron hasta el agotamiento. «Puedo hacerlo —pensó Ender echado en la cama, con calambres en los músculos—. Puedo conseguirlo.»

La escuadra Salamandra tenía una batalla cuatro días después. Ender siguió a los soldados de verdad que corrían al trote por los corredores que llevaban a la sala de batalla. Había dos bandas en las paredes, la verde verde marrón de Salamandra y la negra blanca negra de Cóndor. Cuando llegaron al lugar donde había estado siempre la sala de batalla, hoy el corredor se dividía en dos, con la señalización verde verde marrón indicando hacia la izquierda y la negra blanca negra a la derecha. Otro giro a la derecha, y la escuadra se detuvo frente a una pared desnuda.

Los batallones formaron en silencio. Ender se quedó atrás. Bonzo estaba dando sus instrucciones.

—A se agarra a los asideros y sube. B a la izquierda, C a la derecha, D abajo.

Comprobó que los batallones estaban orientados siguiendo sus instrucciones, y luego añadió:

—Y tú, renacuajo, espera cuatro minutos y luego limítate a atravesar la puerta. Ni siquiera saques la pistola del traje.

Ender asintió con la cabeza. De repente, la pared que

había detrás de él se hizo transparente. No era por lo tanto una pared, sino un campo de fuerza. La sala de batalla era diferente también. En el aire estaban suspendidas enormes cajas marrones, obstruyendo parcialmente la visión. Luego ésos eran los obstáculos que los soldados llamaban *estrellas.* Parecían estar distribuidas al azar. A Bonzo parecía no preocuparle dónde estaban. Aparentemente, los soldados ya sabían cómo desenvolverse con las estrellas.

Pero Ender, sentado observando la batalla desde el corredor, no tardó en darse cuenta de que no sabían hacerlo. No sabían aterrizar con suavidad en una y utilizarla como cobertura, ni la táctica para asaltar la posición del enemigo en una estrella. No mostraron el más mínimo conocimiento de qué estrellas eran importantes. Se empeñaron en asaltar estrellas que podían haber pasado por alto deslizándose por las paredes hasta una posición más avanzada.

El otro comandante se aprovechaba del error estratégico de Bonzo. La escuadra Cóndor obligaba a los Salamandras a emprender costosos asaltos. Cada vez había menos Salamandras sin congelar para emprender el ataque a la siguiente estrella. Al cabo de cinco o seis minutos, estaba claro que la escuadra Salamandra no podría derrotar al enemigo atacándole.

Ender atravesó la puerta. Planeó ligeramente hacia abajo. Las salas de batalla en las que había hecho prácticas siempre tenían la puerta y el suelo al mismo nivel. En las batallas reales, sin embargo, la puerta estaba en el centro de la pared, a la misma distancia del suelo que del techo.

De golpe, se sintió reorientado, como había pasado en el transbordador. Lo que había estado abajo estaba ahora arriba, y ahora a un lado. En gravedad cero no había razón para seguir orientado de la misma forma que en el corredor. Mirando a las puertas perfectamente cuadradas, era imposible decir qué dirección era antes arriba. Y no importaba. Porque ahora Ender había dado con la orientación que tenía sentido. La puerta del enemigo estaba abajo. El objeto del juego era caer sobre la sede del enemigo.

Ender realizó los movimientos que le orientaran en su nueva dirección. En vez de estar totalmente desplegado, presentando todo su cuerpo al enemigo, Ender iba ahora con las piernas apuntando hacia el enemigo. Era un blanco mucho más pequeño.

Alguien lo vio. Al fin y al cabo, iba a la deriva en el espacio abierto. Instintivamente, levantó las piernas. En ese momento le irradiaron, y las perneras de su traje se congelaron en esa posición. Sus brazos seguían descongelados, pues sin un impacto directo en el cuerpo sólo se congelaban los miembros que habían sido acertados. Ender se dio cuenta de que si no hubiera presentado sus piernas al enemigo, le habrían dado en el cuerpo. Habría quedado inmovilizado.

Como Bonzo le había ordenado no sacar el arma, Ender siguió a la deriva, sin mover la cabeza ni los brazos, como si le hubieran congelado también. El enemigo le ignoraba y concentraba el fuego en los soldados que estaban disparando. Era una batalla amarga. Inferior en número ahora, la escuadra Salamandra cedía terreno poco a poco. La batalla se desintegró en una docena de enfrentamientos individuales. La disciplina de Bonzo daba ahora sus frutos, pues cada Salamandra congelado se llevaba por delante por lo menos un enemigo. Nadie corrió o se dejó llevar por el pánico, todos permanecían en calma y apuntaban con cuidado.

Petra era especialmente mortífera. La escuadra Cóndor se dio cuenta y puso todo su empeño en congelarla. Congelaron primero el brazo con que disparaba, y su retahíla de maldiciones sólo fue interrumpida cuando la congelaron totalmente y su casco se cerró sobre su mandíbula. En unos minutos, todo había acabado. La escuadra no ofrecía más resistencia.

Ender advirtió con placer que Cóndor sólo podía reunir los cinco soldados mínimos necesarios para abrir la puerta a la victoria. Cuatro de ellos tocaron con sus cascos los puntos iluminados de las cuatro esquinas de la puerta de Salamandra, mientras el quinto atravesaba el campo de fuerza. Aquello ponía fin al juego. Las luces volvieron a brillar con

la luminosidad máxima, y Anderson salió por la puerta de profesores.

«Podía haber sacado la pistola —pensó Ender— cuando el enemigo se acercaba a la puerta. Podía haber sacado la pistola y disparado a uno de ellos, y no habrían quedado suficientes. El juego podía haber acabado en empate. Sin cuatro hombres para tocar las cuatro esquinas y un quinto hombre para atravesar la puerta, Cóndor no habría conseguido la victoria. Bonzo, estúpido de mierda, te podía haber salvado de esta derrota. A lo mejor incluso la habría convertido en una victoria, pues estaban sentados ahí, blancos fáciles, y al principio no habrían sabido de dónde venían los tiros. No soy tan mal tirador como para no hacer eso.»

Pero las órdenes eran las órdenes, y Ender había prometido obedecer. Le produjo cierta satisfacción el hecho de que el recuento oficial de la escuadra Salamandra presentaba, no los esperados cuarenta y un eliminados o inutilizados, sino cuarenta eliminados y un dañado. Bonzo no lo entendía, hasta que consultó el libro de Anderson y descubrió quién era. «Dañado, Bonzo —pensó Ender—. Todavía podía disparar.» Esperaba que Bonzo se le acercara y le dijera: «La próxima vez, si pasa lo mismo, puedes disparar.» Pero Bonzo no le dijo absolutamente nada hasta la mañana siguiente, después del desayuno. Naturalmente, Bonzo comió con el grupo de comandantes, pero Ender estaba bien seguro que el extraño marcador causaría tanto revuelo allí como había causado en el comedor de los soldados. En todos los juegos que no terminaban en empate, todos los miembros del equipo perdedor quedaban eliminados (totalmente congelados) o inutilizados, lo que significaba que seguían teniendo algunas partes del cuerpo sin congelar pero no podían disparar o infligir ningún daño al enemigo. La escuadra Salamandra era la única escuadra vencida con un hombre en la clasificación Dañados pero Activos.

Ender no adelantó ninguna explicación, pero los otros miembros de la escuadra Salamandra hicieron público por qué había ocurrido eso. Y cuando le preguntaron por qué no

había desobedecido las órdenes y disparado, respondió con calma: «Yo obedezco las órdenes.»

Después del desayuno, Bonzo le miró.

—La orden sigue en pie —dijo—, y no lo olvides.

«Lo pagarás caro, idiota. Puedo no ser un buen soldado, pero sí puedo ayudar y, no hay ninguna razón para que no me lo permitas», se dijo Ender.

Ender no dijo nada.

Un interesante efecto secundario de la batalla fue que Ender subió a la cabeza de la lista de eficacia de los soldados. Como no había disparado ningún tiro, tenía un resultado perfecto en el tiro: ningún fallo. Y como no había sido eliminado ni inutilizado, su porcentaje en este aspecto era excelente. No había nadie cerca de él. Esto hizo que muchos chicos se rieran, y que otros se enfadaran, pero en la lista de eficacia, Ender era ahora el líder.

Siguió sentado fuera durante las sesiones prácticas de la escuadra, y siguió trabajando duro por su cuenta, con Petra por la mañana y con sus amigos por la noche. Ahora se les unían más reclutas, no por divertirse sino porque veían resultados: mejoraban día a día. De todas formas, Ender y Alai seguían siendo mejores. En parte, porque Alai continuaba probando cosas nuevas, lo que obligaba a Ender a pensar en nuevas tácticas para hacerles frente. En parte, porque seguían cometiendo errores estúpidos, que sugerían cosas que ningún soldado que se preciara de serlo habría probado nunca. Muchas de las cosas que probaban resultaban ser inútiles. Pero siempre era divertido, siempre era excitante, y consiguieron suficientes cosas que sabían que servían para algo. Las últimas horas de la tarde eran las mejores del día.

Las dos batallas siguientes fueron fáciles victorias de Salamandra; Ender entró al cabo de cinco minutos y siguió sin ser tocado por el enemigo derrotado. Ender empezó a pensar que la escuadra Cóndor, que les había vencido, era especialmente buena; la escuadra Salamandra, por débil que fuera la capacidad estratégica de Bonzo, era uno de los me-

jores equipos, y subía ininterrumpidamente en la clasificación, disputando la cuarta plaza a la escuadra Rata.

Ender cumplió los siete años. No había gran afición a las fechas y los calendarios en la Escuela de Batalla, pero Ender había dado con la forma de hacer visible la fecha en su consola, y se acordó de su cumpleaños. La escuela también se acordó; le tomaron las medidas y le dieron un nuevo uniforme Salamandra y un nuevo traje refulgente para la sala de batalla. Volvió al cuartel con la ropa nueva puesta. Se sentía extraño y holgado, como si su piel ya no le ajustara bien.

Quiso detenerse en la litera de Petra y hablarle de su casa, de cómo solían celebrar su cumpleaños, o simplemente decirle que era su cumpleaños, para que le felicitara. Pero nadie comentaba los cumpleaños. Era infantil. Era lo que hacían los terrícolas. Tartas y costumbres tontas. Valentine le hizo la tarta el día de su sexto cumpleaños. Se cayó y fue terrible. Ya nadie sabía cocinar, era el tipo de cosas que sólo a Valentine se le podía ocurrir hacer. Todo el mundo hizo chanzas a cuenta de la tarta, pero Ender guardó un trozo en el armario. Luego le quitaron el monitor y se marchó, y, por lo que sabía, seguía estando allí, un trocito de polvo amarillo grasoso. Nadie hablaba de su casa, nunca entre soldados; antes de la Escuela de Batalla no había habido vida. Nadie recibía cartas, y nadie escribía. Todos hacían como que no les importaba.

«Pero a mí me importa —pensó Ender—. La única razón por la que estoy aquí es para que ningún insector le pegue a Valentine un tiro en el ojo, para que no le vuelen la cabeza como a los soldados de los vídeos de las primeras batallas con los insectores. Para que no le atraviesen la cabeza con un rayo tan caliente que el cerebro reviente el cráneo y se derrame como un bizcocho cuando se hincha, como pasaba en mis peores pesadillas, en mis peores noches, cuando me despertaba temblando pero en silencio; debo guardar silencio u oirán que echo de menos a mi familia, que quiero irme a casa.»

Por la mañana se sintió mejor. Su casa era sólo un dolor

sordo en la parte posterior de su memoria. Un cansancio en los ojos. Esa mañana Bonzo entró cuando se estaban vistiendo.

—¡Trajes refulgentes! —gritó.

Iba a haber una batalla. El cuarto juego de Ender.

El enemigo era la escuadra Leopardo. Sería fácil. Leopardo era nueva, y estaba siempre en el último puesto de la clasificación. Había sido organizada sólo seis meses antes, con Pol Slattery como comandante. Ender se puso su nuevo traje de batalla y se alineó; Bonzo le sacó a empujones de la línea y le hizo desfilar el último: «No necesitabas hacer esto —dijo Ender en silencio—. Podías haberme dejado estar en la línea.»

Ender observó desde el corredor. Pol Slattery era joven, pero era listo, tenía algunas ideas nuevas. Mantuvo a sus soldados en movimiento, saltando de una estrella a otra, deslizándose por las paredes para ponerse por detrás o por encima de los imperturbables Salamandra. Ender sonrió. Bonzo estaba irremediablemente confundido, y también sus hombres. Leopardo parecía tener hombres en todos sitios. De todas formas, la batalla no fue tan desigual como parecía. Ender se dio cuenta de que Leopardo también estaba perdiendo muchos hombres; su temeraria táctica les exponía demasiado. Lo que importaba sin embargo era que Salamandra *se sentía* derrotada. Habían cedido totalmente la iniciativa. Aunque todavía estaban igualados con el enemigo, se apretaban unos contra otros como el último superviviente de una masacre, como si esperaran que el enemigo se olvidara de ellos en la carnicería que se avecinaba.

Ender se deslizó lentamente por la puerta, orientado de forma que la puerta del enemigo estuviera abajo, y planeó lentamente en dirección este hasta una esquina donde no fuera advertido. Incluso se disparó a las piernas para mantenerlas en la posición de rodillas, que le ofrecía la mejor protección. Parecía, a cualquier mirada casual, como cualquier otro soldado congelado que estaba a la deriva fuera del campo de batalla.

Con la escuadra Salamandra esperando miserablemente su destrucción, la escuadra Leopardo no tenía más remedio que destruirla. Les quedaban nueve chicos cuando Salamandra dejó por fin de disparar. Formaron y comenzaron a abrir la puerta de Salamandra.

Ender apuntó cuidadosamente con el brazo extendido, como Petra le había enseñado. Antes de que nadie se diera cuenta de lo que estaba pasando, congeló a tres de los soldados que estaban a punto de apretar sus cascos contra las esquinas iluminadas de la puerta. Entonces, los otros le apuntaron y dispararon, pero al principio sólo acertaron en sus piernas ya congeladas. Le dio tiempo de acertar a los otros dos de la puerta. A Leopardo le quedaban sólo cuatro hombres sin congelar cuando, al final, dieron a Ender en el brazo y le inutilizaron. El juego había acabado en empate, y todavía no le habían dado en el cuerpo.

Pol Slattery estaba furioso, pero no había habido juego sucio. Todos los de la escuadra Leopardo dieron por supuesto que había sido una estrategia de Bonzo, dejar a un hombre hasta el último minuto. No se les ocurrió pensar que el pequeño Ender había disparado contraviniendo las órdenes. Pero la escuadra Salamandra lo sabía. Bonzo lo sabía, y Ender vio en la mirada de su comandante que le odiaba por salvarle de una derrota total. «No me importa —se dijo Ender—. Hará que sea más fácil lograr el intercambio, y, además, no bajarás demasiado en la clasificación. Intercámbiame. He aprendido todo lo que puedo aprender de *ti*. Perder con clase, eso es lo único que sabes hacer, Bonzo.»

«¿Qué he aprendido hasta ahora? —Ender enumeró varias cosas en voz baja mientras se desvestía al lado de la litera—. La puerta del enemigo está abajo. Usar las piernas como escudo. Dejar una pequeña reserva hasta el final del juego puede ser decisivo. Y algunas veces los soldados pueden tomar decisiones más inteligentes que las órdenes que han recibido.»

Desnudo, estaba a punto de saltar a la cama cuando

Bonzo vino hacia él, con la cara rígida y tensa. «He visto a Peter así —pensó Ender—, en silencio y con la muerte en los ojos. Pero Bonzo no es Peter. Bonzo tiene más miedo.»

—Wiggin, por fin te he intercambiado. He conseguido persuadir a la escuadra Rata de que tu increíble posición en la lista de eficacia es algo más que un accidente. Te vas con ellos mañana.

—Gracias, señor —dijo Ender.

Quizá sonó demasiado agradecido. Súbitamente, Bonzo se inclinó hacia él y le dio una bofetada feroz en la mandíbula. Ender trastabilló hacia un lado y estuvo a punto de caer en la litera. Entonces, Bonzo le pegó un puñetazo en el estómago. Ender cayó de rodillas.

—Me has desobedecido —dijo Bonzo, en voz alta para que le oyeran todos—. Un buen soldado no desobedece nunca.

Incluso mientras gritaba de dolor, Ender no pudo evitar sentir el placer de la venganza en los murmullos que se levantaron por el cuartel. «Eres idiota, Bonzo. No estás imponiendo disciplina, la estás destruyendo. Saben que he convertido una derrota en un empate. Y ahora ven cómo me recompensas. Te has comportado de una forma estúpida a la vista de todos los demás. ¿Cuánto vale tu disciplina ahora?»

El día siguiente, Ender dijo a Petra que, por su propio bien, debían poner fin a las prácticas de tiro de la mañana. No convenía que Bonzo viera en ello algo que le pareciera un reto, y por eso era mejor que se mantuviera alejada de Ender durante un tiempo. Lo entendió perfectamente.

—Además —dijo—, estás muy cerca de llegar a tu cúspide como tirador.

Dejó la consola y el traje refulgente en el casillero. Llevaría su uniforme Salamandra hasta que pudiera ir a intendencia y cambiarlo por el marrón y negro de la escuadra Rata. No había traído ninguna pertenencia; no se llevaría ninguna. No había nada que llevarse: todo lo que tenía de valor estaba en el ordenador de la escuela o en su cabeza y en sus manos.

Utilizó una de las consolas públicas de la sala de juego para inscribirse en un curso de combate cuerpo a cuerpo en gravedad terrestre, durante la hora inmediatamente posterior al desayuno. No tenía la intención de vengarse de Bonzo por haberle golpeado. Pero sí tenía la intención de procurar que nadie pudiera hacerle lo mismo otra vez.

8

Rata

—Coronel Graff, los juegos han sido siempre limpios. Con las estrellas en distribución aleatoria o simétrica.

—La limpieza es un atributo maravilloso, mayor Anderson. Pero no tiene nada que ver con la guerra.

—El juego quedará en entredicho. Las clasificaciones comparativas no tendrán ningún significado.

—¡Qué le vamos a hacer!

—Nos llevará meses, años, desarrollar las nuevas salas de batalla y ejecutar las simulaciones.

—Por eso se lo pido ahora. Para que empiece. Sea creativo. Piense todas las posibles distribuciones de estrellas, desiguales, insólitas, amañadas. Piense todas las formas posibles de violar las reglas. Notificaciones a última hora. Fuerzas desiguales. Luego ejecute las simulaciones y vea cuáles son las más difíciles y cuáles las más fáciles. Queremos una progresión inteligente. Queremos que Ender haga toda la travesía.

—Cuándo piensa hacerle comandante. ¿Cuando tenga ocho años?

—Claro que no. Todavía no he reunido a su escuadra.

—¿También va a amañar su escuadra?

—Se está encariñando demasiado con el juego, Anderson. Olvida que sólo es un ejercicio de adiestramiento.

—Es también status, identidad, objetivo, nombre; lo que hace que esos chicos sean quienes son procede del juego. Cuando se sepa que se puede manipular, desequilibrar, trucar, se habrá echado a perder toda la escuela. No exagero.

—Ya lo sé.

—Espero que Ender Wiggin sea el indicado, porque usted, coronel Graff, habrá descalabrado nuestro método de adiestramiento por mucho tiempo.

—Si Ender no es el indicado, si su cima de brillantez militar no coincide con la llegada de nuestras flotas a los mundos de los insectores, en tal caso no importa lo que nuestro método de adiestramiento sea o deje de ser.

—Espero que me perdone, coronel Graff, pero creo que debo trasmitir sus órdenes y mi opinión sobre las consecuencias al Estrategos y al Hegemon.

—¿Y por qué no a nuestro querido Polemarch?

—Todo el mundo sabe que le tiene en el bolsillo.

—Qué hostilidad, mayor Anderson. Creía que éramos amigos.

—Lo somos. Y creo que puede tener razón respecto a Ender. Simplemente no creo que usted sólo, sólo usted, deba decidir el destino del mundo.

—Creo que ni siquiera tengo derecho a decidir el destino de Ender Wiggin.

—¿No le importa entonces que lo notifique?

—Claro que me importa, estúpido entrometido. Esto es algo que sólo debe decidir la gente que sabe lo que se lleva entre manos, no esos políticos asustados que han obtenido el cargo simplemente porque da la casualidad de que son políticamente fuertes en el país de donde proceden.

—Pero entiende por qué lo hago.

—Porque eres un estúpido burocratilla sin ideas, que cree que necesita ponerse a cubierto por si las cosas salen mal. Si las cosas salen mal, todos seremos carne de insector. Confíe en mí esta vez, Anderson, y no haga que se me atragante toda la Hegemonía. Lo que estoy haciendo ya es suficientemente duro.

—Oh. ¿Es injusto? ¿Está todo en su contra? Puede poner todo en contra de Ender pero no puede aceptar que le hagan lo mismo, ¿no?

—Ender Wiggin es cien veces más listo y más fuerte que

yo. Lo que le estoy haciendo sacará a relucir su genialidad. Si yo tuviera que pasar por todo eso, me haría pedazos. Mayor Anderson, sé que estoy hundiendo el juego, y sé que usted lo aprecia más que cualquiera de los que lo juegan. Ódieme si quiere, pero no me detenga.

—*Me reservo el derecho de comunicarme con Hegemon y Estrategos en cualquier momento. Pero por ahora, haga lo que quiera.*

—*Oh, gracias por su desmedida amabilidad.*

—Ender Wiggin, el pequeño pedorro que encabeza la clasificación, ¡qué placer tenerte con nosotros! —El comandante de la escuadra Rata estaba tirado en una litera inferior, con su consola como única vestimenta—. Estando tú, ¿cómo puede perder una escuadra?

Algunos chicos que estaban cerca se echaron a reír. No podía haber dos escuadras más opuestas que Salamandra y Rata. Era un dormitorio destartalado, desordenado y bullicioso. Tras su experiencia con Bonzo, Ender pensaba que un poco de indisciplina no le vendría mal. En cambio, se encontró con que se había acostumbrado a que reinara la paz y el orden, y este desorden le hacía sentirse incómodo.

—Nosotros bien, Ender. Servidor, Rose de Nose, un judío extraordinario, y tú nada, un renacuajo gilipollas. No lo olvides.

Desde que se formó la F.I., el Estrategos de las fuerzas armadas había sido siempre judío. Se había extendido el mito de que los generales judíos no perdían ninguna guerra. Y hasta ahora era verdad. Eso daba cierto prestigio a todos los chicos judíos de la Escuela de Batalla y hacía que todos ellos soñaran con ser Estrategos. También era causa de resentimientos. A la escuadra Rata se la llamaba por ahí la Fuerza Kike, mitad como alabanza, mitad como parodia de la Fuerza de Choque de Mazer Rackham. A muchos les gustaba recordar que durante la Segunda Invasión, aunque un judío americano, el presidente, era Hegemon de la alianza, un judío israelí era

Estrategos en jefe de la F.I. y un judío ruso era Polemarch de la flota, estaba también Mazer Rackham, un neozelandés medio maorí casi desconocido, que había sido llevado por dos veces ante cortes marciales y cuya Fuerza de Choque hizo pedazos y finalmente destruyó a la flota insectora en la acción que tuvo lugar en torno a Saturno.

Si Mazer Rackham pudo salvar al mundo, qué importa ser judío o no, decía la gente.

Pero importaba, y Rose el Narizotas* lo sabía. Se burlaba de sí mismo para adelantarse a los comentarios burlones de los antisemitas (casi todos a los que derrotaba en una batalla se convertían, por lo menos durante cierto tiempo, en enemigos de los judíos), pero también se aseguraba de que todos supieran que lo era. Su escuadra ocupaba el segundo lugar de la clasificación, en pugna por el primero.

—Te he recogido, nene, porque no quiero que la gente se crea que les gano porque tengo grandes soldados. Quiero que sepan que les gano incluso con una mierdecita de soldado como tú. Aquí sólo tenemos tres reglas. Haz lo que yo te diga y no te mees en la cama.

Ender asintió con la cabeza. Sabía que Rose quería que le preguntara cuál era la tercera regla y así lo hizo.

—Eso *eran* tres reglas. Aquí no somos muy amantes de las matemáticas.

El mensaje era claro. Vencer es lo único importante.

—Tus sesiones prácticas con esos reclutillas medio tontos se han acabado, Wiggin. Acabado. Ahora estás en una escuadra de chicos grandes. Te voy a poner en el batallón de Dink Meeker. De ahora en adelante, Dink Meeker es Dios para ti.

—Entonces, ¿quién eres tú?

—El oficial que alquila los servicios de Dios. —Rose esbozó una sonrisa—. Y te está prohibido volver a usar la consola hasta que hayas congelado a dos soldados enemigos

* Juego de palabras intraducible; el apellido «de Nose» se pronuncia igual que «the Nose», el Narizotas. (N. del T.)

en la misma batalla. Esta orden es a título de defensa propia. He oído por ahí que eres un genio de la programación. No quiero que te pongas a joder con mi consola.

Estalló una carcajada general. Ender comprendió por qué en seguida. Rose había programado su consola de forma que presentara y animara una imagen de unos genitales masculinos de tamaño mayor que el real, que coleaban hacia delante y hacia atrás cuando Rose apoyaba la consola en su regazo desnudo. «Este tenía que ser el tipo de comandante con el que me mandaría Bonzo —pensó Ender—. ¿Cómo es posible que gane batallas un chico que se pasa el tiempo así?»

Ender encontró a Dink Meeker en la sala de juegos, no jugando, sino sentado y observando.

—Un chico me ha dicho que eras tú —dijo Ender—. Soy Ender Wiggin.

—Ya lo sé —dijo Meeker.

—Soy de tu batallón.

—Ya lo sé —volvió a decir.

—No tengo mucha experiencia.

Dink levantó la vista hacia él.

—Escucha, Wiggin, sé todo eso. ¿Por qué te crees que le pedí a Rose que te fichara?

Así que no se habían deshecho de él, alguien le había fichado, habían pedido su traspaso. Meeker le quería tener en su batallón.

—¿Por qué? —preguntó Ender.

—He estado observando tus sesiones prácticas con los reclutas. Creo que se puede sacar algo de ti. Bonzo es estúpido, y quiero que tengas una formación mejor que la que puede darte Petra. Lo único que sabe hacer es disparar.

—Necesitaba aprender a disparar.

—Sigues moviéndote como si tuvieras miedo de mearte en los pantalones.

—Pues enséñame.

—Pues aprende.

—No voy a dejar mis sesiones prácticas del tiempo libre.

—Ni yo quiero que las dejes.

—Rose el Narizotas sí.

—Rose el Narizotas no puede impedírtelo. Y tampoco puede impedir que uses tu consola.

—Creía que los comandantes podían hacer lo que quisieran.

—Pueden ordenar a la Luna que se vuelva azul, pero no por eso cambiará de color. Escucha, Ender, los comandantes tienen la autoridad que tú les permitas tener. Cuanto más obedeces, más poder tienen sobre ti.

—¿Qué les puede impedir hacerme daño? —Ender se acordaba del puñetazo de Bonzo.

—Creía que estabas yendo a clases de defensa personal por eso.

—Me tienes controlado, ¿no?

Dink no respondió.

—No quiero que Rose el Narizotas me haga la vida imposible. Quiero tomar parte en las batallas ya, estoy cansado de esperar sentado hasta que se acaben.

—Tu puntuación bajará.

Esta vez fue Ender el que no respondió.

—Escucha, Ender, mientras formes parte de mi batallón, tomarás parte en las batallas.

Ender supo pronto por qué. Dink entrenaba a su batallón aparte del resto de la escuadra Rata, con disciplina y vigor; nunca consultaba nada a Rose el Narizotas, y muy pocas veces hacía maniobras conjuntas con toda la escuadra. Era como si Rose mandara una escuadra y Dink mandara otra mucho más pequeña, y que las dos, como por casualidad, hicieran práctica en la sala de batalla a la misma hora.

Dink comenzó la primera práctica pidiendo a Ender que hiciera una demostración de su posición de ataque con los pies por delante. A los otros chicos no les gustó.

—¿Cómo vamos a atacar tumbados boca arriba? —preguntaron.

Para sorpresa de Ender, Dink no les corrigió, no les dijo: «No estáis atacando tumbados boca arriba, estáis cayendo hacia ellos.» Había visto lo que hacía Ender pero no había

comprendido el cambio de orientación que implicaba. Ender no tardó en darse cuenta de que aunque Dink era muy bueno, su apego a la orientación de la gravedad del corredor, en vez de pensar que la puerta del enemigo estaba abajo, limitaba su claridad de ideas.

Hicieron prácticas de ataque a una estrella ocupada por el enemigo. Antes de probar el método de los pies por delante de Ender, siempre se habían dirigido hacia allí en posición vertical, ofreciendo todo su cuerpo a los disparos del enemigo. Por si fuera poco, cuando llegaban a la estrella atacaban al enemigo por un solo sitio. «Por arriba», gritaba Dink, y por arriba iban. En honor a Ender, Dink mandó repetir el ejercicio diciendo: «Otra vez, ahora boca abajo.» Pero la insistencia de los chicos en creer en una gravedad que no existía, hacía que se movieran con torpeza, como si el vértigo les maniatara.

Odiaban el ataque con los pies por delante. Dink insistió en que lo hicieran así. En consecuencia, odiaban a Ender.

—¿Nos va a enseñar a combatir un recluta? —refunfuñó uno de ellos, asegurándose de que Ender le oía.

—Sí —respondió Dink.

Y siguieron trabajando.

Y aprendieron. Las escaramuzas prácticas les hicieron darse cuenta de lo difícil que era acertar a un enemigo que atacaba con los pies por delante. En cuanto se hubieron convencido de ello, practicaron la maniobra con mejor disposición.

Esa noche fue la primera vez que Ender fue a una sesión práctica tras toda una tarde de trabajo. Estaba cansado.

—Ahora que estás en una escuadra de verdad —dijo Alai—, no necesitas seguir haciendo prácticas con nosotros.

—Vosotros me podéis enseñar cosas que no sabe nadie —dijo Ender.

—Dink Meeker es el mejor. He oído decir que es tu jefe de batallón.

—Manos a la obra entonces. Os enseñaré lo que me ha enseñado hoy.

Hizo que Alai y dos docenas más ejecutaran los mismos

ejercicios que le habían ocupado toda la tarde. Pero puso nuevos toques en las acciones, hizo que los chicos intentaran maniobrar con una pierna congelada, con las dos piernas congeladas, o que utilizaran a otros chicos congelados como punto de apoyo para cambiar de dirección.

A mitad de la práctica, Ender divisó a Petra y Dink juntos, en la puerta, observando. Después, cuando volvió a mirar, ya se habían ido.

«Así que me están observando, y se sabe lo que hacemos...», se dijo. No estaba seguro de que Dink fuera su amigo; creía que Petra lo era, pero allí nada era seguro. Podía molestarles que hiciera algo que se suponía que sólo podían hacer los comandantes y los jefes de batallón: adiestrar y entrenar soldados. Podría ofenderles que un soldado estuviera tan estrechamente unido a los reclutas. Le ponía nervioso que hubiera chicos mayores mirando.

—Creí que te había dicho que no jugaras con la consola. —Rose el Narizotas estaba de pie junto a la litera de Ender.

Ender no levantó la vista.

—Estoy terminando los deberes de trigonometría de mañana.

Rose golpeó con la rodilla la consola de Ender.

—Te dije que no la usaras.

Ender dejó la consola en la litera y se levantó.

—La trigonometría me hace más falta que tú.

Rose le llevaba a Ender más de cuarenta centímetros. Pero Ender no estaba demasiado preocupado. «No llegará a la violencia física, y si lo hace —pensó Ender— sabré arreglármelas.» Rose era flojo, y no conocía ningún tipo de lucha cuerpo a cuerpo.

—Ahora bajarás puestos en la clasificación, nene —dijo Rose.

—Eso espero. Sólo encabezaba la lista por la forma estúpida en que Salamandra me usaba.

—¿Estúpida? La estrategia de Bonzo le ha hecho ganar un par de juegos claves.

—La estrategia de Bonzo no ganaría a un muerto. Cada vez que yo disparaba, lo hacía violando órdenes.

Rose no lo sabía, y eso le molestó.

—Así que todo lo que dijo Bonzo sobre ti era mentira. No sólo eres pequeño e incompetente, sino que además eres un insubordinado.

—Pero convertí una derrota en unas tablas, yo solo.

—Ya veremos qué haces tú solo la próxima vez.

Rose se fue.

Uno de los compañeros de batallón de Ender movió la cabeza despreciativamente.

—Eres más tonto que mandarte hacer de encargo.

Ender miró a Dink, que estaba jugueteando con su consola. Dink levantó la vista, advirtió la mirada de Ender, y le miró a su vez fijamente. Ni una palabra. Nada. «De acuerdo —pensó Ender—, puedo cuidarme solo.»

La batalla llegó dos días más tarde. Era la primera vez que Ender luchaba formando parte de un batallón; estaba nervioso. El batallón de Dink se alineó contra la pared derecha del corredor y Ender tuvo mucho cuidado de no apoyarse, de no inclinarse hacia los lados. «Mantente en equilibrio...»

—¡Wiggin! —gritó Rose el Narizotas.

Ender sintió que el terror le recorría desde la cabeza a los pies, como un hormigueo que le hizo estremecerse. Rose lo vio.

—¿Tiemblas? ¿Tiritas? No te cagues en los pantalones, reclutilla. —Rose enganchó un dedo en la culata de la pistola de Ender y tiró de él hacia el campo de fuerza que ocultaba la visión de la sala de batalla—. Ahora veremos lo bueno que eres, Ender. En cuanto se abra la puerta, saltas y vas derecho hacia la puerta del enemigo.

Suicidio. Autodestrucción sin sentido, sin objeto. Pero ahora tenía que seguir las órdenes, esto era una batalla, no la escuela. Durante un momento Ender se dejó llevar por la ira, pero se calmó pronto.

—Excelente, señor —dijo—. Sólo tengo que disparar la pistola contra su principal contingente de tropas.

Rose se rió.

—No tendrás tiempo de disparar nada, renacuajo.

La pared se esfumó. Ender dio un salto hacia arriba, se agarró a los asideros del techo y se arrojó al interior, hacia abajo, dirigiéndose a toda velocidad hacia la puerta del enemigo.

Era la escuadra Ciempiés, y casi no habían empezado a aparecer por su puerta cuando Ender estaba ya en el centro de la sala de batalla. Muchos pudieron ponerse a cubierto rápidamente detrás de estrellas, pero Ender tenía las piernas dobladas y, sujetando la pistola en la ingle, disparaba entre las piernas y congelaba a muchos a medida que salían.

Irradiaron sus piernas, pero dispuso de tres preciosos segundos antes de que le dieran en el cuerpo y le pusiera fuera de combate. Congeló a unos cuantos más y luego extendió los brazos en la misma dirección pero en sentidos opuestos. La mano que sujetaba la pistola acabó apuntando hacia el núcleo central de la escuadra Ciempiés. Disparó a la masa de enemigos, y entonces le congelaron.

Un segundo más tarde chocó contra el campo de fuerza de la puerta del enemigo y rebotó con una rotación inusitada. Aterrizó contra un grupo de soldados enemigos que estaban detrás de una estrella. Le empujaron hacia afuera y giró a mayor velocidad todavía. Rebotó de un lado a otro del campo de batalla, fuera de control, aunque la fricción del aire le hacía perder velocidad poco a poco. No había forma de saber cuántos soldados había congelado antes de que le helaran, pero sí pudo darse cuenta de que la escuadra Rata ganaba otra vez, como siempre.

Después de la batalla, Rose no le dirigió la palabra. Ender seguía siendo el primero de la clasificación, pues había congelado a tres, inutilizado a dos y dañado a siete. No se habló más de insubordinación ni de que Ender pudiera usar o no su consola. Rose permaneció en su parte del cuartel y le dejó en paz.

Dink Meeker comenzó a practicar la salida instantánea

del corredor: el ataque de Ender contra el enemigo cuando aún estaba saliendo por la puerta había sido devastador. «Si un solo hombre puede hacer tanto daño, imaginaos lo que puede hacer un batallón entero.» Dink consiguió que el mayor Anderson dejara abierta una puerta del centro de la pared incluso durante las sesiones prácticas, en vez de la puerta situada a nivel del suelo, y pudieron hacer prácticas de lanzamiento en las condiciones de batalla. Se corrió la voz. De ahora en adelante nadie podría demorarse en el corredor cinco, diez o quince segundos para hacer los últimos preparativos. El juego había cambiado.

Más batallas. Esta vez Ender desempeñó el papel de un soldado normal de un batallón. Cometió errores. Se perdieron escaramuzas. Descendió del primer lugar de la clasificación al segundo, y después al cuarto. Después cometió menos errores y empezó a sentirse a gusto en el entramado del batallón, y volvió a ocupar el tercer lugar, después el segundo, después el primero.

Una tarde se quedó en la sala de batalla después de la práctica. Había advertido que Dink Meeker solía llegar tarde a cenar, y supuso que se quedaba haciendo prácticas adicionales. Ender no tenía mucha hambre y quería ver lo que hacía Dink cuando nadie lo veía.

Pero Dink no hacía ningún ejercicio. Se quedó junto a la puerta, mirando a Ender.

Ender se quedó en el interior de la sala, mirando a Dink.

Ninguno de los dos habló. Estaba claro que Dink esperaba a que Ender se marchara. Y estaba igual de claro que Ender estaba diciendo no.

Dink dio la espalda a Ender, se quitó metódicamente su traje refulgente y, con suavidad, tomó impulso en el suelo y despegó. Planeó a la deriva lentamente hacia el centro de la sala, muy lentamente, con el cuerpo casi totalmente relajado, como si sus brazos y sus manos estuvieran ceñidas por corrientes de aire casi imperceptibles.

Tras la velocidad y tensión de la práctica, tras tanto agotamiento, tanta alerta, era relajante verle planear. Tardó unos diez minutos en llegar a otra pared. Entonces tomó impulso casi con brusquedad, volvió a su traje refulgente y se lo puso.

—Vamos —dijo a Ender.

Fueron al cuartel. El dormitorio estaba vacío, pues todos los chicos estaban cenando. Cada uno se fue a su litera y se puso su uniforme normal. Ender se dirigió a la litera de Dink y esperó hasta que estuviera listo para salir.

—¿Por qué esperabas? —preguntó Dink.

—No tenía hambre.

—Ahora ya sabes por qué no soy comandante.

Ender se lo había preguntado.

—En realidad, me ascendieron dos veces, y me negué.

—¿Te negaste?

—Se llevaron mi casillero, mi litera y mi consola, me asignaron una cabina de comandante y me dieron una escuadra. Pero me quedé en la cabina hasta que se dieron por vencidos y me volvieron a poner en la escuadra de otro.

—¿Por qué?

—Porque no les voy a permitir que me lo hagan. No me puedo creer que te hayas dejado cegar por toda esta porquería, Ender. De todas formas, eres demasiado joven. El enemigo no son las otras escuadras. El enemigo son los profesores. Nos obligan a pelearnos unos con otros, a odiarnos unos a otros. El juego lo es todo. Vencer, vencer, vencer. No lleva a nada. Nos estamos matando, nos estamos volviendo locos intentando vencernos unos a otros, y, mientras tanto, esos desgraciados nos observan, nos estudian, descubren nuestros puntos débiles, deciden si somos suficientemente *buenos* o no. Buenos, ¿para qué? Tenía seis años cuando me trajeron aquí. ¿Qué podía saber a esa edad? *Ellos* decidieron que yo era bueno para el programa, pero nadie me preguntó si el programa era bueno para mí.

—¿Por qué no te vas a casa entonces?

Dink sonrió tortuosamente.

—Porque no puedo dejar el juego. —Dio un manotazo a su traje refulgente, tirado en la litera—. Porque amo esto.

—¿Por qué no ser comandante entonces?

Dink negó con la cabeza.

—Nunca. Mira lo que le está haciendo a Rose. Ese chico está loco. Rose de Nose duerme con nosotros en vez de dormir en su cabina. ¿Por qué? Porque le asusta estar solo, Ender. Le asusta la oscuridad.

—¿A Rose?

—Pero le hicieron comandante y tiene que actuar como tal. No sabe lo que hace. Gana, pero eso es lo que más le asusta, porque no sabe *por qué* gana, excepto que yo tengo algo que ver con ello. Alguien podría averiguar en cualquier momento que Rose no es el mágico general israelí que siempre vence. No sabe por qué se gana o se pierde. Nadie lo sabe.

—Eso no quiere decir que esté loco.

—Ya veo, sólo has estado aquí un año y te crees que esta gente es normal. Pues no lo es. No lo somos. He mirado en la biblioteca, he consultado libros en mi consola. Libros antiguos, porque no nos dejan ver nada reciente, pero me he hecho una idea de lo que es un niño, y nosotros no somos niños. Los niños pierden de vez en cuando, y a nadie le preocupa. Los niños no están en escuadras, no son *comandantes*, no mandan a más de cuarenta chicos, eso es más de lo que un niño puede soportar sin volverse loco.

Ender intentó recordar cómo eran los otros niños, los de su clase de la escuela, allá en la ciudad. Pero sólo se acordaba de Stilson.

—Tengo un hermano. Un chico normal. Lo único que le importa son las chicas. Y volar. Quería volar. Solía jugar a la pelota con los chicos. Un juego de velocidad, lanzar pelotas a una canasta, driblar a los otros chicos por los corredores hasta que los encargados de mantener el orden te confiscaban la pelota. Nos lo pasábamos muy bien. Me estaba enseñando a driblar cuando me trajeron aquí.

Ender se acordó de su propio hermano, y sus recuerdos no eran agradables.

Dink confundió la expresión de la cara de Ender.

—Eh, ya sé que no se debe hablar de casa. Pero venimos de *algún sitio.* La Escuela de Batalla no nos ha creado, ya lo sabes. La Escuela de Batalla no crea *nada.* Sólo destruye. Y todos nos acordamos de cosas de nuestra casa. Tal vez no sean cosas agradables, pero nos acordamos y entonces mentimos y fingimos que... Escucha, Ender, ¿por qué *nadie* habla de casa, *nunca?* ¿No te dice eso que es importante? Que nadie admita nunca que... ¡Dios mío!

—Tienes razón —dijo Ender—. Precisamente estaba pensando en Valentine. Mi hermana.

—No quería ponerte triste.

—Estoy bien. No pienso mucho en ella, porque siempre me pongo... así.

—¿Por qué no lloramos nunca? ¡Dios!, no había pensado en eso. Aquí no llora nadie. Intentamos ser adultos. Igual que nuestros padres. Juraría que tu padre era como tú. Juraría que era tranquilo y lo aguantaba todo, y luego explotaba y...

—No soy como mi padre.

—Entonces, puede que esté equivocado. Pero fíjate en Bonzo, tu anterior comandante. Es un caso grave de honor español. No puede permitirse ninguna debilidad. Ser mejor que él es un insulto. Ser más fuerte que él es como cortarle los huevos. Por eso te odia, porque no sufriste cuando te castigó. Te odia por eso, y quiere matarte. Está loco. Todos están locos.

—¿Y tú no?

—Loco también, amiguito, pero cuando estoy demasiado loco, floto en el espacio, solo, y la locura sale a la superficie y se va, se pega a las paredes y no sale hasta que hay una batalla y los niños pequeños chocáis contra las paredes y salpicáis la locura.

Ender se rió.

—Y tú también estás loco —dijo Dink—. Venga, vamos a comer.

—Tal vez puedas ser comandante y no volverte loco. Si sabes lo que es la locura, tal vez no caigas en ella.

—No voy a permitir que esos desgraciados me dirijan, Ender. También a ti te tienen en sus manos, y no tienen intención de tratarte con mucha amabilidad. Mira lo que te han hecho hasta ahora.

—Lo único que han hecho es ascenderme.

—Y con eso y un bizcocho, a ser feliz, ¿no?

Ender se rió y negó con la cabeza.

—A lo mejor tienes razón.

—Creen que te tienen a su merced. No se lo permitas.

—Pero vine por eso —dijo Ender—. Para que me convirtieran en un instrumento. Para salvar al mundo.

—No me puedo creer que sigas creyendo todo eso.

—¿Creerme qué?

—La amenaza de los insectores. Salvar el mundo. Escucha, Ender, si los insectores tuvieran intención de venir a por nosotros, ya *estarían aquí*. No nos van a invadir otra vez. Les vencimos y se han ido para siempre.

—Pero los vídeos...

—Todos son de la Primera y Segunda Invasión. Tus abuelos no habían nacido cuando Mazer Rackham les borró del mapa. Observa. Todo es falso. No hay *ninguna* guerra. Nos están tomando el pelo.

—Pero, ¿por qué?

—Porque mientras la gente tenga miedo a los insectores, la F.I. seguirá en el poder, y mientras la F.I. siga en el poder, ciertos países podrán mantener su hegemonía. Pero sigue mirando los vídeos, Ender. La gente descubrirá el juego muy pronto y habrá una guerra civil que acabe con todas las guerras. *Ésa* es la amenaza, Ender, no los insectores. Y en *esa* guerra, cuando llegue, tú y yo no seremos amigos. Porque tú eres norteamericano, como nuestros queridos profesores, y yo no.

Fueron al comedor y comieron mientras hablaban de otras cosas. Pero Ender no podía dejar de pensar en lo que había dicho Dink. La Escuela de Batalla era tan absorbente, el juego era tan importante en las mentes de los niños que Ender había olvidado que había un mundo exterior. Honor

español. Guerra civil. Política. La Escuela de Batalla era sólo un puntito, ¿no?

Pero Ender no llegó a las mismas conclusiones que Dink. Los insectores eran reales. La amenaza era real. F.I. controlaba muchas cosas, pero no controlaba los vídeos ni las redes. No donde Ender se había criado. En casa de Dink, en los Países Bajos, tras tres generaciones bajo la hegemonía rusa, quizás estuviera controlado todo, pero Ender sabía que las mentiras no duraban mucho en Norteamérica. Eso creía.

Lo creía, pero la semilla de la duda estaba ahí, y permaneció, y de vez en cuando echaba una pequeña raíz. Esa semilla que crecía lo cambió todo. Hizo que Ender prestara más atención a lo que la gente quería decir, no a lo que decía. Le hizo más sabio.

No había muchos chicos en la práctica nocturna, ni siquiera la mitad.

—¿Dónde está Bernard? —preguntó Ender.

Alai esbozó una sonrisa. Shen cerró los ojos y puso cara de meditación trascendental.

—¿No te has enterado? —dijo otro chico, un recluta de un grupo de lanzamiento más reciente—. Se ha corrido la voz de que los reclutas que vengan a tus sesiones prácticas nunca llegarán a ser nada en ninguna escuadra. Se ha corrido la voz de que los comandantes no quieren soldados que hayan sido estropeados por tu entrenamiento.

Ender negó con la cabeza.

—Pero tal como yo lo veo —dijo el recluta—, si hago todo lo que pueda para ser un buen soldado, a los comandantes les importará un bledo, me ficharán, ¿a que sí?

—Sí —dijo Ender con determinación.

Siguieron haciendo prácticas. Aproximadamente media hora después, cuando estaban probando colisiones con soldados congelados, entraron varios comandantes con diferentes uniformes. Anotaron ostensiblemente sus nombres.

—Eh —le gritó Alai—. Asegúrate que escribes bien mi nombre.

La noche siguiente había todavía menos chicos. Y Ender empezó a oír historias: reclutas abofeteados en los lavabos, o que habían sufrido accidentes en el comedor y en la sala de juegos, o con sus ficheros violados por chicos mayores que habían roto el primitivo sistema de seguridad que guardaba las consolas de los reclutas.

—Esta noche no hay práctica —dijo Ender.

—¿Cómo que no? —dijo Alai.

—Dejémoslo por unos días. No quiero que ningún chico salga herido.

—Si lo dejas, aunque sólo sea una noche, se creerán que este tipo de cosas da resultado. Como si no le hubieras parado los pies a Bernard cuando se estaba portando como un guarro.

—Además —dijo Shen—, no tenemos miedo y nos importa un rábano; tenemos que seguir adelante, nos lo debes. Necesitamos las prácticas, y tú también.

Ender recordó lo que había dicho Dink. El juego era trivial comparado con el mundo... ¿Por qué entregar todas las noches de tu vida a ese juego tan estúpido?

—De todas formas, no avanzamos mucho —dijo Ender. Hizo ademán de irse.

Alai le detuvo.

—¿Te han asustado también? ¿Te han abofeteado en el cuarto de baño? ¿Te han metido la cabeza en el váter? ¿Te han puesto una pistola en el pecho?

—No —dijo Ender.

—¿Eres mi amigo? —preguntó Alai, más calmado.

—Sí.

—Entonces soy tu amigo, Ender, y estoy aquí y hago prácticas contigo.

Los chicos mayores volvieron, pero muy pocos eran comandantes. La mayoría eran miembros de un par de escuadras. Ender reconoció los uniformes Salamandra. También a un par de Ratas. Esta vez no tomaron nombres. Se limitaron

a burlarse y a gritar y ridiculizar a los reclutas cuando intentaban dominar técnicas difíciles con músculos no fortalecidos. Eso comenzó a afectar a unos cuantos chicos.

—Escuchadles —dijo Ender a los chicos—. Aprended de memoria lo que dicen. Si alguna vez queréis que vuestros enemigos pierdan los estribos, gritadles cosas así. Les hace hacer tonterías, les hace perder el control. Pero *nosotros* no perdemos el control.

Shen cogió la idea al vuelo, y tras cada mofa de los chicos mayores, hacía que un grupo de reclutas recitara lo que habían dicho, en voz alta, cinco o seis veces. Cuando comenzaron a cantar las pullas como si fueran estribillos, unos cuantos chicos mayores se despegaron de la pared y se dirigieron hacia ellos en busca de pelea.

Los trajes refulgentes estaban diseñados para guerras de rayos inofensivos; ofrecían muy poca protección y obstaculizaban considerablemente el movimiento si se llegaba al cuerpo a cuerpo en gravedad nula. De todas formas, la mitad de los chicos estaban irradiados y no podían pelear; pero la rigidez de sus trajes les hacía potencialmente útiles. Ender ordenó rápidamente a sus reclutas que se reunieran en la otra esquina de la sala. Los chicos mayores se rieron de ellos con incluso más saña, y, viendo al grupo de Ender en retirada, algunos que se habían quedado en la pared vinieron a unirse al ataque.

Ender y Alai decidieron arrojar un recluta congelado a la cara de un enemigo. El recluta congelado golpeó al otro en el casco, y los dos rebotaron como bolas de billar. El chico mayor se llevó las manos al pecho, donde le había dado el casco, y emitió un grito de dolor.

El tiempo de las burlas había pasado. Los demás chicos mayores se lanzaron a la batalla. Ender no tenía muchas esperanzas de que sus chicos salieran sanos y salvos. Pero el enemigo venía a la buena de Dios, descoordinadamente; no habían actuado nunca juntos, mientras que los de la pequeña escuadra de prácticas de Ender, aunque ahora eran sólo una docena, se conocían bien y sabían actuar juntos.

—¡Adelante nova! —gritó Ender.

Los demás chicos se rieron. Se unieron en tres grupos, con los pies juntos, los cuerpos en cuclillas y las manos unidas formando pequeñas estrellas contra la pared negra.

—Les eludiremos y nos dirigiremos todos a la puerta. ¡Ahora!

A esta señal, las tres estrellas estallaron, y cada chico salió lanzado en una dirección diferente pero con un ángulo que le permitiera rebotar en una pared y poner rumbo a la puerta. Como todos los enemigos estaban en el centro de la sala, donde era mucho más difícil cambiar de curso, fue una maniobra fácil de llevar a cabo.

Ender se había colocado de forma que cuando saliera lanzado se encontrara con el soldado congelado que acababa de usar como misil. El chico ya no estaba congelado y dejó que Ender le agarrara, le volteara y le enviara hacia la puerta. Desafortunadamente, el resultado inevitable de esta acción fue que Ender quedó apuntando en la dirección opuesta, y a una velocidad reducida. Separado de sus soldados, planeaba muy lentamente, y hacia el extremo de la sala de batalla donde estaban reunidos los chicos mayores. Se giró lo suficiente para ver que todos sus soldados estaban reunidos y a salvo en la pared opuesta.

Mientras tanto, el enemigo, desorganizado y furioso, acababa de divisarle. Ender calculó el tiempo que tardaría en llegar a la pared, desde la que podría lanzarse otra vez. No llegaría a tiempo. Varios enemigos habían rebotado ya y se dirigían hacia él. Ender se sobresaltó al ver la cara de Stilson entre ellos. Luego se encogió de hombros y pensó que se había equivocado. De todas formas, la situación era la misma, pero esta vez no se iban a quedar quietos mientras uno de ellos arreglaba cuentas con Ender. Por lo que había podido ver, no tenían ningún líder, y todos esos chicos eran mucho más grandes que él.

De todas formas, en las clases de defensa personal había aprendido algunas cosas sobre los movimientos corporales y las leyes físicas de los objetos en movimiento. En las bata-

llas casi nunca se llegaba al combate cuerpo a cuerpo; no se chocaba nunca contra un enemigo que no estuviera congelado. Por lo tanto, en los pocos segundos de que disponía, Ender intentó colocarse en la mejor posición para recibir a sus invitados.

Afortunadamente, eran tan inexpertos como él en la lucha en gravedad nula, y los pocos que intentaron golpearle con los puños se encontraron con que lanzar un puñetazo era bastante ineficaz cuando el cuerpo se desplaza hacia atrás con la misma velocidad con que el puño se mueve hacia adelante. Pero había en el grupo unos cuantos con cara de querer romper huesos, y Ender lo vio en seguida. Pero no tenía ninguna intención de quedarse ahí.

Aferró el brazo de uno de los boxeadores y lo arrojó con todas sus fuerzas. Esta acción lanzó a Ender lejos del resto del primer contingente, aunque no por eso estaba más cerca de la puerta.

—¡Quedaos ahí —gritó a sus amigos, que estaban formando para salir en su rescate—. ¡Quedaos ahí quietos!

Uno de los otros agarró a Ender por el pie. El fuerte apretón proporcionó a Ender un punto de apoyo que le permitió patear con fuerza el hombro y el oído del otro chico, haciendo que gritara y le soltara. Si el chico le hubiera soltado en el preciso momento en que Ender le daba la patada, le habría hecho mucho menos daño y habría permitido a Ender utilizar esa maniobra como lanzamiento. Pero el chico se había colgado demasiado bien; tenía la oreja desgarrada, esparciendo sangre por el aire, y Ender planeaba con incluso menos velocidad.

«Lo estoy haciendo otra vez —pensó Ender—. Estoy lastimando a la gente otra vez, y sólo para salvarme. ¿Por qué no me dejarán en paz y así no tendré que lastimarles?»

Tres chicos más convergían ahora hacia él, y esta vez actuaban al unísono. De todas formas, para lastimarle tenían que agarrarle. Rápidamente, Ender se colocó de forma que dos de ellos pudieran cogerle por los pies, dejando sus manos libres para ocuparse del tercero.

Efectivamente, se tragaron el anzuelo. Ender se aferró a los hombros de la camisa del tercer chico y tiró de él hacia arriba con fuerza para darle un cabezazo en la cara con el casco. Gritos y chorros de sangre otra vez. Los dos chicos que le tenían agarrado por las piernas se las retorcían. Ender arrojó al chico que sangraba por la nariz contra uno de ellos; se enredaron y la pierna de Ender quedó libre. No resultó difícil utilizar al otro chico como punto de apoyo para darle una patada en la ingle y luego utilizarle para tomar impulso y salir despedido en dirección a la puerta. No le salió un lanzamiento muy brillante, y su velocidad no era nada del otro mundo, pero no importaba. Nadie le seguía.

Se encontró con sus amigos en la puerta. Le agarraron y tiraron de él. Se reían y le daban azotes en broma.

—Por malo —decían—. Por fiero. Por violento.

—Hemos terminado por hoy —dijo Ender.

—Volverán mañana —dijo Shen.

—Yo de ellos no lo haría —dijo Ender—. Si vienen sin trajes haremos lo mismo otra vez y si vienen con trajes les irradiaremos.

—Además —dijo Alai—, los profesores no permitirán que vuelva a ocurrir.

Ender se acordó de lo que Dink le había dicho, y se preguntaba si Alai estaba en lo cierto.

—Eh, Ender —gritó uno de los chicos mayores mientras Ender se iba de la sala de batalla—. ¡No vales nada, imbécil! ¡No eres nada!

—Mi anterior comandante Bonzo —dijo Ender—. Creo que no le gusto.

Esa noche, Ender repasó los partes en su consola. En el informe médico salían cuatro chicos. Uno con las costillas contusionadas, uno con los testículos contusionados, uno con una oreja desgarrada y uno con la nariz rota y un diente menos. La causa de las heridas era la misma en todos los casos:

COLISIÓN ACCIDENTAL EN G NULA

Si los profesores permitían que el informe oficial dijera eso, estaba claro que no tenían intención de castigarles por participar en esa sucia escaramuza. «¿No van a hacer nada? ¿No les importa lo que pasa en la escuela?», pensaba Ender perplejo.

Como había vuelto al cuartel antes que de costumbre, Ender llamó a su consola el juego de fantasía. Había pasado bastante tiempo desde que jugó por última vez. Tanto, que ya no salió el escenario que había dejado. Ahora estaba en el cadáver del Gigante. Con la diferencia de que ahora era difícil decir que se trataba de un cadáver, a no ser que le mirara de lejos detenidamente. La erosión había convertido el cuerpo en una colina, cubierta de hierbas y vides entrelazadas. Sólo la cresta de la cara del Gigante era todavía visible, y era de hueso blanco, como una protuberancia caliza de una montaña triste y marchita.

Ender no quería luchar otra vez con los niños-lobos, pero, para su sorpresa, no estaban allí. A lo mejor, muertos una vez, se habían ido para siempre. Eso le puso triste.

Hizo su anterior recorrido bajo tierra, a través de los túneles, hasta llegar a la cornisa del acantilado que daba a aquel hermoso bosque. También ahora se arrojó al vacío, y también ahora lo recogió una nube y lo llevó a la sala de la torre del castillo.

La serpiente comenzó a destejerse de la alfombra otra vez, pero esta vez Ender no vaciló. Le pisó la cabeza y la aplastó con el pie. Se retorcía y removía bajo su pie, y a modo de respuesta, Ender la apisonó y la sepultó aún más en el suelo de piedra. Finalmente, se quedó quieta. Ender la recogió y la agitó hasta que se destejió del todo y desapareció la forma de la alfombra. Luego, arrastrando la serpiente, se puso a buscar una salida.

Pero encontró un espejo. Y en el espejo vio una cara que reconoció fácilmente. Era Peter, con la barbilla goteando sangre y una cola de serpiente saliendo por una comisura de su boca.

Ender gritó y arrojó la consola. El ruido alarmó a los

pocos chicos que había en el cuartel, pero se excusó y les dijo que no era nada. Se alejaron. Miró otra vez a su consola. Su figura seguía allí, con la vista fija en el espejo. Intentó coger un mueble para romper el espejo, pero no podía moverlo. Tampoco podía arrancar el espejo de la pared. Al final, Ender arrojó la serpiente contra él. El espejo se hizo añicos, dejando al descubierto un agujero en la pared. Por el agujero salieron docenas de pequeñas serpientes, que mordieron rápidamente la figura de Ender una y otra vez. Arrancando serpientes de su cuerpo frenéticamente, la figura cayó y murió en medio de un bullicioso montón de pequeñas serpientes.

La pantalla se borró y salió la leyenda:

¿JUEGAS OTRA VEZ?

Ender desconectó el programa y dejó la consola.

Al día siguiente, varios comandantes, unos personalmente y otros a través de soldados, se dirigieron a Ender para decirle que no se preocupara, que la mayoría pensaba que las sesiones prácticas adicionales eran una buena idea, que debía seguir con ellas. Y para asegurarse de que no les molestaría nadie, le mandaban unos cuantos soldados que necesitaban prácticas adicionales. «Son tan grandes como la mayoría de los insectores que os atacaron la noche pasada. Se lo pensaran dos veces.»

En vez de una docena de chicos, esa noche eran cuarenta y cinco, más de una escuadra, y ya sea por la presencia de chicos mayores junto a Ender o porque con lo de la noche anterior ya habían tenido suficiente, no apareció ningún enemigo.

Ender no volvió al juego de fantasía. Pero el juego vivió en sus sueños. Siguió rememorando lo que sintió cuando mató a la serpiente triturándola, cuando desgarró la oreja a aquel chico, cuando destrozó a Stilson, cuando rompió el brazo a Bernard. Y luego se vio irguiéndose, con el cadáver de su enemigo en la mano, y encontró la cara de Peter mirán-

dole desde el espejo. «Este juego sabe demasiado sobre mí. Este juego dice asquerosas mentiras. Yo no soy Peter. No llevo el asesinato en el corazón...»

Y después el miedo peor, que *era* un asesino, incluso más experto que Peter; que era este rasgo suyo lo que más gustaba a sus profesores...

«Asesinos es lo que necesitan en las guerras contra los insectores. Gente que pueda pulverizar la cara del enemigo y rociar el espacio con su sangre...

»De acuerdo, yo soy vuestro hombre. Soy el sanguinario asesino que esperabais cuando hicisteis que me engendraran. Soy vuestro instrumento. ¿Qué más da que odie la parte de mí mismo que más necesitáis? ¿Qué más da que cuando las pequeñas serpientes me mataban en el juego, yo no me opusiera y me alegrara?

9

Locke y Demóstenes

—No le he hecho venir para perder el tiempo. ¿Cómo diablos se las ha arreglado el ordenador para hacer eso?

—No lo sé.

—¿Cómo pudo coger una fotografía del hermano de Ender e introducirla en los gráficos de la rutina del País de la Fantasía?

—Cuando programaron el ordenador, yo no estaba presente, coronel Graff. Lo único que sé es que, hasta ahora, el ordenador nunca había llevado a nadie a ese lugar. Llegar al País de la Fantasía es ya bastante extraño, pero ya no es el País de la Fantasía. Está más allá del Fin del Mundo y...

—Conozco los nombres de los lugares, lo que no conozco son sus significados.

—El País de la Fantasía estaba programado en el ordenador. Se le menciona en algunos sitios. Pero en ningún sitio se habla del Fin del Mundo. No tenemos ninguna experiencia con él.

—No me gusta que el ordenador torture de esa forma la mente de Ender. Peter Wiggin es la persona más fuerte de su vida, exceptuando, tal vez, a su hermana Valentine.

—Además, el juego está diseñado para ayudarles a desarrollarse, para ayudarles a encontrar mundos en los que puedan sentirse bien.

—¿Es que no lo entiende, mayor Imbu? No quiero que Ender se sienta bien con el fin del mundo. Nuestro trabajo no consiste en hacer que se sienta bien con el fin del mundo.

—El Fin del Mundo del juego no es necesariamente el fin de la humanidad en una guerra contra los insectores. Tiene un significado personal para Ender.

—¿Ah sí? ¿Qué significado?

—No lo sé, señor. No soy el chico. Pregúnteselo a él.

—Mayor Imbu, se lo pregunto a usted.

—Podría tener mil significados.

—Dígame uno.

—Usted ha aislado al muchacho. Tal vez esté deseando que llegue el fin de este mundo, la Escuela de Batalla. O tal vez se refiera al fin del mundo en el que creció, a su hogar, a su venida aquí. O tal vez es su forma de enfrentarse con el hecho de haber destrozado aquí a tantos chicos. Ya sabe que Ender es un chico muy sensible y ha infligido mucho daño físico a algunas personas; puede que esté deseando que llegue el fin de ese mundo.

—O de ninguno de ellos.

—El juego establece una relación entre el muchacho y el ordenador. Juntos crean historias. Las historias son verdaderas, en el sentido en que reflejan la realidad de la vida del muchacho. Eso es lo único que sé.

—Le diré lo que sé yo, mayor Imbu. Esa fotografía de Peter Wiggin no se ha podido sacar de los ficheros de esta escuela. No tenemos ninguna información sobre él, electrónica o no, desde que Ender vino. Y esa fotografía es más reciente.

—Sólo ha transcurrido un año y medio, señor. ¿Cuánto puede haber cambiado el muchacho?

—Ahora lleva un peinado totalmente distinto. Le rehicieron la boca con ortopedia dental. He conseguido en la Tierra una fotografía reciente y la he comparado. La única posibilidad que tenía el ordenador de la Escuela de Batalla para conseguir esa fotografía era requisarla en un ordenador de la Tierra. Y además tenía que ser uno que no esté conectado con la F.I. Para eso hace falta un permiso de requisición. No se puede ir sin más ni más al condado de Guilford, Carolina del Norte, y arrancar una fotografía de los ficheros de la escuela. ¿Autorizó alguien de esta escuela ese acceso?

—No lo entiendo, señor. Nuestro ordenador de la Escuela de Batalla es sólo una parte de la red de la F.I. Si nosotros queremos una fotografía, tenemos que conseguir una requisitoria, pero si el juego decide que la fotografía es necesaria...

—Puede ir y cogerla.

—No siempre. Sólo cuando es por el bien del muchacho.

—De acuerdo, es por su bien. Pero ¿por qué? Su hermano es peligroso, su hermano fue rechazado para este programa porque es uno de los peores seres humanos que han pasado por nuestras manos. ¿Por qué es tan importante para Ender? ¿Por qué, después de tanto tiempo?

—Sinceramente, no lo sé, señor. Y el programa del juego está diseñado de forma que no nos lo puede decir. En realidad, cabe que ni él mismo lo sepa. Estamos en un terreno inexplorado.

—¿Quiere decir que el ordenador inventa cosas a medida que avanza?

—Puede decirlo así.

—Bueno, eso hace que me sienta mejor. Creía que era el único.

Valentine celebraba sola el octavo cumpleaños de Ender, en el patio trasero con cerca de madera de su nueva casa de Greensboro. Limpió de agujas de pino y de hojas una pequeña parcela de suelo, y con una astilla grabó en la tierra el nombre de Ender. Luego hizo un pequeño *tepee* con astillas y agujas de pino, y encendió un fuego. Salió humo que se entretejió con las ramas y las agujas del pino. «Directo al espacio —dijo en silencio—. Directo a la Escuela de Batalla.»

No había llegado ninguna carta y, por lo que sabían, tampoco él había recibido ninguna. Cuando se lo llevaron, su padre y su madre se sentaban en la mesa y tecleaban largas cartas cada dos o tres días. Pronto, sin embargo, fue una vez a la semana, y cuando vieron que no recibían contestación, una vez al mes. Ahora hacía dos años que se había ido, y no había cartas, ninguna, y ningún recuerdo en su cum-

pleaños. «Está muerto —pensó con amargura—, porque le hemos olvidado.»

Pero Valentine no le había olvidado. No dejó que sus padres lo supieran y sobre todo nunca insinuó a Peter lo asiduamente que pensaba en Ender, lo asiduamente que le escribía cartas que sabía que no contestaría. Y cuando su padre y su madre les anunciaron que iban a dejar la ciudad para trasladarse a Carolina del Norte, precisamente a Carolina del Norte, Valentine comprendió que nunca confiaron en volver a ver a Ender. Dejaban el único lugar donde él podía encontrarles. ¿Cómo los iba a encontrar Ender aquí, entre estos árboles, bajo este cielo variable y pesado? Había vivido toda su vida en la profundidad de los pasillos, y si todavía estaba en la Escuela de Batalla, allí incluso había menos contacto con la naturaleza. ¿Qué impresión le causaría este lugar?

Valentine sabía por qué se habían trasladado aquí. Era por Peter, para que la vida entre árboles y animales pequeños, para que la naturaleza en la forma más cruda que papá y mamá podían concebir, ejerciera una influencia dulcificadora en su extraño y terrible hijo. Y, en cierta forma, la ejerció. Peter se adaptó rápidamente. Largos paseos al aire libre, atajando por bosques y saliendo al campo abierto. Algunas veces, para pasar todo el día, llevaba sólo un bocadillo o dos, compartiendo con su consola el espacio de la mochila que portaba en la espalda, y una pequeña navaja en el bolsillo.

Pero Valentine lo sabía. Había visto una ardilla medio despellejada, con sus manitas y pies empaladas en astillas clavadas en la tierra. Se imaginó a Peter atrapándola, empalándola, y separando y despellejando la piel sin abrirle las tripas, mirando los músculos retorcer y contraerse. ¿Cuánto tiempo habría tardado la ardilla en morir? Y Peter estuvo sentado todo ese tiempo cerca de ella, apoyado en el árbol donde a lo mejor había anidado la ardilla, jugando con la consola mientras la vida de la ardilla se escurría.

Al principio se horrorizó, y en la cena estuvo a punto de devolver, viendo a Peter comer con tanto vigor y hablar con

tanta alegría. Pero más tarde pensó en ello y comprendió que quizá fuera para Peter una especie de magia, algo parecido a sus pequeños fuegos; un sacrificio que de alguna forma aplacaba a los oscuros dioses que iban a la caza de su alma. Mejor torturar ardillas que niños. «Peter ha sido siempre un labrador de dolor, que lo siembra, lo alimenta, y lo devora con avidez cuando está maduro; mejor que lo tome en estas dosis pequeñas e intensas que con sombría crueldad en los niños de la escuela», se decía la muchacha.

—Un estudiante modelo —decían los profesores—. Ojalá tuviéramos en la escuela cien como él. Estudia continuamente, entrega todos sus trabajos a tiempo. Le gusta aprender.

Pero Valentine sabía que era un fraude. A Peter le gustaba aprender, es cierto, pero los profesores nunca le habían enseñado nada. Hacía sus estudios con la consola que tenía en casa, conectando con las bibliotecas y las bases de datos, estudiando y pensando y, sobre todo, hablando con Valentine. Y sin embargo, en la escuela actuaba como si las pueriles lecciones del día le sedujeran.

—Oh, es formidable, no tenía ni idea de que las ranas fueran *así* por dentro —decía.

Y después estudiaba en casa la unión de las células para formar los organismos a través de la colación filótica del ADN. Peter era un maestro en el arte de la adulación, y todos sus profesores le creían.

No obstante, estaba bien. Peter no volvió a pelearse, no volvió a intimidar a nadie. Se llevaba bien con todo el mundo. Era un nuevo Peter.

Todo el mundo lo creía. Su padre y su madre así lo decían, y eso hacía que a Valentine le entraran con frecuencia ganas de gritarles: «¡No es un Peter nuevo! ¡Es el mismo Peter, sólo que más listo!»

«¿Muy listo? Más listo que *tú*, padre. Más listo que *tú*, madre. Más listo que ninguna persona que hayáis conocido.»

«Pero no más listo que yo.»

—He estado pensando —dijo Peter— si matarte o no.

Valentine se apoyó contra el tronco del pino. Su pequeño fuego eran ahora unas pocas ascuas que se consumían.

—También yo te quiero a ti, Peter.

—Sería tan fácil. Siempre haces esos flueguecitos estúpidos. Es sólo cuestión de derribarte y quemarte. Eres una pirómana.

—He estado pensando en castrarte mientras dormías.

—No, no es cierto. Sólo piensas esas cosas cuando estoy contigo. Saco a relucir lo mejor de ti. No, Valentine he decidido no matarte. He decidido que me vas a ayudar.

—¿De veras?

Unos años antes, Valentine se habría aterrorizado ante las amenazas de Peter. Ahora, sin embargo, no tenía tanto miedo. No es que dudara de que fuera capaz de matarla. No podía imaginar nada tan terrible que Peter fuera incapaz de hacer. Sin embargo, sabía también que Peter no era un demente, por lo menos no en el sentido de que no tuviera control sobre sí mismo. Tenía más control sobre sí mismo que ninguna otra persona que ella conociera. Excepto, tal vez, ella misma. Peter podía aplazar cualquier deseo tanto como fuera necesario; podía ocultar cualquier emoción. Y por consiguiente, Valentine sabía que Peter nunca le haría daño en un ataque de ira. Sólo lo haría si las ventajas compensaban los riesgos. Y no era éste el caso. En cierta forma, prefería a Peter antes que a otra gente precisamente por eso. Siempre, siempre, actuaba guiado por un egoísmo inteligente. Y por lo tanto, para mantenerse a salvo, lo único que tenía que hacer era estar segura de que a Peter le interesaba más dejarla viva que tenerla muerta.

—Valentine, las cosas están llegando a un punto crítico. He estado siguiendo los movimientos de tropas en Rusia.

—¿De qué hablas?

—Del mundo, Val. ¿Sabes qué es Rusia? ¿Y el gran imperio? ¿Y el Pacto de Varsovia? ¿Y los gobernantes de Euroasia desde los Países Bajos al Pakistán?

—No hacen públicos sus movimientos de tropas, Peter.

—Claro que no, pero sí publican los horarios de los trenes de pasajeros y mercancías. He hecho que mi consola analice esos horarios y descifre cuándo circulan en secreto trenes de tropas por las mismas vías. He analizado retrospectivamente los tres últimos años. En los últimos seis meses han aumentado, se están preparando para la guerra. Una guerra por tierra.

—Pero ¿y la Liga? ¿Y los insectores?

Valentine no sabía qué pretendía insinuar Peter, pero a menudo sacaba discusiones de este tipo, discusiones prácticas sobre los acontecimientos del mundo. La utilizaba para probar sus ideas, para refinarlas. En el proceso, también ella refinaba sus propias ideas. Descubrió que aunque raramente estaba de acuerdo con Peter sobre lo que *debería* ser el mundo, raramente estaban en desacuerdo en lo que *era* el mundo en realidad. Se habían hecho bastante diestros en tamizar información precisa de las historias de los simplones, desesperadamente ignorantes, redactores de noticias. El rebaño de las noticias, como Peter los llamaba.

—El Polemarch es ruso, ¿no? Y él sabe lo que está pasando con la flota. O han descubierto que, después de todo, los insectores no son una amenaza, o estamos a punto de tener una gran batalla. De una forma o de otra, la guerra contra los insectores está próxima a su fin. Se están preparando para después de la guerra.

—Si están trasladando tropas debe de ser bajo la dirección de los Estrategas.

—Todo es interno, limitado al Pacto de Varsovia.

Eso era perturbador. La fachada de paz y cooperación no había sido perturbada casi desde que comenzaron las guerras contra los insectores. Lo que Peter había detectado era una perturbación fundamental del orden mundial. Ella tenía una imagen mental, tan nítida como la memoria, sobre lo que había sido el mundo antes de que la amenaza de los insectores les trajera la paz entre ellos.

—Así que volvemos a lo de antes.

—Con algunos cambios. Gracias a los escudos nadie se

preocupa ya de las armas nucleares. Tenemos que matarnos de mil en mil, no de millones en millones. —Peter esbozó una sonrisa—. Val, tenía que suceder. Ahora mismo existen un ejército y una flota internacional enormes, bajo la hegemonía americana. Cuando finalicen las guerras contra los insectores, todo ese poder se desvanecerá, porque todo se ha basado en el miedo a los insectores. De repente, miraremos alrededor y descubriremos que las viejas alianzas han desaparecido, muerto y desaparecido, excepto una, el Pacto de Varsovia. Y será el dólar contra cinco millones de láseres. Nosotros tendremos el cinturón de asteroides, pero ellos tendrán la Tierra, y, sin la Tierra, allí te quedas sin pasas ni apios con bastante rapidez.

Lo que más perturbaba a Valentine era que Peter no parecía nada preocupado.

—Peter, ¿por qué tengo la impresión de que estás viendo todo ese asunto como si se tratara de una oportunidad de oro para Peter Wiggin?

—Para los dos, Val.

—Peter, tienes doce años. Yo tengo diez. Hay un nombre para las personas de nuestra edad. Nos llaman niños y nos tratan como a ratones.

—Pero nosotros no *pensamos* como los demás niños, ¿verdad, Val? No *hablamos* como los demás niños. Y sobre todo, no escribimos como los demás niños.

—Para ser una discusión que se inició con amenazas de muerte, me parece, Peter, que nos hemos desviado del tema.

Sin embargo, Valentine descubrió que estaba entusiasmada. Escribir era una de las cosas que Val hacía mejor que Peter. Los dos lo sabían. Incluso, Peter lo mencionó una vez, cuando dijo que él siempre veía lo que los otros odiaban más de sí mismos para intimidarlos, mientras que Val siempre veía lo que los otros apreciaban más de sí mismos, para adularlos. Era una forma cínica de decirlo, pero era verdad. Valentine podía inculcar su punto de vista a los demás; podía convencerles de que querían lo que ella quería que quisieran. Peter, por otro lado, sólo podía hacerles temer lo que él que-

ría que temieran. La primera vez que Peter se lo señaló, se sintió ofendida. Quería creer que persuadía a la gente porque tenía razón, no porque era lista. Pero a pesar de las veces que se repitió a sí misma que nunca quiso explotar a la gente de la forma en que lo hacía Peter, disfrutaba sabiendo que podía, a su manera, controlar a los demás. Y no sólo controlar lo que hacían. Podía controlar, en cierta forma, lo que querían hacer. Estaba avergonzada de haber experimentado placer con este poder y, sin embargo, se sorprendía a sí misma empleándolo algunas veces. Consiguiendo que los profesores y otros estudiantes hicieran lo que quería. Consiguiendo que su padre y su madre vieran las cosas a su manera. Algunas veces, era capaz de persuadir incluso a Peter bastante bien, que podía conectar con él lo suficiente como para entrar en él por ese camino. Había más de Peter en ella de lo que podía admitir, aunque, de todas formas, algunas veces se atrevía a pensarlo. Esto es lo que pensaba mientras Peter hablaba: «Sueñas con el poder, Peter, pero a mi manera soy más poderosa que tú.»

—He estudiado Historia —le dijo Peter—, he estado aprendiendo cosas sobre las pautas del comportamiento humano. Hay períodos en que el mundo se reestructura, y en esos períodos las palabras precisas pueden cambiar el mundo. Piensa en lo que hizo Pericles en Atenas, y Demóstenes...

—Sí, se las arreglaron para destruir Atenas dos veces.

—Pericles, sí, pero Demóstenes tenía razón en lo de Filipo...

—O le provocó...

—¿Lo ves? Eso es lo que hacen los historiadores, hacen juegos con la causa y el efecto, cuando el asunto es que hay períodos en los que el mundo cambia, y la voz precisa en el lugar preciso puede mover el mundo. Thomas Paine y Ben Franklin, por ejemplo. Bismarck. Lenin.

—No son casos exactamente paralelos, Peter.

Ahora, discrepaba por seguir la costumbre; veía adónde pretendía llegar y pensaba que quizá fuera posible.

—No esperaba que lo entendieras. Sigues pensando que los profesores saben algo que merece la pena aprender.

—Entiendo más de lo que crees, Peter. ¿Así que te ves a ti mismo como Bismarck?

—Me veo a mí mismo sabiendo insertar ideas en la opinión pública. ¿No has pensado nunca una frase, Val, algo inteligente que decir, y lo has dicho, y luego, al cabo de dos semanas o un mes, oyes a un adulto decírselo a otro adulto, desconocidos los dos? ¿O la ves en un vídeo o la captas en una red de comunicaciones?

—Siempre creí que la había oído antes y pensé que tan sólo la estaba recordando.

—Estabas equivocada. Hermanita, hay, quizá, dos o tres mil personas en el mundo tan inteligentes como nosotros. La mayoría se está ganando la vida en algún sitio. En la enseñanza, pobres desgraciados, o en la investigación. Muy pocos ocupan realmente posiciones de poder.

—Creo adivinar que somos de esos pocos.

—Muy divertido, Val, tanto como un conejo saltando a la pata coja.

—De los que, sin duda, hay muchos en estos bosques.

—Saltando en pequeños círculos.

Valentine se rió ante lo grotesco de la imagen y se odió a sí misma por encontrarlo divertido.

—Val, podemos decir las palabras que todos los demás repetirán dentro de dos semanas. Podemos hacerlo. No tenemos que esperar a ser mayores y a que nos pongan a labrarnos una carrera con porvenir.

—Peter, tienes *doce años*.

—No, en las redes, no. En las redes puedo llamarme como quiera, y tú también.

—En las redes estamos identificados como estudiantes y ni siquiera podemos participar en las discusiones reales excepto como oyentes, lo que de cualquier manera significa que no podemos *decir* nada.

—Tengo un plan.

—Siempre tienes alguno.

Pretendía indiferencia pero escuchaba con atención.

—Podemos acceder a las redes como adultos de pleno derecho, con el nombre de red que queramos adoptar, *si* papá nos incluye en su acceso de ciudadano.

—¿Y por qué habría de hacerlo? Ya tenemos el acceso de estudiante. ¿Qué le vas a decir? ¿Necesito el acceso de ciudadano para apoderarme del mundo?

—No, Val. *No* le diré nada. *Tú* le vas a decir que estás muy preocupada por mí. Que me estoy esforzando en hacerlo bien en la escuela, pero que sabes que me estoy volviendo loco porque no puedo hablar nunca con alguien inteligente, que todo el mundo me habla con condescendencia porque soy joven. Que no puedo conversar con mis *iguales*. Que tú puedes probar que la tensión me está agobiando.

Valentine pensó en el cuerpo de la ardilla del bosque y comprendió que incluso ese descubrimiento formaba parte del plan de Peter. O, como mínimo, que lo había *hecho* formar parte de su plan después de que sucediera.

—De este modo consigues que nos autorice a compartir su acceso de ciudadano. Para adoptar nuestras identidades, para ocultar quiénes somos, a fin de que la gente nos trate con el respeto intelectual que merecemos.

Valentine podía desafiarle en ideas, pero nunca en cosas como ésa. No podía decir: «¿Qué te hace creer que mereces respeto?» Había leído algo sobre Adolfo Hitler. Se preguntaba cómo era cuando tenía doce años. No tan listo, no tanto como Peter, pero insaciable, probablemente eso. Y ¿qué habría pasado con el mundo si hubiera sido engullido por una trilladora o pateado por un caballo cuando era niño?

—Val —dijo Peter—, sé lo que piensas de mí. Piensas que no soy una buena persona, eso es lo que piensas.

Valentine le lanzó una aguja de pino.

—Una flecha se ha clavado en tu corazón.

—Durante mucho tiempo he estado planeando venir a hablar contigo. Pero tenía miedo.

Se puso una aguja de pino en la boca y se la tiró. Cayó directamente hacia abajo.

—Otro lanzamiento fallido.

¿Por qué fingir ser débil?

—Val, tenía miedo de que no me creyeras. De que no me creyeras capaz.

—Peter, creo que eres capaz de hacer cualquier cosa, y probablemente lo harás.

—Pero tenía más miedo aún de que me creyeras e intentaras detenerme.

—¿Amenazando de nuevo con matarme, Peter?

¿Se creía de verdad que su papel de chico humilde y bueno podría engañarla?

—Así que tengo un sentido negro del humor. Lo siento, te estaba tomando el pelo. Necesito tu ayuda.

—Eres justo lo que el mundo necesita. Un muchacho de doce años que solucione todos nuestros problemas.

—No es culpa mía que sólo tenga doce años precisamente ahora. Y no es culpa mía que precisamente ahora se presente la oportunidad. Precisamente ahora es el momento en que puedo dar forma a los acontecimientos. En tiempos de inestabilidad, el mundo es siempre una democracia, y el hombre que tenga la mejor voz ganará. Todo el mundo piensa que Hitler llegó al poder gracias a sus ejércitos, porque estaban dispuestos a matar, y eso en parte es verdad, porque en el mundo real el poder siempre se erige sobre la amenaza de muerte y de deshonra. Pero, sobre todo, llegó al poder por las palabras, por las palabras precisas en el momento preciso.

—Precisamente, estaba pensando en compararte con él.

—No odio a los judíos, Val. No quiero destruir a nadie. Y tampoco quiero la guerra. Quiero que el mundo se mantenga unido ¿Es eso tan malo? No quiero que volvamos a los viejos tiempos. ¿Has leído algo sobre las guerras mundiales?

—Sí.

—Podemos volver otra vez a esa situación. O peor. Podemos vernos dentro del Pacto de Varsovia. No es una idea alentadora.

—Peter, somos niños, ¿no puedes entenderlo? Estamos yendo al colegio, estamos creciendo.

Pero aunque se resistía, quería que la persuadiera. Había querido que la persuadiera desde el principio.

Pero Peter no sabía que ya había ganado.

—Si me creo eso, si acepto eso, tendré que sentarme y ver cómo se desvanecen todas las oportunidades y luego, cuando sea mayor, será demasiado tarde. Val, escúchame. Sé lo que sientes con respecto a mí, lo que siempre has sentido. He sido un hermano depravado y repugnante. He sido cruel contigo y peor con Ender, hasta que se lo llevaron. Pero no te odiaba. Os quería a los dos, sólo que tenía que ser... tenía que tener *el control*, ¿lo entiendes? Es lo más importante para mí, es mi mayor don, puedo ver dónde están los puntos débiles de los demás, puedo ver cómo llegar a ellos y utilizarlos, así de sencillo; veo esas cosas sin ni siquiera intentarlo. Podría convertirme en un hombre de negocios y dirigir alguna sociedad importante, lucharía y maquinaría hasta llegar arriba del todo, y ¿qué tendría? Nada. Voy a gobernar, Val. Voy a tener control sobre algo. Pero quiero que sea algo que merezca la pena gobernar. Una Pax Americana en todo el mundo. Para que cuando venga algún otro, después de que venzamos a los insectores, cuando venga algún otro a derrotarnos, descubra que nos hemos extendido por mil mundos, que estamos en paz con nosotros mismos y es imposible destruirnos. ¿Lo entiendes? Quiero salvar a la raza humana de su autodestrucción.

Nunca le había visto hablar con tal sinceridad. Sin un indicio de burla, sin un rastro de mentira en su voz. Estaba mejorando. O a lo mejor estaba rozando la verdad.

—¿Así que un muchacho de doce años y su hermana pequeña van a salvar el mundo?

—¿Qué edad tenía Alejandro Magno? No lo voy a hacer de la noche a la mañana. Simplemente, voy a comenzar ahora. Si tú me ayudas.

—No creo que lo que hiciste a aquellas ardillas formara parte de una representación. Creo que lo hiciste porque te gusta hacerlo.

De repente, Peter se llevó las manos a la cara y lloró. Val dio por sentado que estaba fingiendo, pero comenzó a cues-

tionárselo. ¿No era posible que la quisiera y que en esa oportunidad aterradora estuviera dispuesto a flaquear delante de ella para conquistar su amor? «Me está manipulando —pensó—, pero eso no significa que no sea sincero.» Cuando retiró las manos, tenía las mejillas, mojadas, los ojos enrojecidos.

—Lo sé —dijo—, eso es lo que más me asusta, que realmente pueda ser un monstruo. No quiero ser un asesino pero no puedo evitarlo.

Nunca le había visto mostrar tal debilidad. «Eres muy listo, Peter. Reservaste tu debilidad para poder utilizarla para conmoverme ahora», pensó ella. Y, sin embargo, la conmovió. Porque si era verdad, aunque fuera sólo en parte, entonces Peter no era un monstruo y ella podría satisfacer su propia ansia de poder, similar a la de Peter, sin miedo a convertirse en un monstruo. Sabía que Peter era astuto, que incluso ahora estaba calculando, pero creía que debajo de los cálculos estaba diciendo la verdad. Había estado oculta bajo muchas capas, pero la había sondeado hasta conseguir la confianza de Valentine.

—Val, si no me ayudas, no sé en qué me convertiré. Pero si estás conmigo, si eres mi compañera en todo, puedes impedir que me convierta... en eso. Como los malos.

Ella asintió con la cabeza. «Sólo estás fingiendo compartir el poder conmigo —pensó ella—, pero en realidad tengo poder sobre ti, aunque no lo sepas.»

—Te ayudaré.

En cuanto su padre les introdujo en su acceso de ciudadano, comenzaron a analizar el terreno. Se mantuvieron alejados de las redes que exigían utilizar un nombre real. Eso no era difícil, porque los nombres reales sólo estaban relacionados con asuntos de dinero. No necesitaban dinero. Necesitaban respeto, y eso podían ganárselo. Con falsos nombres en las redes adecuadas, podían ser cualquier persona. Ancianos, mujeres de mediana edad, cualquier persona, mientras

tuvieran cuidado en la forma de escribir. Lo único que los demás podían ver eran sus palabras, sus ideas. En las redes, todos los ciudadanos comenzaban igual.

En sus primeros esfuerzos utilizaban nombres para usar una sola vez, no las identidades que Peter planeaba hacer famosas e influyentes. Por supuesto, no eran invitados a participar en los foros políticos internacionales y nacionales importantes. Allí sólo podían estar como oyentes, hasta que fueran invitados o elegidos para participar. Pero se conectaban y miraban, leían algunos de los ensayos publicados por los nombres importantes, presenciaban los debates que salían en sus consolas.

Y en las conferencias menores, donde la gente normal hacía comentarios sobre los grandes debates, comenzaron a insertar sus comentarios. En un principio, Peter insistió en que fueran deliberadamente inflamatorios.

—No podemos ver los resultados de nuestro estilo a menos que obtengamos respuestas; y si somos blandos, no responderá nadie.

No fueron blandos, y la gente respondió. Las respuestas enviadas a las redes públicas eran avinagradas; las respuestas enviadas por carta para que Peter y Valentine las leyeran en privado, eran venenosas. Pero descubrieron qué atributos de su estilo eran considerados infantiles e inmaduros. Y mejoraron.

Cuando Peter estuvo satisfecho y creyó que sabían dar la impresión de adultos, mató las viejas identidades y empezaron a prepararse para atraer una atención real.

—Tenemos que dar la sensación de que no tenemos nada que ver el uno con el otro. Escribiremos sobre cosas diferentes en momentos diferentes. Nunca nos referiremos uno al otro. Tú actuarás en las redes de la costa oeste y yo actuaré en el sur. Problemas regionales también. Así que haz los deberes.

Hicieron los deberes. Su padre y su madre se preocupaban algunas veces de que Peter y Valentine estuvieran constantemente juntos, con las consolas bajo el brazo. Pero no

podían quejarse; sus notas eran buenas y Valentine era una influencia buena para Peter. Había cambiado completamente su actitud hacia todo. Peter y Valentine se sentaban juntos en los bosques, cuando hacía buen tiempo, y en restaurantes portátiles y en parques interiores cuando llovía, y componían sus comentarios políticos. Peter diseñaba cuidadosamente los dos personajes para que ninguno tuviera todas sus ideas; había incluso algunas identidades de recambio que utilizaban para dejar caer las opiniones de un tercero.

—Dejemos que ambos encuentren los partidarios que puedan —dijo Peter.

Una vez, cansada de escribir y volver a escribir hasta que Peter estuvo satisfecho, Val se desesperó y dijo:

—Escríbelo tú mismo, entonces.

—No puedo —respondió él—. No pueden dar la impresión de ser iguales. Nunca. Olvidas que algún día seremos suficientemente famosos como para que alguien comience a hacer estudios. Tenemos que parecer personas distintas.

En consecuencia, lo escribió. Su principal identidad en las redes era Demóstenes. Peter eligió el nombre. Él se bautizó con el nombre de Locke. Estaba claro que eran seudónimos, pero eso formaba parte del plan.

—Con un poco de suerte, empezarán a intentar adivinar quiénes somos.

—Si llegamos a ser suficientemente famosos, el gobierno puede acceder a la red y descubrir quiénes somos en realidad.

—Cuando eso suceda, estaremos demasiado protegidos para sufrir grandes pérdidas. A la gente le puede chocar que Demóstenes y Locke sean dos niños, pero ya estarán acostumbrados a escucharnos.

Comenzaron a componer debates para sus personajes. Valentine prepararía una declaración de principios y Peter inventaría un nombre de usar y tirar para responderle. Su respuesta sería inteligente y el debate sería vivo, lleno de ingeniosas inventivas y de buena retórica política. Valentine tenía habilidad para la aliteración, que hacía que sus frases

fueran memorables. Luego introducirían los debates en la red, separados por un período de tiempo razonable, como si estuvieran componiéndolos sobre el terreno. A veces, algunos usuarios de las redes interpondrían comentarios, pero Peter y Val les ignorarían o modificarían sólo ligeramente sus propios comentarios para acomodarlos a lo que se había dicho.

Peter tomaba nota de las frases más memorables y, de vez en cuando, hacía búsquedas para descubrir si esas frases se usaban en otros lugares. No todas se usaban pero la mayoría eran repetidas aquí y allí, y algunas aparecían incluso en los debates importantes de las redes de prestigio.

—Nos están leyendo —dijo Peter—. Nuestras ideas se están filtrando.

—Más bien nuestras frases.

—Ésa es precisamente la medida. Estamos teniendo cierta influencia. Nadie nos cita todavía por el nombre, pero están discutiendo los puntos que hemos planteado. Estamos ayudando a establecer la agenda. Lo estamos consiguiendo.

—¿No deberíamos intentar acceder a los debates importantes?

—No. Esperaremos a que nos lo pidan.

Habían pasado sólo siete meses cuando una de las redes de la costa oeste envió a Demóstenes un mensaje. Una oferta de una columna semanal en una red de noticias bastante buena.

—No puedo hacer una columna semanal —dijo Valentine—. Ni siquiera me ha venido el período.

—Una cosa no tiene nada que ver con la otra —dijo Peter.

—Para mí, sí. Todavía soy una niña.

—Diles que sí, pero como prefieres que tu verdadera identidad no salga a la luz, quieres que te paguen en tiempo de red, quieres un código de acceso nuevo a través de su identidad corporativa.

—Así, cuando el gobierno me siga el rastro...

—Serás simplemente una persona que puede conectar a través de CalNet. El acceso de ciudadano de papá no se verá

implicado. Lo que no acabo de entender es por qué prefieren a Demóstenes y no a Locke.

—El talento siempre triunfa.

Como juego era divertido, pero a Valentine no le gustaban algunas posiciones que Peter hacía tomar a Demóstenes. Demóstenes comenzaba a revelarse como un escritor anti-Pacto de Varsovia totalmente paranoico. Le preocupaba porque Peter era el único que sabía explotar el miedo en sus escritos; ella tenía que recurrir constantemente a él en busca de ideas para hacerlo. Mientras tanto, su Locke seguía las moderadas estrategias empáticas de ella. Tenía sentido, en cierta forma. Hacer que ella escribiera como Demóstenes significaba que también Demóstenes tendría cierta empatía, y, por la misma razón, Locke también podría jugar con los miedos de los demás. Pero el efecto principal era mantenerla indefectiblemente atada a Peter. No podría dejarle y utilizar a Demóstenes con sus propios fines. No sabría utilizarlo. De todas formas, eso era recíproco. Peter no podría escribir como Locke sin ella. ¿O sí?

—Peter, creí que la idea era unificar el mundo. Si escribo tal como dices que debo hacerlo, estoy haciendo una llamada clara a la guerra para hacer pedazos al Pacto de Varsovia.

—No tanto como la guerra, sólo redes abiertas y prohibición de intercepción. Libre movimiento de información. Sometimiento a las reglas de la Liga, ¡por Dios!

Sin pretenderlo, Valentine comenzaba a hablar con la voz de Demóstenes, aunque, naturalmente, no expresaba las opiniones de Demóstenes.

—Todo el mundo sabe que el Pacto de Varsovia tenía que ser considerado desde el principio como una entidad individual, en lo concerniente a esas reglas. El movimiento libre internacional está todavía abierto. Pero entre las naciones del Pacto de Varsovia estas cosas son asuntos internos. Por eso estaban dispuestos a permitir la hegemonía americana en la Liga.

—Estás hablando como Locke, Val. Confía en mí. Tú

tienes que pedir que el Pacto de Varsovia pierda el estatus oficial. Tienes que conseguir poner realmente furiosa a mucha gente. Después, más adelante, cuando comiences a reconocer la necesidad de un compromiso...

—Entonces dejarán de escucharme y se irán a hacer la guerra.

—Val, confía en mí. Sé lo que hago.

—¿Cómo lo sabes? No eres más listo que yo y tampoco habías hecho esto antes.

—Tengo trece años y tú diez.

—Casi once.

—Y sé cómo funcionan estas cosas.

—Está bien, lo haré a tu manera. Pero no diré nada de eso de libertad o muerte.

—También lo dirás.

—Y algún día, cuando nos cojan y se pregunten por qué tu hermana era tan belicosa, apuesto a que les dirás que me ordenabas hacerlo.

—¿Estás *segura* de que no tienes el período, mujercita?

—Te odio, Peter Wiggin.

Lo que más molestó a Valentine fue que, cuando su columna se asoció con otras redes de noticias regionales, su padre comenzó a leerla y a citarla en la mesa.

—Por fin, un hombre con un poco de sentido común —dijo.

Luego citó algunos de los pasajes que Valentine odiaba más.

—Acepto que trabajemos con esos hegemonistas rusos estando los insectores ahí fuera, pero después de que hayamos vencido, no puedo concebir que dejemos a la mitad del mundo civilizado como virtuales ilotas. ¿Qué opinas, querida?

—Creo que te estás tomando todo esto demasiado en serio —dijo la madre.

—Me gusta este Demóstenes. Me gusta su forma de pensar. Me sorprende que no esté en las redes importantes. Le he buscado en los debates sobre relaciones internacionales y nunca ha tomado parte en ninguno.

Valentine perdió el apetito y se marchó de la mesa. Peter la siguió tras un respetable intervalo.

—Así que no te gusta mentir a papá —dijo—. ¿Y qué? No le estás *mintiendo*. No sabe que eres Demóstenes y Demóstenes no dice lo que en realidad crees. Las dos cosas se anulan, quedan en nada.

—Éste es el tipo de razonamiento que hace de Locke un estúpido.

Pero lo que en realidad le molestaba no era estar mintiendo a su padre, era que su padre estuviera de acuerdo con Demóstenes. Había creído que sólo los locos podrían seguirle.

Unos días más tarde, Locke fue fichado para la columna de una red de noticias de New England, con el objetivo específico de emitir una opinión contraria a la de la popular columna de Demóstenes.

—No está mal para dos niños que juntos apenas tienen más de ocho pelos en el pubis —dijo Peter.

—Hay un largo camino entre escribir una columna en una red de noticias y gobernar el mundo —le recordó Valentine—. Es un camino tan largo que nadie lo ha hecho nunca.

—Lo han hecho, sin embargo. O su equivalente moral. Voy a decir cosas sucias sobre Demóstenes en mi primera columna.

—Bueno, Demóstenes ni siquiera va a reparar en la existencia de Locke. Nunca.

—Por ahora.

Ahora, con sus identidades totalmente sustentadas por los ingresos procedentes de la redacción de columnas, sólo utilizaban el acceso de su padre para las identidades de usar y tirar. Su madre observó que pasaban demasiado tiempo en las redes.

—Mucho trabajo y poco juego hacen de Jack un chico soso —recordó a Peter.

Peter dejó que la mano le temblara un poco, y dijo:

—Si piensas que debería dejarlo, creo que esta vez podré conservar el control de mí mismo, de verdad.

—No, no —dijo la madre—. No quiero que lo *dejes*. Sólo que... ten cuidado, eso es todo.

—Tengo cuidado, mamá.

Nada era diferente, nada había cambiado en un año. Ender estaba seguro de ello, y sin embargo todo parecía haberse vuelto amargo. Seguía siendo el soldado número uno y ahora ninguno dudaba de que se lo merecía. A los nueve años era jefe de batallón en la escuadra Fénix, con Petra Arkanian como comandante. Seguía dirigiendo sus sesiones prácticas nocturnas y ahora asistía a ellas un grupo de soldados de elite, designados por sus comandantes, aunque todavía podían ir los reclutas que quisieran. Alai también era jefe de batallón en otra escuadra, y seguían siendo buenos amigos; Shen no era jefe, pero eso no era ninguna barrera. Dink Meeker había aceptado finalmente ser comandante y sucedió a Rose el Narizotas en el mando de la escuadra Rata.

Todo estaba yendo bien, *muy bien*. No podía pedir nada mejor.

«Entonces ¿por qué odio mi vida?», pensaba.

Pasó las etapas de las prácticas y de los juegos. Le gustaba enseñar a los muchachos de su batallón, y ellos le seguían con lealtad. Tenía el respeto de todos, y en sus prácticas nocturnas era tratado con deferencia. Los comandantes venían para estudiar lo que hacía. Otros soldados se aproximaban a su mesa en el comedor y pedían permiso para sentarse. Incluso los profesores eran respetuosos.

Tenía tanto maldito respeto que quería gritar.

Miraba a los chicos jóvenes de su escuadra, recién llegados de sus grupos de lanzamiento, observaba cómo jugaban, cómo se burlaban de sus jefes cuando creían que nadie les veía. Observaba la camaradería de los viejos amigos que se habían conocido durante años en la Escuela de Batalla, que reían y hablaban de las viejas batallas y de los comandantes y soldados que se habían graduado hacía tiempo.

Pero con *sus* viejos amigos no había risas, no había recuerdos. Sólo trabajo. Sólo inteligencia y excitación en el juego, pero nada más. Esa noche se había llegado a un punto crucial en las prácticas nocturnas. Ender y Alai estaban discutiendo los matices de las maniobras en espacio abierto cuando Shen se acercó y escuchó durante unos instantes, y luego, de repente, cogió a Alai por los hombros y gritó:

—¡Nova! ¡Nova! ¡Nova!

Alai se echó a reír y por un instante Ender les vio recordar juntos la batalla en que la maniobra en espacio abierto había sido real y habían esquivado a los chicos mayores, y...

De pronto se acordaron que Ender estaba allí.

—Perdona, Ender —dijo Shen.

¿Perdona? ¿Por qué? ¿Por ser amigos?

—Yo también estaba allí, ya lo sabes —dijo Ender.

Y se disculparon de nuevo. De vuelta al trabajo. De vuelta al *respeto*. Ender comprendió que no se les había ocurrido incluirle en sus risas, en su amistad.

«¿Cómo iban a pensar que yo también formaba parte? ¿Acaso me reí? ¿Acaso participé? Me limitaba a estar allí, observando, como un profesor...

»Así es cómo me ven. Profesor. Soldado legendario. No uno de *ellos*. No alguien a quien abrazas y susurras *salaam* en la oreja.» Eso sólo duró mientras Ender seguía pareciendo vulnerable. Ahora era el soldado principal y estaba completa, totalmente solo.

«Compadécete de ti, Ender.»

Tumbado en la litera, escribió en la consola POBRE ENDER. Entonces se rió de sí mismo y borró esas palabras. No había ningún chico o chica en esa escuela que no quisiera cambiar su sitio por el suyo.

Conectó el Juego de Fantasía. Caminó, como hacía frecuentemente, por la aldea que los enanitos habían construido en la colina formada por el cadáver del Gigante. Fue fácil construir fuertes paredes con las costillas ya curvadas justo a la medida, dejando entre ellas el espacio exacto suficiente para hacer ventanas. El cadáver fue cortado en apar-

tamentos, abiertos al camino que formaba la columna verte-
bral del Gigante. El anfiteatro público estaba esculpido en la
taza de la pelvis, y la manada comunal de ponies pastaba
entre las piernas del Gigante. Ender nunca sabía con seguri-
dad qué estaban haciendo los enanitos siempre ocupados en
sus cosas, pero como le dejaban caminar en paz por la aldea,
él tampoco les hacía ningún daño.

Saltó el hueso pélvico de la base de la plaza pública y
caminó por los pastos. Los ponies se alejaron asustados. No
les persiguió. Ender ya no se acordaba de cómo funcionaba
el juego. En los viejos tiempos, antes de haber ido por pri-
mera vez al Fin del Mundo, solo había combates y rompe-
cabezas que resolver, derrotar al enemigo antes de que te
mate, descifrar la forma de salvar el obstáculo. Sin embargo,
ahora nadie atacaba, no había guerra, y fuera donde fuera, no
encontraba ningún obstáculo.

Exceptuando, por supuesto, la habitación del palacio del
Fin del Mundo. Era el único lugar peligroso que quedaba.
Y Ender, a pesar de que juraba a menudo que no iría, siem-
pre volvía allí, siempre mataba a la serpiente, siempre miraba
a su hermano cara a cara, y siempre, hiciera lo que hiciera a
continuación, moría.

Esta vez no fue diferente. Intentó usar el cuchillo de la
mesa para hacer palanca en el mortero y sacar una piedra de
la pared. Tan pronto como rompió el sello de mortero, co-
menzó a borbotear un chorro de agua por la grieta, y Ender
miraba la consola mientras su figura, ahora fuera de su con-
trol, luchaba desesperadamente por sobrevivir, por evitar
morir ahogada. Las ventanas de la habitación habían desapa-
recido, el agua subía, y su figura se ahogó. Mientras ocurría
todo eso, la cara de Peter Wiggin seguía en el espejo mirán-
dole.

«Estoy atrapado —pensó Ender—, atrapado en el Fin
del Mundo sin ninguna salida.» Y conoció por fin el amar-
go sabor que le había apesadumbrado, a pesar de todos sus
éxitos en la Escuela de Batalla. Era desesperación.

Había hombres uniformados en las entradas de la escuela cuando llegó Valentine. No estaban firmes como guardias, sino más bien holgazaneando como si estuvieran esperando a que alguien de dentro finalizara sus asuntos. Vestían uniformes de marines de la F.I., los mismos uniformes que todo el mundo veía en los sangrientos combates de los vídeos. Daba un aire de aventura al día; todos los niños estaban excitados.

Valentine no lo estaba. Por un lado le hacía pensar en Ender. Y por el otro, le asustaba. Alguien había publicado recientemente un feroz comentario sobre las obras completas de Demóstenes. El comentario, y por consiguiente su trabajo, habían sido discutidos en la conferencia abierta de la red de relaciones internacionales, y algunas de las personas más importantes de la actualidad atacaban y defendían a Demóstenes. Lo que más le preocupaba era el comentario de un señor inglés: «Tanto si le gusta como si no, Demóstenes no puede permanecer en el anonimato eternamente. Ha encolerizado a demasiados sabios y ha contentado a demasiados locos como para continuar oculto más tiempo detrás de su seudónimo tan apropiado. O se desenmascara él mismo para asumir el liderazgo de las fuerzas de la estupidez que ha despertado, o sus enemigos le desenmascararán para poder entender mejor la enfermedad que ha producido una mente tan retorcida y perversa.»

Peter había estado encantado, podía estarlo. Valentine tenía miedo de que la perversa personalidad de Demóstenes hubiera molestado a demasiadas personas poderosas; de que, en efecto, la localizaran. La F.I. lo podía hacer, aunque el gobierno americano estuviera constitucionalmente obligado a no hacerlo. Y aquí estaban las tropas de la F.I. reunidas en la Escuela de Western Guildford, precisamente aquí. Y no exactamente con la intención normal de reclutar marines para la F.I.

Así que no se sorprendió al encontrar un mensaje desfilando por su consola en cuanto la conectó.

POR FAVOR DESCONECTE Y VAYA
INMEDIATAMENTE
A LA OFICINA DE LA DRA. LINEBERRY

Valentine esperó nerviosamente a la puerta de la oficina de la subdirectora hasta que la doctora Lineberry abrió la puerta y le indicó con señas que entrara. Su última duda desapareció cuando vio al hombre barrigudo con uniforme de coronel de la F.I. sentado en el único sillón confortable de la habitación.

—Tú eres Valentine Wiggin —dijo.

—Sí —susurró.

—Soy el coronel Graff. Nos hemos visto antes.

«¿Antes? ¿Cuándo había tenido tratos con la F.I.?»

—He venido para hablarte confidencialmente de tu hermano.

«No sólo soy yo —pensó—. Tienen a Peter. ¿O es algo nuevo? ¿Ha hecho alguna locura? Creía que había dejado de hacer locuras.»

—Valentine, pareces asustada. No hay ningún motivo. Por favor, siéntate. Te aseguro que tu hermano está bien. Ha cumplido de sobra nuestras expectativas.

Y ahora, con una gran efusión interna de alivio, comprendió que habían venido por Ender. Ender. No era para castigarla, era el pequeño Ender, que había desaparecido hacía tanto tiempo, que, ahora, ya no formaba parte de las intrigas de Peter. «Tú fuiste el afortunado, Ender. Te fuiste lejos antes de que Peter te pudiera enredar en su conspiración.»

—Valentine, ¿cómo te sientes respecto a tu hermano?

—¿Ender?

—Claro.

—¿Cómo me voy a sentir? No le he visto ni he tenido noticias de él desde que tenía ocho años.

—Doctora Lineberry, ¿le importaría dejarnos solos?

Lineberry estaba molesta.

—Pensándolo bien, doctora Lineberry, creo que Valen-

tine y yo tendremos una conversación mucho más productiva si damos un paseo. Lejos de los dispositivos de grabación que su director ha colocado en esta habitación.

Era la primera vez que Valentine había visto a la doctora Lineberry quedarse sin habla. El coronel Graff levantó un cuadro de la pared y despegó una membrana sensible al sonido, junto con su pequeña unidad de transmisión.

—Barato —dijo Graff—, pero muy efectivo. Creí que lo sabía.

Lineberry cogió el dispositivo y se sentó pesadamente en el escritorio. Graff condujo a Valentine afuera.

Se dirigieron al campo de rugby. Los soldados les seguían a una distancia discreta; se desplegaron y formaron un gran círculo, para protegerles desde el perímetro más amplio posible.

—Valentine, necesitamos que ayudes a Ender.

—¿Qué clase de ayuda?

—No estamos ni siquiera seguros de eso. Necesitamos que nos ayudes a resolver cómo nos puedes ayudar.

—Bien, ¿cuál es el problema?

—Eso es parte del problema. No lo sabemos.

Valentine no pudo evitar reír.

—¡No le he visto en tres años! ¡Lo han tenido ahí arriba con ustedes todo este tiempo!

—Valentine, mi vuelo a la Tierra y la vuelta a la Escuela de Batalla cuesta más dinero del que tu padre ganará en toda su vida. No hago este viaje todos los días.

—El rey tuvo un sueño —dijo Valentine—, pero se le olvidó, así que dijo a sus sabios que interpretaran el sueño o morirían. Sólo Daniel pudo interpretarlo, porque era un profeta.

—¿Lees la Biblia?

—Este año estamos estudiando a los clásicos en inglés avanzado. No soy un profeta.

—Ojalá pudiera decirte todo lo relativo a la situación de Ender. Pero tardaría horas, tal vez días, y después tendría que ponerte en reclusión preventiva porque una gran parte

es estrictamente confidencial. Así que veamos qué podemos hacer con una información limitada. Hay un juego que nuestros alumnos desarrollan con el ordenador.

Le habló del Fin del Mundo, de la habitación cerrada y de la imagen de Peter en el espejo.

—Es el ordenador el que pone la imagen allí, no Ender. ¿Por qué no se lo preguntan al ordenador?

—El ordenador no lo sabe.

—¿Y se supone que lo tengo que saber yo?

—Ésta es la segunda vez desde que Ender está con nosotros que ha llevado este juego a un punto muerto. A un punto que parece no tener salida.

—¿Lo resolvió la primera vez?

—Con tiempo.

—Entonces, denle tiempo y probablemente resolverá éste de nuevo.

—No estoy seguro. Valentine, tu hermano es un muchachito muy infeliz.

—¿Por qué?

—No lo sé.

—No sabe mucho, ¿verdad?

Valentine pensó por un momento que el hombre se podía enfadar. Sin embargo, decidió reírse.

—No, no demasiado. Valentine, ¿por qué Ender sigue viendo a su hermano Peter en el espejo?

—No debería. Es estúpido.

—¿Por qué es estúpido?

—Porque si alguna vez ha habido alguien que fuera opuesto a Ender, ése es Peter.

—¿Cómo?

Valentine no conseguía pensar una respuesta que no fuera peligrosa. Demasiadas preguntas sobre Peter podían conducir al problema real. Valentine sabía lo suficiente sobre la gente para saber que nadie tomaría en serio los planes de Peter para dominar el mundo, un peligro para los gobiernos actuales. Pero podían decidir que estaba loco y que necesitaba tratamiento para su megalomanía.

—Te estás preparando para mentirme —dijo Graff.

—Me estoy preparando para no hablar con usted nunca más —respondió Valentine.

—Y tienes miedo. ¿Por qué tienes miedo?

—No me gustan las preguntas sobre mi familia. Dejemos a mi familia fuera de esto.

—Valentine, estoy intentando dejar a tu familia fuera de esto. Recurro a ti para no tener que comenzar una batería de pruebas con Peter e interrogar a tus padres. Estoy intentando resolver este problema ahora, con la persona a la que Ender más quiere y en la que más confía, tal vez la única persona a quien quiere y en la que confía algo. Si no lo podemos solucionar de esta forma, secuestraremos a tu familia y haremos lo que nos plazca. Esto no es un problema trivial, y no me iré así, sin más ni más.

La única persona a la que Ender quiere y en la que confía algo. Sintió una profunda puñalada de dolor, de remordimiento, de vergüenza de que ahora fuera a Peter a quien estaba unida, de que fuera Peter el centro de su vida. «A ti, Ender, te encendí fuegos en tu cumpleaños. A Peter le ayudo a satisfacer todos sus sueños.»

—Nunca pensé que fuera un hombre bueno. Ni cuando vino a llevarse a Ender, ni ahora.

—No pretendas ser una niñita ignorante. Seguí tus pruebas cuando eras pequeña y de momento no hay demasiados profesores de colegio que puedan ponerse a tu altura.

—Ender y Peter se odiaban.

—Ya lo sabía. Dijiste que eran opuestos. ¿Por qué?

—Peter... puede ser odioso algunas veces.

—¿Odioso en qué sentido?

—Ruin, simplemente ruin, eso es todo.

—Valentine, por el bien de Ender, dime qué hace Peter cuando es ruin.

—Amenaza de muerte a la gente. No lo dice en serio. Pero cuando éramos pequeños, Ender y yo siempre le teníamos miedo. Nos dijo que nos mataría. En realidad, dijo que mataría a Ender.

—Vimos algo de eso por el monitor.

—Era a causa del monitor.

—¿Nada más? Háblame más de Peter.

Le habló de los niños de todas las escuelas a las que había asistido Peter. Nunca les golpeaba, pero, de todas formas, les torturaba. Averiguaba qué era lo que más les avergonzaba y se lo decía a la persona cuyo respeto apreciaban más. Averiguaba qué era lo que más temían y se aseguraba de que tropezaran con ello a menudo.

—¿Hizo eso con Ender?

Valentine negó con la cabeza.

—¿Estás segura? ¿No tenía Ender un punto débil? Alguna cosa que temiera más, o de la que se sintiera más avergonzado.

—Ender nunca hizo nada de qué avergonzarse.

Y de repente, profundamente avergonzada por haber olvidado y traicionado a Ender, se puso a llorar.

—¿Por qué lloras?

Negó con la cabeza. No sabía explicar cómo se sentía al pensar en su hermano pequeño, que era tan bueno, al que había protegido durante tanto tiempo, y acordarse luego de que ahora era aliada de Peter, la ayudante de Peter, la esclava de Peter en un plan que estaba totalmente fuera de su control. «Ender nunca se rindió a Peter, pero yo he cambiado, me he convertido en una parte de él, lo que Ender nunca fue.»

—Ender nunca se dio por vencido —dijo.

—¿A quién?

—A Peter. A ser como Peter.

Caminaron en silencio por la línea de meta.

—¿Cómo puede Ender llegar alguna vez a ser como Peter?

Valentine se encogió de hombros.

—Ya se lo he dicho.

—Pero Ender nunca hizo ese tipo de cosas. Era sólo un niño.

—Sin embargo, los dos llegamos a desearlo. Llegamos a desear... matar a Peter.

—¡Ah!

—No, no es verdad. Nunca lo dijimos. Ender nunca dijo que quisiera hacerlo. Simplemente... lo *pensaba.* Era yo, no Ender. Él nunca dijo que quisiera matarle.

—¿Qué quería?

—Simplemente no quería ser...

—¿Ser qué?

—Peter tortura a las ardillas. Las clava con estacas en el suelo y las despelleja vivas, y se sienta y las mira hasta que mueren. Lo hacía, ahora no lo hace. Pero lo hacía. Si Ender lo hubiera sabido, si Ender le hubiera visto, creo que habría...

—¿Qué habría hecho? ¿Rescatar a las ardillas? ¿Intentar curarlas?

—No, en aquellos días no se... desataba lo que Peter ataba. No le llevaba la contraria. Pero Ender habría sido bueno con las ardillas. ¿Lo entiende? Las habría alimentado.

—Pero si las alimentaba, se volverían dóciles, y Peter las podría atrapar más fácilmente.

Valentine se echó a llorar de nuevo.

—Hagas lo que hagas, siempre beneficia a Peter. Todo beneficia a Peter, todo; no se puede evitar, sea lo que sea.

—¿Estás ayudando a Peter? —preguntó Graff.

No respondió.

—Valentine. ¿Es Peter tan malo?

Valentine asintió con la cabeza.

—¿Es la peor persona del mundo?

—¿Lo malo que puede ser? No lo sé. Es la peor persona que conozco.

—Y sin embargo, tú y Ender sois sus hermanos. Tenéis los mismos genes, los mismos padres, ¿cómo puede ser tan malo si...?

Valentine se dio la vuelta y le gritó, le gritó como si estuviera matándola:

—¡Ender no es como Peter, no es como Peter en ningún aspecto! Excepto en que es listo, eso es todo... En cualquier otro aspecto en que una persona podría ser como Peter, él no es como Peter en nada, nada, nada.

—Ya lo veo —dijo Graff.

«Sé lo que estás pensando, desgraciado, estás pensando que estoy equivocada, que Ender es como Peter. Puede que *yo* sea como Peter, pero Ender no lo es, ni mucho menos; solía decírselo cuando lloraba, se lo dije muchas veces: "¡No eres como Peter, no te gusta hacer daño a los demás, eres bondadoso y bueno, y no eres ni mucho menos como Peter!"»

—Y es verdad. —Su aquiescencia la calmó.

—Es verdad, maldita sea, es verdad.

—Valentine, ¿ayudarás a Ender?

—Ahora no puedo hacer nada por él.

—En realidad es lo mismo que siempre hacías por él. Simplemente confortarle y decirle que no le gusta hacer daño a los demás, que es bondadoso y bueno, y ni mucho menos como Peter. Eso es lo más importante. Que él no es, ni mucho menos, como Peter.

—¿Puedo verle?

—No. Quiero que escribas una carta.

—¿Para qué? Ender nunca ha contestado a ninguna de las cartas que le envié.

—Contestó todas las cartas que le llegaron —susurró Graff.

Sólo necesitó un segundo para comprenderlo.

—Me da asco.

—Aislamiento es... el contexto óptimo para la creatividad. Eran *sus* ideas lo que queríamos, no... Bueno, no tengo por qué disculparme ante ti.

«¿Por qué lo haces entonces?», aunque no le preguntó en voz alta.

—Está flaqueando. Está cayendo por una pendiente. Queremos sacarle de ahí, solo no saldrá.

—Quizás haría un favor a Ender si le dijera que se fuera usted a la mierda.

—Me has ayudado ya. Y puedes ayudar más.

—Prométame que no suprimirá nada de lo que escriba.

—No prometeré nada de eso.

—Entonces olvídelo.

—No importa. Yo mismo escribiré tu carta. Podemos utilizar tus otras cartas para unificar los estilos de escritura. Es sencillo.

—Quiero verle.

—Tendrá su primer permiso cuando tenga dieciocho años.

—Usted le dijo que lo tendría cuando tuviera doce años.

—Cambiamos las normas.

—¡No tengo por qué ayudarle!

—No me ayudes. Ayuda a Ender. ¿Qué importa que eso nos ayude también a nosotros?

—¿Qué clase de cosas terribles le está haciendo allá arriba?

Graff se rió entre dientes.

—Valentine, mi querida muchachita, las cosas terribles están a punto de comenzar.

Ender había leído ya cuatro líneas de la carta antes de comprender que no era de ninguno de los otros soldados de la Escuela de Batalla. Había llegado por el conducto regular, un mensaje CORRESPONDENCIA EN ESPERA cuando conectó la consola. Leyó cuatro líneas, luego saltó al final y leyó la firma. Volvió al principio, y se acurrucó en la cama para leer las palabras una y otra vez.

ENDER
LOS DESGRACIADOS NO DEJABAN PASAR NINGUNA DE MIS CARTAS HASTA AHORA. DEBO HABERTE ESCRITO MÁS DE CIEN VECES PERO PENSARÍAS QUE NUNCA LO HICE. NO TE HE OLVIDADO. ME ACUERDO DE TU CUMPLEAÑOS, ME ACUERDO DE TODO, ALGUNOS QUIZÁ PIENSEN QUE PORQUE ERES UN SOLDADO AHORA ERES UNA PERSONA CRUEL Y DURA QUE LE GUSTA HACER DAÑO A LA GENTE, COMO LOS MARINES DE LOS VÍDEOS, PERO SÉ QUE NO ES VERDAD. TÚ NO TE PARECES NADA A TÚ-SABES-QUIÉN. ES MÁS BUENO, EN

APARIENCIA, PERO POR DENTRO TODAVÍA ES UN BRU-
JANTRO, TÚ QUIZÁ PAREZCAS RUIN PERO NO ME DEJO
ENGAÑAR. TODAVÍA PEDALEO EN LA VIEJA ENRIQUE-
TA, MUCHOS BESOS LABIOS DE PAVO.

VAL

(NO ME ESCRIBAS, PROBABLEMENTE SIKOANALISA-
RÍAN TU CARTA)

Obviamente, la carta fue escrita con el pleno consenti-
miento de los profesores. Pero no había ninguna duda de
que fue escrita por Val. La ortografía de *psicoanalizarían*, el
epíteto de *brujantro* para Peter, la broma de llamar *Enri-
queta* a la *bicicleta*, eran cosas que nadie más que Val podía
saber.

Y sin embargo había demasiadas cosas, como si alguien
quisiera asegurarse bien de que Ender creyera que la carta
era genuina. ¿Por qué habría de preocuparles tanto si era
auténtica?

De todos modos, no era auténtica. Aunque la hubiera
escrito con su propia sangre, no era auténtica porque le
mandaron escribirla. Había escrito antes, y no dejaron pasar
ninguna de esas cartas. Ésas puede que fueran reales, pero
ésta había sido pedida, ésta formaba parte de su manipula-
ción.

Y la desesperación le embargó de nuevo. Ahora sabía
por qué. Ahora sabía qué era lo que odiaba tanto. No tenía
ningún control sobre su propia vida. Ellos dirigían todo.
Ellos tomaban todas las decisiones. Sólo le dejaban el juego,
eso era todo; todo lo demás estaba formado por ellos y sus
normas y planes y lecciones y programas, y lo único que él
podía hacer era hacer esto o aquello en la batalla. La única
cosa real, la única cosa real e inapreciable era su recuerdo de
Valentine, la persona que le quería incluso antes de haber
jugado un juego, que le quería tanto si había guerra con los
insectores como si no, y ellos la habían puesto de su parte.
Ahora era una de ellos.

Les odiaba, y a todos sus juegos. Les odiaba tanto que lloró, leyendo de nuevo la carta pedida y vacía de Val. Los demás chicos de la escuadra Fénix se dieron cuenta y desviaban los ojos ¿*Ender Wiggin* llorando? Eso era inquietante. Algo terrible estaba pasando. El mejor soldado de todas las escuadras tendido en su litera *llorando*. El silencio en la habitación era profundo.

Ender suprimió la carta, la borró de la memoria y activó el Juego de Fantasía. No estaba seguro de por qué se sentía tan impaciente por jugar el juego, por llegar al Fin del Mundo, pero no perdió tiempo para llegar allí. Sólo cuando planeaba montado en la nube, rozando los colores otoñales del mundo pastoril, sólo entonces comprendió qué era lo que más odiaba de la carta de Val. Todo lo que decía era referente a Peter. Que él no era ni mucho menos como Peter. Lo que le había dicho con tanta frecuencia mientras le abrazaba, le confortaba cuando él temblaba de miedo y rabia y aversión después de que Peter le hubiera torturado, eso era todo lo que decía la carta.

Y eso era lo que le habían pedido. Los desgraciados *lo* sabían, y sabían lo de Peter en el espejo de la habitación del castillo, lo sabían todo y para ellos Val era sólo un instrumento más que utilizar para controlarle, simplemente un truco más que jugar. Dink tenía razón, ellos eran el enemigo, no querían a nadie y nadie les importaba y no iba a hacer lo que ellos querían, no iba a hacer nada por ellos, maldita sea. Había tenido sólo un recuerdo digno de confianza, sólo una cosa buena, y esos desgraciados habían escarbado dentro de él y la habían desenterrado con el resto del estiércol; estaba acabado, no iba a jugar.

Como siempre, la serpiente esperaba en la habitación de la torre, destejiéndose de la alfombra del suelo. Pero esta vez Ender no la trituró con los pies. Esta vez la cogió con sus manos, se arrodilló frente a ella, y muy delicadamente se llevó la boca abierta de la serpiente a sus labios.

Y la besó. No había sido ésa su intención. Su intención había sido dejar que la serpiente le mordiera en la boca.

O quizá su intención había sido comerse a la serpiente viva, como Peter había hecho en el espejo, con la barbilla ensangrentada y la cola de la serpiente colgando de los labios. Pero en vez de eso la besó.

Y la serpiente creció en sus manos y se transformó en otra figura. Una figura humana. Era Valentine, que le besó otra vez.

La serpiente no podía ser Valentine. La había matado demasiadas veces para que fuera su hermana. Peter también la había devorado demasiadas veces, como para soportar la idea de que durante todo el tiempo podía haber sido su hermana.

¿Era esto lo que habían planeado cuando le dejaron leer la carta? No le importaba.

Ella se levantó del suelo de la habitación de la torre y caminó hacia el espejo. Ender hizo que su figura también se alzara y fuera con ella. Se pusieron delante del espejo, donde en vez del cruel reflejo de Peter había un dragón y un unicornio. Ender alargó la mano y tocó el espejo; la pared se desplomó y dejó al descubierto una enorme escalera que descendía, alfombrada y cubierta de multitudes que clamaban y ovacionaban. Juntos, cogidos del brazo, él y Valentine bajaron las escaleras. Las lágrimas llenaban sus ojos, lágrimas de alivio por haberse librado al fin de la habitación del Fin del Mundo. Y a causa de las lágrimas no advirtió que todas las personas que componían la muchedumbre tenían la cara de Peter. Sólo sabía que a cualquier parte de ese mundo donde fuera Valentine estaba con él.

Valentine leyó la carta que la doctora Lineberry le había dado.

Querida Valentine —decía—. Queremos agradecerle y elogiarle sus esfuerzos en pro del resultado de la guerra. Por la presente le notificamos que le ha sido concedida la Estrella de la Orden de la Liga de la Humanidad,

Primera Clase, la más alta condecoración militar que se puede conceder a un civil. Desafortunadamente, la seguridad de la F.I. nos prohíbe hacer pública esta condecoración hasta que hayan concluido con éxito las actuales operaciones, pero queremos poner en su conocimiento que sus esfuerzos dieron como resultado un éxito completo.

Sinceramente.

General Shimon Levy,
Estrategos.

Cuando la hubo leído dos veces, la doctora Lineberry se la cogió de las manos.

—Recibí instrucciones de dejártela leer y después destruirla.

Cogió un encendedor de un cajón y le prendió fuego. Ardió brillantemente en el cenicero.

—¿Eran buenas o malas noticias? —preguntó.

—Vendí a mi hermano —dijo Valentine—, y ahora me pagan por ello.

—Eres un poco melodramática, Valentine, ¿no te parece?

Valentine regresó a la clase sin responder. Esa noche Demóstenes publicó una cáustica denuncia de las leyes de limitación de la población. Se debería permitir a las personas que lo quisieran tener tantos hijos como desearan, y el exceso de población se debería enviar a otros mundos, para extender la raza humana por toda la galaxia para que ningún desastre, ninguna invasión, pudieran amenazar alguna vez a la raza humana con su aniquilación. «El título más noble que puede tener un niño —escribió Demóstenes— es Tercero.»

«Para ti, Ender», se dijo a sí misma mientras escribía.

Peter se rió encantado cuando la leyó.

—Esto les obligará a despertarse y abrir los ojos. ¡Tercero! ¡Un noble título! Oh, tienes un toque perverso.

10

Dragón

—¿Ahora?

—Supongo que sí.

—Tiene que ser una orden, coronel Graff. Los ejércitos no se mueven porque un comandante diga «Supongo que es el momento de atacar».

—No soy un comandante. Soy un profesor de niños.

—Coronel, señor, admito que iba a por usted, admito que fui un incordio, pero funcionó, todo funcionó exactamente como usted quería. En las últimas semanas Ender incluso está, está...

—Alegre.

—Contento. Lo está haciendo bien. Su mente es sagaz, su juego es excelente. A pesar de su corta edad, nunca hemos tenido un muchacho mejor preparado para el mando. Normalmente lo logran a los once, pero él, con nueve y medio, está ya en la cumbre.

—Bueno, sí. Durante unos minutos, incluso se me ocurrió pensar qué clase de persona hay que ser para curar algunas heridas de un niño destrozado con el único objeto de poder arrojarlo de nuevo a la batalla. Un pequeño dilema moral privado. Por favor, olvídelo. Estaba cansado.

—Salvar al mundo. ¿Lo recuerda?

—Hágale venir.

—Estamos haciendo lo que se debe hacer, coronel Graff.

—Venga, Anderson, se está muriendo de ganas por ver

cómo se desenvuelve con todos esos juegos trucados que le hice desarrollar.

—Es una forma un poco rastrera de...

—Así que soy un tipo rastrero. Venga, mayor. Los dos somos la escoria de la Tierra. Yo también me estoy muriendo de ganas por ver cómo se desenvuelve. Al fin y al cabo, nuestras vidas dependen de que lo haga realmente bien. ¿Vale?

—¿Me imagino que no va a empezar a emplear la jerga de los muchachos?

—Hágalo venir, mayor. Volcaré los listados en sus ficheros y le devolveré su sistema de seguridad. Lo que le estamos haciendo no es del todo malo. Recupera de nuevo su intimidad.

—Aislamiento, quiere usted decir.

—La soledad del poder. Dígale que venga.

—Sí, señor, estaré de vuelta con él en quince minutos.

—Adiós. ... Sí señor, siseño, zizeñor. Espero que te hayas divertido, espero que te lo hayas pasado bien, bien, siendo feliz, Ender. Puede que sea la última vez en tu vida. Bienvenido, muchachito. Tu querido tío Graff tiene planes para ti...

Ender sabía lo que ocurría desde el momento en que le hicieron ir. Todos esperaban su pronto ascenso a comandante. Quizá no *tan* pronto, pero había encabezado las clasificaciones casi ininterrumpidamente durante tres años. No había nadie ni remotamente cerca de él, y sus prácticas nocturnas se habían convertido en las de más prestigio de la escuela. Algunos se preguntaban por qué habían esperado tanto tiempo los profesores.

Se preguntaba qué escuadra le asignarían. Tres comandantes estaban a punto de graduarse, incluida Petra, pero no había ninguna esperanza de que le asignaran la escuadra Fénix; nadie había conseguido ser comandante de la misma escuadra en la que estaba cuando fue ascendido.

Anderson le llevó primero a sus nuevas dependencias.

Eso lo hacía definitivo; sólo los comandantes tenían habitaciones privadas. Luego hizo que le tomaran las medidas para que le hicieran nuevos uniformes y un nuevo traje refulgente. Miró el emblema para descubrir el nombre de su escuadra.

Dragón, decía el emblema. No había ninguna escuadra Dragón.

—No he oído hablar nunca de ninguna escuadra Dragón —dijo Ender.

—Porque en los últimos cuatro años no ha habido ninguna escuadra Dragón. Dejamos de usar el nombre porque pesaba una superstición sobre ella. Ninguna escuadra Dragón llegó jamás a ganar un tercio de sus juegos de la historia de la Escuela de Batalla. Se convirtió en un chiste.

—Entonces, ¿por qué la resucitan ahora?

—Tenemos muchos uniformes de sobra.

Graff se sentó en la mesa; parecía más gordo y más preocupado que la última vez que Ender lo vio. Entregó a Ender su gancho, la pequeña caja que utilizaban los comandantes durante las prácticas para ir de un sitio a otro de la sala de batalla. En las sesiones de prácticas nocturnas, Ender deseó muchas veces tener un gancho, en vez de tener que rebotar en las paredes para ir adonde quería. Ahora que había conseguido maniobrar con destreza sin necesidad de gancho, se lo daban.

—Sólo funciona —señaló Anderson— durante las sesiones prácticas programadas regularmente.

Como Ender ya tenía planeado realizar prácticas adicionales, eso significaba que el gancho sólo sería útil una parte del tiempo. Eso explicaba también por qué muchos comandantes no realizaban prácticas adicionales. Dependían de los garfios y éstos no les servían de nada durante el tiempo adicional. Si creían que el garfio era su autoridad, su poder sobre los otros chicos, entonces había aún menos posibilidades de que trabajaran sin él. «Es una ventaja que tendré sobre algunos enemigos», pensó Ender.

El discurso de bienvenida de Graff se mostraba aburri-

do y excesivamente ensayado. Sólo al final parecía empezar a mostrar interés en sus propias palabras.

—Estamos haciendo algo inusual con la escuadra Dragón. Espero que no te importe. Hemos ensamblado una escuadra nueva, adelantando el equivalente a un curso completo de reclutas y postergando la graduación de unos cuantos estudiantes del último curso. Creo que estarás contento con la calidad de tus soldados. Espero que lo estés, porque te prohibimos que traslades a ninguno.

—¿No hay intercambios? —preguntó Ender.

Los comandantes apuntalaban así sus puntos flacos, haciendo intercambios.

—Ninguno. Has estado dirigiendo tus sesiones de prácticas adicionales durante tres años. Tienes seguidores. Muchos soldados excelentes presionarían a sus comandantes para que les cambiaran a tu escuadra. Te hemos dado una escuadra que, con el tiempo, puede ser competitiva. No tenemos ninguna intención de permitir que ejerzas un dominio desmesurado.

—¿Y qué pasa si tengo un soldado con el que no me llevo bien?

—Llévate bien.

Graff cerró los ojos. Anderson se levantó y la entrevista concluyó.

A Dragón se le asignaron los colores gris, naranja, gris; Ender se puso su traje refulgente y después siguió las bandas de luz hasta llegar al cuartel que alojaba a su escuadra. Ya estaban allí, arremolinándose en los alrededores de la entrada. Ender tomó el mando inmediatamente.

—Las literas se asignarán por antigüedad. Los veteranos al fondo, los nuevos delante.

Era al revés de la norma habitual, y Ender lo sabía. También sabía que no quería ser como muchos comandantes, que ni siquiera veían a los chicos más jóvenes porque siempre estaban al fondo.

Mientras se ordenaban según sus fechas de llegada, Ender iba y venía por el pasillo. Casi treinta soldados eran nue-

vos, recién llegados de los grupos de lanzamiento, sin ninguna experiencia en batallas. Algunos eran incluso menores de edad; los que estaban más cerca de la puerta eran patéticamente pequeños. Ender se acordó de que ésa debía haber sido la impresión que causó a Bonzo Madrid cuando llegó por primera vez. Aún así, Bonzo sólo había tenido que soportar a un soldado menor de edad.

Ni uno solo de los veteranos pertenecía al grupo de prácticas de elite de Ender. Ninguno había sido jefe de batallón. En realidad, ninguno era mayor que Ender, lo que significaba que ni siquiera los veteranos tenían más de dieciocho meses de experiencia. Algunos ni siquiera le eran familiares, tan pobre era la impresión que causaban.

Naturalmente, ellos sí reconocieron a Ender, pues era el soldado más célebre de la escuela. Y algunos, Ender pudo verlo, le guardaban rencor. «Al menos me han hecho un favor; ninguno de mis soldados es mayor que yo.»

Una vez que cada soldado tuvo una litera, Ender les ordenó que se pusieran sus trajes refulgentes y fueran a hacer prácticas.

—Estamos en la lista de las mañanas, derechos a las prácticas después del desayuno. Oficialmente tenéis una hora libre entre el desayuno y la práctica. Veremos qué pasa una vez que descubra qué tal sois.

Al cabo de tres minutos, aunque muchos no estaban todavía vestidos, les ordenó salir de la habitación.

—¡Pero estoy desnudo! —dijo un chico.

—Vístete más rápido la próxima vez. A los tres minutos de la primera llamada, corriendo por la puerta; ésta es la norma de esta semana. La semana próxima la norma es dos minutos. ¡Moveos!

Pronto correría por el resto de la escuela el chiste de que la escuadra Dragón era tan patosa que tenía que hacer prácticas de vestirse.

Cinco de los chicos estaban totalmente desnudos, y corrían por los pasillos acarreando sus trajes refulgentes; pocos estaban totalmente vestidos. Llamaban mucho la aten-

ción cuando pasaban por las puertas abiertas de alguna aula. Ninguno volvería a retrasarse si lo podía evitar.

En los corredores que conducían a la sala de batalla, Ender les hizo correr de un lado a otro, rápido, para que sudaran un poco, mientras los desnudos se vestían. Luego les condujo a la puerta superior, la que daba al centro de la sala de batalla, exactamente igual que las puertas de los juegos de verdad. Después les hizo dar un salto y utilizar los asideros del techo para arrojarse al interior de la sala.

—Reuníos en la pared opuesta —dijo—. Como si fuerais a por la puerta del enemigo.

Descubría su preparación a medida que saltaban, de cuatro en cuatro, por la puerta. Casi ninguno sabía cómo establecer una línea directa hacia el objetivo, y cuando llegaban a la pared opuesta, muy pocos nuevos tenían alguna idea de cómo agarrarse o incluso controlar los rebotes.

El último en salir fue un chico pequeño, obviamente menor de edad. No había ninguna posibilidad de que consiguiera llegar al asidero del techo.

—Puedes utilizar un asidero lateral, si quieres —dijo Ender.

—¡Utilízalo tú! —dijo el chico.

Remontó el vuelo de un salto, tocó el asidero del techo con la punta de un dedo y salió disparado por la puerta sin ningún tipo de control, girando en tres direcciones a la vez. Ender intentó decidir si le gustaba el pequeño por su negativa a aceptar concesiones o si le molestaba por su actitud insubordinada.

Finalmente, consiguieron reunirse a lo largo de la pared. Ender advirtió que todos sin excepción se habían alineado con las cabezas en la misma dirección en que habían estado en el corredor. Por eso, Ender se agarró deliberadamente a lo que ellos consideraban el suelo y se colgó de él boca abajo.

—¿Por qué estáis boca abajo, soldados? —inquirió.

Algunos comenzaron a darse la vuelta.

—¡Atención!

Se quedaron quietos.

—¡He dicho que por qué estáis boca abajo!

Nadie respondió. No sabían qué quería.

—¡Dije que por qué todos y cada uno de vosotros tenéis los pies en el aire y la cabeza contra el suelo!

Finalmente, habló uno de ellos.

—Señor, ésta es la dirección en que estábamos al salir por la puerta.

—¡Bien, y qué importancia tiene eso! ¡Qué importancia tiene que hubiera gravedad en el corredor! ¿Vamos a luchar en el corredor? ¿Hay gravedad aquí?

—No, señor; no, señor.

—A partir de ahora, olvidaos de la gravedad antes de cruzar esa puerta. La vieja gravedad ha desaparecido, se ha difuminado. ¿Me entendéis? Cualquiera que sea vuestra gravedad cuando llegáis a la puerta, recordad esto: la puerta del enemigo está *abajo*. Vuestros pies apuntan hacia la puerta del enemigo. Arriba es hacia vuestra puerta. El norte está en esa dirección, el sur está en esa dirección, el este está en esa dirección y el oeste está... ¿en qué dirección?

La señalaron.

—Es lo que suponía. El único proceso que habéis asimilado es el proceso de eliminación, y la única razón de que lo hayáis asimilado es porque lo podéis hacer en el lavabo. ¡Qué clase de circo es éste! ¿A eso llamáis vosotros una formación? ¿A eso llamáis vosotros volar? ¡Venga, a lanzarse y a formar en el techo todo el mundo! ¡Ahora mismo! ¡Moveos!

Tal como Ender esperaba, unos cuantos se lanzaron instintivamente, no hacia la pared donde estaba la puerta, sino hacia la pared que Ender había llamado *norte*, la dirección que era arriba cuando estaban en el corredor. Por supuesto, pronto se dieron cuenta de su error, pero demasiado tarde; para cambiar su curso tenían que esperar a rebotar en la pared norte.

Mientras tanto, Ender los estaba agrupando mentalmente en aprendices lentos y aprendices rápidos. El más pequeño, el último en salir por la puerta, fue el primero en llegar

a la pared correcta, y se agarró con maña. Estuvieron acertados en promocionarle. Lo haría bien. Era también gallito y rebelde, y probablemente estaba resentido porque era uno de los que Ender había enviado desnudos por los corredores.

—¡Tú! —dijo Ender, señalando al pequeño—. ¿Qué dirección es abajo?

—Hacia la puerta del enemigo.

La respuesta fue rápida. También fue arisca, como diciendo, «VALE, VALE, ya puedes pasar a otra cosa».

—¿Tu nombre, pequeño?

—El nombre de este soldado es Bean,* señor.

—¿Te lo pusieron por el tamaño o por el cerebro? —Los otros chicos comenzaron a reírse—. Bien, Bean, es correcto lo que dices. Ahora, escuchadme, porque esto es importante. Nadie va a pasar por esa puerta sin una gran probabilidad de que le acierten. En los viejos tiempos, se disponía de diez, de veinte segundos, antes de que hubiera que empezar a moverse. Ahora, si no os habéis desplegado para cuando sale el enemigo, estáis congelados. Ahora bien, ¿qué pasa cuando te congelan?

—No te puedes mover —dijo uno de los chicos.

—Eso es lo que *significa* la palabra congelado —dijo Ender—. ¿Pero qué le *pasa* a uno?

Fue Bean, en absoluto intimidado, quien respondió inteligentemente:

—Sigues avanzando en la dirección en que ibas. A la velocidad con que ibas cuando te iluminaron.

—Es cierto. ¡Vosotros cinco, los del final, moveos!

Sobresaltados, los chicos se miraron. Ender los irradió a todos.

—¡Los cinco siguientes, moveos!

Se movieron. Ender los irradió también, pero continuaron moviéndose, dirigiéndose hacia las paredes. Los cinco primeros, sin embargo, estaban a la deriva en las cercanías del grupo principal.

* *Bean* en inglés significa «judía». *(N. del T.)*

—Mirad a esos pseudosoldados —dijo Ender—. Su comandante les ordenó moverse y ahora, miradles. No sólo están congelados, están congelados precisamente aquí, donde pueden ser un estorbo. Mientras los otros, al moverse cuando así se les ordenó, están congelados allá abajo, taponando las líneas del enemigo, bloqueando la visión del enemigo. Me imagino que al menos cinco de vosotros habréis entendido lo que quiero decir. Y sin duda Bean es uno de ellos. ¿No es así, Bean?

No respondió al principio. Ender le miró hasta que dijo:

—Así es, señor.

—Entonces ¿qué es lo esencial?

—Cuando se te ordena moverte, muévete rápido, para que, si te congelan, rebotes de un lado a otro en vez de quedarte quieto obstaculizando las operaciones de tu escuadra.

—Excelente. Al menos tengo un soldado capaz de comprender las cosas.

Ender podía ver crecer el resentimiento en la forma en que los otros soldados balanceaban los cuerpos y se intercambiaban miradas, en la forma en que evitaban mirar a Bean. «¿Por qué hago esto? ¿Qué tiene que ver esto con ser un buen comandante, convertir a un chico en el blanco de todos los demás? ¿Simplemente porque me lo hicieron a mí tengo que hacérselo a él?» Ender quiso rectificar su mofa del chico, quiso decir a los demás que el pequeño necesitaba su ayuda y su amistad más que nadie. Pero no lo podía hacer. No el primer día. El primer día, incluso sus errores tenían que parecer parte de un plan brillante.

Ender se enganchó más cerca de la pared y tiró de uno de los chicos apartándolo de los demás.

—Mantén el cuerpo derecho —dijo Ender.

Hizo girar al chico en el aire con sus pies apuntando hacia los demás. Cuando el chico estaba todavía girando, Ender lo irradió. Los demás se rieron.

—¿A qué parte de su cuerpo podrías disparar? —preguntó Ender a un chico que estaba justo debajo de los pies del soldado congelado.

—Los pies es casi lo único que puedo acertar.

Ender se volvió hacia el chico que tenía al lado.

—¿Y tú?

—Puedo ver su cuerpo.

—¿Y tú?

Un chico que estaba un poco más abajo respondió:

—Todo.

—Los pies no son muy grandes. No es una gran protección.

Ender empujó hacia afuera al soldado congelado. Luego dobló las piernas por debajo, como si se estuviera poniendo de rodillas en el aire e irradió sus piernas. Inmediatamente, las perneras de su traje se volvieron rígidas, manteniéndose en esa posición.

Ender dio una voltereta en el aire para ponerse de rodillas por encima de los demás chicos.

—¿Qué veis? —preguntó.

—Mucho menos —respondieron.

Ender empotró su pistola entre las piernas.

—Veo bastante —dijo, y procedió a irradiar a los chicos que estaban debajo de él—. ¡Detenedme! —gritó—. ¡Intentad iluminarme!

Al final lo consiguieron, pero no hasta que hubo irradiado a un tercio del grupo. Presionó con el dedo pulgar su gancho y se desheló a sí mismo y a los demás soldados congelados.

—Ahora —dijo—, ¿cuál es la dirección de la puerta del enemigo?

—¡Abajo!

—¿Y cuál es nuestra posición de ataque?

Algunos comenzaron a responder con palabras, pero Bean respondió tirándose a la pared con las piernas dobladas por debajo, recto hacia la pared opuesta, irradiando entre las piernas todo el camino.

Por la mente de Ender cruzó el deseo de dispararle, de castigarle; luego recapacitó, rechazó ese impulso tan poco generoso. ¿Por qué habría de enfadarme con ese pequeño?

—¿Es Bean el único que sabe hacerlo? —gritó Ender.

Inmediatamente, toda la escuadra tomó impulso para dirigirse a la pared opuesta, poniéndose de rodillas en el aire, disparando entre las piernas, gritando con toda la fuerza que les permitían sus pulmones. «Puede que llegue un día —pensó Ender— en que ésta sea precisamente la estrategia que necesite: cuarenta chicos chillando en un ataque desconcertante.»

Cuando todos estuvieron en el otro lado, Ender les gritó que le atacaran, todos a la vez. «Sí —pensó Ender—. No está mal. Me han dado una escuadra inexperta, sin veteranos sobresalientes, pero al menos no es un montón de tontos. Puedo sacar algo.»

Cuando estuvieron de nuevo reunidos, riendo alborozados, Ender comenzó el trabajo de verdad. Les hizo congelar las piernas en la posición de rodillas.

—Ahora, ¿para qué sirven las piernas en el combate?

—Para nada —dijeron algunos chicos.

—Bean no está de acuerdo —dijo Ender.

—Es la mejor forma de tomar impulso en las paredes.

—Correcto —dijo Ender.

Los demás chicos comenzaron a quejarse de que tomar impulso en las paredes era movimiento, no combate.

—No hay combate sin movimiento —dijo Ender.

Se quedaron en silencio y odiaron a Bean un poco más.

—Ahora bien, con las piernas congeladas de esa manera, ¿podéis tomar impulso en las paredes?

Ninguno se atrevió a responder, por temor a equivocarse.

—¿Bean? —preguntó Ender.

—Nunca lo he intentado, pero quizá poniéndote enfrente de la pared y doblándote a la altura de la cintura.

—Sí, pero no. Mírame. Tengo la espalda contra la pared, mis piernas están congeladas. Como estoy de rodillas, mis pies están contra la pared. Normalmente, cuando tomas impulso tienes que empujar hacia abajo y al hacerlo despliegas el cuerpo por detrás como una *judía verde*.

Risas.

—Pero con las piernas congeladas, hago más o menos la misma fuerza pero empujando hacia abajo desde la cadera y los muslos, sólo que ahora empujo los hombros y los pies hacia abajo, proyecto la cadera y cuando la tensión del cuerpo se afloja, nada se extiende detrás de mí. Mirad esto.

Ender forzó las caderas hacia adelante, y eso le proyectó de la pared; en un momento reajustó su posición y se quedó de rodillas, las piernas hacia abajo, precipitándose hacia la pared opuesta. Aterrizó con las rodillas, se tiró de espaldas contra la pared y, haciendo el salto de la carpa, salió despedido en otra dirección.

—¡Disparadme! —gritó.

Entonces se puso a girar en el aire mientras tomaba un curso aproximadamente paralelo a los chicos que estaban en la pared opuesta. Como estaba girando, no podían alcanzarle con un haz continuo.

Descongeló su traje y se enganchó de vuelta hacia ellos.

—Esto es en lo que vamos a trabajar durante la primera media hora de hoy. Fortalecer algunos músculos que no sabíais que teníais. Aprender a utilizar las piernas como un escudo y a controlar los movimientos necesarios para girar así. Girar de cerca no sirve de nada, pero de lejos no te pueden herir si estás girando; a esa distancia, el haz tiene que dar en el mismo punto durante un instante, y si estás girando eso es imposible. Ahora, congelaos y comenzad.

—¿No va a asignar pistas? —le preguntó un chico.

—No, no voy a asignar pistas. Quiero que tropecéis unos contra otros y aprendáis a salir del apuro, excepto cuando estemos practicando formaciones, y en ese caso normalmente haré que choquéis entre vosotros a propósito. ¡Ahora moveos!

Cuando dijo *moveos*, se movieron.

Ender fue el último en salir después de la práctica, pues se había quedado a ayudar a algunos de los más lentos a mejorar su técnica. Habían tenido buenos profesores, pero los soldados sin experiencia, recién llegados de los grupos de reclutas, eran completamente inútiles cuando se presentaba la necesidad

de hacer dos o tres cosas a la vez. No era difícil hacer el salto de la carpa con las piernas congeladas, no tenían problemas para maniobrar en el aire, pero lanzarse en una dirección, disparar en otra, girar dos veces sobre sí mismos, rebotar contra una pared haciendo el salto de la carpa, y salir disparando, orientados en la dirección correcta, todo eso estaba muy por encima de sus posibilidades. Ejercicios, ejercicios, ejercicios, era lo único que Ender podía hacer con ellos durante algún tiempo. Las estrategias y las formaciones estaban bien, pero no servían para nada si la escuadra no sabía desenvolverse en la batalla.

Tenía que conseguir que esta escuadra estuviera lista *ya*. Era comandante antes de tiempo, y los profesores estaban cambiando las normas, prohibiéndole hacer intercambios, dándole veteranos de poca altura. No tenía ninguna garantía de que le fueran a conceder los tres meses habituales para organizar su escuadra antes de enviarla a la batalla.

Al menos, por las tardes dispondría de Alai y Shen para ayudarle a entrenar a sus nuevos chicos.

Estaba todavía en el corredor que llevaba fuera de la sala de batalla cuando se encontró frente a frente con el pequeño Bean. Parecía enfadado. Ender no quería tener problemas precisamente ahora.

—Hola, Bean.

—Hola, Ender.

Pausa.

—*Señor* —dijo Ender suavemente.

—Sé lo que está haciendo, Ender, señor, y se lo advierto.

—¿Me adviertes?

—Puedo ser el mejor hombre que ha tenido, pero no juegue conmigo.

—¿O qué?

—O seré el peor hombre que ha tenido. Lo uno o lo otro.

—¿Y qué quieres, besitos y amor? —Ender se estaba irritando.

Bean parecía despreocupado.

—Quiero un batallón.

Ender se volvió hacia él y se quedó mirándole de arriba abajo, a los ojos.

—¿Por qué habrías de tener un batallón?

—Porque sabría qué hacer con él.

—Saber qué hacer con un batallón es fácil —dijo Ender—. Conseguir que lo hagan es lo difícil. ¿Por qué habría de querer un soldado seguir a un renacuajo como tú?

—*A usted* solían llamarle así. Lo he oído. He oído que Bonzo Madrid sigue haciéndolo.

—Te he hecho una pregunta, soldado.

—Me ganaré su respeto, si usted no me lo impide.

Ender esbozó una sonrisa.

—Te estoy ayudando.

—Y un cuerno —dijo Bean.

—Nadie se habría fijado en ti, excepto para sentir lástima por el pequeño. Pero hoy me he asegurado de que *todos* se fijaran en ti. Estarán pendientes de todos los movimientos que hagas. Ahora lo único que tienes que hacer para ganarte su respeto es ser perfecto.

—Así que ni siquiera tengo la oportunidad de aprender antes de ser juzgado.

—Pobre chico. Nadie le trata con justicia.

Ender empujó suavemente a Bean contra la pared.

—Te diré cómo obtener un batallón. Demuéstrame que sabes lo que haces siendo soldado. Demuéstrame que hay alguien que está deseando seguirte al campo de batalla. Entonces tendrás tu batallón. Pero hasta entonces, ni hablar.

Bean sonrió.

—Es justo. *Si* es verdad que actúa así, seré jefe de batallón en un mes.

Ender se agachó y lo agarró por la pechera del uniforme y lo empujó contra la pared.

—Bean, cuando digo que actúo de una forma determinada, es que actúo de esa forma.

Bean se sonrió. Ender le soltó y se alejó. Cuando llegó a su habitación se tendió en la cama y tembló.

«¿Qué estoy haciendo? Ésta es mi primera sesión práctica, y ya estoy intimidando a la gente como lo hacía Bonzo. Y Peter. Empujando a la gente. Eligiendo a algunos pobres chicos pequeños para que los demás tengan alguien a quien odiar. Todo lo que odiaba de un comandante, y lo estoy haciendo.

»¿Es ley de la naturaleza humana que te conviertas inevitablemente en lo que era tu primer comandante? Si es así, ya puedo renunciar ahora mismo.»

Pensó una y otra vez en las cosas que había hecho y dicho en su primera práctica con su nueva escuadra. ¿Por qué no pudo hablar como lo hacía siempre en el grupo de prácticas nocturnas? Allí no había más autoridad que la maestría. Nunca tuvo que dar órdenes, sólo hacer sugerencias. Pero eso no funcionaría, no, con una escuadra. El grupo de prácticas informales no tenía que aprender a hacer cosas en conjunto. No tenía que desarrollar un sentimiento de grupo; nunca tuvieron que aprender a mantenerse unidos y confiar los unos en los otros durante una batalla. No tenían que responder instantáneamente a las órdenes.

Y también podía irse al otro extremo. Podía ser tan laxo e incompetente como Rose el Narizotas, si quería. Podía cometer errores estúpidos, hiciera lo que hiciera. Tenía que conseguir disciplina, y eso significaba exigir, y conseguir, una obediencia decidida, rápida. Tenía que tener una escuadra bien entrenada, y eso significaba hacer ejercicios con los soldados una y otra vez, incluso después de que creyeran que habían dominado una técnica, hasta que fuera algo tan natural en ellos que ya no tuvieran que pensárselo.

Pero, ¿qué le pasaba con Bean? ¿Por qué había ido a por el más pequeño, el más débil, y posiblemente el más inteligente? ¿Por qué había hecho a Bean lo que los comandantes que él despreciaba le habían hecho a él?

Entonces recordó que eso no había empezado con sus comandantes. Antes de que Rose y Bonzo le trataran con desprecio, le habían aislado cuando estaba en el grupo de lanzamiento. Y no había sido obra de Bernard. Había sido Graff.

Fueron los profesores los que lo habían hecho. Y no había sido un accidente. Ender se daba cuenta ahora. Era una estrategia. Graff le había separado deliberadamente de los demás chicos, le había impedido acercarse a ellos. Y ahora comenzaba a sospechar las razones que había detrás. No era para unificar al resto del grupo; de hecho, eso lo dividía. Graff había aislado a Ender para obligarle a luchar. Para obligarle a demostrar, no que era competente, sino que era mucho mejor que cualquier otro. Ésa era la única manera de ganarse el respeto y la amistad de los demás. Le convirtió en un soldado mejor de lo que, de otra manera, habría sido. También le hizo solitario, temeroso, airado, desconfiado. Y, tal vez, también esos rasgos le hacían ser mejor soldado.

«Eso es lo que te estoy haciendo, Bean. Te estoy haciendo daño para hacer de ti un soldado mejor en todos los sentidos. Para agudizar tu talento. Para intensificar tu esfuerzo. Para mantenerte desconcertado, para que nunca estés seguro de lo que va a pasar a continuación, para que siempre tengas que estar preparado para cualquier cosa, preparado para improvisar, decidido a ganar pase lo que pase. También te estoy haciendo desdichado. Por eso te trajeron conmigo, Bean. Para que pudieras ser igual que yo. Para que pudieras llegar a ser igual que el viejo.

»Y yo, ¿se supone que debo llegar a ser como Graff? Gordo y agrio e insensible, manipulando las vidas de los chicos para que se conviertan en perfectos generales y almirantes prefabricados, listos para conducir la flota en defensa de la patria. Tienes todos los placeres del titiritero. Hasta que te llega un soldado que puede hacer más que cualquier otro. No puedes consentirlo. Rompe la simetría. Tienes que ponerlo en línea, romperlo, aislarlo, machacarlo hasta que se pone en línea con los demás.

»Bien, Bean, lo que te he hecho este día, hecho está. Pero te observaré, con más compasión de la que te imaginas, y cuando llegue el momento descubrirás que soy tu amigo, y tú el soldado que quieres ser.»

Ender no fue a las clases esa tarde. Se tumbó en la litera

y escribió sus impresiones sobre cada uno de los chicos de su escuadra, las cosas favorables que observaba en ellos, las cosas que había que trabajar más. En la práctica nocturna, hablaría con Alai y resolvería la forma de enseñar a grupos pequeños todo lo que necesitaban saber. Al menos, en eso no estaría solo.

Pero cuando Ender llegó a la sala de batalla esa noche, mientras la mayoría estaba todavía comiendo, encontró al mayor Anderson esperándole.

—Ha habido un cambio de las normas, Ender. A partir de ahora, sólo los miembros de la escuadra pueden trabajar juntos en una sala de batalla durante el tiempo libre. Y, por consiguiente, las salas de batalla sólo estarán disponibles siguiendo un programa establecido. Después de esta noche, tu siguiente turno es dentro de cuatro días.

—No hay nadie haciendo prácticas adicionales.

—Ahora sí, Ender. Puesto que ahora mandas otra escuadra, no quieren que sus chicos hagan prácticas contigo. Es fácil entenderlo. Así que ellos dirigirán sus propias prácticas.

—Siempre he estado en una escuadra distinta a la de ellos. Y sin embargo me enviaban sus soldados para entrenarlos.

—Entonces no eras comandante.

—Me ha dado una escuadra absolutamente verde, mayor Anderson, señor...

—Tienes unos cuantos veteranos.

—No son nada buenos.

—Nadie consigue llegar aquí sin ser brillante, Ender. Haz que sean buenos.

—Necesitaba a Alai y Shen para...

—Ya es hora de que crezcas y hagas algunas cosas tú solo, Ender. No necesitas que esos chicos te aguanten la mano. Ahora eres un comandante. Así que, por favor, compórtate como tal, Ender.

Ender rebasó a Anderson y se dirigió a la sala de batalla.

—Ya que estas prácticas nocturnas están ahora programadas regularmente, ¿significa eso que puedo utilizar el gancho?

¿Se llegó a sonreír Anderson? No. No era posible.

—Ya veremos —dijo.

Ender se volvió de espaldas y se fue a la sala de batalla. Pronto llegó su escuadra, y nadie más; o bien Anderson esperó por allí para interceptar a cualquiera que fuera al grupo de prácticas de Ender, o había corrido por toda la escuela la noticia de que las tardes informales de Ender habían terminado.

Fue una buena práctica, adelantaron bastante, pero al final Ender estaba cansado y solo. Faltaba media hora para irse a dormir. No podía ir al cuartel de su escuadra; hacía tiempo que había aprendido que un buen comandante se mantenía alejado, a menos que tuviera algún motivo para hacer una visita. Los chicos necesitaban tener una oportunidad de estar en paz, de descansar, sin que nadie les escuchara para favorecerles o despreciarles en función de lo que decían, hacían o pensaban.

En consecuencia, se encaminó a la sala de juegos, donde había algunos chicos que aprovechaban la media hora que precedía al timbre final para establecer apuestas o superar las puntuaciones que habían conseguido en los juegos. Ninguno de éstos parecía interesante, pero de todos modos jugó a uno, un juego de animación diseñado para los reclutas. Aburrido, ignoraba los objetivos del juego y utilizaba la pequeña figura del jugador, un oso, para explorar el escenario animado que le rodeaba.

—Jugando de esa manera, nunca ganarás.

Ender sonrió.

—Te he echado de menos en las prácticas, Alai.

—Estaba allí. Pero tenían a tu escuadra en un sitio inaccesible. Parece que ahora eres importante, ya no puedes jugar con los pequeños.

—Eres un codo más alto que yo.

—¡Codo! ¿Te ha dicho Dios que construyas un arca o algo así? ¿O te ha dado por lo arcaico?

—No arcaico, sólo arcano. Secreto, sutil, sinuoso. Ya te echo de menos, perro circuncidado.

—¿No lo sabes? Ahora somos enemigos. La próxima vez que me encuentre contigo en la batalla te azotaré el trasero.

Era burla, como siempre, pero ahora había demasiada verdad detrás. Ahora, cuando Ender oyó a Alai hablar como si todo fuera una broma, le dolió perder a su amigo, y le dolió aún más preguntarse si a Alai le dolía realmente tan poco como aparentaba.

—Puedes intentarlo —dijo Ender—. Te he enseñado todo lo que sabes. Pero no te he enseñado todo lo que sé.

—Siempre he sabido que te reservabas algo, Ender.

Una pausa. El oso de Ender estaba en apuros. Se subió a un árbol.

—No, Alai, no me reservaba nada.

—Lo sé —dijo Alai—. Yo tampoco.

—*Salaam*, Alai.

—¡Ay! No habrá.

—¿Qué es lo que no habrá?

—Paz. Eso es lo que significa *salaam.* Que la paz sea contigo.

Las palabras trajeron un eco de la memoria de Ender. La voz de su madre leyendo para él dulcemente, cuando era muy pequeño. «No creáis que he venido a traer la paz al mundo. No he venido a traer la paz, sino la espada.» Ender se había hecho una imagen mental de su madre atravesando a Peter el Terrible de una estocada sangrienta, y las palabras habían permanecido en su mente junto con la imagen.

El oso murió en silencio. Fue una muerte ingeniosa, con música alegre. Alai ya se había marchado. Sintió como si le hubieran arrebatado una parte de él, un puntal interior que sostenía su coraje y su confianza. Con Alai, Ender había llegado a sentir una unidad tan fuerte que le venía a los labios la palabra *nosotros* más fácilmente que *yo*, lo que hasta cierto punto era imposible con otros, incluso con Shen.

Pero Alai había dejado algo. Ender, tendido en la cama, dormitando, sintió los labios de Alai en la mejilla mientras murmuraba la palabra *paz*. El beso, la palabra, la paz estaban

todavía con él. «Soy sólo lo que recuerdo, y Alai es mi amigo en el recuerdo con tanta intensidad que no pueden arrancarlo. Como Valentine, el recuerdo más fuerte.»

Al día siguiente se cruzó con Alai en el corredor, y se saludaron, se dieron la mano, hablaron, pero lo dos sabían que ahora había una pared. A lo mejor se podía abrir una brecha en esa pared, en el futuro, pero por ahora la única conversación real entre ellos eran las raíces que ya habían crecido, fuertes y profundas, por debajo del muro, donde no las podían romper.

Lo más terrible, sin embargo, era el temor de que nunca se abriera una brecha en la pared, de que Alai se alegrara de corazón por la separación y estuviera preparado para ser enemigo de Ender. Puesto que ahora no podían estar juntos, debían estar infinitamente distantes, y lo que había sido seguro e inquebrantable era ahora frágil e insustancial. «Desde el momento en que no estamos juntos, Alai es un extraño, porque ahora tiene una vida que no forma parte de la mía, y eso significa que cuando le vea no nos conoceremos.»

Eso le llenó de tristeza, pero no lloró. Estaba acostumbrado. Cuando convirtieron a Valentine en una extraña, cuando la utilizaron como un instrumento para manipular a Ender, supo que a partir de ese día no podrían infligirle heridas lo suficientemente profundas como para hacerle llorar otra vez. Ender estaba seguro de eso.

Y con esa ira, decidió que era suficientemente fuerte para derrotarlos. A los profesores, a sus enemigos.

11

Veni, vidi, vinci

—¿No dirá en serio lo de ese programa de batallas?

—Sí, totalmente.

—Sólo hace tres semanas y media que tiene su escuadra.

—Ya se lo he dicho. Hemos simulado con el ordenador los resultados probables. Y esto es lo que el ordenador estima que puede hacer Ender.

—Queremos enseñarle, no provocarle una depresión nerviosa.

—El ordenador le conoce mejor que nosotros.

—El ordenador no es famoso por su compasión.

—Si quería ser compasivo, debería haber ido a un monasterio.

—¿Pretende decir que esto no es un monasterio?

—Además, es lo mejor para Ender. Le estamos llevando a su potencial máximo.

—Creía que le íbamos a dar dos años como comandante. Normalmente, les asignamos una batalla cada dos semanas, comenzando a partir de los tres meses. Esto es un poco exagerado.

—¿Disponemos de dos años?

—Lo sé. Pero tengo una imagen de Ender de aquí a un año: totalmente inservible, agotado, porque se le hizo ir más lejos de lo que él o cualquier ser humano podía soportar.

—Le dijimos al ordenador que nuestra máxima prioridad era conseguir que el sujeto continuara siendo útil después del programa de adiestramiento.

—*Bien, mientras sea útil...*

—*Escuche, coronel Graff, fue usted el que me hizo preparar esto. A pesar de mis protestas. No lo olvide.*

—*Lo sé, tiene razón, no debería cargar sobre usted el peso de mi conciencia. Pero mis ansias de sacrificar niños pequeños para salvar a la humanidad están enflaqueciendo. El Polemarch se ha entrevistado con el Hegemon. Parece que los servicios de inteligencia rusos están preocupados, porque algunos ciudadanos que emiten por las redes están ya haciendo cálculos de cómo debería utilizar América la F.I. para destruir el Pacto de Varsovia, una vez destruidos los insectores.*

—*Me parece prematuro.*

—*No parece una locura. La libertad de expresión es una cosa, pero poner en peligro la Liga por rivalidades nacionalistas... Y por gente como ésa, gente corta de visión, suicida, estamos empujando a Ender al borde de su resistencia.*

—*Creo que subestima a Ender.*

—*Pero me temo que también subestimo la estupidez del resto de la humanidad. ¿Estamos absolutamente seguros de que debemos ganar esta guerra?*

—*Señor, esas palabras suenan a traición.*

—*Era humor negro.*

—*No es divertido. Cuando se trata de los insectores, nada...*

—*Nada es divertido, lo sé.*

Ender estaba tendido en su cama con los ojos fijos en el techo. Desde que era comandante no dormía más de cinco horas diarias. Pero las luces se apagaban a las 22.00 horas, y no se encendían de nuevo hasta las 06.00. Sin embargo, algunas veces trabajaba en su consola, forzando la vista para ver la imagen mortecina de la pantalla. Aunque, normalmente, fijaba los ojos en el invisible techo y pensaba.

O los profesores habían sido magnánimos con él, o era mejor comandante de lo que pensaba. De su pequeño gru-

po de veteranos desastrados, sin ningún prestigio en sus anteriores escuadras, estaban surgiendo jefes capacitados. Tanto era así, que en vez de los cuatro batallones habituales había formado cinco, todos con un jefe de batallón y un segundo; todos los veteranos tenían una posición. Había hecho que la escuadra practicara maniobras con batallones de ocho hombres y con medios batallones de cuatro hombres, y de esta forma, con sólo una orden, podía asignar a su escuadra hasta diez maniobras distintas y hacer que se ejecutaran instantáneamente. Nunca se había fragmentado una escuadra de esa manera, pero tampoco formaba parte de los planes de Ender hacer cosas que se hubieran hecho anteriormente. La mayoría de las escuadras practicaban maniobras masivas, estrategias prefabricadas. Ender no tenía ninguna. En cambio, enseñaba a sus jefes de batallón a utilizar con eficacia sus pequeñas unidades con objetivos limitados. Sin apoyo, solos, bajo su propia iniciativa. Tras la primera semana, escenificó simulacros de guerra, ejercicios violentos que dejaban a todos agotados. Pero al cabo de menos de un mes de entrenamiento, sabía que su escuadra podía ser, en potencia, el mejor grupo de combate que había participado en el juego.

¿Hasta qué punto estaba todo previsto por los profesores? ¿Sabían que le habían dado chicos grises pero excelentes? ¿Le habían dado treinta reclutas, muchos de ellos menores de edad, porque sabían que los más pequeños aprendían a mayor velocidad, pensaban a mayor velocidad? ¿O se podría conseguir lo mismo con cualquier grupo mandado por un comandante que supiera lo que quería que hiciera su escuadra, y que supiera enseñarles a hacerlo?

Le preocupaba la cuestión, porque no estaba seguro de si estaba confundiendo o cumpliendo sus expectativas.

De lo único que sí se hallaba seguro era de que estaba impaciente por entrar en batalla. La mayoría de las escuadras necesitaban tres meses porque tenían que memorizar docenas de formaciones complejas. «Nosotros ya estamos preparados. Enviadnos a la batalla.»

La puerta se abrió en la oscuridad. Ender escuchó. Unos pasos arrastrando los pies. La puerta se cerró.

Rodó de su litera y se arrastró en la oscuridad los dos metros que le separaban de la puerta. Había un trozo de papel. No podía leerlo, por supuesto, pero sabía lo que era. Batalla. «¡Cuánta amabilidad! Yo deseo y ellos conceden.»

Ender ya estaba vestido con su traje refulgente de la escuadra Dragón cuando se encendieron las luces. Inmediatamente, bajó por el corredor corriendo, y a las 06.01 horas ya estaba en la puerta del cuartel de su escuadra.

—Tenemos una batalla con la escuadra Conejo a las 07.00. Vamos a hacer ejercicios de precalentamiento en gravedad normal para prepararnos. Desvestíos e id al gimnasio. Llevad vuestros trajes refulgentes e iremos a la sala de batalla desde allí.

—¿Y qué pasa con el desayuno?

—No quiero que nadie devuelva en la sala de batalla.

—¿Podemos al menos echar una meada antes?

—No más de un decalitro.

Se rieron. Los que no dormían desnudos se desvistieron; todos liaron sus trajes refulgentes y siguieron a Ender trotando por los corredores hasta el gimnasio. Les hizo recorrer la pista de obstáculos dos veces, luego les hizo pasar uno a uno por la cama elástica, la colchoneta y el potro. «No os agotéis, basta que os despertéis.» No necesitaba preocuparse por el agotamiento. Estaban en buena forma, ligeros y ágiles, y sobre todo excitados por la batalla que iba a tener lugar. Unos cuantos comenzaron espontáneamente a pugnar entre sí; el gimnasio, antes aburrido, se convirtió repentinamente en algo divertido, y todo por la batalla que iba a tener lugar. Su confianza era la suprema confianza de los que nunca han entrado en combate y creen que están preparados. «Bueno. ¿Y por qué no habrían de pensarlo? Lo están. Y yo también.»

A las 06.40 les mandó vestirse. Habló a los jefes de batallón y a sus segundos mientras se vestían.

—La escuadra Conejo está formada por veteranos, pero Carn Carby fue nombrado comandante hace sólo cinco meses, y nunca he combatido contra ellos estando él de comandante. Era un soldado muy competente, y Conejo ha ocupado buenos puestos en la clasificación a lo largo de los años. Pero espero encontrarme con formaciones, y por eso no estoy preocupado.

A las 06.50 les hizo tenderse en las colchonetas y relajarse. Luego, a las 06.56, les ordenó levantarse, y trotaron por el corredor hacia la sala de batalla. De vez en cuando, Ender daba un salto y tocaba el techo. Todos los chicos saltaban para tocar el mismo punto del techo. La banda de colores conducía a la izquierda; la escuadra Conejo ya había pasado hacia la derecha. Y a las 06.58 llegaron a su puerta de la sala de batalla.

Los batallones se alinearon en cinco columnas. A y E estaban listos para agarrarse a los asideros laterales y tirarse hacia los lados. B y D estaban alineados en disposición de agarrar los dos asideros paralelos del techo y tirarse hacia arriba a la gravedad cero. El batallón C estaba listo para dar un manotazo en el alféizar del umbral de la puerta y tirarse hacia abajo.

Arriba, abajo, izquierda, derecha; Ender estaba delante, entre las columnas para no cerrarles el paso, y les reorientaba.

—¿En qué dirección está la puerta del enemigo?

—Abajo —dijeron todos riendo. Y en ese momento arriba pasó a ser *norte*, abajo pasó a ser *sur*, e izquierda y derecha pasaron a ser *este* y *oeste*.

La pared gris que había delante de ellos desapareció, y la sala de batalla quedó a la vista. No era un juego en la oscuridad, pero tampoco a plena luz; las luces estaban a media potencia, como en el crepúsculo. A lo lejos, en la luz mortecina, podía verse la puerta del enemigo, vertiendo ya sus trajes refulgentes. Ender conoció un momento de placer. Todos habían aprendido de Bonzo las consecuencias del mal uso de Ender Wiggin. Todos se arrojaban por la puerta inmediatamente, y por lo tanto no había tiempo más que para pronun-

ciar la formación que utilizarían. Los comandantes no tenían tiempo de pensar. Bueno, Ender se tomaría el tiempo necesario y confiaría en la habilidad de sus soldados en el combate, con las piernas congeladas para seguir intactos si salían tarde por la puerta.

Ender se hizo una idea de la forma de la sala de batalla. La familiar reja abierta de la mayoría de los primeros juegos, como las barras de monos del parque, con siete u ocho estrellas esparcidas por la reja. Habían las necesarias y en posiciones suficientemente avanzadas como para que mereciera la pena ir a por ellas.

—Desplegaos hacia las estrellas más próximas —dijo Ender—. C intenta deslizarte por la pared. Si funciona, A y E le seguirán. Si no, ya decidiré desde aquí. Estaré con D. ¡Moveos!

Todos los soldados sabían lo que estaba pasando, pero las decisiones tácticas dependían exclusivamente de los jefes de batallón. Incluso con las instrucciones de Ender, pasaron por la puerta con sólo diez segundos de retraso. La escuadra Conejo ya estaba haciendo sofisticados movimientos de baile allá abajo, en su extremo de la sala. En todas las demás escuadras con las que Ender había combatido, ahora mismo habría estado ocupado asegurándose de que él y su batallón estaban en el lugar que les correspondía en la formación. Ahora en cambio, él y todos sus hombres pensaban sólo en la forma de deslizarse más allá de la formación, de controlar las estrellas y las esquinas de la sala, y luego romper la formación del enemigo en pedazos tan insignificantes, que no sabrían lo que estaban haciendo. En menos de cuatro semanas juntos, su forma de luchar parecía la única forma inteligente, la única forma *posible*. Ender casi se sorprendió de que la escuadra Conejo no supiera ya que estaban irremisiblemente anticuados.

El batallón C se deslizó por la pared, bordeándola con las rodillas dobladas frente al enemigo. Crazy Tom, el jefe del batallón C, parecía haber ordenado a sus hombres que se irradiaran las piernas. Era una idea bastante buena con esa

luz mortecina, ya que las partes congeladas de los trajes refulgentes se oscurecían. Les hacía menos visibles. Ender le felicitaría por eso.

La escuadra Conejo consiguió rechazar el ataque del batallón C, pero para entonces Crazy Tom y sus chicos ya los habían fraccionado, congelando a una docena de conejos antes de replegarse al resguardo de una estrella. Pero era una estrella situada detrás de la formación Conejo, lo que significaba que ahora iba a ser una presa fácil.

Han Tzu, comúnmente llamado Hot Soup (sopa caliente), era el jefe del batallón D. Se deslizó rápidamente por el labio de la estrella hasta donde estaba arrodillado Ender.

—¿Qué tal si nos arrojamos desde la pared norte y nos hincamos de rodillas en sus narices?

—Hazlo —dijo Ender—. Llevaré C al sur para cogerlos por detrás. —Entonces gritó—: ¡A y E, despacio a las paredes!

Se deslizó por la estrella con los pies por delante, enganchó los pies en el borde, y dio una voltereta hasta la pared superior, y luego rebotó dirigiéndose a la estrella del batallón E. En un instante estaba conduciéndoles hacia abajo, contra la pared sur. Rebotaron casi al unísono y aparecieron detrás de las dos estrellas que defendían los soldados de Carn Carby. Fue como cortar un pastel. La escuadra Conejo estaba acabada, sólo quedaba hacer una pequeña limpieza. Ender dividió sus batallones en medios batallones, para registrar las esquinas en busca de soldados enemigos que estuvieran total o parcialmente dañados. En tres minutos, sus jefes de batallón informaron que la sala estaba limpia. Sólo uno de los chicos de Ender estaba completamente congelado (uno del batallón C, el que había soportado lo más riguroso del asalto), y sólo cinco estaban inutilizados. La mayoría estaban dañados, pero eran disparos en las piernas y muchos de ellos habían sido autoinfligidos. En total, había ido mucho mejor de lo que Ender esperaba.

Ender hizo que cuatro jefes de batallón rindieran honores en la puerta (cuatro cascos en las cuatro esquinas), y que

Crazy Tom pasara por ella. La mayoría de los comandantes elegían a cualquiera que quedara vivo para cruzar la puerta; Ender podía haber elegido prácticamente a cualquiera. Una buena batalla.

Las luces brillaron con su máxima potencia, y por la puerta de los profesores, situados en el extremo sur de la sala de batalla, entró el mayor Anderson en persona. Con solemnidad, ofreció a Ender el garfio que se entregaba ritualmente al vencedor del juego. Ender lo utilizó para descongelar primero los trajes refulgentes de su escuadra, y la hizo formar en batallones antes de descongelar al enemigo. Una imagen militar, vigorosa, eso es lo que quería mostrar cuando Carby y la escuadra Conejo recuperaran el control de sus cuerpos. «Podrán maldecirnos y contar mentiras sobre nosotros, pero no podrán olvidar que les destrozamos, y digan lo que digan, los demás soldados y los demás comandantes lo verán en sus ojos; en esos ojos de Conejo, nos verán en formación ordenada, victoriosos y casi intactos tras nuestra primera batalla. La escuadra Dragón muy pronto va a dejar de ser un nombre gris.»

Carn Carby se dirigió a Ender en cuanto quedó descongelado. Era un chico de doce años, que parecía haber llegado a ser comandante en su último año en la escuela. Por eso no era tan gallito como los que lo lograban a los once. «No olvidaré esto cuando sea derrotado —pensó Ender—. Conservar la dignidad y mostrar respeto donde es debido, para que la derrota no sea una deshonra. Y espero que no tenga que hacerlo con frecuencia.»

Anderson mandó retirarse a la escuadra Dragón en último lugar, después de que la escuadra Conejo se hubo dispersado por la misma puerta por la que habían entrado los chicos de Ender. Ender condujo a su escuadra por la puerta del enemigo. La luz que surgía por el borde inferior de la puerta les recordaba qué dirección era abajo cuando volvían a la gravedad normal. Todos aterrizaron de pie con suavidad, corriendo. Formaron en el corredor.

—Son las 07.15 —dijo Ender—, lo que significa que te-

néis quince minutos para desayunar antes de que os vea a todos en la sala de batalla para la práctica matinal.

Les podía oír decir en voz baja:

—Venga, hemos ganado, vamos a celebrarlo.

—Está bien —le respondió Ender—, podéis hacerlo. Y vuestro comandante os da permiso para que os tiréis la comida durante el desayuno.

Se rieron, vitorearon, y entonces les mandó retirarse e ir al trote al cuartel. En la salida retuvo a los jefes de batallón y les dijo que no era necesario que vinieran a la práctica hasta las 07.45, y que la práctica del día concluiría temprano para que los chicos se pudieran duchar. Media hora para desayunar, y sin ducharse después de una batalla; seguía siendo poca cosa, pero era algo comparado con quince minutos. A Ender le gustó que el anuncio de los quince minutos adicionales procediera de los jefes de batallón. «Dejemos que los chicos aprendan que la indulgencia procede de sus jefes de batallón, y la severidad de su comandante; atará con más fuerza los pequeños nudos de este tejido.»

Ender no desayunó. No tenía hambre. En vez de hacerlo se fue al cuarto de baño y se duchó, y puso su traje refulgente en la lavadora para que estuviera listo cuando se hubiera secado. Se lavó dos veces y dejó que el agua corriera por su cuerpo. Sería reciclada. «Que todos beban hoy un poco de mi sudor. —Le habían dado una escuadra inexperta, y había ganado, y no por los pelos. Había ganado con sólo seis congelados o inutilizados—. Veremos durante cuánto tiempo siguen los demás comandantes utilizando sus formaciones, ahora que han visto lo que puede hacer una estrategia flexible.»

Estaba flotando en medio de la sala de batalla cuando comenzaron a llegar sus soldados. Naturalmente, ninguno le habló. Sabían que hablaría cuando estuviera preparado, y no antes.

Cuando todos estuvieron allí, Ender se engarfió cerca de ellos y les miró uno por uno.

—Una primera batalla excelente —dijo, lo que fue sufi-

ciente excusa para un viva y un intento de entonar un canto de Dragón, Dragón, que cortó rápidamente—. La escuadra Dragón lo hizo bien contra los Conejos. Pero el enemigo no va a ser siempre así de malo. Si nos hubiéramos enfrentado a una escuadra buena, batallón C, tu aproximación fue tan lenta que te habrían cogido por los flancos antes de que llegaras a una buena posición. Te deberías haber dividido formando un ángulo en dos direcciones, y así no podrían cogerte por los flancos. A y B, vuestra puntería fue lamentable. Los marcadores muestran que vuestra media es de sólo una diana por cada dos soldados. Esto significa que la mayoría de las dianas se consiguieron atacando a soldados rodeados. Esto no puede seguir así; un enemigo competente rompería en pedazos la fuerza de asalto, a menos que esté cubierta mucho mejor por los soldados alejados. Quiero que todos los batallones practiquen su puntería de lejos con blancos móviles y estáticos. Medios batallones harán de blanco por turnos. ¡Moveos!

—¿Vamos a tener estrellas? —preguntó Hot Soup—. Para apoyarnos al apuntar.

—No quiero que os acostumbréis a tener donde apoyar los brazos. Si os tiemblan los brazos, congelaos los codos. ¡Moveos!

Los jefes de batallón organizaron rápidamente a su gente, y Ender iba de un grupo a otro para dar consejos y ayudar a los soldados que tenían más problemas. Para entonces, los soldados ya sabían que Ender podía ser brutal en la forma de hablar a los grupos, pero cuando trabajaba con un individuo siempre era paciente, explicaba las cosas las veces que fuera necesario, daba consejos sosegadamente, escuchaba preguntas, problemas y explicaciones. Pero nunca se reía cuando intentaban bromear con él, y pronto dejaron de intentarlo. Era comandante en todo momento. Nunca necesitó recordárselo; simplemente, lo *era*.

Trabajaron todo el día con el sabor de la victoria en la boca, y dieron nuevos vítores cuando se suspendió el trabajo media hora antes del almuerzo. Ender retuvo a los jefes de

batallón hasta la hora normal del almuerzo, para hablar de las tácticas que habían utilizado y evaluar el trabajo de sus soldados individualmente. Luego se fue a su habitación y se puso metódicamente el uniforme regular. Entraría en el comedor de comandantes con un retraso de unos diez minutos. La demora exacta que quería. Como ésta era su primera victoria, nunca había visto el interior del comedor de comandantes y no tenía ninguna idea de lo que se suponía que debía hacer un comandante nuevo, pero sí sabía que hoy quería entrar el último, cuando los resultados de las batallas de la mañana ya hubieran sido publicados. Hoy Dragón ya no sería un nombre gris.

No había excesiva agitación cuando entró. Pero cuando algunos advirtieron lo pequeño que era, y vieron los dragones en las mangas de su uniforme, le miraron sin disimulo, y para cuando cogió su comida y se sentó a una mesa, la habitación estaba en silencio. Ender empezó a comer, lentamente y con cuidado, fingiendo no notar que era el centro de atención. Las conversaciones y el ruido aumentaron de nuevo gradualmente, y Ender se pudo relajar lo suficiente para echar una mirada en torno suyo.

Una pared completa de la sala era un marcador. A los soldados se les mantenía al corriente de la clasificación global de una escuadra durante los dos últimos años; aquí, sin embargo, sólo se daban las clasificaciones de los comandantes. Un comandante nuevo no podía heredar una buena posición de su predecesor; se le situaba en la lista en función de lo que había hecho.

Ender tenía la mejor puntuación. Un resultado ganados-perdidos perfecto, por supuesto, pero en las demás clasificaciones iba muy por delante. Media de soldados inutilizados, media de enemigos inutilizados, media de tiempo transcurrido antes de la victoria; estaba en la primera posición en todas las clasificaciones.

Cuando estaba a punto de terminar de comer, alguien se acercó por detrás y le tocó el hombro.

—¿Me puedo sentar?

Ender no necesitó girar la cabeza para saber que era Dink Meeker.

—Hola, Dink —dijo Ender—. Siéntate.

—Pedos de oro —le dijo Dink con tono jovial—. Estamos intentando decidir si esa puntuación es un milagro o un error.

—Una costumbre —dijo Ender.

—Una victoria no representa una costumbre —dijo Dink—. No seas gallito. Cuando eres nuevo te ponen contra comandantes débiles.

—Carn Carby no es precisamente el último de la lista.

Era verdad. Carby estaba por el medio.

—No lo hace mal —dijo Dink—, si se tiene en cuenta que acaba de empezar. Es una joven promesa. Tú no eres una promesa. Tú eres una amenaza.

—¿Una amenaza de qué? ¿Te van a dar de comer menos si gano? Creí que me habías dicho que todo esto era un juego estúpido y que nada tenía importancia.

A Dink no le gustó que le echaran en cara sus propias palabras, no en estas circunstancias.

—Tú fuiste quien me incitó a seguir jugando con ellos. Pero contigo voy en serio, Ender. A *mí* no me vencerás.

—Probablemente no —dijo Ender.

—Yo te enseñé —dijo Dink.

—Todo lo que sé —dijo Ender—. Ahora sólo juego de oído.

—Felicidades —dijo Dink.

—Es bueno saber que tengo un amigo aquí.

Pero Ender no estaba seguro de que Dink fuera ya su amigo. Tampoco lo estaba Dink. Tras unas pocas frases vacías, Dink volvió a su mesa.

Ender miró en torno suyo cuando acabó de comer. Seguían algunas pequeñas conversaciones. Ender reconoció a Bonzo, que ahora era uno de los comandantes más antiguos. Rose el Narizotas se había graduado. Petra estaba con un grupo en una esquina lejana, y no le miró ni una vez. Como la mayoría, le miraban de soslayo de vez en cuando, inclui-

dos los que estaban hablando con Petra. Ender estaba casi seguro de que le rehuía la mirada deliberadamente. «Éste es el problema de empezar ganando —pensó Ender—. Pierdes a los amigos. Dales unas semanas para que se acostumbren. Para cuando tenga la próxima batalla, las cosas se habrán calmado.»

Carn Carby no dejó de ir a felicitar a Ender antes de que concluyera la hora del almuerzo. Era, de nuevo, un gesto cortés, y, a diferencia de Dink, Carby no parecía receloso.

—Acabo de caer en desgracia —dijo con franqueza—. No me creerán cuando les diga que hiciste cosas que nadie había visto hacer. Así que espero que vapulees al mocoso de la próxima escuadra con la que te enfrentes. Como un favor personal.

—Será un favor personal —dijo Ender—. Y gracias por hablar conmigo.

—Creo que te están tratando muy mal. Normalmente, cuando los comandantes ingresan en el comedor por primera vez, se les vitorea. Pero, normalmente, un comandante nuevo tiene unas cuantas derrotas en su haber antes de aparecer por aquí. Sólo hace un mes que llegué. Si alguien se merece un aplauso, ése eres tú. Pero así es la vida. Haz que muerdan el polvo.

—Lo intentaré.

Carn Carby se marchó, y Ender lo añadió mentalmente a su lista particular de personas calificadas como seres humanos.

Esa noche, Ender durmió como no lo había hecho desde hacía tiempo. De hecho, durmió tan bien que no se despertó hasta que se encendieron las luces. Se levantó de buen humor, fue a la ducha al trote y no advirtió el trozo de papel que había en el suelo hasta que volvió y comenzó a ponerse el uniforme. Sólo vio el papel porque lo movió el aire que levantó al sacudir el uniforme para ponérselo. Cogió el papel y lo leyó.

PETRA ARKANIAN, ESCUADRA FÉNIX, 07.00

Era su antigua escuadra, la que había dejado apenas hacía cuatro semanas, y conocía sus formaciones de arriba abajo. En parte debido a la influencia de Ender, era la escuadra más flexible, y respondía con relativa rapidez a las nuevas situaciones. La escuadra Fénix podía ser la que mejor capacitada estaba para enfrentarse al ataque fluido y flexible de Ender. Los profesores estaban empeñados en hacerle la vida más interesante.

A las 07.00 decía el papel, y ya eran las 06.30. Algunos de sus chicos podían estar yendo a desayunar. Ender echó a un lado su uniforme, cogió su traje refulgente y en un momento se plantó en la puerta de entrada del cuartel de su escuadra.

—Señores, espero que ayer aprendierais algo, porque hoy vamos a hacerlo otra vez.

Tardaron un momento en comprender que se refería a una batalla, no a una práctica.

—Tiene que ser una equivocación —dijeron—. Nadie ha tenido nunca dos batallas seguidas.

Alargó la nota a Fly Molo, el jefe del batallón A, que gritó inmediatamente «trajes refulgentes», y comenzaron a cambiarse de ropa.

—¿Por qué no nos avisaste antes? —preguntó Hot Soup.

Hot hacía a Ender preguntas que ningún otro se atrevía a preguntar.

—Creí que necesitabais ducharos —dijo Ender—. Ayer, la escuadra Conejo declaró que ganamos porque el hedor les puso fuera de combate.

Los soldados que le oyeron se rieron.

—No viste el papel hasta que volviste de las duchas, ¿verdad?

Ender buscó la procedencia de la voz. Era Bean, con su traje refulgente puesto, mirando de forma insolente. «Es el momento de devolver viejas humillaciones, ¿no es así, Bean?»

—Claro —dijo Ender con desprecio—, no estoy tan cerca del suelo como tú.

Más risas. Bean enrojeció de ira.

—Está claro que no podemos contar con el viejo estilo de hacer las cosas —dijo Ender—. Por lo tanto, será mejor que contéis con batallas en cualquier momento. Y con frecuencia. No voy a fingir que me gusta que nos presionen así, pero hay una cosa que me gusta: que tengo una escuadra capaz de dominar la situación.

Después de eso, si les hubiera pedido que le siguieran a la Luna sin trajes espaciales, lo habrían hecho.

Petra no era Carn Carby; tenía formaciones más flexibles y respondía con mayor rapidez a los ataques vertiginosos, improvisados, impredecibles, de Ender. En consecuencia, al final de la batalla Ender tenía tres chicos congelados y nueve inutilizados. Petra no fue demasiado exquisita al inclinarse ante él al final de la batalla. La rabia de sus ojos parecía decir: ¿Era tu amiga y me humillas de esta forma?

Ender fingió no advertir su furia. Pensó que tras unas cuantas batallas más se daría cuenta de que le había infligido más bajas que las que ningún otro comandante le infligiría en el futuro. Y seguía aprendiendo de ella. En las prácticas de hoy enseñaría a sus jefes de batallón a contrarrestar los trucos que Petra les había jugado. Pronto serían amigos otra vez.

Esperaba.

Al final de la semana, la escuadra Dragón había librado siete batallas en siete días. El resultado era siete victorias y cero derrotas. Ender no había vuelto a tener tantas bajas como en la batalla con la escuadra Fénix, y en dos batallas no tuvo ni un solo soldado congelado o inutilizado. Nadie creía ya que era el primero de la clasificación por chiripa. Había vencido a las escuadras más importantes por un margen inaudito. Los otros comandantes ya no podían ignorarle. Algunos se sentaban con él durante las comidas, intentando enterarse, por el mismo Ender, de cómo había derrotado a sus oponentes más recientes. Lo decía abiertamente, seguro

de que muy pocos sabrían adiestrar a sus soldados y a sus jefes de batallón para que remedaran lo que podían hacer los suyos. Y mientras Ender hablaba con algunos comandantes, grupos mucho más numerosos se reunían alrededor de los oponentes que Ender había derrotado, intentando descubrir la forma de vencer a Ender.

También había muchos, demasiados, que le odiaban. Le odiaban por ser joven, por ser excelente, por haber hecho que sus victorias parecieran ínfimas y débiles en comparación con las de Ender. Ender lo vio primero en sus rostros cuando se cruzaba con ellos en los corredores; luego comenzó a darse cuenta de que algunos se levantaban en grupo y se iban a otra mesa si se sentaba cerca de ellos en el comedor de los comandantes; y entonces empezaron a aparecer codos que, accidentalmente, le daban empellones en la sala de juegos, pies que se enredaban en los suyos cuando entraba o salía del gimnasio, escupitajos y bolas de papel mojado llegaban por detrás mientras trotaba por los corredores. No le podían ganar en la sala de batalla, y lo sabían; por eso le atacarían donde no había peligro, donde no era un gigante sino sólo un chiquillo. Ender los despreciaba; pero secretamente, tan secretamente que ni siquiera él mismo lo sabía, les tenía miedo. Eran precisamente esos pequeños tormentos lo que Peter había utilizado siempre, y Ender comenzó a sentirse demasiado en casa.

Sin embargo, esas molestias eran insignificantes, y Ender se convenció a sí mismo de aceptarlas como otra forma de alabanza. Las otras escuadras ya estaban empezando a imitar a Ender. Ahora, la mayoría de los soldados atacaban con las rodillas dobladas; ahora, las formaciones se estaban rompiendo, y había más comandantes que mandaban a los batallones deslizarse por las paredes. Nadie se había fijado todavía en la organización de cinco batallones de Ender y esto le concedía la pequeña ventaja de que cuando habían contabilizado los movimientos de cuatro unidades, no estaban pendientes de una quinta.

Ender estaba enseñándoles todo lo que sabía sobre tác-

ticas en gravedad cero. Pero, ¿dónde lograría Ender aprender cosas nuevas?

Comenzó a utilizar la sala de vídeos, repleta de vídeos de propaganda sobre Mazer Rackham y otros grandes comandantes de las fuerzas de la humanidad de la Primera y Segunda Invasión. Ender interrumpía las prácticas generales una hora antes y permitía a los jefes de batallón que dirigieran las prácticas en su ausencia. Normalmente, escenificaban escaramuzas entre batallones. Ender se quedaba lo suficiente para comprobar que las cosas iban bien, y luego se iba a ver las viejas batallas.

La mayoría de los vídeos era una pérdida de tiempo. Música heroica, primeros planos de comandantes y de soldados condecorados, instantáneas confusas de marines invadiendo las instalaciones de los insectores. Pero también encontraba algunas secuencias interesantes: naves, como puntos de luz, maniobrando en la oscuridad del espacio, o, todavía mejor, las luces de las pantallas de seguimiento de las naves mostrando la batalla completa. Era difícil apreciar en los vídeos las tres dimensiones, y muchas veces las escenas estaban cortadas y resultaban incoherentes. Pero Ender comenzó a ver lo bien que utilizaban los insectores trayectorias de vuelo aparentemente aleatorias para crear confusión, lo bien que utilizaban señuelos y falsas retiradas para atraer a trampas a las naves de la F.I. Algunas batallas estaban cortadas en muchas escenas, que estaban dispersas en diversos vídeos; viéndolas en secuencia, Ender pudo reconstruir batallas completas. Comenzó a ver cosas que los comentadores oficiales no mencionaban. Siempre intentaban despertar el orgullo por las hazañas humanas y la aversión por los insectores, pero Ender comenzó a preguntarse cómo fue posible que venciera la humanidad. Las naves humanas eran torpes; las flotas respondían a las nuevas circunstancias con una lentitud insoportable, mientras que la flota insectora parecía desenvolverse en perfecta unidad y respondía inmediatamente a cada situación nueva. Naturalmente, en la Primera Invasión las naves humanas eran completamente ina-

decuadas para el combate rápido, pero también lo eran las naves insectoras; sólo en la Segunda Invasión tuvieron naves y armas vertiginosas y mortíferas.

Ender aprendió estrategia de los insectores, y no de los humanos. Sentía vergüenza y miedo de aprender de ellos, puesto que eran los enemigos más terribles, repugnantes, criminales y asquerosos. Pero también eran muy buenos en lo que hacían. Hasta cierto punto. Daba la sensación de que siempre seguían una sola estrategia básica: concentrar el mayor número de naves en el punto clave del conflicto. No hacían nunca nada sorprendente, nada que pusiera al descubierto la genialidad o la estupidez de un oficial subordinado. La disciplina era aparentemente muy férrea.

Y había algo raro. Se hablaba mucho de Mazer Rackham, pero en los vídeos se veía poco de la verdadera batalla. Algunas escenas del principio de la batalla, la diminuta fuerza de Rackham, que parecía patética en comparación con el vasto poder de la principal flota insectora. Los insectores ya habían destrozado la mayor parte de la flota humana en el escudo del cometa, aniquilado las primeras naves espaciales y puesto en ridículo las tentativas humanas de alta estrategia; esa película era exhibida frecuentemente, para despertar una y otra vez agonía y terror ante la victoria de los insectores. Después salía la flota dirigiéndose hacia la pequeña fuerza de Mazer Rackham cerca de Saturno, la desigualdad desesperanzadora, y entonces...

Entonces un disparo desde el pequeño crucero de Mazer Rackham, una nave enemiga explotando. Eso era lo único que se podía ver. Muchas películas mostraban marines abriéndose camino por las naves de los insectores. Muchos cuerpos de insectores tendidos por todas partes en el interior. Pero ninguna película de la muerte de insectores en lucha cuerpo a cuerpo, a menos que estuviera tomada de la Primera Invasión. A Ender le frustraba que la victoria de Mazer Rackham estuviera censurada de forma tan obvia. Los estudiantes de la Escuela de Batalla tenían mucho que aprender de Mazer Rackham, y todo lo relativo a su victo-

ria estaba oculto a la vista. La pasión por el secreto no era una gran ayuda para los chicos que tenían que aprender a hacer otra vez lo que había hecho Mazer Rackham.

Naturalmente, en cuanto se corrió la voz de que Ender Wiggin estaba viendo los vídeos de guerra una y otra vez, la sala de vídeos comenzó a atraer muchedumbres. Casi todos eran comandantes, que miraban los mismos vídeos que miraba Ender, que fingían que sabían por qué los estaba mirando y qué conclusiones sacaba. Ender nunca explicó nada. Incluso cuando mostró siete escenas de la misma batalla, pero de diferentes vídeos, sólo un chico le preguntó, sin mucha confianza:

—¿Son de la misma batalla?

Ender se limitó a encogerse de hombros, como si no tuviera importancia.

Fue durante la última hora de prácticas del séptimo día, apenas unas horas después de que la escuadra de Ender hubiera ganado su séptima batalla, cuando el mayor Anderson en persona entró en la sala de vídeos. Alargó una nota a uno de los comandantes que estaban sentados, y luego se dirigió a Ender.

—El coronel Graff desea verte en su oficina inmediatamente.

Ender se levantó y siguió a Anderson por los corredores. Anderson palmeaba las cerraduras que impedían a los estudiantes entrar a los alojamientos de los oficiales; por fin llegaron donde Graff había echado raíces en una silla giratoria empernada al suelo de acero. La tripa se desparramaba por los brazos del sillón, incluso cuando se sentaba derecho. Ender intentó recordar.

Graff no le había parecido especialmente gordo la primera vez que le conoció, hacía sólo cuatro años. El tiempo y la tensión no estaban siendo muy amables con el director de la Escuela de Batalla.

—Siete días desde tu primera batalla, Ender —dijo Graff.

Ender no respondió.

—Y has ganado siete batallas, una por día.

Ender asintió con la cabeza.

—Tus puntuaciones son también extraordinariamente altas.

Ender parpadeó.

—¿A qué atribuyes tu notable éxito, comandante?

—Me dio una escuadra capaz de llevar a cabo todas mis ideas.

—¿Y cuáles son esas ideas?

—Definimos nuestra orientación de forma que la puerta del enemigo esté abajo y utilizamos las pantorrillas como escudo. Evitamos las formaciones y mantenemos la movilidad. Tener cinco batallones de ocho en vez de cuatro de diez es una ayuda. Además, nuestros enemigos no han tenido tiempo de responder con eficacia a nuestras nuevas técnicas, así que les seguimos derrotando con los mismos trucos. No durará mucho tiempo.

—¿De modo que no esperas seguir venciendo?

—No con los mismos trucos.

Graff asintió con la cabeza.

—Siéntate, Ender.

Ender y Anderson se sentaron. Graff miró a Anderson y Anderson habló a continuación.

—¿En qué condiciones se encuentra tu escuadra, luchando con tanta frecuencia?

—Ahora todos son veteranos.

—Pero, ¿qué tal está? ¿Están cansados?

—Si lo están, no lo admitirán.

—¿Están todavía alerta?

—Son ustedes los que tienen los juegos informáticos que juegan con las mentes de las personas. Díganmelo ustedes.

—Nosotros sabemos lo que sabemos. Queremos saber lo que tú sabes.

—Son soldados muy buenos, mayor Anderson. Estoy seguro que tienen límites, pero todavía no hemos llegado a ellos. Algunos de los más nuevos tienen problemas porque nunca llegaron a dominar algunas técnicas básicas, pero están trabajando duro y mejorando. Qué quiere que diga,

¿que necesitan un descanso? Claro que necesitan descansar. Necesitan un par de semanas de descanso. Sus estudios van de mal en peor, ninguno de nosotros lo está haciendo bien en las clases. Pero eso ya lo saben ustedes, y aparentemente no les importa, así que, ¿por qué me habría de importar a mí?

Graff y Anderson se miraron.

—Ender, ¿por qué estudias los vídeos de las guerras insectoras?

—Para aprender estrategia, naturalmente.

—Esos vídeos fueron hechos con objetivos propagandísticos. Todas nuestras estrategias han sido suprimidas.

—Lo sé.

Graff y Anderson se miraron de nuevo. Graff tabaleó en la mesa.

—Ya no juegas al Juego de Fantasía —le dijo.

Ender no respondió.

—Dime por qué no juegas.

—Porque gané.

—Nunca se gana *todo* en ese juego. Siempre hay más.

—Lo gané todo.

—Ender, queremos ayudarte a ser lo más feliz posible, pero si tú...

—Ustedes quieren hacer de mí el mejor soldado posible. Vayan abajo y miren las clasificaciones. Miren las clasificaciones de todos los tiempos. Hasta ahora están haciendo conmigo un trabajo excelente. Felicidades. Ahora bien, ¿cuándo me van a enfrentar a una escuadra buena?

Los labios inexpresivos de Graff esbozaron una sonrisa, y una carcajada contenida le hizo temblar un poco.

Anderson alargó una nota a Ender.

—Ahora —dijo.

BONZO MADRID, ESCUADRA SALAMANDRA, 12.00

—Es dentro de diez minutos —dijo Ender—. Mi escuadra se está duchando tras la práctica.

Graff sonrió.

—Entonces, será mejor que te des prisa, chico.

Llegó al cuartel de su escuadra en cinco minutos. La mayoría se habían duchado y se estaban vistiendo; algunos ya se habían ido a la sala de juegos o a la sala de vídeos a esperar la hora del almuerzo.

Mandó a tres chicos más jóvenes que llamaran a todos y ordenó a los demás que se pusieran el traje de batalla con la mayor celeridad.

—Ésta va a ser dura, y además llegaremos tarde —dijo Ender—. Hace unos veinte minutos que dieron la nota a Bonzo, y para cuando lleguemos a la puerta llevarán ahí dentro unos cinco minutos como mínimo.

Los chicos estaban indignados, y se quejaban en voz alta en la jerga que normalmente evitaban utilizar en presencia del comandante. «¿Pero qué pasa? ¿Están chiflados?»

—Olvidaos del porqué, nos preocuparemos de eso esta noche. ¿Estáis cansados?

Fly Molo respondió:

—Nos hemos dejado la piel en las prácticas de hoy. Por no mencionar la paliza que hemos dado a la escuadra Hurón esta mañana.

—Nadie tiene dos batallas el mismo día —dijo Crazy Tom.

Ender respondió en el mismo tono.

—Ni nadie ha derrotado jamás a la escuadra Dragón. ¿Va a ser ésta vuestra gran oportunidad de perder? —La pregunta burlona de Ender fue la respuesta a sus quejas. Primero ganar, después preguntar.

Estaban todos de vuelta en el dormitorio, y la mayoría vestidos.

—¡Moveos! —gritó Ender, y corrieron en línea detrás de él, algunos todavía vistiéndose cuando llegaron al corredor que daba a la sala de batalla.

Muchos estaban jadeando ya, una mala señal; estaban demasiado cansados para esta batalla. La puerta ya estaba abierta. No había ninguna estrella. Sólo vacío, espacio vacío

en una sala con una iluminación deslumbrante. Ningún sitio donde esconderse, ni siquiera en la oscuridad.

—Tengo la corazonada de que ellos tampoco han salido todavía —dijo Crazy Tom.

Ender se puso la mano en la boca para indicarles que guardaran silencio. Lógicamente, con la puerta abierta, el enemigo podía escuchar todo lo que dijeran. Ender señaló con el dedo todo el perímetro de la puerta, para indicarles que la escuadra Salamandra estaba, sin ninguna duda, desplegada por la pared alrededor de la puerta, donde no podían ser vistos pero sí podían irradiar fácilmente a cualquiera que saliera.

Ender les hizo señas de que se retiraran de la puerta. Luego hizo adelantarse a algunos de los chicos más altos, incluido Crazy Tom, y les hizo arrodillarse, pero no sentados en cuclillas sobre los talones, sino totalmente erguidos de manera que sus cuerpos formaran una L. Les congeló. La escuadra lo miraba en silencio. Seleccionó al chico más pequeño, Bean, le entregó la pistola de Tom e hizo que se arrodillara en las piernas congeladas de Tom. Entonces sacó las manos de Bean, cada una sosteniendo una pistola, por los sobacos de Tom.

Ahora lo entendían. Tom sería un escudo, una astronave blindada, y Bean estaría escondido dentro. Desde luego, no era invulnerable, pero tendría tiempo.

Ender asignó dos chicos más para lanzar a Tom y a Bean por la puerta, pero les hizo señas de que esperaran. Avanzó entre la escuadra, asignando rápidamente grupos de cuatro: un escudo, un tirador y dos lanzadores. Cuando todos estuvieron congelados o armados o listos para lanzar, señaló a los lanzadores que levantaran sus cargas, las lanzaran por la puerta y que, a continuación, se lanzaran ellos.

—¡Moveos! —gritó Ender.

Se pusieron en movimiento. Las parejas tirador-escudo salían por la puerta de dos en dos, de espaldas para que el escudo se interpusiera entre el tirador y el enemigo. El enemigo abrió fuego de inmediato, pero casi todos acertaron a

los chicos congelados de delante. Mientras tanto, con dos pistolas para disparar y sus blancos alineados ordenadamente y extendidos en horizontal a lo largo de la pared, los Dragones lo tuvieron fácil. Era muy difícil fallar. Y a medida que los lanzadores saltaban también por la puerta, se agarraban a asideros situados en la misma pared que el enemigo disparándole desde un ángulo mortífero, de modo que los Salamandras no sabían si disparar a las parejas escudo-tirador que les estaban masacrando o a los lanzadores que les estaban disparando desde su mismo nivel. Para cuando Ender salió por la puerta, la batalla había concluido. No había transcurrido ni un minuto desde que el primer Dragón atravesó la puerta hasta la suspensión del tiroteo. Dragón había tenido veinte congelados o inutilizados, y sólo doce chicos estaban intactos. Era su peor resultado, pero habían ganado.

Cuando salió el mayor Anderson y entregó el garfio a Ender, Ender no pudo contener la rabia.

—Creía que me iban a enfrentar a una escuadra capaz de competir contra nosotros en una lucha limpia.

—Felicitaciones por la victoria, comandante.

—¡Bean! —gritó Ender—. Si hubieras mandado la escuadra Salamandra, ¿qué habrías hecho?

Bean, inutilizado, pero no totalmente congelado, gritó desde las proximidades de la puerta del enemigo, donde flotaba a la deriva:

—Mantener una configuración variable de movimientos enfrente de la puerta. No te mantengas inmóvil cuando el enemigo sabe exactamente dónde estás.

—Ya que hace trampas —dijo Ender a Anderson—, ¿por qué no adiestra a la otra escuadra a hacer trampas de una forma inteligente?

—Le sugiero que movilice su escuadra —dijo Anderson.

Ender pulsó los botones para descongelar a las dos escuadras a la vez.

—Escuadra Dragón, rompan filas —gritó inmediatamente. No harían ningún tipo de formación para aceptar la rendición de la otra escuadra. No había sido una pelea lim-

pia, aunque habían vencido; la intención de los profesores era que perdieran, y sólo la ineptitud de Bonzo les había salvado. No había gloria en *ese* tipo de victorias.

Sólo cuando se estaba marchando de la sala de batalla Ender se dio cuenta de que Bonzo no entendería que estaba enfadado con los profesores. El honor español. Bonzo sólo entendería que había sido derrotado, incluso cuando todo estaba a su favor; que Ender había ordenado al chico más joven de su escuadra manifestar públicamente lo que Bonzo debería haber hecho para vencer; y que Ender ni siquiera se había quedado para recibir la rendición honrosa de Bonzo. Si Bonzo no odiase ya a Ender, indudablemente habría empezado a odiarle ahora; y odiándole como le odiaba, indudablemente esto haría que su ira fuera asesina. «Bonzo ha sido la última persona que me ha golpeado —pensó Ender—. Estoy seguro de que no lo ha olvidado.»

Ni había olvidado el sangriento enfrentamiento en la sala de batalla, cuando los chicos mayores intentaron disolver la sesión práctica de Ender. Ni tampoco lo habían olvidado muchos otros. Entonces estaban hambrientos de sangre; ahora Bonzo estaría sediento. Ender le dio vueltas a la idea de volver a seguir un curso superior de defensa personal; pero ahora, con la probabilidad de tener no una batalla diaria sino dos el mismo día, Ender sabía que no disponía de tiempo. «Tendré que confiar en mi suerte. Los profesores me han metido en esto, ellos me pueden sacar...»

Bean se desplomó pesadamente en su litera, totalmente agotado; la mitad de los chicos del cuartel ya estaban durmiendo, y todavía faltaban quince minutos para que se apagaran las luces. Con hastío, sacó de su casillero la consola y la conectó. Al día siguiente había un examen de geometría y Bean estaba muy mal preparado. Siempre le quedaba la posibilidad de razonar las cosas si tenía tiempo. Había leído a Euclides cuando tenía cinco años, pero el examen tenía un límite de tiempo, de modo que no habría ninguna posibili-

dad de razonar. Se lo tenía que saber. Y no se lo sabía. Y probablemente haría mal el examen. Pero hoy habían ganado dos veces, y por eso se sintió bien.

Sin embargo, en cuanto conectó la consola, todas sus preocupaciones sobre la geometría se desvanecieron. Alrededor de la pantalla desfiló el mensaje:

VEN A VERME INMEDIATAMENTE - ENDER

Eran las 21.50, sólo diez minutos antes de que se apagaran las luces. ¿Cuánto tiempo haría que lo había enviado Ender? Sin embargo, mejor que no lo ignorase. Puede que hubiese otra batalla por la mañana, una idea que le hizo sentirse hastiado, y con independencia de lo que Ender quisiera hablarle, no había tiempo. Así que Bean rodó de la litera y caminó como desinflado por el corredor hasta la habitación de Ender. Llamó.

—Entra —dijo Ender.

—Acabo de ver tu mensaje.

—Bien —dijo Ender.

—Falta poco para que se apaguen las luces.

—Te ayudaré a encontrar el camino en la oscuridad.

—Simplemente, no sabía si tenías idea de la hora que era...

—Siempre sé la hora que es.

Bean suspiró para sus adentros. No fallaba. Todas sus conversaciones con Ender acababan en discusiones. Bean lo odiaba. Admitía la genialidad de Ender y le admiraba por ello. ¿Por qué no veía Ender algo bueno en él?

—¿Te acuerdas de hace cuatro semanas, Bean, cuando me dijiste que te hiciera jefe de batallón?

—Sí.

—Desde entonces he hecho cinco jefes de batallón y cinco asistentes. Y ninguno de ellos eres tú. —Ender levantó las cejas—. ¿Me equivoco?

—No, señor.

—Bien, dime que tal lo has hecho en estas ocho batallas.

—Hoy ha sido la primera vez que me han inutilizado, pero el ordenador me ha contabilizado quince aciertos antes de que tuviera que parar. Nunca he obtenido menos de cinco aciertos en una batalla. También he cumplido todas las misiones que se me han encomendado.

—¿Por qué te hicieron soldado siendo tan joven, Bean?

—No más joven de lo que eras tú.

—Pero, ¿por qué?

—No lo sé.

—Sí lo sabes y yo también.

—He hecho conjeturas, pero sólo son conjeturas. Tú eres muy bueno. Lo sabían. Te ascendieron...

—Dime *por qué*, Bean.

—Porque nos necesitan, he ahí el porqué. —Bean se sentó en el suelo y miró fijamente a los pies de Ender—. Porque necesitan alguien que venza a los insectores. Eso es lo único que les importa.

—Es importante que sepas eso, Bean. Porque la mayoría de los chicos de esta escuela creen que el juego es importante *en sí mismo*, pero no lo es. Sólo es importante porque les ayuda a descubrir chicos que pueden llegar a ser verdaderos comandantes, en la guerra de verdad. Pero en lo referente al juego, lo están jodiendo. Eso es lo que están haciendo. Joder el juego.

—Es divertido. Creí que sólo lo hacían con nosotros.

—Un juego nueve semanas antes de lo normal. Y ahora dos juegos en el mismo día. Bean, no sé qué están haciendo los profesores, pero mi escuadra se está cansando, y yo también me estoy cansando, y a ellos no les importan en absoluto las reglas del juego. He sacado del ordenador las gráficas antiguas. Nadie ha destruido jamás tantos enemigos y mantenido tantos soldados ilesos en toda la historia del juego.

—Eres el mejor, Ender.

Ender movió la cabeza negativamente.

—Quizá. Pero no fue una casualidad que consiguiera los soldados que he conseguido. Reclutas, rechazados de otras escuadras, pero reúnelos y mi peor soldado podría ser jefe de

batallón en otra escuadra. Han puesto las cosas a mi favor, pero ahora lo están poniendo todo en mi contra. Bean, quieren destrozarnos.

—A ti no pueden destrozarte.

—Te sorprenderías —Ender respiró profundamente, repentinamente, como si sintiera un pinchazo de dolor, o tuviera que aspirar un viento que pasara; Bean le miró y se dio cuenta de que lo imposible estaba sucediendo. Lejos de hostigarle, Ender Wiggin estaba confiando en él. No demasiado. Pero un poco. Ender era humano y a Bean se le había permitido verlo.

—Quizá te sorprenderías tú —dijo Bean.

—La cantidad de ideas ingeniosas y nuevas que puedo tener al día tiene un límite. Algún día aparecerá alguien con algo que oponer contra mí en lo que no habré pensado antes, y no estaré preparado.

—¿Qué es lo peor que puede pasar? Que pierdas un juego.

—Sí. Eso es lo peor que puede pasar. No puedo perder *ningún* juego. Porque si pierdo *un...*

No se explicó, y Bean no preguntó.

—Necesito que seas ingenioso, Bean. Necesito que pienses soluciones para problemas que todavía no hemos visto. Quiero que intentes cosas que nadie ha intentado porque son absolutamente estúpidas.

—¿Por qué yo?

—Porque, aunque hay soldados mejores que tú en la escuadra Dragón, no muchos, pero algunos, no hay nadie que piense mejor y más rápido que tú.

Bean no dijo nada. Los dos sabían que era cierto.

Ender le mostró su consola. Había doce nombres. Dos o tres de cada batallón.

—Elige cinco —le dijo Ender—. Uno de cada batallón. Formarán una escuadrilla especial, y tú les adiestrarás. Sólo durante las sesiones de práctica adicionales. Manténme al corriente de lo que les haces hacer. No dediques demasiado tiempo a una sola cosa. La mayor parte del tiempo, tú y tu escuadrilla formaréis parte del conjunto de la escuadra, for-

maréis parte de vuestros batallones normales. Pero cuando te necesite. Cuando haya que hacer algo que sólo tú puedas hacer.

—Todos éstos son nuevos —dijo Bean—. Ni un veterano.

—Después de la última semana, Bean, todos nuestros soldados son veteranos. ¿No te das cuenta de que, en las clasificaciones de soldados individuales, nuestros cuarenta soldados están en las cincuenta primeras posiciones? Que hay que bajar diecisiete posiciones para encontrar a un soldado que *no sea* dragón.

—¿Y qué pasa si no se me ocurre nada?

—Entonces estaba equivocado con respecto a ti.

Bean esbozó una sonrisa.

—No estás equivocado.

Las luces se apagaron.

—¿Puedes encontrar el camino de vuelta, Bean?

—Es probable que no.

—Entonces quédate aquí. Si escuchas con cuidado, podrás oír al hada buena venir por la noche y dejar nuestra misión para mañana.

—No nos darán otra batalla para mañana, ¿verdad?

Ender no respondió. Bean le oyó trepar a la cama. Se levantó del suelo e hizo lo mismo. Pensó en media docena de ideas antes de dormirse. Ender estaría satisfecho; todas eran estúpidas.

12

Bonzo

—*General Pace, siéntese, por favor. Tengo entendido que ha venido a verme por un asunto de cierta urgencia.*

—*Normalmente, coronel Graff, no pretendería inmiscuirme en el funcionamiento interno de la Escuela de Batalla. Su autonomía está garantizada, y, a pesar de nuestra diferencia de rango, soy consciente de que mi autoridad sólo me permite aconsejarle, no ordenarle que emprenda una acción.*

—¿*Una acción?*

—*No disimule conmigo, coronel Graff. Los americanos son muy dados a hacer el papel del tonto cuando quieren, pero yo no me dejo engañar. Usted sabe por qué estoy aquí.*

—¡*Ah! Me imagino que esto significa que Dap presentó un informe.*

—*Se siente... paternalista con los estudiantes. Cree que su negligencia ante una situación potencialmente mortal es algo más que negligencia... que bordea la conspiración para matar o herir de gravedad a uno de los estudiantes.*

—*Esto es una escuela de niños, general Pace. Y una escuela de niños difícilmente puede requerir la presencia del jefe de la policía militar de la F.I.*

—*Coronel Graff, el nombre de Ender Wiggin se ha filtrado hasta el alto mando. Incluso ha llegado a mis oídos. He oído describirlo sin exageraciones como nuestra única esperanza de victoria en la inminente invasión. Cuando su vida o su salud están en peligro, no considero desorbitado que la*

policía militar tenga interés en preservar y proteger al chico. ¿Usted sí?

—Maldito Dap y maldito usted también, señor, sé lo que me hago.

—¿Seguro?

—Mejor que nadie.

—Eso es obvio, puesto que nadie más tiene la más remota idea de lo que está haciendo. Sabe desde hace ocho días que algunos de los chicos más depravados están conspirando para dar una paliza a Ender Wiggin, si pueden. Y que algunos de los miembros de esa conspiración, fundamentalmente el chico llamado Bonito de Madrid, comúnmente apodado Bonzo, tienen muchas probabilidades de no refrenarse cuando lleven a cabo ese correctivo, de modo que Ender Wiggin, un inestimable recurso internacional, quedará expuesto al grave peligro de embadurnar con sus sesos las paredes de su ingenua escuela orbital. Y usted, plenamente consciente del peligro, exactamente se propone hacer...

—Nada.

—Como comprenderá, eso aumenta nuestra perplejidad.

—Ender Wiggin ha estado en este tipo de situaciones antes. En la Tierra, el día que se le quitó el monitor, y otra vez, cuando un numeroso grupo de chicos mayores...

—No he venido aquí ignorante de su pasado. Ender Wiggin ha provocado a Bonzo Madrid más allá de toda resistencia humana. Y usted no dispone de policía militar preparada para disolver disturbios.

—Cuando Ender Wiggin esté al mando de nuestras flotas, cuando tenga que tomar las decisiones que nos conducirán a la victoria o a la destrucción, ¿habrá una policía militar que acuda en su ayuda en el caso de que la situación se le escape de las manos?

—No acabo de ver la conexión.

—Obviamente. Pero la conexión está ahí. Ender Wiggin tiene que creer que, pase lo que pase, ningún adulto va a dar un paso para prestarle ningún tipo de ayuda, nunca. Tiene que creer, hasta lo más profundo de su alma, que sólo podrá

hacer lo que él y los demás chicos resuelvan hacer por sí mismos. Si no cree eso, entonces nunca llegará a la cima de sus posibilidades.

—Tampoco llegará a la cima de sus posibilidades si está muerto o permanentemente lisiado.

—No lo estará.

—¿Por qué no hace algo tan sencillo como graduar a Bonzo? Tiene la edad suficiente.

—Porque Ender sabe que Bonzo tiene la intención de matarle. Si transferimos a Bonzo antes de lo previsto, sabrá que le protegemos. El cielo sabe que Bonzo no es lo bastante buen comandante para ser promocionado por sus propios méritos.

—¿Qué pasa con los otros chicos? ¿No puede hacer que le ayuden?

—Veremos qué pasa. Ésta es mi decisión primera, última y única.

—Que Dios le proteja si está equivocado.

—Que Dios nos proteja a todos si estoy equivocado.

—Le someteré a una corte marcial capitán. Si está equivocado, haré que su nombre sea odiado en todo el mundo.

—Es justo. Pero si resulta que estoy en lo cierto, no olvide hacer lo necesario para que me concedan unas docenas de medallas.

—¡Para qué!

—Para impedir sus intromisiones.

Ender se sentó en una esquina de la sala de batalla, con el brazo enganchado en un asidero, observando a Bean practicar con su escuadrilla. Ayer habían hecho ejercicios de ataque sin pistola, desarmando enemigos con los pies. Ender les había ayudado enseñándoles algunas técnicas de lucha personal con gravedad; había muchas cosas diferentes, pero la inercia en vuelo era un elemento que se podía utilizar contra el enemigo con la misma facilidad en gravedad cero que en la gravedad terrestre.

Hoy, sin embargo, Bean tenía un juguete nuevo. Era una línea muerta, uno de los delgados hilos de bramante, casi invisibles, utilizados durante la construcción en el espacio para mantener juntos dos objetos. Algunas veces las líneas muertas tenían varios kilómetros de longitud. Ésta era sólo un poco más larga que una pared de la sala de batalla, y sin embargo se enrollaba toda ella, casi de forma invisible, en torno a la cintura de Bean. Se despojó de ella como si se tratara de una prenda de vestir y alargó un extremo a uno de sus soldados.

—Engánchalo a un asidero y dale varias vueltas.

Bean llevó el otro extremo al otro lado de la sala de batalla.

Como cable para trampas no era demasiado práctico, pensó Bean. Era suficientemente invisible, pero un hilo de bramante no tenía demasiadas probabilidades de detener a un enemigo que podía pasar sin problemas por encima o por debajo. Entonces se le ocurrió la idea de utilizarlo para cambiar de dirección en el aire. Se lo ató alrededor de la cintura, con el otro extremo todavía atado a un asidero, se deslizó algunos metros y se lanzó sin vacilar. El bramante le frenó en seco, cambió su dirección repentinamente y le balanceó, haciéndole describir un arco que le estrelló brutalmente contra la pared.

Chillaba sin parar. Ender tardó unos segundos en darse cuenta de que no gritaba de dolor.

—¡Visteis lo rápido que iba! ¡Visteis cómo cambié de dirección!

Pronto, toda la escuadra Dragón interrumpió el trabajo para observar a Bean hacer ejercicios con el hilo de bramante. Los cambios de dirección eran portentosos, especialmente cuando no se sabía dónde buscar el hilo de bramante. Cuando utilizó el hilo para dar vueltas en torno a una estrella, alcanzó velocidades que nadie había visto antes.

Eran las 21.40 cuando Ender dio por concluida la práctica nocturna. Fatigada pero satisfecha por haber visto algo nuevo, su escuadra iba por los corredores de vuelta al cuar-

tel. Ender iba entre ellos, sin hablar, pero escuchaba sus conversaciones. Estaban cansados, sí; una batalla diaria durante más de cuatro semanas, con frecuencia en situaciones que ponían a prueba sus posibilidades. Pero estaban orgullosos, felices, unidos; nunca habían perdido, y habían aprendido a confiar unos en otros. Confiar en que sus compañeros de armas lucharían mucho y bien; confiar en que sus jefes les utilizarían en vez de malgastar sus esfuerzos; y por encima de todo, confiar en que Ender les prepararía para todas y cada una de las situaciones que pudieran sobrevenir.

Mientras caminaban por los corredores, Ender vio a varios chicos mayores, aparentemente enfrascados en conversaciones en los corredores laterales y en las escaleras de salida; algunos estaban en su corredor, caminando lentamente en dirección contraria. Era demasiada coincidencia, sin embargo, que la mayoría llevara uniformes de la escuadra Salamandra, y que los que no lo llevaban, fueran chicos mayores pertenecientes a las escuadras de los comandantes que más odiaban a Ender Wiggin. Algunos le miraban, y apartaban la vista rápidamente; otros estaban demasiado tensos, demasiado nerviosos mientras fingían estar relajados. «¿Qué hago si atacan a mi escuadra aquí, en el corredor? Todos mis chicos son jóvenes, todos son pequeños, y sin ninguna experiencia en el combate en gravedad normal. ¿Cuándo aprenderían?»

—¡Eh, Ender! —gritó alguien.

Ender se detuvo y miró hacia atrás. Era Petra.

—Ender, ¿puedo hablar contigo?

Ender vio en un segundo que si se detenía y se ponía a hablar, su escuadra le adelantaría rápidamente y se quedaría solo con Petra en el pasillo.

—Camina conmigo —dijo Ender.

—Es sólo un momento.

Ender se dio la vuelta y siguió caminando con su escuadra. Oyó a Petra correr para alcanzarle.

—Está bien, caminaré contigo.

Ender se puso en tensión cuando Petra se aproximó a él.

¿Era Petra uno de ellos, uno de los que le odiaban lo suficiente como para lastimarle?

—Un amigo tuyo me ha pedido que te avise. Hay algunos chicos que quieren matarte.

—Sorpresa —dijo Ender.

Algunos de sus soldados parecieron aguzar las orejas. Los complots contra su comandante parecían ser noticias interesantes.

—Ender, son capaces de hacerlo. Dice que lo han estado planeando desde que te nombraron comandante...

—Desde que gané a Salamandra, querrás decir.

—También yo te odié cuando venciste a la escuadra Fénix, Ender.

—No he nombrado a nadie.

—Es verdad. Me dijo que te hablara a solas hoy y te avisara, en el camino de vuelta de la sala de batalla, que mañana tengas más cuidado que nunca, porque...

—Petra, si ahora me estuvieras hablando a solas, precisamente ahora me están siguiendo cerca de una docena de chicos que me habrían cogido a solas en el corredor. ¿No me dirás que no te habías dado cuenta?

Su cara enrojeció repentinamente.

—No, no me he dado cuenta. ¿Cómo puedes pensarlo? ¿No sabes quiénes son tus amigos?

Petra se abrió camino entre la escuadra Dragón, le adelantó y trepó por una escalera que daba a una cubierta superior.

—¿Es cierto? —preguntó Crazy Tom.

—¿El qué?

Ender inspeccionó la habitación y gritó a dos chicos alborotadores que se fueran a la cama.

—Que algunos chicos mayores quieren matarte.

—Habladurías —dijo Ender.

Pero sabía que no lo eran.

Petra se había enterado de algo, y lo que vio en el camino esa noche no eran imaginaciones.

—Puede que sólo sean habladurías, pero espero que en-

tenderás que los cinco jefes de batallón que tienes te van a escoltar esta noche hasta tu habitación.

—Es completamente innecesario.

—Complácenos. Nos debes un favor.

—No os debo nada.

Sería un loco si lo rechazara.

—Haced lo que queráis.

Se dio la vuelta y se marchó. Los jefes de batallón trotaron junto a él. Uno se adelantó y abrió su puerta.

Examinaron la habitación, hicieron prometer a Ender que cerraría con llave, y le dejaron justo antes de que se apagaran las luces.

Había un mensaje en su consola.

NO ESTÉS SOLO, NUNCA. - DINK

Ender esbozó una sonrisa. Así que Dink seguía siendo su amigo... «No te preocupes. No me harán nada. Tengo a mi escuadra.»

Pero en la oscuridad no tenía a su escuadra. Esa noche soñó con Stilson, sólo que ahora veía lo pequeño que era Stilson, sólo seis años, lo ridícula que era su actitud de duro; y sin embargo, en el sueño, Stilson y sus amigos ataron a Ender para que no pudiera defenderse, e hicieron a Ender en el sueño todo lo que Ender había hecho a Stilson en la vida real. Y más tarde, Ender se vio a sí mismo balbuceando como un idiota, esforzándose por dar órdenes a su escuadra, pero las palabras que le salían no tenían sentido.

Se despertó en la oscuridad y tuvo miedo. Luego se calmó recordando que estaba claro que los profesores le apreciaban, o no le estarían presionando tanto; no permitirían que le pasara nada. Probablemente, cuando los chicos mayores le atacaron en la sala de batalla unos años atrás, había profesores fuera de la sala, esperando a ver qué pasaba; si las cosas se hubieran salido de su cauce, habrían intervenido y las habrían contenido. «Probablemente me podía haber sentado allí y no haber hecho nada, y se habrían encargado de

que saliera sano y salvo. En el juego me atosigarán todo lo que puedan, pero fuera del juego me mantendrán a salvo.»

Con esta seguridad, se durmió hasta que se abrió silenciosamente la puerta y le dejaron en el suelo la siguiente guerra para que la encontrara.

Ganaron, por supuesto, pero fue extenuante, con la sala de batalla tan repleta de un laberinto de estrellas que la caza del enemigo en la operación de limpieza se prolongó cuarenta y cinco minutos. Era la escuadra Tejón de Pol Slattery, y se negaron a rendirse. Hubo también una estratagema nueva en el juego: cuando inutilizaban o dañaban a un enemigo, se deshelaba en aproximadamente cinco minutos, como si se tratara de una práctica. Sólo cuando el enemigo estaba completamente congelado quedaba fuera de combate permanentemente. Pero el deshielo gradual no funcionaba para la escuadra Dragón. Crazy Tom fue quien se dio cuenta de lo que estaba pasando, cuando comenzaron a dispararles por detrás enemigos que creían que estaban eliminados. Y al final de la batalla, Slattery estrechó la mano de Ender y le dijo:

—Me alegro que hayas ganado. Si alguna vez te venzo, Ender, quiero hacerlo limpiamente.

—Utiliza lo que te den —dijo Ender—. Si alguna vez tienes ventaja sobre el enemigo, utilízala.

—Oh, lo hice —dijo Slattery. Forzó una sonrisa—. Sólo soy imparcial antes y después de las batallas.

La batalla fue tan larga que la hora del desayuno había pasado. Ender miró a sus soldados cansados, sudorosos, sofocados, que esperaban en el corredor, y les dijo:

—Por hoy lo sabéis todo. No hay práctica. Descansad. Divertíos. Aprobad algún examen.

Su agotamiento era tal que ni siquiera gritaron o rieron o sonrieron, simplemente entraron en el cuartel y se quitaron la ropa. Si hubiera ordenado hacer prácticas, lo habrían hecho, pero estaban llegando al límite de sus fuerzas, e ir sin desayunar era una injusticia excesiva.

Ender quiso ducharse inmediatamente, pero también estaba cansado. Se estiró en la cama con el traje refulgente puesto, para descansar sólo un momento, y se despertó a la hora del almuerzo. Se había desvanecido su idea de seguir estudiando a los insectores esa mañana. Sólo había tiempo para arreglarse, ir a comer y poner rumbo a la clase.

Se quitó su traje refulgente, que apestaba a sudor. Su cuerpo sintió frío; sus articulaciones, una debilidad singular. No debería haber dormido en mitad del día. «Estoy empezando a aflojar. Estoy empezando a agotarme. No puedo permitírmelo.»

Por eso trotó hasta el gimnasio y se obligó a subir la cuerda tres veces antes de ir al cuarto de baño a ducharse. No se le ocurrió que su ausencia en el comedor de los comandantes habría sido advertida; que duchándose al mediodía, cuando su escuadra estaría devorando su primera comida del día, estaría completa, desamparadamente solo.

Ni siquiera cuando les oyó entrar en el cuarto de baño prestó atención. Estaba dejando que el agua corriera por su cabeza, por su cuerpo; el ruido amortiguado de pisadas era difícilmente perceptible. «Puede que haya terminado el almuerzo —pensó. Comenzó a enjabonarse de nuevo—. Puede que alguien haya terminado la práctica tarde.»

Y puede que no. Se dio la vuelta. Había siete, apoyados de espaldas contra los lavabos metálicos, o de pie cerca de las duchas, observándole. Bonzo estaba al frente de ellos. Muchos sonreían, la mueca condescendiente del cazador ante su víctima acorralada. Bonzo no sonreía, sin embargo.

—Hola —dijo Ender.

Nadie respondió.

Ender cerró la ducha, a pesar de que todavía tenía jabón encima, y alargó la mano en busca de su toalla. No estaba allí. Uno de los chicos la sostenía. Era Bernard. Lo único que faltaba para que el cuadro fuera completo era que Stilson y Peter estuvieran también allí. Necesitaban la sonrisa de Peter; necesitaban la estupidez obvia de Stilson.

Ender reconoció la toalla como su punto flaco. Nada le

haría parecer más débil que correr desnudo tras la toalla. Eso es lo que querían, humillarle, destrozarle. No iba a seguirles el juego. Rehusó sentirse débil sólo porque estuviera mojado, aterido y sin ropa. Se irguió enérgicamente, mirándoles de frente, con los brazos en jarras. Fijó su mirada en Bonzo.

—Tú mueves —dijo Ender.

—Esto no es un juego —dijo Bernard—. Estamos hartos de ti, Ender. Te gradúas hoy.

Ender no miró a Bernard. Era Bonzo quien estaba hambriento de muerte, aunque estuviera en silencio. Los otros habían ido por ir, por ver hasta dónde podían llegar. Bonzo sabía hasta dónde podía llegar.

—Bonzo —dijo Ender con voz suave—. Tu padre estaría orgulloso de ti.

Bonzo se puso rígido.

—Le encantaría verte venir a pelear con un chico desnudo en la ducha, más pequeño que tú, y que has traído a seis amigos. Diría: «Oh, cuánto honor.»

—No hemos venido a pelear contigo —dijo Bernard—. Sólo hemos venido para convencerte de que juegues limpio. Quizá perdiendo un par de juegos de vez en cuando.

Los demás se rieron, pero Bonzo no se rió, y tampoco Ender.

—Estarás orgulloso, Bonito, chico guapo. Puedes ir a casa y decirle a tu padre, «sí, he vapuleado a Ender Wiggin, que apenas tenía diez años, y yo tenía trece. Y además sólo me había traído a seis amigos para ayudarme, y de alguna forma nos las arreglamos para derrotarle, a pesar de que estaba desnudo y mojado y solo; Ender Wiggin es tan *peligroso y aterrador* que bastante hicimos no presentándonos doscientos».

—Cierra la boca, Wiggin —dijo uno de los chicos.

—No hemos venido a oír hablar a este pequeño desgraciado —dijo otro.

—Tú cállate —dijo Bonzo—. Callaos y no os metáis.

Comenzó a quitarse el uniforme.

—Desnudo, mojado y solo, Ender, estamos empatados.

No puedo remediar ser más grande que tú. Pero como eres un genio, ya se te ocurrirá algo para vencerme.

Se volvió a los demás.

—Vigilad la puerta. No dejéis entrar a nadie.

El cuarto de baño no era grande, y por todos lados sobresalía la instalación de agua. Había sido lanzado en una sola pieza, como un satélite de órbita baja, lleno hasta los topes por el equipo de regeneración de agua; estaba diseñado para que no hubiera ningún espacio perdido. La táctica a seguir era obvia. Arrojar al otro chico contra las instalaciones hasta que uno de los dos se hiciera el suficiente daño como para dejar de pelear.

Cuando Ender vio la postura de Bonzo, su corazón se vino abajo. Bonzo también había recibido clases. Y probablemente más recientes que Ender. Tenía más envergadura, era más fuerte, y estaba lleno de odio. No sería delicado. «Irá a por mi cabeza —pensó Ender—. Intentará dañarme el cerebro. Y si esta pelea es larga, casi seguro que vencerá él. Su fuerza puede controlarme. Si quiero salir de aquí por mi propio pie, tengo que vencer rápidamente. —Rememoró la nauseabunda sensación de sentir crujir los huesos de Stilson—. Pero esta vez será mi cuerpo el que se haga pedazos, a menos que pueda hacerle pedazos primero...»

Ender retrocedió, dio un manotazo al cabezal de la ducha poniéndolo hacia arriba, y abrió el agua caliente. Casi inmediatamente, comenzó a salir vapor. Abrió la siguiente, y la siguiente.

—No me asusta el agua caliente —dijo Bonzo. Su voz era suave.

Pero lo que Ender quería no era el agua caliente. Era el calor. Su cuerpo todavía estaba enjabonado, y su sudor lo humedecía, hacía su piel más escurridiza de lo que Bonzo esperaría.

De repente, se oyó una voz que venía del otro lado de la puerta.

—¡Detente!

Por un momento, Ender pensó que era un profesor, que

había venido para detener la pelea, pero sólo era Dink Meeker. Los amigos de Bonzo lo cogieron en la puerta y lo sujetaron.

—¡Detente, Bonzo! —gritó Dink—. No le hagas daño.

—¿Por qué no? —preguntó Bonzo, y, por primera vez, sonrió.

«Ah —pensó Ender—, le gusta que vean que es él el que tiene el control, quien tiene poder...»

—¡Porque es el mejor, he ahí el porqué! ¡El que puede enfrentarse a los insectores! ¡Eso es lo que importa, loco, los insectores!

Bonzo dejó de sonreír. Era lo que más odiaba de Ender, que éste era realmente importante para otras personas, y al final, Bonzo no lo era.

«Con esas palabras, me acabas de matar, Dink. Bonzo no quiere oír que quizá yo pueda salvar al mundo.

»¿Donde están los profesores? —pensó Ender—. ¿No se dan cuenta de que el primer contacto directo en esta pelea puede ser el último? Esto no es como la lucha en la sala de batalla, donde nadie tiene la posibilidad de hacer ningún daño importante a otro. Aquí hay gravedad, y el suelo y las paredes son duras y con metales despuntando por todos sitios. Parad esto ahora o nunca...»

—¡Si le tocas eres un medio insector! —gritó Dink—. ¡Eres un traidor, si le tocas mereces morir!

Encasquetaron la cara de Dink contra la puerta y se quedó callado.

El vapor de las duchas difuminaba la habitación, y el sudor corría por el cuerpo de Ender. «Ahora, antes de que se vaya el jabón. Ahora, cuando todavía soy demasiado escurridizo para que me agarre», pensaba Ender.

Ender retrocedió, dejando que su cara mostrara el miedo que sentía.

—Bonzo, no me hagas daño —dijo—. Por favor.

Era lo que estaba esperando Bonzo, la confesión de que él ostentaba el poder. Para otros chicos habría sido suficiente que Ender se hubiera sometido; para Bonzo, era sólo una

señal de que su victoria era segura. Balanceó la pierna como si fuera a dar una patada, pero en el último momento la cambió por un salto. Ender advirtió el balanceo del cuerpo de Bonzo y se encorvó hacia abajo para que éste estuviera más desequilibrado cuando intentara agarrar a Ender y arrojarle.

Las duras costillas de Bonzo fueron a parar contra la cara de Ender, y sus manos abofetearon la espalda de Ender, intentando asirle. Pero Ender se giró, y las manos de Bonzo resbalaron. En un segundo, Ender estaba totalmente vuelto, aunque seguía abrazado por Bonzo. El movimiento clásico en esa situación sería levantar el talón contra la ingle de Bonzo. Pero para que ese movimiento sea efectivo se requiere mucha precisión, y Bonzo lo esperaba. Ya se estaba elevando sobre las puntas de los pies, empujando hacia atrás las caderas para mantener la ingle fuera del alcance de Ender. Sin verle, Ender sabía que acercaría la cara, casi contra el pelo de Ender; por eso, en vez de pegarle una patada, embistió hacia arriba tomando impulso en el suelo, con la potente embestida del soldado que rebota contra la pared, e incrustó su cabeza en la cara de Bonzo.

Ender se giró a tiempo de ver a Bonzo tambalearse hacia atrás, con la nariz sangrando, boquiabierto de sorpresa y de dolor. Ender sabía que podía aprovechar ese momento para salir de la habitación y finalizar la pelea. Como se había escapado de la sala de batalla después de derramar la sangre de otros. Pero tendría que librar esa batalla otra vez. Una y otra vez hasta que se le hubieran acabado las ganas de pelear. La única forma de poner fin a todo eso para siempre era lastimar a Bonzo lo suficiente para que su miedo fuera más fuerte que su odio.

Ender se reclinó contra la pared que tenía detrás, dio un salto hacia arriba y tomó impulso con los brazos. Sus pies aterrizaron en el pecho y en el vientre de Bonzo. Ender dio un giro en el aire y aterrizó con las puntas de los pies y las manos; dio una voltereta, se inclinó bajo Bonzo, y esta vez, cuando le pegó una patada en la ingle de abajo arriba, la conectó con fuerza y de lleno.

Bonzo no dio un grito de dolor. No reaccionó en absoluto, aunque su cuerpo se elevó un poco en el aire. Era como si Ender hubiera pegado una patada a un mueble. Bonzo, sin conocimiento, cayó de lado, y quedó tirado directamente debajo de la lluvia de agua humeante de una ducha. No hizo ningún movimiento para escapar del calor homicida.

—¡Dios mío! —gritó alguien.

Los amigos de Bonzo dieron un salto para cerrar el agua. Ender se puso de pie lentamente. Alguien le alargó su toalla. Era Dink.

—Salgamos de aquí —dijo Dink.

Condujo a Ender fuera. Detrás quedaba el pesado estrépito de adultos que bajaban una escalera corriendo. Ahora vendrían los profesores. El personal médico. Para vendar las heridas del enemigo de Ender. ¿Dónde estaban antes de la pelea? Cuando aún estaban a tiempo de que no hubiera heridas.

No había ahora ninguna duda en la mente de Ender. No recibiría ninguna ayuda. Fuera lo que fuese lo que tuviera enfrente, ahora y siempre, nadie le salvaría. Peter podría ser un canalla, pero había tenido razón, siempre la tuvo: el poder de causar dolor es el único poder que importa, el poder de matar y destrozar; porque si no eres capaz de matar entonces siempre estás sometido a los que sí son capaces, y nada ni nadie te salvará.

Dink le condujo a su habitación y le hizo tumbarse en la cama.

—¿Tienes alguna herida? —le preguntó.

Ender negó con la cabeza.

—Le has destrozado. Cuando vi cómo te agarró, pensé que eras hombre muerto. Pero le has destrozado. Si hubiera resistido más tiempo, le habrías matado.

—Quería matarme.

—Lo sé. Le conozco. Nadie odia como Bonzo. Pero se acabó. Si no lo fríen por esto y lo envían a casa, nunca te volverá a mirar a los ojos. A ti o a cualquiera. Es veinte centímetros más alto que tú, e hiciste que pareciera una vaca lisiada rumiando su ración de hierba.

Lo único que Ender podía ver, sin embargo, era la mirada de Bonzo mientras le pegaba la patada en la ingle. La mirada muerta, vacía. Entonces ya estaba acabado. Ya estaba inconsciente. Tenía los ojos abiertos, pero ya no pensaba ni se movía, sólo esa mirada estúpida, muerta, esa terrible mirada. «La mirada de Stilson cuando acabé con él...»

—Le freirán de todas formas —dijo Dink—. Todo el mundo sabe que él comenzó. Les vi levantarse y salir del comedor de comandantes. Tardé un par de segundos en darme cuenta de que tú tampoco estabas allí, y un minuto más en descubrir dónde habías ido. Te dije que no estuvieras solo.

—Lo siento.

—Tienen que freírle. Camorrista. Él y su apestoso honor.

Entonces, ante la sorpresa de Dink, Ender comenzó a llorar. Tendido boca arriba, todavía empapado en sudor y agua, sollozó entrecortadamente, y sus párpados cerrados rezumaron lágrimas, que desaparecían en el agua de su cuerpo.

—¿Te encuentras bien?

—¡No quería hacerle daño! —gritó Ender—. ¡Por qué no me dejó en paz!

Oyó abrir la puerta sigilosamente, luego cerrarla. Supo de inmediato que eran sus instrucciones de batalla. Abrió los ojos, esperando encontrar la oscuridad de las primeras horas de la mañana, antes de las 06.00. En cambio, las luces estaban encendidas. Estaba desnudo y, cuando se movía, la cama chorreaba agua. Tenía los ojos hinchados y doloridos de tanto llorar. Miró el reloj de su escritorio. Señalaba las 18.20. «Es el mismo día. Ya he tenido una batalla hoy, he tenido dos batallas hoy; esos canallas saben por lo que he pasado, y me hacen esto...»

WILLIAN BEE, ESCUADRA GRIFÓN,
TALO MOMOE, ESCUADRA TIGRE, 19.00

Se sentó en el borde de la cama. La nota temblaba en sus manos.

«No puedo hacer esto», dijo en silencio. Y después, pero ya no en silencio, repitió:

—No puedo hacer esto.

Se levantó, extenuado, y buscó su traje refulgente. Entonces se acordó; lo había puesto en la lavadora mientras se duchaba. Todavía estaba allí.

Sosteniendo el papel, salió de la habitación. La comida estaba a punto de concluir, y había algunas personas en el corredor, pero nadie le habló, sólo le miraron, quizá por respeto ante lo que había pasado al mediodía en el cuarto de baño, quizá por el aspecto terrible, lúgubre, de su cara. La mayoría de los chicos estaban en el cuartel.

—Hola, Ender. ¿Va a haber práctica esta noche?

Ender extendió el papel a Hot Soup.

—Esos hijos de puta —dijo—. ¿Dos a la vez?

—¡Dos escuadras! —gritó Crazy Tom.

—Tropezarán entre sí —dijo Bean.

—Tengo que lavarme —dijo Ender—. Haz que se preparen; reúnelos, me encontraré contigo allí, en la puerta.

Salió del cuartel. Detrás de él se alzó un tumulto de conversaciones. Oyó a Crazy Tom gritar:

—¡Dos escuadras de caguetas! ¡Les daremos azotes en el culo!

El cuarto de baño estaba vacío. Todo limpio. Ni rastro de la sangre que se derramó desde la nariz de Bonzo hasta el agua de la ducha. Desaparecido. Aquí nunca había pasado nada.

Ender se puso debajo del agua y se enjuagó, se quitó el sudor del combate y lo dejó correr por el desagüe. Desaparecido. Con la salvedad de que la reciclaban y por la mañana beberían la sangre aguada de Bonzo. La vida se había ido de su sangre pero su sangre era la misma, su sangre y el sudor, lavada en la estupidez o la crueldad o lo que les hizo permitir que esto sucediera.

Se secó, se puso su traje refulgente y caminó hacia la sala

de batalla. Su escuadra esperaba en el corredor; la puerta todavía no estaba abierta. Le observaron en silencio mientras caminaban hasta el campo de fuerza gris. Naturalmente, todos sabían lo de su pelea en el cuarto de baño; eso y su propio cansancio por la batalla de esa mañana les mantenía callados, mientras que el conocimiento de que se enfrentarían a dos escuadras les llenaba de pavor.

«Van a hacer cualquier cosa para vencerme —pensó Ender—. Todo. Todo lo que se les ocurra, cambiar todas las reglas. No les importa si así me ganan. Bien, estoy harto del juego. Ningún juego vale la sangre de Bonzo enrojeciendo el agua del suelo del cuarto de baño. Freídme, enviadme a casa, no quiero jugar más.»

La puerta desapareció. A sólo tres metros había cuatro estrellas juntas, bloqueando completamente la vista desde la puerta.

Dos escuadras no eran suficientes. Tenían que hacer que Ender desplegara sus fuerzas a ciegas.

—Bean —dijo Ender—. Coge a tus chicos y dime qué hay al otro lado de esa estrella.

Bean desenrolló la bobina de bramante de su cintura, se ató un extremo, alargó el otro extremo a un chico de su escuadrilla y pasó suavemente por la puerta. Su escuadrilla le siguió rápidamente. Habían practicado eso varias veces, y sólo tardaron unos segundos en estar atados a la estrella, sosteniendo el extremo de bramante. Bean tomó impulso a gran velocidad, siguiendo una línea casi paralela a la puerta; cuando llegó a la esquina de la sala, tomó impulso de nuevo y salió disparado como un cohete directamente hacia el enemigo. Los puntos de luz de la pared revelaban que el enemigo le estaba disparando. Como el cable era detenido una vez por un borde de la estrella y la siguiente por el otro, su arco se estrechaba, su dirección cambiaba, y él constituía un blanco imposible de acertar. Su escuadrilla le recogió limpiamente cuando se aproximó a la estrella por el otro lado. Movió las manos y las piernas para que los que esperaban tras la puerta supieran que el enemigo no le había alcanzado en ningún sitio.

Ender se tiró por la puerta.

—Está realmente sombrío —dijo Bean—, pero con suficiente luz para no poder seguir fácilmente a la gente por las luces de sus trajes. La peor iluminación. Desde esa estrella hasta el lado enemigo de la sala, todo es espacio abierto. Tienen ocho estrellas formando un cuadrado alrededor de su puerta. No he visto a nadie excepto a los que estaban escrutando cerca de las cajas. Están sentados allá, esperándonos.

Como para corroborar la afirmación de Bean, el enemigo comenzó a gritarles.

—¡Eh! ¡Estamos hambrientos, venid y alimentadnos! ¡Tenéis un culo cagón! ¡Tenéis un culo dragón!

La mente de Ender se sintió desfallecer. Esto era estúpido. No tenía ninguna posibilidad, doblados en número y forzados a atacar a un enemigo protegido.

—En una guerra real, cualquier comandante con un mínimo de sentido común se retiraría y salvaría a su escuadra.

—Qué más da —dijo Bean—. Solamente es un juego.

—Dejó de ser un juego cuando se saltaron las reglas.

—Sáltatelas tú también.

Ender forzó una sonrisa.

—De acuerdo. Por qué no. Veamos cómo reaccionan ante una formación.

Bean se espantó.

—¡Una formación! No hemos hecho ninguna formación desde que somos escuadra.

—Todavía falta un mes para el final normal de nuestro período de entrenamiento. Ya es hora de que empecemos a hacer formaciones. Es necesario saber hacer formaciones.

Formó una A con los dedos, indicó con ellos la puerta e hizo señas. El batallón A surgió por ella rápidamente y Ender comenzó a ordenarlos detrás de la estrella. Tres metros no era suficiente espacio para trabajar, los chicos estaban asustados y confundidos, y tardó cerca de cinco minutos en conseguir que entendieran lo que estaban haciendo.

Los soldados Tigre y Grifón se limitaban a entonar provocaciones, mientras sus comandantes discutían si aprove-

chaban o no su abrumadora superioridad para atacar a la escuadra Dragón mientras estaba detrás de la estrella. Momoe se inclinaba por el ataque.

—Les doblamos en número.

Mientras que Bee decía:

—Quédate quieto y no perderemos, sal y descubrirá alguna forma de ganarnos.

Así que no se movieron, hasta que, por fin, en la mortecina luz, vieron aparecer una gran masa de detrás de la estrella de Ender. Mantenía su forma, incluso cuando, bruscamente, dejó de describir movimientos laterales y se lanzó hacia el centro de las ocho estrellas donde esperaban ochenta y dos soldados.

—Toma del frasco, Carrasco —dijo un Grifón—. Están haciendo una formación.

—La deben haber aprendido en esos cinco minutos —dijo Momoe.

—Si les hubiéramos atacado mientras la estaban haciendo, les habríamos destruido.

—Traga, Momoe —susurró Bee—. Ya has visto cómo volaba aquel pequeño. Dio una vuelta completa a la estrella y volvió sin tocar ninguna pared. Puede que tengan garfios. ¿No se te ha ocurrido pensar en eso? Tienen algo nuevo.

Era una formación extraña. Una formación cuadrada, con cuerpos apiñados delante, formando una pared. Detrás, un cilindro, de seis chicos de circunferencia y dos chicos de altura, con los miembros extendidos y congelados, por lo que no era posible que estuvieran agarrados unos a otros. Sin embargo, se mantenían tan estrechamente unidos como si estuvieran atados; que, de hecho, era como estaban.

Desde el interior de la formación, la escuadra Dragón disparaba con una precisión mortífera, obligando a los grifones y a los tigres a quedarse arracimados en sus estrellas.

—La espalda de ese mamón no está cubierta —dijo Bee—. En cuanto estén entre las estrellas, podemos salir por detrás...

—¡No hables, hazlo! —dijo Momoe, y siguiendo su

propio consejo ordenó a sus chicos que se lanzaran contra la pared y rebotaban para ponerse detrás de la formación Dragón.

En el caos del despegue, mientras la escuadra Grifón ocupaba su estrella, la formación Dragón cambió repentinamente. El cilindro y la pared frontal se dividieron en dos empujados por los chicos del interior; casi al mismo tiempo, las dos formaciones invirtieron la dirección, dirigiéndose de vuelta a la puerta Dragón. La mayoría de los grifones dispararon a las formaciones y a los chicos que retrocedían con ellas; y los tigres cogieron a los supervivientes de la escuadra Dragón por detrás.

Pero algo no encajaba. William Bee pensó un momento y comprendió lo que era. Esas formaciones no podían haber invertido la dirección en la mitad del vuelo a menos que alguien les hubiera empujado en la dirección opuesta, y si ese alguien despegó con suficiente fuerza como para hacer que una formación de veinte hombres se moviera hacia atrás, debía ir *rápido*.

Allí estaban, seis pequeños soldados Dragón, allí abajo, cerca de la puerta de William Bee. Por el número de luces que mostraban sus trajes refulgentes, Bee pudo ver que tres estaban inutilizados y dos dañados; sólo uno estaba entero. Nada que temer. Bee les apuntó despreocupadamente, pulsó el botón, y...

No sucedió nada.

Las luces se encendieron.

El juego había terminado.

Aunque les estaba mirando, Bee tardó un instante en comprender lo que había pasado. Cuatro de los soldados Dragón presionaban con sus cascos las esquinas de la puerta. Y uno acababa de pasar por ella. Acababan de realizar el ritual de la victoria y poner fin al juego justo debajo de sus narices.

Sólo entonces se le ocurrió a William Bee que la escuadra Dragón no sólo había puesto fin al juego, que era posible que, según las reglas, lo hubieran ganado. Después de

todo, pasara lo que pasara, no eras declarado ganador a menos que tuvieras cuatro soldados descongelados para tocar las esquinas de la puerta y otro para atravesar la puerta y entrar al corredor del enemigo. Por consiguiente, según se mirara, se podía argumentar que el ritual final *era* la victoria. Ciertamente, la sala de batalla lo identificó como el fin del juego.

La puerta de los profesores se abrió y el mayor Anderson entró en la sala.

—Ender —gritó, mirando en torno suyo.

Uno de los soldados Dragón congelados intentó responderle con las mandíbulas que estaban fuertemente amordazadas por el traje refulgente. Anderson dirigió el garfio hacia él y le descongeló.

Ender sonreía.

—Le gané de nuevo, señor —dijo.

—Tonterías, Ender —dijo Anderson con voz suave—. Tu batalla era contra Grifón y Tigre.

—¿Tan estúpido me considera? —dijo Ender.

—Después de esta pequeña maniobra, se revisarán las reglas para exigir que todos los soldados enemigos estén congelados o inutilizados antes de que se pueda abrir la puerta —dijo Anderson, esta vez en voz alta.

—De todas formas, sólo podía funcionar una vez —dijo Ender.

Anderson le alargó el garfio. Ender descongeló a todos a la vez. A la mierda el protocolo. A la mierda todo.

—¡Eh! —gritó al alejarse Anderson—. Y la próxima vez ¿qué será? ¿Mi escuadra en una jaula sin pistolas, contra el resto de la Escuela de Batalla? ¿Qué tal un poco más de igualdad?

Se oyó un fuerte murmullo de aprobación de los demás chicos, y no procedía tan sólo de la escuadra Dragón. Anderson ni siquiera se volvió para refrendar el desafío de Ender. Al final, fue William Bee quien respondió:

—Ender, si tú estás en un lado de la batalla, no habrá igualdad cualquiera que sean las condiciones.

—¡Cierto! —gritaron los chicos.

Muchos se rieron. Talo Momoe comenzó a aplaudir. Gritó:

—¡Ender Wiggin!

Los demás chicos también aplaudieron y aclamaron el nombre de Ender.

Ender atravesó la puerta del enemigo. Sus soldados le siguieron. El sonido de los soldados gritando su nombre le siguió por los corredores.

—¿Hay práctica esta noche? —preguntó Crazy Tom.

Ender movió la cabeza negativamente.

—¿Mañana por la mañana, entonces?

—No.

—Bueno, ¿cuándo?

—Nunca más, en lo que a mí respecta.

Podía oír los murmullos detrás de él.

—Eh, eso no es justo —dijo uno de los chicos.

—No es culpa nuestra que los profesores estén trucando el juego. No puedes dejar de enseñarnos sólo porque...

Ender golpeó violentamente la pared con la mano abierta y gritó al chico:

—¡Ya no me importa el juego!

Su voz resonó por el corredor. Los chicos de otras escuadras se asomaron a sus puertas. Habló en voz baja rompiendo el silencio.

—¿Lo entendéis? —Y susurró—. El juego ha terminado.

Volvió a su habitación solo. Quiso tumbarse, pero no pudo porque la cama estaba mojada. Eso le recordó todo lo que había sucedido ese día, y, enfurecido, arrancó el colchón y las sábanas de la estructura de la cama y los tiró al corredor. Luego lió un uniforme para hacerlo servir de almohada y se tendió sobre la estructura de alambres ensartados del somier. Era incómodo, pero no lo suficiente como para levantarse.

Apenas llevaba allí unos minutos cuando alguien llamó a la puerta.

—¡Vete! —dijo con voz suave.

Quienquiera que fuera el que estaba llamando, o no le oyó o no le importó. Finalmente, Ender dijo que entrara.

Era Bean.

—Vete, Bean.

Bean asintió con la cabeza, pero no se marchó. Se limitó a mirar al suelo. Ender estuvo a punto de chillarle, maldecirle, gritarle que se marchara. Pero advirtió lo cansado que parecía Bean, con el cuerpo doblado por el cansancio, con los ojos oscuros por la falta de sueño; y sin embargo su piel seguía siendo suave y traslúcida, la piel de un niño, las mejillas con curvas suaves, los miembros esbeltos de un chiquillo. Todavía no tenía ocho años. No importaba que fuera brillante y aplicado y bueno. Era un niño. Era *joven*.

«No lo es —pensó Ender—. Pequeño, sí. Pero Bean ha pasado por una batalla en la que toda una escuadra completa dependía de él y de los soldados que mandaba, y lo hizo espléndidamente, y ganaron. No hay juventud en eso. Ni infancia.»

Interpretando el silencio y la expresión apaciguada de Ender como un permiso para quedarse, Bean dio otro paso hacia el interior de la habitación. Sólo entonces vio Ender el pequeño trozo de papel en sus manos.

—¿Te han trasladado? —preguntó Ender.

Le parecía increíble, pero el sonido de su voz salió indiferente, muerto.

—A la escuadra Conejo.

Ender asintió con la cabeza. «Claro. Era obvio. Si no me pueden derrotar con mi escuadra, me quitan la escuadra...»

—Carn Carby es un buen hombre —dijo Ender—. Espero que reconozca lo que vales.

—Carn Carby ha sido graduado hoy. Recibió el aviso mientras estábamos en batalla.

—Bien, entonces, ¿quién está al mando de Conejo?

Bean extendió las manos desesperanzadamente.

—Yo.

Ender miró al techo y asintió con la cabeza.

—Claro. Después de todo, sólo tienes cuatro años menos de la edad regular.

—No es divertido. No sé qué está pasando aquí. Todos los

cambios del juego. Y ahora esto. Y no he sido el único trasladado. Han graduado a la mitad de los comandantes y han puesto a muchos de los muchachos al mando de sus escuadras.

—¿Quiénes?

—Parece que... todos los jefes de batallón y todos los ayudantes.

—Claro. Si deciden hundir mi escuadra, cortarán por la raíz; hagan lo que hagan, lo hacen a conciencia.

—Aun así, seguirás ganando, Ender. Todos lo sabemos. Crazy Tom dijo: «¿No pretenderán que descubra la forma de vencer a la escuadra Dragón?» Todo el mundo sabe que eres el mejor. No pueden acabar contigo, hagan lo que...

—Ya lo han hecho.

—No, Ender, no pueden...

—Ya no me importa su juego, Bean. No voy a jugar nunca más. No más prácticas. No más batallas. Pueden poner en el suelo todos los trozos de papel que quieran, pero no iré. Tomé esa decisión hoy, antes de atravesar la puerta. Por eso hice que salieras a la sala de batalla. No creí que funcionaría, pero no me importaba. Sólo quería despedirme con clase.

—Deberías haber visto la cara de William Bee. Se quedó parado intentando descubrir cómo podía haber perdido cuando tú sólo tenías siete chicos que sólo podían menear la punta de los pies y él sólo tenía tres que no podían.

¿Por qué habría de ver la cara de William Bee? ¿Por qué habría de querer ganar a nadie? Ender apretó las palmas de las manos contra los ojos.

—Hoy he lastimado gravemente a Bonzo, Bean. Le he lastimado de verdad.

—Se lo estaba buscando.

—Le dejé sin sentido estando de pie. Era como si estuviese muerto, de pie. Y seguí pegándole.

Bean no dijo nada.

—Sólo quería asegurarme de que no me volvería a lastimar nunca más.

—No lo hará. Le han mandado a casa.

—¿Ya?

—Los profesores no han dado muchas explicaciones, nunca lo hacen. La nota oficial dice que ha sido graduado, pero donde ponen el destino —ya sabes, escuela táctica, apoyo logístico, navegación, mando, ese tipo de cosas—; sólo decía Cartagena, España. Ésa es su casa.

—Me alegro que le hayan graduado.

—Mierda, Ender, nosotros nos alegramos de que se haya ido. Si hubiéramos sabido lo que te estaba haciendo, le habríamos matado en el acto. ¿Es cierto que eran un grupo de chicos contra ti?

—No. Sólo él y yo. Luchó con honor.

«Si no hubiera sido por su honor, él y los demás me habrían pegado. Entonces, puede que me hubieran matado. Su sentido del honor salvó mi vida», pensó Ender.

—Yo no luché con honor —dijo Ender—. Luché para vencer.

Bean rió.

—Y venciste. Le pusiste en órbita de una patada.

Llamaron a la puerta. Antes de que Ender pudiera contestar, la puerta se abrió. Ender imaginó que serían más soldados suyos. Pero era el mayor Anderson. Y detrás de él venía el coronel Graff.

—Ender Wiggin —dijo el coronel Graff.

Ender se puso de pie.

—Sí, señor.

—Tu alarde de mal genio de hoy en la sala de batalla era insubordinación y no se ha de repetir.

—Sí, señor —dijo Ender.

Bean todavía se sentía insubordinado, y no creía que Ender se merecía la reprimenda.

—Creo que ya era hora de que alguien dijera a los profesores lo que pensamos sobre lo que han estado haciendo.

Los adultos le ignoraron. Anderson alargó a Ender una hoja de papel. Una hoja de tamaño grande. No uno de esos trozos de papel que contenían órdenes de régimen interno de la Escuela de Batalla; era toda una serie de órdenes. Bean sabía lo que significaba. Trasladaban a Ender de la escuela.

—¿Graduado? —preguntó Bean.

Ender asintió con la cabeza.

—¿Qué les ha hecho tardar tanto? Sólo vas dos o tres años adelantado. Ya has aprendido a caminar, hablar y vestirte por ti mismo. ¿Qué les queda por enseñarte?

Ender negó con la cabeza.

—Sólo sé que el juego se ha acabado.

Dobló el papel.

—Nunca es demasiado pronto. ¿Puedo hablar con mi escuadra?

—No hay tiempo —dijo Graff.

—Tu transbordador sale en veinte minutos. Además, es mejor no hablar con ellos después de haber recibido tus órdenes. Lo hace más fácil.

—¿Para ellos o para ustedes? —preguntó Ender.

No esperó la respuesta. Se volvió rápidamente hacia Bean, cogió su mano por un momento, y luego se dirigió hacia la puerta.

—Espera —dijo Bean—. ¿Dónde vas? ¿Táctica? ¿Navegación? ¿Apoyo logístico?

—Escuela de Alto Mando —dijo Ender.

—¿Mando?

—Alto Mando —confirmó Ender.

Y para entonces ya había atravesado la puerta. Anderson le seguía de cerca. Bean cogió al coronel Graff por la manga.

—¡Nadie va a la Escuela de Alto Mando antes de los dieciséis años!

Graff se libró de la mano de Bean y se marchó, cerrando la puerta detrás de él.

Bean se quedó solo en la habitación, intentando descifrar lo que podía significar. Nadie iba a la Escuela de Alto Mando sin estar tres años en Táctica o en Apoyo. Pero de todas formas, nadie había dejado la Escuela de Batalla sin estar por lo menos seis años, y Ender sólo había estado cuatro.

El sistema se estaba desmoronando. No había ninguna duda al respecto. O alguien de arriba se ha vuelto loco, o

algo marcha mal en la guerra, la guerra real, la guerra insectora. ¿Por qué si no iban a acabar con un sistema de entrenamiento como éste? ¿Por qué si no iban a destrozar el juego de la forma en que lo habían hecho? ¿Por qué si no iban a poner a un crío como él al mando de una escuadra?

Bean se preguntaba todo eso mientras bajaba por el corredor hacia su cama. Las luces se apagaron justo cuando llegó a su litera. Se desnudó en la oscuridad, tanteando para poner su ropa en un casillero que no podía ver. Se sentía fatal. Al principio pensó que se sentía mal porque le asustaba dirigir una escuadra, pero no era verdad. Sabía que sería un buen comandante. Tuvo ganas de llorar. No había llorado desde los primeros días de nostalgia que siguieron a su llegada a la escuela. Intentó dar un nombre al sentimiento que le ponía un nudo en la garganta y le hacía sollozar en silencio, a pesar de los grandes esfuerzos que hacía para contenerlo. Se mordió la mano para detener el sentimiento, para sustituirlo por el dolor. No sirvió. No volvería a ver a Ender.

Cuando dio un nombre al sentimiento pudo controlarlo. Se tendió de espaldas y se obligó a hacer toda la rutina de relajamiento hasta que dejó de tener ganas de llorar. Entonces se abandonó para dormir. Tenía la mano cerca de la boca. Extendida sobre la almohada, indecisa, como si Bean no pudiera decidir entre morderse las uñas o chuparse las puntas de los dedos. Tenía la frente fruncida y contraída. La respiración era rápida y ligera. Era un soldado y si alguien le hubiera preguntado qué quería ser cuando fuera mayor, no habría sabido qué le preguntaban.

Cuando entraba al transbordador, Ender advirtió por primera vez que la insignia del uniforme del mayor Anderson había cambiado.

—Sí, ahora es coronel —dijo Graff—. En realidad, el mayor Anderson ha sido asignado al mando de la Escuela de Batalla, a partir de este mediodía. Yo he sido destinado a otros deberes.

Ender no le preguntó cuáles eran.

Graff se ató a un asiento del otro lado del pasillo. Sólo había otro pasajero, un hombre callado con traje de paisano, que fue presentado como el general Pace. Pace tenía un maletín, pero tampoco llevaba equipaje. De alguna forma, ver que Graff también iba de vacío era reconfortante para Ender.

Ender sólo habló una vez en todo el viaje a casa.

—¿Por qué vamos a casa? —preguntó—. Creía que la Escuela de Alto Mando estaba en algún lugar de los asteroides.

—Y así es —dijo Graff.

—Pero la Escuela de Batalla no tiene instalaciones para el amarre de naves de gran campo de acción. De modo que tendrás un corto permiso en el campo de aterrizaje.

Ender quiso preguntar si eso significaba que podía ver a su familia. Pero de repente, ante la idea de que quizá fuera posible, tuvo miedo, y no preguntó. Se limitó a cerrar los ojos e intentó dormir. Detrás de él, el general Pace le estudiaba; Ender no conseguía adivinar con qué fin.

Cuando aterrizaron, era un caluroso mediodía de verano en Florida. Ender había estado tanto tiempo sin ver el Sol que la luz casi le cegó. Entornaba los ojos y estornudaba y quería volver al interior. Todo estaba lejos y horizontal; la Tierra, sin la curva ascendente de los suelos de la Escuela de Batalla, parecía en cambio hundirse, de manera que al nivel del suelo Ender se sentía como si estuviera en un pináculo. La fuerza de la gravedad real era diferente, y arrastraba los pies cuando caminaba. Lo odiaba. Quería volver a casa, volver a la Escuela de Batalla, al único lugar del universo al que pertenecía.

—*¿Arrestado?*

—*Bueno, es normal. El general Pace es el jefe de la policía militar. Hubo una muerte en la Escuela de Batalla.*

—*No me dijeron si el coronel Graff iba a ser ascendido o sometido a una corte marcial. Simplemente transferido, con órdenes de presentarse al Polemarch.*

—¿Es eso una señal buena o mala?

—¿Quién sabe? Por otro lado, Ender Wiggin no sólo sobrevivió, pasó un umbral, se graduó de una forma deslumbrante, y el mérito es del viejo Graff. Por otro lado, está el cuarto pasajero del transbordador, el que viaja en una bolsa.

—Sólo es la segunda muerte en la historia de la escuela. Al menos, esta vez no ha sido un suicidio.

—¿Es mejor un asesinato, mayor Imbu?

—No fue un asesinato, coronel. Lo tenemos en vídeo desde dos ángulos. Nadie puede culpar a Ender.

—Pero podrían culpar a Graff. Cuando todo esto haya acabado, los civiles podrán hurgar en nuestros ficheros y decidir qué estuvo bien y qué no estuvo bien. Darnos medallas por lo que crean que hicimos bien, y retirarnos nuestras pensiones y meternos en la cárcel por lo que crean que hicimos mal. Al menos han tenido el buen gusto de no decir a Ender que el chico murió.

—Además, es la segunda vez.

—Tampoco le dijeron lo de Stilson.

—Ese chico es espantoso.

—Ender Wiggin no es un asesino. Simplemente gana... a conciencia. Si alguien se ha de asustar, que sean los insectores.

—Sabiendo que Ender va a ir a por ellos, casi dan lástima.

—Por el único que siento lástima es por Ender. Pero no la suficiente para sugerir que deberían ser menos exigentes con él. Acabo de tener acceso a los datos que Graff ha recibido todo este tiempo. Sobre los movimientos de flotas y todo eso. Solía dormirse con facilidad por las noches.

—¿Queda poco tiempo?

—No debía haberlo mencionado. No puedo darle información reservada.

—Lo sé.

—Pongámoslo de esta forma: no han enviado a Ender a la Escuela de Alto Mando ni con un día de anticipación. Puede que con un par de años de retraso.

13

Valentine

—¿*Niños?*

—*Hermano y hermana. Se habían escondido bajo cinco niveles de nombres en las redes; escribiendo para compañías que pagaban sus suscripciones, ya sabes. Nos ha costado una eternidad dar con su pista.*

—¿*Qué ocultan?*

—*Podría ser cualquier cosa. Sin embargo, lo más probable es que oculten sus edades. El muchacho tiene catorce años, la chica tiene doce.*

—¿*Quién es Demóstenes?*

—*La chica. La que tiene doce años.*

—*Perdóneme. No creo que sea divertido, pero no puedo evitar la risa. Tanto tiempo preocupados, tanto tiempo intentando convencer a los rusos de que no tomaran a Demóstenes demasiado en serio, poniendo a Locke como prueba de que todos los americanos eran locos belicistas. Hermano y hermana preadolescentes...*

—*Y su apellido es Wiggin.*

—*Ah, ¿coincidencia?*

—*El Wiggin es un Tercero. Ellos son uno y dos.*

—*Oh, excelente. Los rusos nunca creerán...*

—*Que Demóstenes y Locke no están bajo nuestro control tanto como lo está el Wiggin.*

—¿*Es una conspiración? ¿Les controla alguien?*

—*No hemos podido detectar ningún contacto entre esos dos niños y algún adulto que pudiera estar dirigiéndoles.*

—Eso no quiere decir que no haya alguien que ha inventado algún método que usted no pueda detectar. Es difícil de creer que dos niños...

—Entrevisté al coronel Graff cuando regresó de la Escuela de Batalla. Tiene la total seguridad de que nada de lo que han hecho esos niños está fuera de sus posibilidades. Su capacidad es virtualmente idéntica a la de... el Wiggin. Sólo sus temperamentos son diferentes. Lo que le sorprendió, sin embargo, era la orientación de las dos personas. Definitivamente, Demóstenes es la chica, pero Graff dice que la chica fue rechazada para la Escuela de Batalla porque era demasiado pacífica, demasiado conciliadora, y sobre todo, demasiado empática.

—Definitivamente, no es Demóstenes.

—Y el chico tiene el alma de un chacal...

—¿No es ese Locke el que fue aclamado recientemente como «la única mente verdaderamente abierta de América»?

—Es difícil saber lo que está pasando en realidad. Pero Graff nos recomendó, y estoy de acuerdo con él, que les dejáramos en paz. No hay que desenmascararles. No hay que hacer ningún informe de momento, excepto que hemos determinado que Locke y Demóstenes no tienen ninguna conexión extranjera ni tampoco con grupos nacionales, excepto los declarados públicamente en las redes.

—En otras palabras, dejarles vía libre.

—Sé que Demóstenes parece peligroso, en parte porque tiene tantos seguidores. Pero creo que es significativo que el más ambicioso de los dos haya elegido la personalidad sabia y moderada. Y de momento se limitan a hablar. Tienen influencia, pero no poder.

—Según mi experiencia, influencia es poder.

—Si alguna vez les descubrimos pasándose de la raya, podemos desenmascararles fácilmente.

—Sólo si lo hacemos en los próximos años. Cuanto más esperemos, mayores serán, y menos chocante será descubrir quiénes son.

—Usted sabe cuáles han sido los movimientos de las tro-

pas rusas. No hay que descartar la posibilidad de que Demós-
tenes esté en lo cierto. En cuyo caso...

—Mejor que tengamos a Demóstenes a mano. De acuer-
do. De momento, no los tocaremos. Pero vigílelos. Y, natural-
mente, yo tengo que encontrar la forma de mantener a los
rusos calmados.

A pesar de todos sus recelos, a Valentine le divertía ser Demóstenes. Su columna salía ahora en prácticamente todas las redes de noticias del país, y era divertido ver cómo se amontonaba el dinero en sus cuentas corrientes. De vez en cuando ella y Peter, en nombre de Demóstenes, donaban a un candidato o causa determinados una suma de dinero cuidadosamente calculada; suficiente para que la donación fuera advertida, pero no tanto como para que el candidato pensase que Demóstenes estaba intentando comprar un voto. Ahora recibía tantas cartas que la red de noticias había contratado una secretaria para que contestara por ella la correspondencia rutinaria. Las cartas divertidas, de líderes internacionales y nacionales, algunas veces hostiles, algunas veces amistosas, siempre intentando fisgonear diplomáticamente en la mente de Demóstenes, ésas las leían juntos ella y Peter, riéndose con deleite de que personas como *ésas* estuvieran escribiendo a niños, y sin saberlo.

Algunas veces, sin embargo, estaba avergonzada. Su padre leía a Demóstenes con regularidad; nunca leía a Locke, y si lo hizo, nunca dijo nada. A la hora de la comida les regalaría los oídos con algún punto contundente que Demóstenes había sentado en la columna de ese día. A Peter le encantaba que su padre hiciera eso. «¿Lo ves?, eso demuestra que la gente normal le presta atención.» Pero Valentine se sentía humillada por su padre. «Si alguna vez descubre que era yo quien escribía las columnas de las que nos hablaba, y que ni siquiera creía en la mitad de las cosas que escribía, sentirá ira y vergüenza.»

En la escuela, una vez estuvo a punto de ponerse en apu-

ros, cuando su profesora de historia mandó hacer una redacción contrastando los puntos de vista de Demóstenes y Locke expresados en dos de sus primeras columnas. Valentine fue imprudente e hizo un brillante trabajo de análisis. En consecuencia, le costó mucho convencer al director de que no publicara su ensayo en la misma red de noticias que publicaba la columna de Demóstenes. Peter se encolerizó.

—Escribes demasiado parecido a Demóstenes, tienes que conseguir que no lo publiquen. Deberías matar a Demóstenes ahora, estás perdiendo el control.

Si se enfurecía por esa pifia, Peter la asustaba todavía más cuando se marchaba en silencio. Sucedió cuando Demóstenes fue invitado a formar parte del Consejo Presidencial para la Educación del Futuro, un organismo decorativo que estaba destinado a no hacer nada, pero con magnificencia. Valentine pensó que Peter lo tomaría como un éxito, pero no fue así.

—Recházalo —dijo.

—¿Por qué habría de hacerlo? —preguntó—. No da trabajo, e incluso dijeron que para respetar el bien conocido deseo de confidencialidad de Demóstenes, las reuniones se harían a través de la red. Esto convierte a Demóstenes en una persona respetable, y...

—Y a ti te encanta haberlo conseguido antes que yo.

—Peter, no se trata de tú o yo, son Demóstenes y Locke. Nosotros los inventamos. No son reales. Además, este nombramiento no significa que Demóstenes les guste más que Locke, sólo significa que Demóstenes tiene una base mucho más fuerte. Tú sabías que la tendría. Nombrándole se contenta a un gran número de *chauvinistas* y de antirusos.

—No estaba previsto así. Era Locke el que se suponía que iba ser respetado.

—¡Lo es! El respeto real tarda más que el respeto oficial. Peter, no te enfades conmigo porque haya tenido éxito haciendo las cosas que me dijiste que hiciera.

Pero estuvo enfadado, muchos días, e incluso desde entonces había dejado que ideara por sí sola todas sus colum-

nas, en vez de decirle lo que tenía que escribir. Probablemente, pensó que ello deterioraría la calidad de las columnas de Demóstenes, pero si tal cosa ocurrió, nadie lo advirtió. Tal vez le molestaba todavía más que Valentine no fuera a verle implorando su ayuda. Valentine había sido Demóstenes durante demasiado tiempo para necesitar que alguien le dijera qué podría pensar Demóstenes sobre determinadas cosas.

Y a medida que su correspondencia con otros ciudadanos con actividad política crecía, comenzó a aprender cosas, informaciones que simplemente no estaban al alcance del público en general. A ciertos militares que mantenían correspondencia con ella se les escapaban cosas sin pretenderlo, y ella y Peter las combinaban para construir una imagen aterradora y fascinante de la actividad del Pacto de Varsovia. Efectivamente, se estaban preparando para la guerra, una guerra por tierra cruel y sangrienta. Demóstenes no estaba equivocado al sospechar que el Pacto de Varsovia no acataba los términos de la Liga.

Y el carácter de Demóstenes comenzó a tomar vida propia. A veces, al final de una sesión de escritura, se sorprendía a sí misma pensando como Demóstenes, estando de acuerdo con ideas que se suponía que eran poses calculadas. Y algunas veces leía los ensayos del Locke de Peter y se sorprendía a sí misma enfadada por su obvia ceguera ante la realidad.

Puede que sea imposible disfrazarse con una identidad sin convertirse en lo que se finge ser. Pensó en eso, le preocupó durante algunos días, y entonces escribió una columna utilizándolo como premisa para demostrar que los políticos que lisonjeaban a los rusos para mantener la paz acabarían inevitablemente supeditados a ellos. Fue una encantadora dentellada al partido en el poder, y recibió una gran cantidad de cartas de apoyo. Además, dejó de asustarle la idea de convertirse, en cierto grado, en Demóstenes. «Es más listo que Peter, y siempre lo creí así», pensó.

Graff la esperaba a la salida de la escuela. Estaba de pie, apoyado en su coche. Vestía de paisano y había aumentado

de peso, por lo que no le reconoció al principio. Pero Graff le hizo señas y, sin darle tiempo a presentarse, Valentine recordó su nombre.

—No escribiré ninguna otra carta —dijo—. No debí haber escrito aquélla.

—Entonces, presumo que no te gustan las medallas.

—No demasiado.

—Vamos a dar un paseo, Valentine.

—No doy paseos con desconocidos.

Le entregó un papel. Era una autorización, y firmada por sus padres.

—Digamos que no es un desconocido. ¿Adónde vamos?

—A ver a un joven soldado que está de permiso en Greensboro.

Entró en el coche.

—Ender sólo tiene diez años —dijo—. Creí que nos había dicho que Ender no reuniría los requisitos necesarios para tener un permiso hasta que tuviera doce años.

—Se ha saltado algunos cursos.

—¿Así que lo está haciendo bien?

—Pregúntaselo cuando le veas.

—¿Por qué yo? ¿Por qué no toda la familia?

Graff suspiró.

—Ender ve el mundo a su manera. Tuvimos que convencerle de que te viera. En cuanto a Peter y a tus padres, no tenían ningún interés. La vida en la Escuela de Batalla fue... intensa.

—¿Qué quiere decir, que se ha vuelto loco?

—Al contrario, es la persona más cuerda que conozco. Es lo suficiente cuerdo para saber que sus padres no suspiran por volver a abrir un libro de afectividad que fue cerrado casi herméticamente hace cuatro años. En cuanto a Peter... ni siquiera le sugerimos un encuentro, y así no tuvo la oportunidad de mandarnos a la mierda.

Cogieron la carretera del lago Brandt y se desviaron justo pasado el lago, siguiendo una carretera que serpenteaba hacia arriba y hacia abajo, hasta que llegaron a una mansión

de tablillas blancas que se desparramaba por la cumbre de la colina. Por un lado se divisaba el lago Brandt y por el otro un lago privado de dos hectáreas.

—Esta casa perteneció al señor Delirios de Grandeza —dijo Graff—. La F.I. la adquirió en una subasta de embargos hace unos veinte años. Ender insistió en que sus conversaciones contigo no debían ser intervenidas. Le prometí que no lo serían, y para ayudar a inspirar confianza, los dos vais a salir en una balsa que ha construido él mismo. De todas formas, tengo que hacerte una advertencia. Tengo la intención de hacer algunas preguntas sobre vuestra conversación, una vez acabada. No tienes obligación de responder, pero espero que lo hagas.

—No he traído traje de baño.

—Te podemos prestar uno.

—¿Que no esté intervenido?

—A partir de cierto punto, tiene que haber confianza. Por ejemplo, sé quién es Demóstenes.

Sintió correr por su cuerpo un escalofrío de miedo, pero no dijo nada.

—Lo he sabido desde que aterricé procedente de la Escuela de Batalla. Hay, quizá, seis personas en todo el mundo que saben su identidad. Sin contar a los rusos... sólo Dios sabe lo que saben. Pero Demóstenes no tiene nada que temer de nosotros. Demóstenes puede confiar en nuestra discreción. Al igual que yo confío en que Demóstenes no le dirá a Locke lo que pase aquí hoy. Mutua confianza. Nos contaremos cosas el uno al otro.

Valentine no podía decidir si era a Demóstenes a quien daban su aprobación o a Valentine Wiggin. Si era al primero, no confiaría en ellos; si era a la última, entonces quizá podría. El hecho de que no quisieran que hablara de ello con Peter sugería que tal vez conocían la diferencia entre los dos. No se detuvo a pensar si ella seguía conociendo la diferencia o no.

—Dijo que él ha construido la balsa. ¿Cuánto tiempo lleva aquí?

—Dos meses. Teníamos la intención de que su permiso

sólo durase unos días. Pero no parece demasiado interesado en continuar con sus estudios.

—Oh, así que soy la terapia una vez más.

—Esta vez no podemos censurar tu carta. Sencillamente, tenemos que arriesgarnos. Necesitamos demasiado a tu hermano. La humanidad está en juego.

Esta vez Val había crecido lo suficiente para saber hasta qué punto estaba en peligro la humanidad. Y había sido Demóstenes el tiempo suficiente para no vacilar en cumplir con su deber.

—¿Dónde está?

—Abajo, en la grada de barcos.

—¿Dónde está el traje de baño?

Ender no le hizo ninguna señal cuando la vio bajar por la colina hacia él, no sonrió cuando puso el pie en la grada del barco flotante. Pero Valentine sabía que se alegraba de verla, lo sabía porque su mirada no se apartaba de su cara.

—Eres más grande de lo que pensaba —dijo.

—Tú también —dijo él—. Además, recordaba que eras bella.

—La memoria nos juega malas pasadas.

—No. Tu cara es la misma, pero ya no recuerdo lo que significa la belleza. Venga. Vayamos al interior del lago.

Miraba con recelo a la pequeña balsa.

—Basta con que no te pongas de pie —dijo.

Se subió arrastrándose, como una araña, con los dedos de los pies y de las manos.

—Es la primera cosa que he construido con mis propias manos desde que tú y yo solíamos hacer construcciones con bloques. Edificios a prueba de Peter.

Valentine se rió. Solían divertirse construyendo cosas que se mantenían de pie, incluso cuando les habían quitado muchos de los soportes más visibles. A Peter le gustaba quitar un bloque aquí o allí, de modo que la estructura fuera lo suficiente frágil para que la siguiente persona que la tocara

la derribara. Peter era un burro, pero proporcionaba algunos pasatiempos a su infancia.

—Peter ha cambiado —dijo ella.

—No hablemos de él —dijo Ender.

—De acuerdo.

Se arrastró al bote, no tan diestramente como Ender. Ender utilizó una pagaya para maniobrar lentamente hacia el centro del lago privado. Ella advirtió en voz alta lo bronceado y fuerte que estaba.

—La fuerza proviene de la Escuela de Batalla. El bronceado, de este lago. He pasado bastante tiempo en el agua. Cuando nado, me siento como si fuera ingrávido. Echo de menos la ingravidez. Además, cuando estoy aquí en el lago, la tierra se desnivela en todas direcciones.

—Como vivir en un tazón.

—He vivido en un tazón durante cuatro años.

—¿Así que ahora somos unos desconocidos?

—¿Acaso no lo somos, Valentine?

—No —dijo ella.

Alargó la mano y le tocó la pierna. Entonces, repentinamente, le apretó la rodilla, justo donde siempre tuvo más cosquillas.

Pero casi al mismo tiempo, él le agarró de la muñeca con la mano. Lo hizo con fuerza, a pesar de que sus manos eran más pequeñas que las de ella y sus brazos más esbeltos y enjutos. Por un momento, la cara de Ender le asustó; luego se relajó.

—Ah, sí —dijo—, solías hacerme cosquillas.

—Ya no —dijo ella retirando la mano.

—¿Quieres nadar?

Como respuesta, se tiró por un lado de la balsa. El agua era clara y limpia, y no tenía cloro. Nadó un rato, luego regresó a la balsa y se tendió en ella bajo la calinosa luz solar. Una avispa daba vueltas a su alrededor, luego aterrizó en la balsa junto a su cabeza. Sabía que estaba allí, y normalmente se habría asustado. Pero no hoy. «Dejemos que se pasee por la balsa, dejemos que se cueza al sol, como yo.»

Entonces la balsa se balanceó, y se volvió para ver a Ender aplastando tranquilamente la vida de la avispa con un dedo.

—Éstas son de una raza dañina —dijo Ender—. Te pican sin esperar a que les insultes —se sonrió—. He estado aprendiendo estrategias preventivas. Soy muy bueno. Nadie me ganaba. Soy el mejor soldado que tienen.

—Era de esperar —dijo ella—. Eres un Wiggin.

—Que no sé lo que significa —dijo él.

—Significa que vas a cambiar el mundo.

Y le explicó lo que estaban haciendo Peter y ella.

—¿Cuántos años tiene Peter, catorce? ¿Y ya está planeando apoderarse del mundo?

—Se cree que es Alejandro Magno. ¿Y por qué no habría de pensarlo? ¿Por qué no habrías de serlo *tú* también?

—No podemos ser Alejandro los *dos*.

—Las dos caras de la misma moneda. Y yo soy el metal de en medio.

Incluso mientras lo decía, se preguntaba si era verdad. Estos últimos años había compartido tantas cosas con Peter que incluso cuando pensaba que le despreciaba, le comprendía. Mientras que Ender sólo había sido un recuerdo hasta ahora. Un chico frágil y muy pequeño, que necesitaba su protección. No este hombre de piel oscura y mirada fría que mataba avispas con los dedos. «Quizás, él y Peter y yo somos iguales, y siempre lo hemos sido. Quizá, sólo creíamos que éramos diferentes por celos.»

—El problema con las monedas es que cuando una cara está boca arriba, la otra está boca abajo.

—Y ahora mismo tú crees estar boca abajo. Quieren que te anime a continuar con tus estudios.

—No son estudios, son juegos. Todo juego, desde el principio hasta el final, sólo que cambian las reglas cuando les da la gana.

—¿Ves los hilos? —dijo levantando una mano fláccida.

—Pero tú también puedes utilizarles.

—Sólo si quieren ser utilizados. Sólo si creen que están

utilizándote. No, es demasiado duro, no quiero jugar más. Justo cuando comienzo a ser feliz, justo cuando creo que puedo dominar la situación, clavan otro cuchillo. Incluso aquí, sigo teniendo pesadillas. Sueño que estoy en la sala de batalla, pero no hay ingravidez, se juega con gravedad. Cambian su dirección. Y por eso nunca voy a parar a la pared contra la que me había lanzado. Nunca voy a parar donde quería ir. Les suplico que me dejen llegar a la puerta, y no me dejan salir, me aspiran y me hacen volver.

Oyó ira en su voz, y supuso que estaba dirigida contra ella. «Supongo que estoy aquí para eso. Para aspirarte y hacerte volver.»

—No quería verte.

—Me lo dijeron.

—Tenía miedo de seguir queriéndote.

—Eso espero.

—Mi miedo, tu deseo... ambos concedidos.

—Ender, es verdad. Quizá seamos jóvenes, pero no estamos desvalidos. Si jugamos siguiendo sus reglas el suficiente tiempo, su juego llega a ser nuestro juego. —Soltó una risita—. Estoy en una comisión presidencial. Peter está muy enfadado.

—No me dejan utilizar las redes. Aquí no hay ningún ordenador, excepto las máquinas domésticas que controlan el sistema de seguridad y de alumbrado. Cosas antiguas. Instaladas hace un siglo, cuando fabricaban ordenadores que no se conectaban a nada. Me quitaron mi escuadra, me quitaron mi consola, y ¿sabes una cosa? La verdad es que no me importa.

—Debes hacerte mucha compañía.

—No yo, mis recuerdos.

—Puede que seas eso, lo que recuerdas.

—No. Mis recuerdos de desconocidos. Mis recuerdos de los insectores.

Valentine se estremeció como si hubiera pasado de repente una brisa fría.

—Me niego a seguir viendo los vídeos de los insectores.

—Siempre son los mismos.

—Solía estudiarlos durante horas. Cómo se movían sus naves por el espacio. Y algo divertido, que sólo se me ocurrió estando estirado, aquí en el lago. Me di cuenta de que todas las batallas en las que los insectores y los humanos luchaban cuerpo a cuerpo, todas son de la Primera Invasión. En todas las escenas de la Segunda Invasión, cuando nuestros soldados llevan los uniformes de F.I., en ésas los insectores ya están muertos siempre. Tendidos, desplomados sobre sus controles. Ninguna señal de lucha ni nada parecido. Y la batalla de Mazer Rackham... no nos han mostrado nunca ninguna toma de esa batalla.

—Puede que sea un arma secreta.

—No, no, no me importa cómo les matamos. Se trata de los insectores en sí mismos. No sé nada de ellos, y sin embargo, se supone que tendré que luchar contra ellos algún día. He pasado por muchas luchas en mi vida, algunas veces juegos, otras... que ya no eran juegos. Siempre he ganado, porque podía adivinar lo que no pensaba mi enemigo. A partir de lo que *hacía*. Era capaz de decir lo que pensaban que yo estaba haciendo, cómo querían que se desarrollara la batalla. Y jugaba con eso. Eso lo hago muy bien. Saber lo que piensan los demás.

—La maldición de los niños Wiggin.

Bromeó, pero le asustaba que Ender pudiera entenderla tan profundamente como a sus enemigos. Peter siempre la comprendió, o al menos pensaba que lo hacía, pero Peter era tal inmundicia moral que nunca tuvo que sentirse turbada cuando adivinaba sus peores pensamientos. Pero Ender... no quería que él la entendiera. Se sentiría desnuda delante de él. Estaría avergonzada.

—Crees que no puedes vencer a los insectores a menos que los conozcas.

—Es más que eso. Aquí, solo y sin nada que hacer, he pensado también sobre mí mismo. He intentado comprender por qué me odio tanto.

—No, Ender.

—No me digas «No, Ender». He tardado mucho tiempo en darme cuenta de ello, pero créeme, me odiaba, me odio. Y todo se reduce a esto: en el momento en que entiendo verdaderamente a mi enemigo, en el momento en que le entiendo lo suficientemente bien como para derrotarle, entonces, en ese preciso instante, también le quiero. Creo que es imposible entender realmente a alguien, saber lo que quiere, saber lo que cree, y no amarle como se ama a sí mismo. Y entonces, en ese preciso momento, cuando le *quiero*...

—Le vences.

Por un momento, no tuvo miedo de que la entendiera.

—No, no lo entiendes. Le *destruyo*. Hago que le resulte imposible volver a hacerme daño. Lo trituro más y más hasta que no *existe*.

—Tú no haces eso.

Y ahora el miedo volvía de nuevo, peor que antes. «Peter se ha apaciguado, pero a ti, te han convertido en un asesino. Dos lados de la misma moneda, pero ¿cuál es cuál?»

—He hecho verdadero daño a algunas personas, Val. No me lo estoy inventando.

—Lo sé, Ender. ¿Cómo me dañarás a mí?

—¿Ves en lo que me estoy convirtiendo? —dijo en voz baja—. Incluso tú me tienes miedo.

Y Ender le acarició la mejilla con tanta delicadeza que quiso llorar. Como el contacto de su suave mano de bebé cuando todavía era un niño. Se acordaba de eso, del contacto de su mano inocente y suave en su mejilla.

—No tengo miedo —dijo, y en ese momento era verdad.

—Tendrías que tenerlo.

—No tengo por qué. Si sigues en el agua, te vas a arrugar. Además, te podrían morder los tiburones.

Se sonrió.

—Hace mucho tiempo que los tiburones aprendieron a dejarme en paz.

Pero se izó a la balsa, provocando un aluvión de agua al ladearla. Valentine sentía frío en la espalda.

—Ender, Peter lo va hacer. Es lo suficientemente listo

para esperar el tiempo que sea necesario, pero va a conseguir llegar al poder; si no es ahora, será más tarde. Todavía no estoy segura si será bueno o malo. Peter es capaz de ser cruel, pero sabe conseguir y mantener el poder, y hay indicios de que una vez acabada la guerra con los insectores, y puede que incluso antes de que termine, el mundo caerá de nuevo en el caos. El Pacto de Varsovia iba camino de la hegemonía antes de la Primera Invasión. Si la buscan después...

—De modo que incluso Peter puede ser una alternativa mejor.

—Has descubierto una parte del destructor que llevas dentro. También yo la he descubierto. Peter no tiene el monopolio, pensaran lo que pensasen los examinadores. Y Peter tiene también una parte del constructor. No es bondadoso, pero ya no destroza todo lo bueno que ve. Cuando comprendes que el poder siempre irá a parar a manos de los que lo anhelan, piensas que podría caer en manos de personas peores que Peter.

—Con una recomendación tan enérgica, hasta yo mismo votaría por él.

—Algunas veces parece totalmente absurdo. Un muchacho de catorce años y su hermana pequeña conspirando para apoderarse del mundo. —Intentó reírse. No era divertido—. No somos niños normales. Ninguno de los tres.

—¿No te gustaría serlo alguna vez?

Intentó imaginarse a sí misma como las demás muchachas de la escuela. Intentó imaginarse cómo sería la vida si no se sintiera responsable del futuro del mundo.

—Sería demasiado insípido.

—No lo creo.

Y se estiró en la balsa, como si pudiera tenderse en el agua para siempre.

Era verdad. No sabía qué habían hecho a Ender en la Escuela de Batalla, pero habían dilapidado su ambición. No quería abandonar las aguas caldeadas por el sol de su tazón.

«No —pensó—. No, él *cree* que no quiere marcharse de aquí, pero todavía hay demasiado de Peter en él. O demasia-

do de mí. Ninguno de nosotros sería feliz por mucho tiempo no haciendo nada. O a lo mejor es que ninguno de nosotros puede ser feliz viviendo sin más compañía que nosotros mismos.»

Por eso comenzó a pincharle de nuevo.

—¿Cuál es el nombre que todo el mundo conoce?

—Mazer Rackham.

—¿Qué pasaría si ganaras la siguiente guerra, como lo hizo Mazer?

—Lo de Mazer Rackham fue un golpe de suerte. Nadie creía en él. Simplemente, dio la casualidad de que estaba en el lugar adecuado.

—Pero imagina que lo haces. Imagina que ganas a los insectores y que tu nombre es tan célebre como el de Mazer Rackham.

—Que sea famoso otro. Peter quiere ser famoso. Que salve él al mundo.

—No estoy hablando de fama, Ender. Tampoco estoy hablando del poder. Estoy hablando de casualidades, como la casualidad de que fuera Mazer Rackham el que estaba allí cuando alguien tenía que detener a los insectores.

—Si estoy aquí —dijo Ender—, no estaré allí. Estará otro. Que tenga esa casualidad.

Su tono de aburrida indiferencia le enfureció.

—Estoy hablando de *mi* vida, pequeño desgraciado egocéntrico.

Si sus palabras le molestaron, no lo demostró. Seguía estirado, con los ojos cerrados.

—Cuando eras pequeño y Peter te torturaba, te gustaba que no me recostara a esperar a que papá y mamá vinieran a salvarte. Nunca entendieron lo peligroso que era Peter. Sabía que tenías el monitor, pero tampoco esperaba a que vinieran ellos. ¿Sabes lo que solía hacerme Peter porque le impedía lastimarte?

—Cállate —susurró Ender.

Porque vio que su pecho temblaba, porque supo que le había lastimado de verdad, porque supo que, al igual que

Peter, había descubierto su punto más débil y que le había clavado ahí el cuchillo, se quedó en silencio.

—No les puedo vencer —dijo Ender en voz baja—. Algún día me encontraré allí como Mazer Rackham, y todo el mundo dependerá de mí, y no seré capaz de hacerlo.

—Si tú no puedes, Ender, nadie podrá. Si tú no les puedes vencer, merecen ganar porque son más fuertes y mejores que nosotros. No será tu culpa.

—Díselo a los muertos.

—Si no eres tú, ¿quién entonces?

—Cualquiera.

—Nadie, Ender. Te voy a decir una cosa. Si lo intentas y pierdes, no será culpa tuya. Pero si no lo intentas y perdemos, será por tu culpa. Nos habrás matado a todos.

—De todos modos, soy un asesino.

—¿Qué otra cosa podrías ser? Los seres humanos no desarrollaron el cerebro para tumbarse en los lagos. Matar es lo primero que aprendimos. E hicimos bien, o estaríamos muertos, y los tigres poseerían la Tierra.

—Nunca pude vencer a Peter. Hiciera lo que hiciese o dijera lo que dijese. No pude.

—Otra vez con Peter. Era mayor que tú. Y era más fuerte.

—También lo son los insectores.

Valentine veía su razonamiento. O más bien, su falta de razonamiento. Podía ganar todo lo que quisiera, pero sabía que había alguien que podía destruirle. Siempre supo que no había ganado, porque ahí estaba Peter, campeón invicto.

—¿Quieres vencer a Peter? —preguntó.

—No —respondió.

—Vence a los insectores. Luego ven a casa y mira a ver si alguien se acuerda de que existe Peter Wiggin. Mírales a los ojos cuando todo el mundo te quiera y te reverencie. Para él eso significará la derrota, Ender. Así es cómo vencerás.

—No lo entiendes —dijo.

—Sí lo entiendo.

—No lo entiendes. No quiero vencer a Peter.

—Entonces, ¿qué quieres?

—Quiero que él me quiera.

No tenía respuesta. Que ella supiera, Peter no quería a nadie.

Ender no dijo nada más. Simplemente seguía allí tumbado. Y allí siguió.

Finalmente Valentine, goteando sudor, con los mosquitos empezando a revolotear a medida que se acercaba el crepúsculo, se dio una última zambullida en el agua y luego empezó a empujar la balsa hacia la orilla. Ender no mostró ninguna señal de saber lo que hacía Valentine, pero su respiración irregular decía a Valentine que no estaba dormido. Cuando llegaron a la orilla, trepó al muelle y dijo:

—Te quiero, Ender. Más que nunca. Decidas lo que decidas.

No respondió. Dudaba que le creyera. Volvió a subir la colina, encolerizada con ellos por hacerle venir ante Ender de esa forma. Porque, después de todo, había hecho justo lo que ellos querían. Había intentado convencer a Ender de que regresara a su adiestramiento, y él no se lo perdonaría fácilmente.

Ender entró por la puerta, todavía mojado de su último chapuzón en el lago. Estaba oscuro afuera, y oscuro en la habitación donde Graff le esperaba.

—¿Nos marchamos? —preguntó Ender.

—Si quieres —dijo Graff.

—¿Cuándo?

—Cuando estés preparado.

Ender se duchó y se vistió. Al final, se había acostumbrado a las diferentes prendas de la ropa de paisano, pero todavía no se sentía a gusto sin el uniforme o el traje refulgente. «No volveré a ponerme un traje refulgente —pensó—. Ese era el juego de la Escuela de Batalla, y ya lo he pasado.» Oyó el chirrido frenético de los grillos en los bosques; oyó, más cercano el sonido crepitante de un coche avanzando lentamente sobre la gravilla.

¿Qué más debía llevarse? Había leído varios libros de la biblioteca, pero pertenecían a la casa y no podía llevárselos. Lo único que poseía era la balsa, que había hecho con sus propias manos. Eso también se quedaría ahí.

Ahora las luces de la habitación donde esperaba Graff estaban encendidas. También se había cambiado de ropa. Volvía a vestir el uniforme.

Se sentaron los dos en el asiento trasero del coche, y recorrieron carreteras comarcales que les llevarían al aeropuerto.

—Tiempo atrás, cuando la población se multiplicaba —dijo Graff—, preservaron esta área de bosques y granjas. Es una cuenca. Las precipitaciones producen aquí el nacimiento de muchos ríos, y un gran caudal de agua subterránea circula por todas partes. La Tierra es profunda, y rebosa de vida por todas partes, Ender. Nosotros, las personas, sólo vivimos en la superficie, como los insectos que viven en la podredumbre del agua estancada, cerca de la orilla.

Ender no dijo nada.

—Adiestramos a nuestros comandantes de la forma que lo hacemos porque así hay que hacerlo. Tienen que pensar de una forma determinada, no se pueden distraer con otras cosas, por eso les aislamos. Te aislamos. Te mantenemos separado. Y funciona. Pero es tan fácil, cuando no conoces a ninguna persona, cuando no conoces ni la propia Tierra, cuando vives con paredes metálicas que te resguardan del frío del espacio, es fácil olvidar por qué vale la pena salvar la Tierra. Por qué el mundo de las personas puede valer el precio que estás pagando.

«Por eso me trajisteis aquí —pensó Ender—. A pesar de vuestras prisas, para eso empleasteis tres meses, para hacerme amar la Tierra. Bien, funcionó. Todos vuestros trucos funcionan. Valentine, también; ella era otro de vuestros trucos, recordarme que no iba a la escuela por mí. Bien, no lo olvidaré.»

—Puede que haya utilizado a Valentine —dijo Graff—, y puede que me odies por ello, Ender, pero ten presente esto:

sólo da resultado por eso que hay entre vosotros, eso es real, eso es lo que importa. Hay miles de millones de esas conexiones entre los seres humanos. Tu combate sirve para mantener eso vivo.

Ender volvió la cara hacia la ventana y miró a los helicópteros y dirigibles subir y bajar.

Cogieron un helicóptero hasta el puerto espacial de la F.I., en Stumpy Point. Oficialmente, tenía el nombre de un Hegemon muerto, pero todos le llamaban Stumpy Point, en memoria del desdichado pueblo sobre el que se había pavimentado cuando hicieron los accesos a las vastas islas de hormigón y acero que salpicaban Pamlico Sound. Todavía había aves acuáticas caminando con pasos pequeños y suaves sobre el agua salada, donde se sumergían árboles musgosos como si fueran a beber. Comenzó a llover ligeramente, y el cemento era negro y liso; era difícil saber dónde acababa el cemento y dónde comenzaba Pamlico Sound.

Graff le condujo por un laberinto de entradas. La autorización era una pequeña bola de plástico que llevaba Graff. La dejaba caer en tolvas, y se abrían puertas y la gente se ponía firmes y les saludaban y las tolvas escupían la bola y Graff seguía. Ender se dio cuenta de que al principio todos miraban a Graff, pero a medida que profundizaban en el interior del puerto espacial, la gente comenzó a mirar a Ender. Al principio se fijaban en el hombre que tenía la autoridad real, pero después, donde todos tenían autoridad, era su carga lo que les interesaba ver.

Sólo cuando Graff se amarró al asiento del transbordador junto a él, Ender comprendió que Graff iba a despegar con él.

—¿Hasta dónde? —preguntó Ender—. ¿Hasta dónde me va a acompañar?

Graff sonrió ligeramente.

—Todo el camino, Ender.

—¿Le han nombrado director de la Escuela de Alto Mando?

—No.

Habían trasladado a Graff de su puesto de la Escuela de Batalla sólo para que acompañara a Ender a su siguiente destino. «¡Qué importante soy! —se dijo. Y, como un susurro con la voz de Peter, oyó dentro de su cerebro la pregunta—: ¿Cómo puedo utilizarlo?»

Se encogió de hombros e intentó pensar en otra cosa. Peter podía tener el delirio de regir el mundo, pero Ender no lo tenía. Sin embargo, pensando de nuevo en su vida en la Escuela de Batalla, se le ocurrió que aunque nunca había perseguido el poder, siempre lo había tenido. Pero decidió que era un poder nacido de la superioridad, no de la manipulación. No tenía ningún motivo para avergonzarse. Con la posible excepción de Bean, nunca había utilizado su poder para hacer daño a nadie. Y después de todo, con Bean las cosas habían ido bien. Bean se había convertido al final en un amigo, destinado a ocupar el sitio del perdido Alai, quien a su vez ocupó el sitio de Valentine. Valentine, que estaba ayudando a Peter en sus intrigas. Valentine, que seguía queriendo a Ender pasara lo que pasase. Y siguiendo ese tren de pensamientos, volvió a la Tierra, volvió a las tranquilas horas en medio del agua clara cercada por un tazón de tres colinas cubiertas de árboles. «Eso es la Tierra —pensó—. No un globo de miles de kilómetros, sino un bosque con un lago brillante, una casa escondida en la cresta de la colina, rodeada de árboles, una ladera cubierta de hierba que subía desde el agua, peces saltando y pájaros cayendo en picado para atrapar los insectos que vivían en la frontera entre el agua y el cielo. La Tierra era el ruido constante de grillos y vientos y pájaros. Y la voz de una chica, que le hablaba de su infancia lejana. La misma voz que una vez le protegió del terror. La misma voz por la que haría cualquier cosa para que siguiera viviendo, incluso regresar a la escuela, incluso dejar la Tierra de nuevo otros cuatro, o cuarenta o cuatro mil años. Aunque quisiera más a Peter.

Tenía los ojos cerrados, y no había emitido ningún sonido excepto el de su respiración; sin embargo, Graff extendió la mano hacia él y le tocó la suya. Ender se puso rígido de

asombro, y Graff retiró la mano, pero la insólita idea de que Graff pudiera sentir algún afecto hacia él le desconcertó. Pero no, era otro gesto calculado. Graff estaba convirtiendo a un niño en un comandante. Seguramente, la lección 17 del plan de estudios incluía un gesto cariñoso por parte del maestro.

El transbordador llegó al satélite LIP en unas pocas horas. El Lanzamiento Inter-Planetario era una ciudad de tres mil habitantes, que respiraban oxígeno de las plantas que además les alimentaban, que bebían agua que había pasado ya por sus cuerpos diez mil veces, que vivían sólo para mantener los remolcadores que llevaban suministros por todo el sistema solar y los transbordadores que recogían sus cargamentos y pasajeros de regreso a la Tierra o a la Luna. Era un mundo donde, en poco tiempo, Ender se sintió como en casa, pues sus suelos se elevaban como en la Escuela de Batalla.

Su remolcador era bastante nuevo; la F.I. desechaba constantemente los vehículos viejos y adquiría los últimos modelos. Acababa de traer una inmensa carga de acero fundido procesado por una nave-factoría que estaba desmontando planetoides menores en el cinturón de asteroides. El acero se dejaría en la Luna, y ahora el remolcador estaba acoplado a catorce gabarras. Pero Graff metió de nuevo su bola en el lector, y las gabarras se desengancharon del remolcador. Esta vez haría un viaje rápido, al destino que dijeran las especificaciones de Graff, que no sería consignado hasta que el remolcador se hubiera separado del LIP.

—No es un gran secreto —dijo el capitán del remolcador—. Cuando el destino es desconocido, se trata de LIE.

Por analogía con LIP, Ender decidió que esas siglas significaban Lanzamiento Inter-Estelar.

—Esta vez, no —dijo Graff.

—Entonces, ¿adónde?

—Al Alto Mando de la F.I.

—Ni siquiera tengo permiso para saber dónde está eso, señor.

—Su nave lo sabe —dijo Graff—. Dejemos que el ordenador eche un vistazo a esto y siga el curso que le trace.

Entregó la bola de plástico al capitán.

—¿Se supone que he de mantener los ojos cerrados todo el viaje, para no descubrir dónde estamos?

—Oh, no, por supuesto que no. El mando de la F.I. está en el planeta menor Eros, que debe estar a unos tres meses de distancia de aquí a la velocidad máxima posible. Que, por supuesto, es a la que iremos.

—¿Eros? Pero creía que los insectores lo habían quemado hasta el punto de que la radiactividad... ¿Cuándo he recibido permiso para saberlo?

—No lo ha recibido. Cuando lleguemos a Eros, será destinado a un trabajo permanente allí.

El capitán lo entendió inmediatamente y no le gustó la idea.

—Soy un piloto, hijo de puta, no tienes ningún derecho a encerrarme en una piedra.

—Pasaré por alto su lenguaje ultrajante hacia un oficial de rango superior. Lo siento mucho, pero mis órdenes eran tomar el primer remolcador militar disponible. Cuando llegué, ése era el suyo. No creo que todos los demás estuvieran fuera para que le tocara a usted. Anímese. Puede que la guerra acabe dentro de quince años, y entonces la ubicación del Alto Mando de la F.I. no tendrá que ser un secreto. Cambiando de tema, si es usted uno de esos que confían en la vista para atracar, deberá tener cuidado. Su albedo es sólo ligeramente más brillante que el de un agujero negro. No lo verá.

—Gracias —dijo el capitán.

Transcurrió casi un mes del viaje antes de que el capitán consiguiera hablar al coronel Graff de una forma civilizada.

El ordenador de la nave tenía una biblioteca limitada, y más orientada a rellenar los ratos de ocio que a la educación. Por consiguiente, durante el viaje, después del desayuno y de los ejercicios matinales, Ender y Graff hablaban. Sobre la Escuela de Alto Mando. Sobre la Tierra. Sobre astronomía y física, y cualquier cosa que Ender quisiera saber.

Y sobre todo, quería saber cosas sobre los insectores.

—No *sabemos* demasiado —dijo Graff—. Nunca hemos tenido a uno a mano. Incluso cuando cogíamos a uno desarmado y vivo, moría en el momento en que era obvio que había sido capturado. Incluso su *sexo* es incierto; lo más probable, de hecho, es que la mayoría de los soldados insectores sean hembras, pero con órganos sexuales primarios o atrofiados. No podemos afirmarlo. Lo que te sería de más utilidad es su psicología, y no se puede decir que hayamos tenido ninguna posibilidad de entrevistarles.

—Dígame qué sabe usted, y quizás aprenda algo que me sea útil.

Graff se lo dijo. Los insectores eran organismos que también podrían haber evolucionado en la Tierra, si las cosas hubieran seguido un camino diferente hace un billón de años. En el nivel molecular no había sorpresas. Incluso los datos genéticos eran parecidos. No era una casualidad que tuvieran aspecto de insectos para los seres humanos. A pesar de que sus órganos internos eran ahora mucho más complejos y especializados que los de cualquier insecto y de que habían desarrollado un esqueleto interno y mudado la mayor parte de su dermatoesqueleto, su estructura física seguía recordando a sus antepasados, que podían haber sido muy parecidos a las hormigas de la Tierra.

—Pero no te dejes engañar por eso —dijo Graff—. Es lo mismo que decir que nuestros antepasados podían haber sido muy parecidos a las ardillas.

—Si eso es lo único que tenemos, es *algo* —dijo Ender.

—Las ardillas nunca construyeron naves espaciales —dijo Graff—. Normalmente hay algunos cambios en el camino que lleva desde la recolección de nueces y semillas al cultivo de asteroides y la colocación permanente de estaciones de investigación en las lunas de Saturno.

Los insectores veían probablemente el mismo espectro luminoso que los seres humanos, y en sus naves e instalaciones en tierra había iluminación artificial. Sin embargo, sus antenas parecían casi primitivas. Sus cuerpos no mostraban

ninguna evidencia de que el olor, el tacto o el oído fueran especialmente importantes para ellos.

—Naturalmente, no estamos seguros. Pero no conseguimos imaginar cómo pueden utilizar el sonido en sus comunicaciones. Lo más curioso es que tampoco tienen ningún dispositivo de comunicación en sus naves. Ninguna radio, nada que pueda transmitir o recibir algún tipo de señal.

—Se comunican de nave a nave. He visto los vídeos, se hablaban entre sí.

—Es verdad. Pero de cuerpo a cuerpo, de mente a mente. Es lo más importante que hemos aprendido de ellos. Su comunicación, sea cual sea, es instantánea. La velocidad de la luz no es una barrera. Cuando Mazer Rackham derrotó a la flota invasora, todo se detuvo. A la vez. No hubo tiempo para una señal. Simplemente todo se detuvo.

Ender rememoró los vídeos de insectores ilesos tendidos muertos en sus puestos.

—Entonces supimos que era posible. Comunicarse a mayor velocidad que la luz. Eso fue hace setenta años, y una vez que supimos que se podía hacer, lo hicimos. No *yo*, claro, entonces no había nacido.

—¿Cómo es posible?

—No puedo explicarte física filótica. De todos modos, nadie entiende ni la mitad. Lo que importa es que construimos el ansible. El nombre oficial es Comunicador Instantáneo de Paralelaje Filótico, pero alguien sacó la palabra ansible de un libro viejo. Sin contar con que la mayoría de la gente ni siquiera sabe que existe tal máquina.

—Eso significa —dijo Graff— que las naves puedan hablar entre sí incluso de un sistema solar a otro.

Y los insectores lo hacen sin máquinas.

—Y así supieron lo de su derrota en el mismo momento en que sucedió —dijo Ender—. Siempre imaginé... todos decían que tardaron veinte años en enterarse de que habían perdido la batalla.

—Contarlo así evita que cunda el pánico entre la gente —dijo Graff—. De todos modos, te estoy diciendo cosas

que no estás autorizado a saber, si alguna vez dejas el Alto Mando de la F.I. Antes de que se acabe la guerra.

Ender estaba enfadado.

—Si me conociera mínimamente, sabría que sé guardar un secreto.

—Es la regla. Las personas menores de veinticinco años se consideraban un riesgo a efectos de seguridad. Es muy injusta para una gran cantidad de chicos responsables, pero ayuda a limitar el número de personas que podrían filtrar secretos.

—De todos modos, ¿por qué tanto secreto?

—Porque estamos corriendo algunos riesgos terribles, Ender, y no queremos que las redes de noticias de la Tierra anden buscando dobles sentidos a nuestras decisiones. En cuanto dispusimos de un ansible en funcionamiento, lo metimos en nuestras mejores naves espaciales y las lanzamos a atacar los sistemas domésticos de los insectores.

—¿Sabemos dónde están?

—Sí.

—De modo que no esperamos a la Tercera Invasión.

—Nosotros *somos* la tercera invasión.

—De modo que nosotros lanzamos el ataque. Nadie dice eso. Todos piensan que tenemos una enorme flota de acorazados en el escudo de los cometas...

—Ninguno. Aquí estamos bastante indefensos.

—¿Y si envían una flota para atacarnos?

—Entonces, estamos muertos. Pero nuestras naves no han visto esa flota, ninguna señal.

—Puede que hayan renunciado y tengan intención de dejarnos en paz.

—Puede. Tú has visto los vídeos. ¿Apostarías la raza humana contra la probabilidad de que no hayan renunciado y no nos dejen en paz?

Ender intentó aprehender el tiempo que había transcurrido.

—Las naves han estado viajando setenta años...

—Algunas. Y algunas treinta años, y algunas veinte.

Ahora hacemos mejores naves. Estamos aprendiendo a jugar con el espacio. Pero todas las naves espaciales que no están en construcción están camino de un mundo o puesto fronterizo de los insectores. Todas las astronaves, con cruceros y cazas en su barriga, están allá fuera acercándose a los insectores. Desacelerando. Porque ya casi están allí. Las primeras naves fueron enviadas a los objetivos más distantes, las naves más recientes a los más cercanos. Nuestro cálculo del tiempo fue bastante bueno. Todas llegarán al punto de combate con algunos meses de diferencia entre sí. Desafortunadamente, nuestro material anticuado, más primitivo, será el que ataque su mundo. Con todo, están suficientemente bien armados; tenemos algunas armas que los insectores no han visto nunca.

—¿Cuándo llegarán?

—En los próximos cinco años, Ender. Todo está preparado en el Alto Mando de la F.I. El ansible director está allí, en contacto con toda nuestra flota de invasión; todas las naves funcionan, listas para el combate. Lo único que nos falta, Ender, es el comandante jefe de la batalla. Alguien que sepa qué demonios hacer con esas naves cuando lleguen allí.

—¿Y qué pasará si nadie sabe qué hacer con ellas?

—Haremos lo que podamos, con el mejor comandante que podamos conseguir.

«Yo —pensó Ender—. Quieren que esté preparado en cinco años.»

—Coronel Graff, no hay ninguna posibilidad de que esté preparado a tiempo para mandar una flota.

Graff se encogió de hombros.

—Haz lo que puedas. Si tú no estás preparado, lo haremos con lo que tengamos.

Eso tranquilizó a Ender.

Pero sólo por un instante.

—Claro que ahora mismo no tenemos a nadie.

Ender sabía que ése era otro de los juegos de Graff.

«Hacerme creer que todo depende de mí, para que no flaquee y me fuerce al máximo.»

Juego o no, sin embargo, también podría ser verdad. Y por consiguiente trabajaría al máximo. Era lo que Valentine quería de él. Cinco años, sólo cinco años hasta que la flota llegase, y no sabía nada todavía.

—Dentro de cinco años sólo tendré quince —le dijo Ender.

—Casi dieciséis —dijo Graff—. Todo depende de lo que sepas.

—Coronel Graff —dijo—. Sólo quiero regresar y nadar en el lago.

—Cuando ganemos la guerra —dijo Graff—. O la perdamos. Dispondremos de algunas décadas antes de que vuelvan aquí para rematarnos. La casa estará allí, y te prometo que podrás nadar todo lo que quieras.

—Pero todavía seré demasiado joven para la autorización de seguridad.

—Te mantendremos custodiado por guardias armados permanentemente. Los militares saben controlar esas cosas.

Los dos se rieron, y Ender tuvo que recordarse a sí mismo que Graff estaba representando el papel de amigo, que lo que decía era una mentira o una trampa calculada para convertir a Ender en una eficiente máquina de combate.

«Seré exactamente el instrumento que queréis que sea —dijo Ender en silencio—, pero al menos no me *embaucaréis*. Lo haré porque lo he elegido, no porque me hayas engatusado, maldito zorro.»

El remolcador llegó a Eros antes de que pudieran verlo. El capitán les mostró el explorador visual, luego superpuso el explorador térmico en la misma pantalla. Estaban prácticamente encima, a sólo cuatro mil kilómetros, pero Eros, de sólo veinticuatro kilómetros de longitud, era invisible si no brillaba con la luz reflejada del Sol.

El capitán atracó la nave en una de las tres plataformas de aterrizaje que rodeaban a Eros. No pudo aterrizar directamente porque Eros tenía una gravedad muy alta y el remolcador, diseñado para remolcar cargas, no podría escapar de esa fuerza de gravedad. Les despidió de mala forma, pero

Ender y Graff seguían estando alegres. El capitán estaba amargado por tener que dejar su remolcador; Ender y Graff se sentían como prisioneros que por fin consiguen la libertad provisional. Cuando subieron al transbordador que les llevaría a la superficie de Eros, repitieron citas retocadas de los vídeos que el capitán había visto una y otra vez, y se rieron como locos. El capitán se tornó desabrido y se retiró fingiendo ir a dormir. Entonces, casi como una ocurrencia olvidada, Ender hizo a Graff una última pregunta.

—¿Por qué luchamos contra los insectores?

—He oído todo tipo de razones —dijo Graff—. Porque tienen un sistema superpoblado y tienen que colonizar. Porque no soportan la idea de que haya otra vida inteligente en el universo. Porque no creen que *seamos* una vida inteligente. Porque tienen alguna religión diabólica. Porque vieron nuestros antiguos programas de vídeos y decidieron que éramos irremisiblemente violentos. Todo tipo de razones.

—¿Qué cree usted?

—Lo que yo crea no importa.

—De todos modos quiero saberlo.

—Deben hablar entre sí directamente, Ender, de mente a mente. Lo que uno piensa, otro lo piensa también; lo que uno recuerda, otro lo recuerda también. ¿Por qué habrían de desarrollar una lengua? ¿Por qué habrían de aprender a leer y escribir? ¿Cómo podrían saber qué son la escritura y la lectura si las vieran? ¿O señales? ¿O números? ¿O lo que utilizamos para comunicarnos? Este no es simplemente un problema de traducción de una lengua a otra. No tienen absolutamente ninguna lengua. Utilizamos todos los medios que se nos ocurrieron para comunicarnos con ellos, pero ni siquiera tienen la maquinaria que les permita saber que emitimos señales. Y puede que hayan intentado pensar con nosotros, y no entienden por qué no les respondemos.

—De modo que la guerra se debe a que no podemos comunicarnos los unos con los otros.

—Si tu compañero no puede explicarte sus razones, nunca estarás seguro de que no intenta matarte.

—¿Y si les dejáramos en paz?

—Ender, no fuimos a por ellos los primeros, ellos vinieron a por nosotros. Si querían dejarnos en paz, podían haberlo hecho hace cien años, antes de la Primera Invasión.

—Tal vez no sabían que éramos una clase de vida inteligente. Tal vez...

—Ender, créeme, hay un siglo de discusiones sobre este mismo tema. Nadie conoce la respuesta. Pero cuando llega el momento de la verdad, la decisión real es inevitable; si uno de nosotros ha de ser destruido, asegurémonos de que somos nosotros los que quedamos vivos. Nuestros genes no nos dejarán decidir lo contrario. La naturaleza no puede hacer evolucionar a las especies que no tienen un deseo de supervivencia. Se pueden criar individuos destinados al sacrificio, pero la raza en su conjunto no puede decidir cesar de existir. De modo que, si es posible, mataremos hasta el último de los insectores, y, si no es posible, ellos matarán hasta el último ser humano.

—En lo que a mí respecta —dijo Ender—, estoy a favor de la supervivencia.

—Lo sé —dijo Graff—. Por eso estás aquí.

14

El maestro de Ender

—¿Se tomó su tiempo, verdad, Graff? El viaje no es corto, pero tres meses de vacaciones parecen excesivos.

—Prefiero eso a entregar mercancía deteriorada.

—Algunas personas no saben lo que es la urgencia. Al fin y al cabo, sólo está en juego el destino del mundo. No me haga caso. Debe comprender nuestra ansiedad. Estamos aquí, ante el ansible, recibiendo constantemente informes sobre el avance de nuestras astronaves. La guerra puede estallar cualquier día. Si a esto le llamamos días. Ese chico es tan pequeño.

—Pero tiene grandeza. Grandeza es espíritu.

—Instinto criminal también, espero.

—Sí.

—Hemos planificado un curso de estudios hecho a su medida. Supeditado a su aprobación, por supuesto.

—Le echaré un vistazo. No tengo la pretensión de conocer el asunto central, almirante Chamrajnagar. Sólo estoy aquí porque conozco a Ender. No tenga miedo, no voy a discutir el contenido del temario. Sólo el ritmo.

—¿Cuánto podemos decirle?

—No le haga perder el tiempo con la física de los viajes interestelares.

—¿Y respecto al ansible?

—Ya le he explicado eso y lo de las flotas. Le he dicho que llegarían a su destino dentro de cinco años.

—No ha dejado mucho para nosotros.

—Explíquele los sistemas de armamento. Tiene que conocerlos lo suficiente para tomar decisiones inteligentes.

—Vaya, nosotros también podemos ser útiles, después de todo, ¡qué amabilidad! Hemos asignado uno de los cinco simuladores para su uso exclusivo.

—¿Y los otros?

—¿Los otros simuladores?

—Los otros chicos.

—A usted se le ha traído aquí a cuidar de Ender Wiggin.

—Simple curiosidad. No olvide que, en un momento u otro, todos fueron alumnos míos.

—Y ahora son míos. Están siendo introducidos en los misterios de la flota, coronel Graff, a los que usted, como soldado, nunca ha sido introducido.

—Habla cómo si se tratara de un sacerdocio.

—Y un dios. Y una religión. Incluso los que mandamos a través del ansible, conocemos la majestuosidad de volar entre las estrellas. Veo que mi misticismo le parece desagradable. Le aseguro que su desagrado sólo revela su ignorancia, Ender Wiggin conocerá también, y muy pronto, lo que yo conozco; bailará de estrella en estrella la grácil danza del fantasma, y la grandeza que haya en él será liberada, revelada y exhibida delante del universo para que todos la vean. Usted tiene el alma de piedra, coronel Graff, pero yo canto a las piedras con la misma facilidad que a otros cantores. Puede ir a sus alojamientos e instálese.

—No tengo nada que instalar excepto la ropa que llevo puesta.

—¿No posee nada?

—Guardan mi salario en una cuenta de algún lugar de la Tierra. No lo he necesitado nunca. Excepto para comprar ropa de paisano en mis... vacaciones.

—Un antimaterialista. Y sin embargo, está desagradablemente gordo. ¿Un asceta glotón? ¡Qué contradicción!

—Cuando estoy tenso, como; mientras que usted, cuando está tenso, evacua residuos sólidos.

—*Usted me gusta, coronel Graff. Creo que nos llevaremos bien.*

—*Eso me trae sin cuidado, almirante Chamrajnagar. He venido aquí por Ender. Y ninguno de los dos ha venido por usted.*

Ender odió Eros desde el momento en que hizo el transbordo del remolcador. La Tierra, con sus suelos horizontales, había sido suficientemente desagradable; Eros era imposible. Era una roca con forma de huso de sólo seis kilómetros y medio de grosor en su punto más delgado. Como toda la superficie del planeta estaba dedicada a la absorción de la luz solar y a su conversión en energía, todo el mundo vivía en habitaciones de paredes pulidas unidas por túneles que entretejían el interior del asteroide. Los espacios cerrados no eran ningún problema para Ender; lo que le mortificaba era que todos los suelos de los túneles tenían una más que apreciable inclinación hacia abajo. Desde el principio, Ender se vio atormentado por el vértigo cuando caminaba por los túneles, en particular los que ceñían la estrecha circunferencia de Eros. El hecho de que la gravedad fuera sólo la mitad que la normal de la Tierra no era ninguna ayuda; la ilusión de estar a punto de caer era casi completa.

Además, había algo perturbador en las proporciones de las habitaciones; los techos eran demasiado bajos para su anchura, los túneles demasiado estrechos. No era un lugar confortable.

Lo peor de todo, sin embargo, era la cantidad de gente. Ender no tenía grabado en la memoria ningún recuerdo de las ciudades de la Tierra. Su idea de un número confortable de personas era la Escuela de Batalla, donde había llegado a conocer de vista a todos los que allí residían. Aquí, sin embargo, vivían diez mil personas en el interior de la roca. No estaban apiñados, a pesar de la gran cantidad de espacio dedicado al mantenimiento de la vida y a otros tipos de maqui-

naria. Lo que a Ender le molestaba era estar rodeado constantemente de desconocidos.

No le dejaron entablar relación con nadie. Veía con frecuencia a los demás estudiantes de la Escuela de Alto Mando, pero como no asistía a ninguna clase con regularidad, seguían siendo simplemente rostros. De vez en cuando asistía a alguna conferencia, pero normalmente recibía clases privadas de profesores que se turnaban, aunque, ocasionalmente, otros estudiantes le ayudaban a aprender algún procedimiento, pero los conocía una vez y no los volvía a ver. Comía solo o con el coronel Graff. Su lugar de esparcimiento era un gimnasio, pero raramente veía dos veces a las mismas personas.

Comprendió que le estaban aislando de nuevo, y esta vez no lo hacían disponiendo a los demás estudiantes en su contra, sino no dándoles ninguna oportunidad de entablar relación con él. De todos modos, le habría resultado difícil entablar una relación estrecha con ellos; con la excepción de Ender, todos los demás estudiantes estaban en plena adolescencia.

Por lo tanto, Ender se abstraía en sus estudios y aprendía rápidamente y bien. Absorbía navegación astral e historia militar como si fuera agua; las matemáticas abstractas eran más difíciles, pero descubrió que cuando le asignaban un problema que implicara jugar con el espacio y el tiempo, su intuición era más fiable que sus cálculos; muchas veces veía de golpe una solución que sólo podía demostrar tras minutos u horas de manipular con los números.

Y para disfrutar, ahí estaba el simulador, el videojuego más perfecto al que había jugado. Los profesores y los alumnos le enseñaron su manejo paso a paso. En un principio, al desconocer las impresionantes posibilidades del juego, había jugado sólo a nivel táctico, controlando un solo caza en maniobras continuas que le llevaran a descubrir y destruir a un enemigo. El enemigo controlado por el ordenador era tortuoso y poderoso, y cada vez que Ender probaba una táctica, descubría al ordenador utilizándola contra él en cuestión de minutos.

El juego era una pantalla hológrafa, y su caza estaba representado por una luz diminuta. El enemigo era otra luz de color diferente, y danzaban y rotaban y maniobraban por un espacio cúbico que debía tener diez metros de lado. Los controles eran potentes. Podía girar la imagen en cualquier dirección, y por lo tanto podía mirar desde cualquier ángulo, y podía desplazar el centro para que el duelo tuviera lugar más cerca o más lejos de él.

A medida que adquiría más destreza en el control de la velocidad, de la dirección del movimiento, de la orientación y de las armas del caza, la dificultad del juego aumentaba. Podía haber dos naves enemigas a la vez; podía haber obstáculos, los escombros del espacio; tuvo que empezar a preocuparse del combustible y de las limitaciones de las armas; el ordenador comenzó a asignarle objetivos concretos a destruir o alcanzar, de modo que, para ser declarado vencedor, tenía que ignorar las distracciones y cumplir su objetivo.

Cuando hubo dominado el juego con un caza, le permitieron dirigir el escuadrón de cuatro cazas. Daba órdenes a los pilotos simulados de los cuatro cazas, y en vez de tener que limitarse a cumplir las instrucciones del ordenador, se le permitía determinar la táctica, decidir cuál de los diferentes objetivos era el más valioso y dirigir su escuadrón en consecuencia. Podía tomar personalmente el mando de uno de los cazas en cualquier momento, sólo un corto espacio de tiempo, y al principio lo hacía con frecuencia; no obstante, cuando lo hacía destruían rápidamente a los otros tres cazas de su escuadrón, y a medida que los juegos se iban haciendo cada vez más difíciles, tenía que dedicar cada vez más tiempo a dirigir el escuadrón. Cuando lo hacía, ganaba cada vez con más frecuencia.

Al cabo de un año de permanencia en la Escuela de Alto Mando era un experto en el manejo del simulador en sus quince niveles, desde el control de un solo caza hasta el mando de una flota. Hacía tiempo que se había dado cuenta de que el simulador era para la Escuela de Alto Mando lo que la sala de batalla era para la Escuela de Batalla. Las clases eran

provechosas, pero la verdadera educación era el juego. De vez en cuando se dejaban caer por allí algunas personas para verle jugar. Nunca hablaban; casi nadie lo hacía, a menos que tuvieran algo específico que enseñarle. Los espectadores se quedaban a verle ejecutar una simulación difícil y se marchaban en cuanto acababa. Le daban ganas de preguntarles: «Qué estáis haciendo, ¿juzgándome? ¿Decidiendo si me vais a confiar la flota o no? No olvidéis que yo no lo he pedido.» Descubrió que había transferido al simulador muchas cosas aprendidas en la Escuela de Batalla. Cada pocos minutos hacía una reorientación rutinaria del simulador, rotándole para no verse aprisionado en una orientación arriba-abajo o revisando constantemente su posición desde el punto de vista del enemigo. Era estimulante tener por fin tal control sobre la batalla, estar en disposición de ver cualquier punto de la misma.

Pero también era frustrante tener un control tan limitado, pues los cazas controlados por el ordenador llegaban sólo hasta donde podía llegar el ordenador. No tomaban ninguna iniciativa. No tenían inteligencia. Empezó a suspirar por sus jefes de batallón, para poder contar con que algunos de los escuadrones harían bien las cosas sin su supervisión constante.

Al final de su primer año ganaba todas las batallas del simulador, y jugaba como si la máquina fuera un miembro más de su cuerpo. Un día, comiendo con el coronel Graff, le preguntó:

—¿Eso es todo lo que puede hacer el simulador?

—¿Qué es todo?

—Como juega ahora. Es fácil, y el grado de dificultad no ha aumentado desde hace tiempo.

—Oh.

Graff parecía desinteresado. Pero Graff siempre parecía desinteresado. Al día siguiente, todo cambió. Graff se fue, y en su lugar dieron un compañero a Ender.

Estaba en la habitación cuando Ender se despertó por la mañana. Era un hombre viejo, sentado en el suelo con las piernas cruzadas. Ender le miró con expectación, esperando que hablara. No dijo nada. Ender se levantó y se duchó y se vistió, dispuesto a dejar que el hombre se mantuviera en silencio si quería. Hacía tiempo que había aprendido que cuando pasaba algo inusual, algo que formaba parte del plan de alguien y no del suyo, descubría más información esperando que preguntando. Los adultos casi siempre perdían la paciencia antes que Ender.

Todavía no había empezado a hablar cuando Ender había terminado su arreglo personal y se dirigía a la puerta para salir de la habitación. La puerta no se abrió. Ender se dio la vuelta hacia el hombre sentado en el suelo. Aparentaba unos sesenta años, con mucho el hombre más viejo que había visto en Eros. Los pelos blancos de la barba de un día encanecían su rostro, aunque no tanto como el pelo cortado a cepillo. Su cara se hundía ligeramente y sus ojos estaban rodeados por arrugas y líneas. Miró a Ender con una expresión que sólo transmitía apatía.

Ender se volvió hacia la puerta e intentó abrirla de nuevo.

—De acuerdo —dijo, rindiéndose—. ¿Por qué está cerrada la puerta?

El viejo mantuvo su mirada vacía.

«O sea, que es un juego —pensó Ender—. Bien, si quieren que vaya a clase abrirán la puerta. Si no quieren, no la abrirán. Me da igual.»

A Ender no le gustaban los juegos donde las reglas no eran fijas y el objetivo sólo era conocido por ellos. No jugaría. Se negó también a irritarse. Hizo un ejercicio de relajación mientras se apoyaba en la puerta, y en seguida estaba otra vez calmado. El viejo seguía observándole impasiblemente.

Parecía que habían pasado horas, Ender rehusando hablar, el viejo encerrado en un mutismo aparentemente imbécil. Algunas veces Ender se preguntaba si no era un enfermo mental, escapado de algún centro médico de algún lugar de

Eros, viviendo alguna fantasía demente en su habitación. Pero cuanto más tiempo pasaba sin que nadie acudiera a la puerta, sin que nadie le buscara, más convencido estaba de que era algo deliberado, con el objetivo de desconcertarle, Ender no quería ceder la victoria al viejo. Para pasar el tiempo, empezó a hacer ejercicios. Algunos eran imposibles sin el equipo del gimnasio, pero otros, especialmente los de la clase de defensa personal, se podían hacer sin ningún aparato.

Los ejercicios le obligaban a moverse por la habitación. Practicaba embestidas y patadas. Un movimiento le llevó cerca del viejo, no más cerca que en otras ocasiones anteriores, pero esta vez la garra del viejo salió disparada y aferró la pierna izquierda de Ender a medio camino de una patada. Ender fue arrancado del suelo y aterrizó en él de forma aparatosa.

Se incorporó de un salto, furioso. Encontró al viejo sentado tranquilamente, con las piernas cruzadas, sin la respiración alterada, como si no se hubiera movido. Ender se quedó de pie en posición de combate, pero la inmovilidad del otro le impedía atacar. «¿Qué puedo hacer, arrancarle la cabeza de una patada? Y luego explicárselo a Graff: "Es que el viejo me pegó una patada, y tenía que desquitarme..."»

Volvió a sus ejercicios; el viejo continuó mirándole.

Finalmente, cansado e irritado por el día perdido, prisionero en su propia habitación, Ender volvió a la cama para usar su consola. Cuando se agachaba para cogerla, sintió una mano hundirse brutalmente entre sus muslos y otra mano empuñar su pelo. En un segundo estaba caído boca abajo. Tenía la cara y los hombros comprimidos contra el suelo por la rodilla del viejo, la espalda atrozmente doblada y las piernas inmovilizadas por el brazo del viejo. Ender estaba imposibilitado para utilizar los brazos, ni podía doblar la espalda para destensarla y poder actuar con las piernas. En menos de dos segundos, el viejo había derrotado completamente a Ender Wiggin.

—Está bien —dijo Ender con voz entrecortada—. Tú ganas.

La rodilla del hombre se clavó dolorosamente en su espalda.

—¿Desde cuándo —preguntó el hombre, con voz tenue y áspera— tienes que decir al enemigo cuándo ha ganado?

Ender continuó en silencio.

—Te sorprendí una vez, Ender Wiggin. ¿Por qué no me destruiste inmediatamente? ¿Simplemente porque parecía pacífico? Me diste la espalda. Estúpido. No has aprendido nada. No has tenido nunca un maestro.

Ahora Ender estaba irritado, y no hizo ningún esfuerzo por controlarlo o disimularlo.

—He tenido demasiados profesores, ¿cómo iba a saber que usted resultaría ser un...?

—Un enemigo, Ender Wiggin —susurró el viejo—. Soy tu enemigo, el primero que has tenido que es más listo que tú. No hay más maestro que el enemigo. Nadie sino el enemigo te dirá lo que va a hacer el enemigo. Nadie sino el enemigo te enseñará a destruir y conquistar. Sólo el enemigo te enseña tus puntos débiles. Sólo el enemigo te enseña sus puntos fuertes. Y las únicas reglas del juego son qué puedes hacerle y qué puedes impedir que él te haga. A partir de ahora soy tú enemigo. A partir de ahora soy tu maestro.

Entonces el viejo dejó caer las piernas de Ender. Como todavía tenía la cabeza contra el suelo, el chico no pudo hacer contrapeso con los brazos, y las piernas golpearon el suelo produciendo un crujido sonoro y un dolor agudo. Luego, el viejo se puso en pie y permitió que Ender se incorporara.

Lentamente, Ender arrastró las piernas, no sin un débil gemido de dolor. Se puso a cuatro patas un momento, recuperándose. Entonces, su brazo derecho salió proyectado en busca de su enemigo. El viejo retrocedió rápidamente describiendo un paso de baile, y la mano de Ender se cerró en el aire mientras el pie de su maestro salía proyectado hacia la barbilla de Ender. La barbilla de Ender no estaba allí. Estaba tendido sobre la espalda, rodando por el suelo, y en el instante en que el maestro estaba en desequilibrio a causa de la patada, los pies de Ender se estrellaron en la otra pierna

del viejo. Se desmoronó, pero no lo suficientemente cerca para asestar un golpe y acertar a Ender en la cara. Ender no podía encontrar un brazo o una pierna que se estuviera quieto el tiempo suficiente para poder aferrarlo, y, mientras tanto, le caían golpes en la espalda y en los brazos. Ender era más pequeño; no conseguía traspasar los miembros del viejo que le golpeaban. Al final consiguió separarse y abrirse paso hasta las proximidades de la puerta.

El viejo volvía a estar sentado con las piernas cruzadas, pero ahora la apatía había desaparecido. Sonreía.

—Esta vez ha estado mejor, chico. Pero lento. Con una flota tendrás que ser mejor que con tu cuerpo, o nadie estará a salvo contigo al mando. ¿Lección aprendida?

Ender asintió con la cabeza lentamente. Le dolía todo el cuerpo.

—Bien —dijo el viejo—. Entonces no tendremos que librar esta batalla de nuevo. Para las demás utilizaremos el simulador. Ahora yo programaré las batallas, no el ordenador; yo diseñaré la estrategia de tu enemigo, y tú aprenderás a ser rápido y a descubrir los trucos que el enemigo te tiene preparados. No lo olvides, chico. A partir de ahora, el enemigo es más listo que tú. A partir de ahora, el enemigo es más fuerte que tú. A partir de ahora, siempre estarás a punto de perder.

La cara del viejo se puso seria otra vez.

—Estarás a punto de perder, Ender, pero ganarás. Aprenderás a derrotar al enemigo. Él te enseñará cómo.

El maestro se incorporó.

—En esta escuela siempre ha existido la costumbre de que un estudiante mayor elija a un estudiante joven. Son compañeros, y el mayor enseña al joven todo lo que sabe. Siempre están luchando, siempre están compitiendo, siempre están juntos. Te he elegido a ti.

Ender habló mientras el viejo caminaba hacia la puerta.

—Eres demasiado viejo para ser un estudiante.

—Nunca se es viejo para ser un estudiante del enemigo. He aprendido de los insectores. Tú aprenderás de mí.

Mientras el viejo palmeaba la puerta para abrirla, Ender

dio un salto en el aire y le coceó la espalda con los dos pies. Golpeó con tanta fuerza que rebotó y cayó de pie, mientras el viejo daba un grito y se desplomaba en el suelo.

El viejo se incorporó lentamente, agarrándose al tirador de la puerta, con la cara deformada por el dolor. Parecía desvalido, pero Ender no se fiaba de él. Aun así, a pesar de su sospecha, la velocidad del viejo le cogió desprevenido. En un instante se encontró en el suelo cerca de la pared opuesta, sangrando por la nariz y los labios, que se había golpeado contra la cama. Pudo girarse lo suficiente para ver al viejo de pie en la puerta, haciendo una mueca de dolor y con las manos apretadas contra la espalda.

El viejo esbozó una sonrisa.

Ender respondió con otra sonrisa.

—Maestro —dijo—. ¿Tienes nombre?

—Mazer Rackham —dijo el viejo.

Entonces se fue.

A partir de entonces, Ender estuvo o con Mazer Rackham o solo. El viejo raramente hablaba, pero estaba allí; en las comidas, en las clases prácticas, en el simulador, en su habitación por la noche. Algunas veces Mazer se marchaba, pero cuando Mazer no estaba, la puerta estaba siempre cerrada, y nadie venía hasta que Mazer regresaba. Ender se pasó una semana llamándole Carcelero Rackham, Mazer respondía al nombre con la misma disposición que al suyo propio, y no mostró ningún signo de que le molestara en lo más mínimo. Ender lo dejó pronto.

Había compensaciones. Mazer repasó con Ender los vídeos de las viejas batallas de la Primera Invasión y las desastrosas derrotas de la F.I. en la Segunda Invasión. No hubo que reconstruirlas a partir de secuencias de los vídeos públicos censurados; estaban completas. Como en las batallas importantes hubo muchos vídeos en funcionamiento, estudiaron las tácticas y estrategias insectoras desde muchos ángulos.

Por primera vez en su vida, un maestro le apuntaba cosas que Ender no había visto ya por sí mismo. Por primera vez, Ender había encontrado una mente viva que podía admirar.

—¿Por qué no estás muerto? —le preguntó Ender—. Libraste tu batalla hace setenta años. No creo que tengas ni sesenta años.

—Los milagros de la relatividad —dijo Mazer—. Tras la batalla me mantuvieron aquí durante veinte años, aunque les supliqué que me dejaran mandar una de las astronaves que lanzaron contra el planeta de origen de los insectores y las colonias insectoras. Luego... llegaron a comprender algo sobre el comportamiento de los soldados bajo la tensión de la batalla.

—¿Qué?

—No te han enseñado suficiente psicología para entenderlo. Baste decir que comprendieron que a pesar de que no podría llegar a mandar la flota, pues estaría muerto antes de su llegada, seguía siendo la única persona que podía entender a los insectores como yo los entendía. Era, pensaron, la única persona que había derrotado a los insectores ayudado por la inteligencia, no por la suerte. Me necesitaban aquí para... enseñar a la persona que mandaría la flota.

—Así que te metieron en una astronave y te pusieron a una velocidad relativista.

—Y entonces me di la vuelta y vine a casa. Un viaje muy tedioso, Ender. Cincuenta años en el espacio. Oficialmente, para mí sólo pasaron ocho años, pero me sentía como si hubieran pasado quinientos. Sólo para que pudiera enseñar al siguiente comandante todo lo que sé.

—Entonces, ¿yo voy a ser el siguiente comandante?

—Digamos que de momento eres nuestra mejor alternativa.

—¿Están preparando a alguien más?

—No.

—Entonces, eso me convierte en la única alternativa.

Mazer se encogió de hombros.

—Excepto tú. Todavía estás vivo, ¿no? ¿Por qué no tú?

Mazer negó con la cabeza.

—¿Por qué no? Les venciste una vez.

—No puedo ser el comandante por abundantes y poderosas razones.

—Enséñame cómo derrotaste a los insectores, Mazer.

El rostro de Mazer se tornó inescrutable.

—Me has mostrado las otras batallas siete veces al menos. Creo que he visto formas de superar lo que hicieron los insectores en anteriores situaciones, pero nunca me has mostrado cómo les venciste de verdad.

—Ese vídeo es un secreto que está rigurosamente guardado, Ender.

—Lo sé. Lo he reconstruido parcialmente. Tú, con tu diminuta fuerza de reserva, y su armada, esas grandes astronaves de enorme barriga lanzando sus enjambres de cazas. Tú te precipitas hacia una nave, le disparas, una explosión. Ahí es donde siempre se detienen los vídeos. Después de eso sólo se ven soldados entrando en las naves insectoras y encontrándolos ya muertos.

Mazer esbozó una sonrisa.

—Demasiado para ser un secreto rigurosamente guardado. Venga, veamos el vídeo.

Estaban solos en la sala de vídeo, y Ender palmeó la puerta para cerrarla.

—De acuerdo, veámoslo.

El vídeo mostraba exactamente lo que Ender había reconstruido. El lanzamiento suicida de Mazer hacia el corazón de la formación enemiga, la explosión individual, y luego...

Nada. La nave de Mazer siguió, esquivando la onda expansiva, tejiendo su camino entre las demás naves insectoras. No le dispararon. No cambiaron de rumbo. Dos de ellas se estrellaron entre sí y explotaron; una colisión innecesaria que cualquiera de los dos pilotos podía haber evitado. Ninguno hizo el más ligero movimiento.

Mazer aceleró la lectura del vídeo. «Pasemos todo esto.»

—Esperamos durante tres horas —dijo—. Nadie podía creerlo.

Luego, las naves de la F.I. comenzaron a aproximarse a las astronaves insectoras. Los marines empezaron sus operaciones de abordaje. Los vídeos mostraban a los insectores en sus puestos. Muertos.

—Ves —dijo Mazer—. Ya conocías todo lo que había que ver.

—¿Qué sucedió?

—Nadie lo sabe. Tengo mis opiniones personales. Pero muchos científicos dicen que no estoy cualificado para tener opiniones.

—Tú fuiste quien ganó la batalla.

—Creía que eso me cualificaba para hacer comentarios, pero ya sabes lo que pasa. Los xenobiólogos y los xenopsicólogos no pueden aceptar la idea de que un piloto estelar se les adelante con una pura conjetura. Creo que me odian porque, tras ver los vídeos, tenían que vivir el resto de sus vidas naturales aquí, en Eros. Seguridad, ya sabes. No eran felices.

—Cuéntame.

—Los insectores no hablan. Piensan entre sí, y de una forma instantánea, como el efecto filótico. Como el ansible. Pero la mayoría de la gente siempre pensó que ello implicaba una comunicación controlada, como el lenguaje: «Pienso un pensamiento y entonces tú me respondes.» Nunca lo creí. Su respuesta conjunta es demasiado *inmediata*. Has visto los vídeos. No conversan y deciden entre posibles líneas de acción. Todas las naves actúan como si fueran parte de un solo organismo. Responden de la misma forma que tu cuerpo durante el combate, cuando las diferentes partes del cuerpo hacen automática, inconscientemente, todo lo que se supone que deben hacer. No mantienen una conversación mental entre seres con diferentes procesos mentales. *Todos* sus pensamientos están presentes a la vez, juntos.

—¿Una sola persona, y cada insector como una mano o un pie?

—Sí. No fui el primero que lo sugirió, pero sí fui el primero que lo creyó. Y algo más. Algo tan estúpido e infantil que los xenobiólogos se rieron de mí en silencio cuando lo dije después de la batalla. Los insectores son *insectos*. Son como las hormigas y las abejas. Una reina, las obreras. Así fue tal vez hace cien mil años, pero así empezaron, con ese tipo de estructura. Una cosa segura es que ninguno de los insectores que vimos tenía nada que le permitiera engendrar insectorcitos. Cuando desarrollaron esa capacidad de pensar juntos, ¿no es posible que conservaran a la reina?, ¿no es posible que fuera la reina el centro del grupo? ¿Por qué habría de cambiar?

—Entonces, es la reina quien controla todo el grupo.

—Había también evidencias. No eran evidencias que ellos pudieran ver. No estaba presente en la Primera Invasión, porque ésa era exploratoria. Pero la Segunda Invasión era una colonia. Para establecer una nueva colmena, o lo que fuera.

—Y se trajeron una reina.

—Mira los vídeos de la Segunda Invasión, cuando estaban destruyendo nuestra flota en el escudo del cometa.

—Comenzó a ponerlos y a visualizar las acciones de los insectores.

—Muéstrame la nave de la reina.

Era sutil. Ender tardó mucho tiempo en verlo. Las naves insectoras se mantenían en movimiento, todas. No había ninguna insignia obvia, ningún centro nervioso aparente. Pero gradualmente, a medida que Mazer ponía los vídeos una y otra vez, Ender empezó a ver que todos los movimientos irradiaban de un punto central. El punto central cambiaba, pero después de haberlo mirado el tiempo suficiente, era obvio que los ojos de la flota, el *yo* de la flota, la perspectiva desde la que se tomaban todas las decisiones, era una nave concreta. La señaló.

—Tú la ves. Yo la veo. De todos los que han visto los vídeos sólo hay dos que lo ven. Pero es cierto, ¿no?

—Hacen que esa nave se mueva exactamente igual que cualquier otra nave.

—Saben que es su punto flaco.

—Pero tienes razón. Ésa es la reina. Pero, ¿no crees que cuando fuiste a por ella, habrían concentrado inmediatamente todo su poder sobre ti? Podían haberte hecho explotar en mil pedazos.

—Lo sé. Esa parte no la entiendo. No es que no intentaran detenerme; me disparaban. Pero es como si hasta que fue demasiado tarde no pudieran creer que *mataría* a la reina. Puede que en sus mundos no se mate a las reinas, que sólo se las capture, que sólo se las dé jaque mate. Hice algo que no pensaban que un enemigo podía hacer.

—Y cuando ella murió, los demás también murieron.

—No, sólo se hicieron estúpidos. En las primeras naves que abordamos, los insectores todavía estaban vivos. Orgánicamente. Pero no se movían, no respondían a nada, incluso cuando nuestros científicos viviseccionaron algunos para ver si podíamos aprender algo más sobre ellos. Al cabo de un rato, murieron. Sin voluntad. Cuando la reina ha desaparecido no queda nada en esos pequeños cuerpos.

—¿Por qué no te creen?

—Porque no encontramos una reina.

—Voló en pedazos.

—Peripecias de la guerra. La biología ocupa un lugar secundario en la supervivencia. Pero algunos están comenzando a acercarse a mi opinión. No puedes vivir en este lugar sin que la evidencia salte a la vista.

—¿Qué evidencia hay aquí, en Eros?

—Ender, mira a tu alrededor. Los seres humanos no esculpieron este sitio. Entre otras cosas, nos gustan los techos más altos. Este era el puesto avanzado de los insectores en la Primera Invasión. Esculpieron este sitio antes de que supiéramos siquiera que estaban aquí. Vivimos en una colmena de insectores. Pero ya hemos pagado nuestro alquiler. A los marines les costó miles de vidas desalojarlos de esos panales, habitación por habitación. Los insectores lucharon por cada metro del terreno.

Ahora entendía Ender por qué veía algo raro en las habitaciones.

—Sabía que no era un sitio humano.

—Era la gruta del tesoro. Si hubieran sabido que ganaríamos esa primera guerra, es probable que no hubieran construido este lugar. Aprendimos a manipular la gravedad porque ellos aumentaron la gravedad de este lugar. Aprendimos a usar eficazmente la energía solar porque ellos ensombrecieron este planeta. De hecho, les descubrimos por eso. En un período de tres días, Eros desapareció gradualmente de nuestros telescopios. Enviamos un remolcador para averiguar la razón. Y la averiguó. El remolcador transmitió sus vídeos, incluyendo las tomas de los insectores abordando la nave y masacrando a la tripulación. Siguió transmitiendo en directo todo el proceso de exploración de la nave por los insectores, y no paró hasta que acabaron de desmantelar todo el remolcador. Ésa era su ceguera; no han tenido nunca ninguna necesidad de transmitir nada mediante aparatos, y, por eso, con la tripulación muerta, no se les ocurrió que alguien podía estar viéndolos.

—¿Por qué mataron a la tripulación?

—¿Y por qué no? Para ellos, perder a los miembros de una tripulación es como para ti cortarte las uñas. No pierdes nada importante. Es probable que al eliminar a los operarios que dirigían el remolcador pensaran que estaban realizando el corte rutinario de nuestras comunicaciones, no asesinando a seres sensibles, vivos, con un futuro genético independiente. El asesinato no es un concepto corriente entre ellos. Sólo matar a la reina es realmente matar, porque sólo la muerte de la reina cierra un camino genético.

—¿Quieres decir que no sabían lo que hacían?

—No empieces a compadecerles, Ender. El hecho de que no supieran que estaban matando a seres humanos no quiere decir que no estuvieran matando a seres humanos. Tenemos derecho a defendernos de la mejor forma posible, y la única forma que encontramos es matar a los insectores antes de que ellos nos maten a nosotros. Míralo así. En todas las guerras insectoras que ha habido hasta ahora, han matado a miles y miles de seres racionales, vivos. Y en todas esas guerras nosotros sólo hemos matado a uno.

—Si no hubieras matado a la reina, Mazer, ¿habríamos perdido la guerra?

—Diría que nuestras posibilidades habrían sido tres contra dos a su favor. Sigo pensando que podía haber diezmado su flota a fondo antes de que nos barrieran. Tenían un rapidísimo tiempo de respuesta y una gran potencia de fuego, pero nosotros también teníamos algunas ventajas. Cada una de nuestras naves contenía un ser humano inteligente que pensaba por sí mismo. A cualquiera de nosotros se le puede ocurrir una solución brillante a un problema. A ellos sólo se les puede ocurrir una solución brillante cada vez. Los insectores piensan con mucha rapidez, pero no son tan listos. Aunque algunos comandantes increíblemente estúpidos y timoratos perdieran las principales batallas de la Segunda Invasión, algunos de sus subordinados consiguieron infligir importantes daños a la flota invasora.

—¿Qué pasará cuando nuestra invasión llegue allí? ¿Volveremos a tener a la reina a nuestro alcance?

—Si fueran tontos, los insectores no habrían aprendido a hacer viajes interestelares. Ésa fue una estrategia que sólo puede funcionar una vez. Me temo que no volveremos a tener a una reina a nuestro alcance a no ser que vayamos a su planeta de origen. Al fin y al cabo, la reina no necesita estar *con* ellos para dirigir una batalla. La reina sólo tiene que estar presente para tener insectorcitos. La Segunda Invasión fue una colonia; la reina venía a poblar la Tierra. Pero esta vez no, no volverá a funcionar. Tendremos que derrotarles flota a flota. Y como disponen de los recursos de docenas de sistemas estelares, me temo que su superioridad numérica será aplastante, en todas las batallas.

Ender se acordó de su batalla contra dos escuadras a la vez. «Y yo que creí que estaban haciendo trampas. Cuando empiece la guerra real, siempre será así. Y no habrá ninguna puerta a la que agarrarse.»

—Sólo tenemos dos cosas de nuestra parte, Ender. No tenemos que apuntar demasiado. Nuestras armas tienen un gran radio de alcance.

—Entonces no usaremos los misiles nucleares de la Primera y Segunda Invasión.

—El doctor Ingenio es mucho más potente. Al fin y al cabo, las armas nucleares eran lo suficientemente débiles para poder ser utilizadas en la Tierra una a una. El Pequeño Doctor no se podría utilizar en un planeta. De todas formas, me hubiera gustado tenerlo en la Segunda Invasión.

—¿Cómo funciona?

—No lo sé, por lo menos no lo suficiente para construir uno. Justo en el punto focal de dos rayos, erige un campo en el que las moléculas ya no se pueden mantener unidas. No pueden compartir electrones. ¿Conoces algo de física de ese nivel?

—Dedicamos casi todo el tiempo a la astrofísica, pero sé lo suficiente para hacerme una idea.

—El campo se extiende formando una esfera, pero se debilita cuanto más se extiende. Con la particularidad de que donde choca contra muchas moléculas se fortalece y empieza otra vez. Cuanto más grande es la nave, más fuerte es el nuevo campo.

—Así que cada vez que el campo acierta a una nave, forma una nueva esfera.

—Y si sus naves están muy juntas, puede disparar una cadena que las barre todas. Entonces el campo se extingue, las moléculas vuelven a juntarse, y donde antes había una nave hay ahora una masa uniforme con muchas moléculas de hierro. Ni radiactividad ni suciedad. Sólo masa uniforme. Quizá podamos cogerles juntos en la primera batalla, pero aprenden rápidamente. En las siguientes guardarán las distancias.

—Así que el doctor Ingenio no es un misil. No puedo dispararlo desde detrás de una esquina.

—Eso es. Ahora los misiles no servirían para nada. En la Primera Invasión aprendimos mucho de ellos, pero también ellos aprendieron de nosotros; a erigir el Escudo Estático, por ejemplo.

—¿Atraviesa ese escudo el Pequeño Doctor?

—Como si no estuviera. El escudo no te deja ver para apuntar y enfocar los rayos, pero como el generador del Escudo Estático está siempre en el mismo centro, no es difícil localizarlo.

—¿Por qué no se me ha enseñado a manejarlo?

—Se te ha enseñado. Nos limitamos a dejar que el ordenador se ocupase de ello. Tu trabajo era obtener una posición estratégicamente superior y elegir un blanco. Los ordenadores de abordo son mucho mejores que tú para usar al Pequeño Doctor.

—¿Por qué se llama doctor Ingenio?

—Cuando se desarrolló, se le llamó Ingenio de Desintegración Molecular, Ingenio M. D.

Ender seguía sin entender.

—M.D., las iniciales inglesas de Médico. Ingenio M.D., y de ahí a doctor Ingenio. Era un chiste.

Ender no le vio la gracia.

Le cambiaron el simulador. Seguía teniendo la posibilidad de controlar la perspectiva y el grado de detalle, pero ya no había controles de naves. Había en cambio un panel de palancas, y unos pequeños auriculares con audífonos y un pequeño micrófono.

El técnico que le esperaba le enseñó a ponerse los auriculares.

—Pero, ¿cómo gobierno las naves?

Mazer se lo explicó. Ya no iba a gobernar naves.

—Has llegado a la siguiente fase de tu adiestramiento. Tienes suficiente experiencia en todos los niveles de estrategia, pero ha llegado la hora de que te concentres en el mando de toda un flota. Al igual que en la Escuela de Batalla trabajabas con jefes de batallón, ahora trabajarás con jefes de escuadrón. Se te han asignado tres docenas de jefes, que tienes que adiestrar. Tienes que enseñarles tácticas inteligentes; tienes que mostrarles sus posibilidades y sus limitaciones; tienes que convertirlos en un equipo.

—¿Cuándo vendrán?

—Ya están aquí, en sus propios simuladores. Te dirigirás a ellos a través de los auriculares. Las nuevas palancas de tu panel de control te permiten ver desde la perspectiva de cualquier jefe de escuadrón. Eso produce con casi total fidelidad las condiciones que puedes encontrar en un batalla real, donde sólo verás lo que vean tus naves.

—¿Cómo voy a trabajar con jefes de escuadrón que no veo nunca?

—¿Para qué necesitas verlos?

—Para saber quiénes son, cómo piensan...

—Sabrás quiénes son y cómo piensan por lo que hacen en el simulador. Pero de todas formas, creo que no debes preocuparte. En este momento te están escuchando. Ponte los auriculares para que puedas oírlos.

Ender se puso los auriculares.

—*Salaam* —dijo un susurro a sus oídos.

—Alai —dijo Ender.

—Y yo, el enano.

—Bean.

Y Petra, y Dink; Crazy Tom, Shen, Hot Soup, Fly Molo, los mejores estudiantes que habían luchado con o contra Ender, todos aquellos en los que Ender había confiado en la Escuela de Batalla.

—No sabía que estabais aquí —dijo—. No sabía que ibais a venir.

—Llevan ya tres meses flagelándonos con el simulador —dijo Dink.

—Ya te darás cuenta de que soy el mejor táctico con mucho —dijo Petra—. Dink hace lo que puede, pero tiene la mentalidad de un niño.

Y empezaron a trabajar juntos, cada jefe de escuadrón al mando de pilotos y Ender al mando de los jefes de escuadrón. Aprendieron muchas formas de actuar juntos, pues el simulador les ponía a prueba en diferentes situaciones. Algunas veces, el ordenador les daba una flota grande, y Ender los organizaba en tres o cuatro batallones constituidos por

tres o cuatro escuadrones cada uno. Algunas veces, el ordenador les daba una sola astronave con sus doce cazas, y Ender elegía a tres jefes de escuadrón y les asignaba tres o cuatro cazas a cada uno.

Era diversión; era un juego. El enemigo controlado por el ordenador no era demasiado brillante, y siempre ganaban, a pesar de sus errores, a pesar de sus problemas de comunicación. Pero en las tres semanas que habían hecho prácticas juntos, Ender llegó a conocerles muy bien. Dink, que cumplía con la máxima destreza todas las instrucciones que se le daban, pero que era lento a la hora de improvisar; Bean, que no podía controlar bien grandes grupos de naves, pero que podía utilizar unas pocas como un escalpelo, reaccionando maravillosamente a lo que el ordenador le echara; Alai, que era casi tan buen estratega como Ender y al que se le podía confiar la mitad de la flota dándole sólo instrucciones vagas.

Cuanto mejor les conocía, con más velocidad podía desplegarlos, mejor podía utilizarlos. El simulador presentaría la situación en la batalla. Ender conocería en ese mismo momento la composición de su flota y cómo estaba desplegada la flota enemiga. Ahora necesitaría unos minutos para llamar a los jefes de escuadrón que necesitaría, para asignarles ciertas astronaves o grupos de astronaves, y para darles sus instrucciones. Luego, a medida que se desarrollaba la batalla, saltaría del punto de vista de un jefe al de otro, dando consejos y, si era necesario, dando órdenes. Como los demás sólo podían ver su propia perspectiva de la batalla, algunas veces les daba órdenes que para ellos no tenían ningún sentido; pero también ellos aprendieron a confiar en Ender. Si les decía que se retiraran, se retiraban, sabiendo que o estaban en una situación comprometida o que su retirada atraería al enemigo a una situación de debilidad. También sabían que, cuando Ender no les daba ninguna orden, confiaba en que harían lo que juzgaran más conveniente. Si su forma de combatir no fuera la adecuada para la situación en la que habían sido puestos, Ender no les habría elegido para esa misión.

La confianza era total, y el trabajo de la flota, rápido y

positivo. Y al cabo de tres semanas, Mazer les presentó una repetición de sus batallas más recientes, pero ahora desde el punto de vista del enemigo.

—Esto es lo que veía cuando le atacabas. ¿Te dice algo? La rapidez de la respuesta, por ejemplo.

—Parecemos una flota insectora.

—Les has igualado, Ender. Eres tan rápido como ellos. Y mira esto.

Ender vio a todos sus escuadrones moviéndose a la vez, cada uno respondiendo a su situación particular, todos guiados por la táctica global de Ender, pero osando, improvisando, amagando, atacando con una independencia que ninguna flota insectora había demostrado nunca.

—La mente-colmena insectora es muy buena, pero sólo se puede concentrar en unas pocas cosas a la vez. Todos y cada uno de tus escuadrones pueden concentrar una inteligencia lúcida en lo que hacen, y lo que se les ha dicho que hagan está guiado también por una mente inteligente. Así que ya ves que sí tienes algunas ventajas. Armamento superior, aunque no irresistible; velocidad comparable y más inteligencia disponible. Éstas son tus ventajas. Tu desventaja es que siempre, siempre, el enemigo te superará en número, y tras cada batalla aprenderá más cosas sobre ti y sobre la forma de enfrentarse a ti, y pondrá en práctica esos cambios inmediatamente.

Ender esperaba las conclusiones.

—Ender, ahora empieza tu educación. Hemos programado el ordenador para que simule situaciones previsibles en encuentros con el enemigo. Vamos a utilizar las pautas de movimientos que vimos en la Segunda Invasión. Pero en vez de seguir esas pautas al pie de la letra, yo controlaré las simulaciones del enemigo. En principio te encontrarás con situaciones fáciles que es de esperar ganes con comodidad. Aprende de ellas, porque yo estaré siempre ahí, un paso delante de ti, programando en el ordenador situaciones más difíciles y sofisticadas, para que tu siguiente batalla sea más difícil, para llevarte al límite de tus posibilidades.

—¿Y después?

—Tenemos poco tiempo. Debes aprender a la mayor velocidad posible. Cuando me dediqué a viajar en astronaves, con el único objeto de estar vivo cuando tú aparecieras, mi mujer y mis hijos murieron, y mis nietos tenían mi edad cuando volví. No tenía nada que decirles. Estaba desconectado de todas las personas que quería, de todo lo que conocía, y viví en esta catacumba extraña, obligado a no hacer nada importante sino enseñar a un estudiante detrás de otro, todos tan prometedores; todos, al final, malogrados. Fracasos. Les enseño, les enseño, pero ninguno aprende. Tú también eres una gran promesa, como tantos otros estudiantes que vinieron antes que tú, pero también en ti puede estar la semilla del fracaso. Mi trabajo es encontrarla, destruirte si puedo, y créeme, Ender, si se te puede destruir, yo puedo hacerlo.

—Así que no soy el primero.

—No, claro que no. Pero eres el último. Si no aprendes no tendremos tiempo para encontrar a ningún otro. Por eso deposito mi esperanza en ti, simplemente porque eres el único que queda para depositar mi esperanza.

—¿Y los otros? ¿Mis jefes de escuadrón?

—¿Quién puede ocupar tu puesto?

—Alai.

—Sé sincero.

Ender no pudo decir nada.

—No soy feliz, Ender. La humanidad no nos pide que seamos felices. Sólo nos pide ser brillantes en su nombre. Primero la supervivencia, luego la felicidad que podamos alcanzar. Así que, Ender, espero que mientras dure tu adiestramiento no me aburras con quejas de que no te diviertes. Saca el placer que puedas en los intersticios de tu trabajo, pero tu trabajo es lo primero, aprender es lo primero, vencerlo es todo porque sin eso no hay nada. Cuando me puedas devolver a mi mujer muerta, Ender, puedes quejarte de lo que te cuesta tu educación.

—No intentaba eludir nada.

—Pero lo harás, Ender. Porque te voy a hacer polvo, si puedo. Te voy a golpear con todo lo que pueda imaginar, y no tendré piedad, porque cuando te enfrentes a los insectores pensarán cosas que yo no puedo ni *imaginar*, y la compasión por los seres humanos es algo imposible para ellos.

—Tú no me puedes hacer polvo, Mazer.

—¿No?

—Porque soy más fuerte que tú.

Mazer sonrió.

—Ya lo veremos, Ender.

Mazer le despertó antes del amanecer; el reloj marcaba las 03.40, y Ender se sentía mareado cuando, detrás de Mazer, caminaba por el corredor con pasos silenciosos.

—A quien madruga —entonó Mazer— Dios pone zancadillas.

Había soñado que los insectores le viviseccionaban. Pero en vez de trinchar su cuerpo, trinchaban sus recuerdos y los proyectaban como holografías e intentaban extraer algún sentido. Había sido un sueño muy extraño, y Ender no conseguía sacudírselo de encima, incluso mientras caminaba por los túneles hacia la sala del simulador. Los insectores le atormentaban cuando estaba dormido y Mazer no le dejaría en paz cuando estuviera despierto. Entre uno y otro, no tenía ningún descanso. Ender se obligó a desperezarse. Parecía que Mazer hablaba en serio cuando dijo que intentaría destrozar a Ender; y obligarle a jugar cuando estaba cansado y somnoliento era precisamente el tipo de truco fácil y barato que Ender debería haber esperado. Bien, hoy no funcionaría.

Llegó al simulador y encontró a sus jefes de escuadrón en la línea, esperándole. Todavía no había ningún enemigo, por lo que los dividió en dos escuadras y montó un simulacro de batalla, mandando a los dos contendientes y controlando la prueba a la que había sometido a cada uno de sus jefes. Comenzaron con lentitud, pero pronto empezaron a actuar con vigor y atención.

Entonces, el simulador se puso en blanco, las naves desaparecieron, y todo cambió de repente. En el borde más cercano del campo del simulador se veían las formas, dibujadas con luces hológrafas, de tres astronaves de la flota humana. Cada una tendría doce cazas. El enemigo, obviamente conocedor de la presencia humana, había formado un globo con una sola nave en el centro. Ender no se dejó embaucar; no sería la nave reina. Los insectores doblaban en número a la fuerza de caza de Ender, pero también estaban mucho más apiñados de lo que deberían estar. El doctor Ingenio estaría en disposición de hacer mucho más daño de lo que el enemigo esperaba.

Ender seleccionó una astronave, la hizo destellar en el campo del simulador, y habló por el micrófono:

—Alai, ésa es tuya; asigna los cazas a Petra y a Vlad a tu voluntad. —Asignó las otras dos astronaves con sus fuerzas de caza, con excepción de un caza de cada astronave, que reservó para Bean—. Corre la pared y ponte debajo de ellos, a no ser que intenten darte caza; en tal caso, retrocede hacia las reservas y ponte a salvo; en caso contrario, sitúate en un lugar donde pueda requerir de ti resultados rápidos. Alai, haz una formación compacta para emprender un asalto a un punto de su globo. No dispares hasta que te lo diga. No es más que una maniobra.

—Ésta va a ser fácil, Ender —dijo Alai.

—Es fácil, pero ¿por qué no tener cuidado? Me gustaría hacerlo sin perder ni una sola nave.

Ender agrupó sus reservas en dos fuerzas que cubrían a Alai desde un lugar seguro; Bean ya se había salido del simulador, aunque, de vez en cuando, Ender conectaba el punto de vista de Bean para saber dónde estaba.

De todas formas, era Alai el que desempeñaba el papel más delicado con el enemigo. Había organizado una formación en forma de bala, y tanteaba el globo enemigo. Allá donde se acercaba, las naves insectoras se retiraban, como si quisieran atraerle hacia la nave del centro. Alai se desviaba hacia un lado; las naves insectoras seguían su movimiento,

retirándose de donde pasaba, volviendo a la formación esférica cuando había pasado.

Amaga, se retira, roza el globo por otro sitio, se retira otra vez, amaga otra vez; y entonces Ender dijo:

—Entra adentro, Alai.

Su grupo en forma de bala empezó a entrar, mientras decía a Ender:

—Sabes que me dejarán pasar y me rodearán y me comerán vivo.

—Basta que ignores a esa nave del centro.

—Lo que digas, jefe.

Efectivamente, el globo comenzó a contraerse. Ender adelantó las reservas; las naves enemigas se concentraron en el lado del globo más cercano a las reservas.

—Atácalos ahí, donde están más concentrados —dijo Ender.

—Esto desafía cuatro mil años de historia militar —dijo Alai mientras adelantaba sus cazas—. Se supone que tenemos que atacar donde seamos superiores en número.

—Está claro que en esta simulación no saben lo que pueden hacer nuestras armas. Sólo funcionará una vez, pero hagámoslo de una forma espectacular. ¡Dispara a discreción!

Alai lo hizo. La simulación respondió maravillosamente: primero una o dos, luego una docena, luego la mayoría de las naves enemigas explotaron en un resplandor de luz, a medida que el campo saltaba de una nave a otra nave de la apretada formación.

—Mantente alejado —dijo Ender.

Las naves del lado alejado de la formación en globo no resultaron afectadas por la reacción en cadena, pero fue fácil cazarlas y destruirlas. Bean se ocupó de los rezagados que intentaban escapar hacia su confín del espacio. La batalla había concluido. Había sido más fácil que casi todas sus prácticas recientes.

Mazer se encogió de hombros cuando Ender se lo dijo.

—Se trata de una simulación de una invasión real. Tenía que haber una batalla en la que no supieran lo que podíamos

hacer. Ahora es cuando empieza tu labor. No te envanezcas por la victoria. Pronto te enfrentaré a una situación verdaderamente comprometida.

Ender practicaba con sus jefes de escuadrón diez horas diarias, pero no con todos a la vez. Les daba unas horas de descanso al mediodía. Cada dos o tres días efectuaban batallas simuladas, bajo la supervisión de Mazer, y, tal como le había prometido, ninguna volvió a ser tan fácil. El enemigo abandonó rápidamente su intento de rodear a Ender, y no volvió a agrupar sus fuerzas hasta el punto de permitir la reacción en cadena. Cada vez había algo nuevo, algo más difícil todavía. Algunas veces, Ender tenía sólo una astronave y ocho cazas; una vez, el enemigo se escondió en un cinturón de asteroides; otras veces, el enemigo dejaba trampas estacionarias, grandes instalaciones que explotaban si Ender acercaba demasiado uno de sus escuadrones, e inutilizaban o destruían con cierta frecuencia algunas naves de Ender.

—¡No puedes reponer pérdidas! —le gritó Mazer en una batalla—. En una batalla *real* no te podrás permitir el lujo de tener un suministro infinito de cazas generados por ordenador. Tendrás lo que hayas traído contigo y *nada más*. Acostúmbrate ahora a combatir sin pérdidas innecesarias.

—No son pérdidas innecesarias —dijo Ender—. No puedo ganar batallas si el miedo de perder una nave me impide arriesgarme.

Mazer sonrió.

—Muy bien, Ender. Estás comenzando a aprender. Pero en una batalla real estarás rodeado de oficiales de rango superior y, lo que es peor, de civiles que te gritarán todas estas cosas. Veamos esta batalla. Si el enemigo hubiera sido mínimamente brillante te habría cazado *aquí* y habría capturado el escuadrón de Tom.

Juntos, repasaron la batalla; en la siguiente práctica, Ender enseñaría a sus jefes lo que Mazer le había demostrado, y la próxima vez que se vieran en esa situación la resolverían mejor.

Creían que ya estaban preparados, que habían funciona-

do perfectamente en equipo. Ahora, sin embargo, tras enfrentar juntos situaciones comprometidas, comenzaron a confiar unos en otros más que nunca, y las batallas eran cada vez más estimulantes. Dijeron a Ender que los que no jugaran estarían en las salas de los simuladores y observarían. Ender intentó imaginarse lo que significaría tener a sus amigos allí, con él, vitoreando o riendo o cortándoseles la respiración; algunas veces pensaba que le distraerían demasiado, pero otras veces lo anhelaba con todas sus fuerzas. Ni siquiera cuando se pasaba el día tumbado al sol en una balsa en un lago había estado tan solo. Mazer Rackham era su compañero, era su maestro, pero no era su amigo.

Sin embargo, no dijo nada. Mazer le había dicho que no habría piedad, y su infelicidad personal no significaba nada para nadie. La mayor parte del tiempo no significaba nada ni para Ender. Mantuvo su mente en el juego, intentando aprender de las batallas. Y no sólo las lecciones concretas de esa batalla concreta, sino lo que los insectores podrían haber hecho si hubieran sido más listos, y cómo reaccionaría Ender si lo hicieran en el futuro. Vivía con batallas pasadas y batallas futuras, despierto y dormido. Y dirigía a sus jefes de escuadrón con una energía que algunas veces provocaba rebeliones.

—Eres demasiado amable con nosotros —dijo Alai un día—. ¿Por qué no te enfadas con nosotros por no ser brillantes en *cada* momento de *cada* práctica? Si nos sigues mimando así llegaremos a creer que te gustamos.

Algunos se rieron por los micrófonos. Naturalmente, Ender captó la ironía, y respondió con un largo silencio. Cuando por fin habló, ignoró la queja de Alai.

—Otra vez —dijo—, y esta vez sin autocompasión.

Lo hicieron otra vez, y otra vez.

Pero a medida que crecía su confianza en Ender como comandante, desaparecía su amistad, traída en la memoria desde la Escuela de Batalla. Estrechaban su relación entre ellos; se intercambiaban confidencias entre ellos. Ender era su profesor y su comandante, tan distante de ellos como Mazer lo estaba de él, y tan exigente.

No obstante, eso les hizo combatir mejor. Y nada distraía a Ender de su trabajo.

Por lo menos, cuando estaba despierto. En cuanto se arrastraba a dormir por las noches, lo hacía con recuerdos del simulador jugueteando en su mente. Pero por la noche pensaba en otras cosas. Se acordaba con frecuencia del cadáver del Gigante, descomponiéndose constantemente; no se acordaba, sin embargo, de los pixels de la imagen de la consola. Era real, el apagado olor de la muerte seguía pegado a él. En sus sueños, las cosas habían cambiado. La pequeña aldea que había crecido entre las costillas del Gigante estaba poblada ahora por insectores, y le saludaban con gravedad, como gladiadores saludando a César antes de morir para divertirle. En sus sueños no odiaba a los insectores; y aunque sabía que escondían a la reina para que no la encontrara, no intentaba buscarla. Siempre abandonaba el cuerpo del Gigante rápidamente, y cuando llegaba al patio de recreo, los niños estaban allí siempre, lobunos y burlones; tenían caras que conocía. Algunas veces Peter y algunas veces Bonzo, algunas veces Stilson y Bernard; con no menos frecuencia, sin embargo, las criaturas salvajes eran Alai y Shen, Dink y Petra; algunas veces, uno de los niños-lobo era Valentine, y en su sueño la metía bajo el agua y esperaba a que se ahogase. Valentine se retorcía en sus manos, luchaba por asomar la cabeza, pero al final se quedaba quieta. Ender la sacaba del agua y la subía a la balsa, donde yacía con el rictus de la muerte en la cara. Ender chillaba y sollozaba sobre ella, y gritaba una y otra vez que era un juego, un juego, que sólo estaba jugando.

Entonces Mazer Rackham le sacudió hasta despertarle.

—Gritabas en sueños —dijo.

—Lo siento —dijo Ender.

—No te preocupes. Es hora de tener otra batalla.

El ritmo creció constantemente. Ahora había normalmente dos batallas diarias, y Ender redujo las prácticas al mínimo. Utilizaría el tiempo en que los demás descansaban para reflexionar sobre repeticiones de juegos pasados, in-

tentando captar sus propios puntos débiles, intentando adivinar qué pasaría a continuación. Algunas veces estaba perfectamente preparado para las innovaciones del enemigo; otras, no.

—Creo que me está haciendo trampa —dijo Ender a Mazer un día.

—¿Qué?

—Usted puede observar mis sesiones prácticas. Puede ver lo que preparo. Da la impresión de que está preparado para todo lo que hago.

—La mayoría de lo que ves son simulaciones por ordenador —dijo Mazer—. Y el ordenador está programado para responder a tus innovaciones únicamente cuando las hayas utilizado en una batalla.

—Entonces el ordenador hace trampas.

—Necesitas dormir más, Ender.

Pero no podía dormir. Cada noche yacía despierto más tiempo, y su sueño era menos sosegado. Se despertaba con demasiada frecuencia por la noche. No estaba seguro de si se despertaba para reflexionar más sobre el juego o para escapar de los sueños. Era como si alguien le condujera en su sueño, obligándole a vagar por sus peores recuerdos, a vivirlos otra vez como si fueran reales. Las noches eran tan reales que los días empezaron a parecerle sueños. Comenzó a preocuparle la idea de que no pensaba con la suficiente claridad, de que estaba demasiado cansado para jugar. Siempre. Cuando daba comienzo cada juego, su intensidad le despertaba pero, «si mi capacidad mental sufriera algún lapsus —se preguntaba—, ¿lo notaría?».

Y parecía tener lapsus. Ya no libraba batallas en las que no perdiera por lo menos algún caza. Varias veces, el enemigo le descubrió más puntos flacos que los que había pensado tener; otras veces, el enemigo pudo consumirle por desgaste hasta que la victoria cayó de su lado más por suerte que por estrategia. Mazer repasaría el juego con una mueca de disgusto en la cara. «Fíjate —diría—, no tenías que haber hecho esto.» Y Ender volvería a hacer prácticas con sus je-

fes, intentando mantener alta su moral, pero mostrando algunas veces su disgusto por sus fallos, por cometer errores.

—Algunas veces, cometemos errores —le susurró Petra una vez. Era una súplica de ayuda.

—Y algunas veces, no —contestó Ender.

Si alguien le iba a ayudar, no sería él. Él enseñaría; que busque amigos entre los demás.

Luego llegó una batalla que estuvo a punto de terminar en un desastre. Petra llevó sus fuerzas demasiado lejos; quedaron al descubierto, y Petra se dio cuenta cuando Ender no estaba con ella. En unos minutos había perdido todas sus naves, menos dos. Ender lo descubrió en ese momento; le ordenó que las desplazara en una determinada dirección; Petra no respondió. Las naves no se movían. En un momento se perderían también esos dos cazas.

Ender supo instantáneamente que la había presionado demasiado; impelido por su brillantez, la había requerido con mucha más frecuencia y en circunstancias más exigentes que al resto, excepto unos pocos. Pero ahora no tenía tiempo para preocuparse por Petra, o para sentirse culpable por lo que le había hecho. Llamó a Crazy Tom para que tomara el mando de los dos cazas que quedaban y luego siguió intentando sacar adelante esa batalla; Petra había ocupado una posición clave, y ahora toda la estrategia de Ender se venía abajo. Si el enemigo no hubiera sido tan impaciente y tan torpe a la hora de explotar su ventaja, Ender habría perdido. Pero Shen pudo sorprender a un grupo de enemigos en una formación demasiado compacta y los eliminó con una sola reacción en cadena. Crazy Tom metió sus dos cazas supervivientes por el intersticio y causó estragos al enemigo, y aunque al final tanto sus naves como las de Shen quedaron destruidas, Fly Molo pudo hacer limpieza y completar la victoria.

Al final de la batalla pudo oír los gritos de Petra intentando acercarse a un micrófono.

—¡Decidle que lo siento! estaba tan cansada que no podía pensar, eso es todo; decid a Ender que lo siento.

Faltó a unas cuantas prácticas, y cuando volvió ya no era tan rápida como había sido, ni tan osada. Había perdido lo que la había convertido en un buen comandante. Ender ya no podría utilizarla más, excepto en misiones rutinarias bajo estrecha supervisión. Petra no era tonta. Sabía lo que había pasado. Pero también sabía que Ender no tenía otra alternativa, y se lo dijo.

Quedaba el hecho de que se había roto, y estaba lejos de ser su jefe de batallón más débil. Era un aviso; no podía presionar a sus comandantes más allá de sus fuerzas. Ahora, en vez de utilizar a sus jefes cada vez que tenía necesidad de sus capacidades, tenía que tener en cuenta la frecuencia con que habían combatido. Tenía que distribuirlos por turnos, lo que significaba que algunas veces entraba en batalla con los comandantes que menos confianza le inspiraban. A medida que mitigaba la presión sobre ellos, aumentaba la presión sobre sí mismo.

Una noche, el dolor le despertó. Había sangre en su almohada, había sabor a sangre en su boca. Los dedos le daban punzadas. Descubrió que se los había estado royendo mientras dormía. Todavía salía algo de sangre.

—Mazer —gritó.

Rackham se despertó y llamó rápidamente a un médico. Mientras el doctor trataba la herida, Mazer dijo:

—No me importa lo que comas, Ender. El autocanibalismo no te sacará de la escuela.

—Estaba dormido —dijo Ender—. No quiero salir de la Escuela de Alto Mando.

—Me alegro.

—Los demás. Los que no pasaron.

—¿Qué dices?

—Antes que yo. Sus otros estudiantes, los que no pasaron el curso. ¿Qué les pasó?

—No lo pasaron. Nada más. No castigamos a los que fracasan. Simplemente, no van.

—Como Bonzo.

—¿Bonzo?

—Se fue a casa.

—Como Bonzo, no.

—¿Entonces? ¿Qué les pasó? ¿Cuándo fracasaron?

—¿Qué más da, Ender?

Ender no respondió.

—Ninguno fracasó a estas alturas del curso, Ender. Cometiste un error con Petra. Se recuperará. Pero Petra es Petra, y tú eres tú.

—Ella es parte de lo que yo soy. La parte que ella hizo.

—Tú no fracasarás, Ender. No tan pronto. Has pasado por algunos aprietos, pero siempre has ganado. Todavía no conoces tus límites, pero si ya has llegado a ellos, eres mucho más débil de lo que yo creía.

—¿Mueren?

—¿Quién?

—Los que fracasan.

—No, no mueren. Dios mío, muchacho, ¿a qué juegas?

—Creo que Bonzo murió. Lo soñé la noche pasada. Recordé su mirada después de que le aplastara la cara con la cabeza. Creo que le engasté la nariz en el cerebro. Le salía sangre por los ojos. Creo que en ese momento ya estaba muerto.

—Es sólo un sueño.

—Mazer, no quiero seguir soñando estas cosas. Me da miedo dormir. No dejo de pensar en cosas que no quiero recordar. Veo toda mi vida representada como si fuera un magnetoscopio y otra persona quisiera ver las partes más terribles de mi vida.

—No podemos administrarte drogas, si es eso lo que buscas. Siento que tengas malos sueños. ¿Quieres que dejemos la luz encendida?

—¡No se ría de mí! —dijo Ender—. Tengo miedo de volverme loco.

El doctor había acabado de vendarle. Mazer le dijo que podía irse. Se fue.

—¿De verdad tienes ese miedo? —preguntó Mazer.

Ender reflexionó y no estaba seguro.

—En mis sueños —dijo Ender—, nunca estoy seguro de ser yo.

—Los sueños extraños son una válvula de escape, Ender. Por primera vez en tu vida estás viviendo bajo una pequeña presión. Tu cuerpo busca la forma de compensarla, nada más. Ya eres un chico grande. Es hora de que dejes de tener miedo a la noche.

—De acuerdo —dijo Ender.

Y entonces tomó la decisión de no volver a hablar de sus sueños con Mazer.

Los días desfilaban, con batallas cada día, hasta que al final Ender se instaló en la rutina de la destrucción de sí mismo. Comenzó a dolerle el estómago. Le pusieron a dieta, pero en seguida perdió el apetito. «¡Come!», decía Mazer, y Ender se llevaba mecánicamente la comida a la boca. Pero si nadie le decía que comiera, no comía.

Otros dos jefes de escuadrón se derrumbaron como Petra; la presión sobre los demás creció. Ahora el enemigo les triplicaba o cuadruplicaba en número en todas las batallas; además, se retiraban con mayor rapidez cuando las cosas les iban mal, y se reagrupaban y prolongaban las batallas cada vez más; algunas veces duraban horas, hasta que al final destruían a la última nave enemiga. Ender comenzó a cambiar a sus jefes de batallón en la misma batalla, haciendo entrar a los que estaban frescos y descansados para que ocuparan el lugar de los que estaban empezando a mostrar torpeza y falta de reflejos.

—¿Sabes una cosa? —le dijo Bean una vez al tomar el mando de los cuatro cazas restantes de Hot Soup—, este juego no es tan divertido como solía ser.

Un día en una práctica, cuando Ender estaba instruyendo a sus jefes de batallón, la sala se ennegreció y se despertó en el suelo, con la cara ensangrentada allá donde había golpeado los controles.

Entonces le metieron en la cama y estuvo muy enfermo

tres días. Recordaba haber visto caras en sus sueños, pero no eran caras reales, y lo sabía incluso mientras creía que las veía. Creía algunas veces que veía a Valentine, y algunas veces a Peter; algunas veces a sus amigos de la Escuela de Batalla, y otras veces a los insectores vivisecionándole. Una vez parecía muy real, cuando vio al coronel Graff inclinado sobre él, hablándole en voz baja, como un padre afectuoso. Pero entonces se despertó y sólo encontró a su enemigo, Mazer Rackham.

—Estoy despierto —dijo Ender.

—Ya lo veo —contestó Mazer—. Has tardado mucho. Hoy tienes una batalla.

Así que Ender se levantó y libró la batalla y la ganó. Pero ese día no había otra batalla y le dejaron irse a la cama pronto. Al desnudarse, le temblaban las manos.

Durante esa noche creyó sentir unas manos que le tocaban afectuosamente. Manos llenas de cordialidad, y de afecto. Soñó que oía voces.

—No has sido muy amable con él.

—No era ésa mi misión.

—¿Cuánto tiempo puede seguir así? Se está desmoronando.

—Suficiente. Ya casi se ha terminado.

—¿Tan pronto?

—Unos días más y todo habrá pasado.

—¿Cómo lo logrará si está en este estado?

—Bien. Hoy ha combatido mejor que nunca.

En su sueño, las voces parecían la del coronel Graff y la de Mazer Rackham. Pero los sueños eran así, podían pasar las cosas más disparatadas, porque soñó que una de las voces decía: «No puedo resistir ver lo que se le está haciendo.» Y la otra voz contestaba: «Lo sé. Yo también le quiero.» Y entonces se convirtieron en Valentine y Alai, y en su sueño le estaban enterrando, sólo que donde tendieron su cuerpo creció una colina, y se secó y se convirtió en una casa de insectores, como el Gigante.

Sólo era un sueño. Si alguien sentía amor y compasión por él, era sólo en sus sueños.

Se despertó y libró otra batalla y ganó. Luego se fue a la cama y durmió otra vez y soñó otra vez, y luego se despertó y ganó otra vez, y durmió otra vez y casi no sabía cuándo estaba despierto y cuándo estaba durmiendo. Ni le importaba.

El día siguiente era su último día en la Escuela de Alto Mando, aunque él no lo sabía. Mazer Rackham no estaba en su habitación cuando se despertó. Se duchó y se vistió, y esperó a que Mazer viniera a abrir la puerta. No venía. Ender probó a abrir la puerta. Estaba abierta.

¿Le había dejado libre Mazer esa mañana por accidente? No había nadie junto a él que le dijera que debía comer, que debía ir a hacer prácticas, que debía dormir. Libertad. El problema era que no sabía qué hacer. Se le ocurrió la idea de encontrarse con sus jefes de escuadrón, hablar con ellos cara a cara, pero no sabía dónde estaban. Por lo que sabía, podían estar a veinte kilómetros. Por eso, tras vagar por los túneles un rato, fue al comedor y tomó el desayuno junto a unos marines que contaban chistes verdes, que Ender no entendía en absoluto. Después fue a la sala del simulador a hacer prácticas. Aunque era libre, no se le ocurría otra cosa.

Mazer le esperaba. Ender entró a paso lento en la sala. Arrastraba ligeramente los pies, y estaba cansado y apagado.

Mazer frunció el ceño.

—¿Estás despierto, Ender?

Había más personas en la sala del simulador. Ender se preguntó por qué estaban allí, pero no se molestó en preguntar. No merecía la pena preguntar; nadie le contestaría. Se dirigió a los controles del simulador y se sentó, listo para empezar.

—Ender Wiggin —dijo Mazer—. Date la vuelta, por favor. El juego de hoy requiere una pequeña explicación.

Ender se dio la vuelta. Miró fijamente a los hombres reunidos en el fondo de la sala. A la mayoría no les había visto nunca. Algunos incluso vestían de paisano. Vio a Anderson y se preguntó qué haría allí, quién se ocuparía de la Escuela de Batalla si él no estaba. Vio a Graff y recordó el lago en los

bosques en las afueras de Greensboro, y quería irse a casa. «Llévame a casa —dijo en silencio a Graff—. En mis sueños me dijiste que me querías. Llévame a casa.»

Pero Graff se limitó a mover la cabeza, un saludo, no una promesa, y Anderson actuaba como si no le viera.

—Presta atención, por favor, Ender. Hoy es tu examen final en la Escuela de Alto Mando. Estos observadores están aquí para evaluar lo que has aprendido. Si prefieres que no estén en la sala mirarán por otro simulador.

—Pueden estar.

Examen final. Después de hoy, a lo mejor podía descansar.

—Para que ésta sea una prueba imparcial de tu capacidad, y no algo parecido a lo que has practicado muchas veces; y además para que te enfrentes a situaciones que no te has encontrado antes, la batalla de hoy introduce un elemento nuevo. Está escenificada en torno a un planeta. Ello influirá en la estrategia del enemigo, y te obligará a improvisar. Por favor, hoy concéntrate en el juego.

Ender hizo señas a Mazer para que se acercase, y le preguntó en voz baja:

—¿Soy el primer estudiante que llega tan lejos?

—Si ganas hoy, Ender, serás el primer estudiante que lo hace. No estoy autorizado a decirte más.

—Bueno, yo sí estoy autorizado para oírlo.

—Mañana puedes ser todo lo petulante que quieras. Hoy, sin embargo, te agradecería que te concentraras en el examen. No echemos por la borda todo lo que has hecho hasta ahora. Dime, ¿qué harás con el planeta?

—Tengo que poner a alguien detrás, o será un punto ciego.

—Cierto.

—Y la gravedad influirá en el consumo de combustible; es más barato bajar que subir.

—Sí.

—¿Funciona el Pequeño Doctor contra los planetas?

La cara de Mazer se puso rígida.

—Ender, los insectores nunca atacaron a la población

civil en ninguna de sus invasiones. Tú decidirás si es correcto adoptar una estrategia que invitaría a las represalias.

—¿Es el planeta lo único nuevo?

—¿Te acuerdas de la última vez que te di una batalla con una sola cosa nueva? Permíteme que te diga, Ender, que hoy no seré amable contigo. He contraído con la flota la responsabilidad de no graduar a un estudiante de segunda categoría. Haré lo que pueda contra ti, Ender, y no tengo ningunas ganas de mimarte. Si tienes en cuenta todo lo que sabes sobre ti y todo lo que sabes sobre los insectores, tendrás una razonable posibilidad de éxito.

Mazer salió de la sala.

Ender habló por el micrófono.

—¿Estáis ahí?

—Todos —dijo Bean—. Un poco tarde para hacer prácticas esta mañana, ¿no?

O sea, que no se lo habían dicho a los jefes de escuadrón. Ender acarició la idea de decirles lo importante que era esa batalla para él, pero decidió que no era conveniente que tuvieran en mente una preocupación más.

—Lo siento —dijo—. Me he dormido.

Se rieron. No se lo creían.

Les indicó maniobras de calentamiento para la batalla que se avecinaba. Le costó más de lo normal aclarar sus ideas, concentrarse en el mando, pero en seguida recuperó el ritmo, respondiendo rápidamente, pensando bien. «O, por lo menos —se dijo a sí mismo—, pensando que pienso bien.»

El campo del simulador se aclaró. Ender esperó a que saliera el juego. «¿Qué pasará si paso este examen? ¿Hay más escuelas? ¿Otro año o dos de adiestramiento penoso, otro año de aislamiento, otro año de gente empujándome hacia aquí y hacia allá, otro año sin control de mi propia vida?» Intentó recordar su edad. Once años. ¿Cuántos años hacía que cumplió once años? ¿Cuántos días? Debía haber sido aquí, en la Escuela de Alto Mando, pero no se acordaba del día. Puede que ese día no se hubiera acordado. Nadie se había acordado, excepto tal vez Valentine.

Y mientras esperaba que saliera el juego, deseaba perderlo, perder la batalla del todo y completamente, para que le expulsaran, como a Bonzo, y le dejaran irse a casa. Bonzo había sido destinado a Cartagena. Él quería ver unas órdenes de viaje que dijeran Greensboro. Éxito significa seguir. Fracaso significaba irse a casa.

«No, no es cierto —se dijo a sí mismo—. Me necesitan, y si fracaso puede no haber ninguna casa donde volver.»

Pero no lo creía. En su mente consciente sabía que era cierto, pero en otros sitios, en sitios más profundos, dudaba de que le necesitaran. La urgencia de Mazer era otro juego más. Otra forma más de hacerle hacer lo que querían que hiciese. Otra forma de no dejarle descansar. De no dejarle no hacer nada, durante mucho, mucho tiempo.

Entonces apareció la formación enemiga, y el hastío de Ender se tornó en desesperación.

El enemigo les superaba en la proporción mil a uno, teñía de verde el simulador. Estaban agrupados en una docena de diferentes formaciones que cambiaban de posición, que cambiaban de forma, que se movían por el campo del simulador siguiendo pautas aparentemente aleatorias. No veía ninguna vía abierta; un hueco que parecía abierto se cerraría súbitamente, y aparecería otro, y una formación que parecía expugnable cambiaría súbitamente y sería inútil atacarla. El planeta estaba en el otro extremo del campo, y por lo que Ender sabía, detrás de él había otras tantas naves enemigas, fuera del campo del simulador.

En cuanto a su flota, estaba constituida por veinte astronaves, cada una con sólo cuatro cazas. Conocía las astronaves de cuatro cazas; eran antiguas, torpes, y el alcance de su Pequeño Doctor era la mitad del de las más nuevas. Ochenta cazas contra por lo menos cinco mil, tal vez diez mil, naves enemigas.

Oyó las respiraciones entrecortadas de sus jefes de escuadrón; oyó también una maldición procedente de uno de los observadores que había detrás. Era consolador saber que uno de los adultos se daba cuenta de que no era un examen

justo. No porque eso importara. La limpieza no era parte del juego, eso estaba claro. No habían intentado darle ni la más remota posibilidad de éxito. Con todo lo que había pasado, y no tuvieron nunca la intención de dejarle pasar.

Vio en su mente a Bonzo y a su ramillete de amigos, confrontándole, amenazándole; había conseguido avergonzar a Bonzo y arrastrarle a pelear con él, solos. Eso no funcionaría aquí. Y no podría sorprender al enemigo como había hecho con los chicos mayores en la sala de batalla. Mazer conocía perfectamente las posibilidades de Ender.

Los observadores que había detrás comenzaron a toser, a moverse nerviosos. Estaban empezando a pensar que Ender no sabía qué hacer.

«Ya no me importa —pensó Ender—. Te puedes quedar con tu juego. Si no me das ninguna posibilidad, ¿por qué habría de jugar?»

Como el último juego de la Escuela de Batalla, cuando le enfrentaron a dos escuadras.

Y justo cuando rememoraba ese juego, pareció que Bean también lo rememoraba, porque a través de los auriculares llegó su voz, y decía:

—No lo olvides, la puerta del enemigo está *abajo*.

Molo, Soup, Vlad, Dumper y Crazy Tom, todos se rieron. También se acordaban.

Y Ender se rió también. Era *divertido*. Los adultos tomándose todo tan en serio, y los niños jugando, jugando, creyéndoselo hasta que de repente los adultos iban demasiado lejos, ponían una prueba demasiado difícil, y los niños no veían el objeto del juego. «Olvídalo, Mazer. No me importa no pasar tu examen, no me importa no seguir tus reglas. Si tú puedes hacer trampas, yo también puedo. No permitiré que me derrotes jugando sucio; antes, te derrotaré yo jugando sucio.»

En aquella batalla final de la Escuela de Batalla había vencido ignorando al enemigo, ignorando sus propias pérdidas; se había dirigido hacia la puerta del enemigo.

Y la puerta del enemigo está abajo.

«Si rompo esta regla ya no me permitirán ser comandante. Seré demasiado peligroso. Ya no tendré que volver a jugar. Y eso es la victoria.»

Susurró algo por el micrófono. Sus comandantes se hicieron cargo de sus partes de la flota y se agruparon en un proyectil grueso, un cilindro dirigido a las formaciones enemigas más próximas. El enemigo, en vez de intentar repelerle, le daba la bienvenida, para poder encerrarlo antes de destruirlo. «Por lo menos, Mazer cuenta con que a estas alturas sabrán cómo actúo —pensó Ender—. Y eso me da tiempo.»

Ender amagó por abajo, por el norte, por el este y por abajo otra vez, sin seguir aparentemente ningún plan, pero quedando siempre un poco más cerca del planeta enemigo. Al final, el enemigo comenzó a cercarle y a apretar demasiado el cerco. Entonces, súbitamente, la formación de Ender estalló. Sus flotas parecían fundirse en el caos. Los ochenta cazas parecían no seguir ningún plan, disparando a las naves enemigas aleatoriamente, abriéndose cada uno un camino sin salida entre el entramado enemigo.

Sin embargo, cuando sólo habían transcurrido unos minutos desde el comienzo de la batalla, Ender susurró nuevas órdenes a sus jefes de escuadrón, y, súbitamente, una docena de cazas restantes formaron otra vez una formación. Pero ahora estaban en el lado más alejado de algunos de los más formidables grupos enemigos. A costa de terribles pérdidas, habían atravesado ese grupo, y ya habían cubierto más de la mitad de la distancia hasta el planeta enemigo.

«El enemigo se da cuenta ahora —pensó Ender—. Seguro que Mazer ve lo que estoy haciendo. O tal vez Mazer no se podía creer que lo haría. Bien, mucho mejor para mí.»

La diminuta flota de Ender se precipitaba en una y otra dirección, desplegando dos o tres cazas para amagar un ataque, volviéndolos a replegar luego. El enemigo se cerró, aportando las naves y las formaciones que habían sido dispersadas, las traía para que mataran. El enemigo estaba más concentrado más allá de Ender, para que no pudiera escapar

hacia el espacio abierto, rodeándole. «Excelente —pensó Ender—. Más cerca. Venid más cerca.»

Entonces susurró una orden y las naves cayeron como rocas hacia la superficie del planeta. Eran astronaves y cazas, no estaban equipadas para enfrentarse al calor generado al atravesar una atmósfera. Pero Ender no pretendía hacerles llegar a la atmósfera. Casi desde el mismo momento en que comenzaron a caer, estaban enfocando el Pequeño Doctor hacia una sola cosa. El planeta.

Uno, dos, cuatro, siete de sus cazas se fundieron. Ahora era como una apuesta, saber si alguna de las naves sobreviviría suficiente tiempo para tener el planeta a su alcance. No tardaría demasiado, una vez estuvieran en disposición de enfocar la superficie del planeta. Sólo un momento con el doctor Ingenio, sólo quería eso. Se le ocurrió que quizá ni siquiera el ordenador estaba preparado para mostrar lo que pasaría a un planeta si le atacaba el Pequeño Doctor. «¿Qué haré entonces, gritar ¡pum, estás muerto!?»

Ender retiró las manos de los controles y se inclinó para ver qué pasaba. La perspectiva estaba ahora cerca del planeta enemigo, y las naves se abalanzaban en el pozo de gravedad. «Seguramente está a tiro ahora —pensó Ender—. Debe estar a tiro y el ordenador no lo puede controlar.»

Entonces, la superficie del planeta, que ocupaba la mitad del campo del simulador, comenzó a borbotear; hubo una explosión que arrojó escombros hacia los cazas de Ender. Ender intentó imaginarse lo que había pasado en el interior del planeta. El campo creciendo más y más, las moléculas desintegrándose pero sin que los átomos separados encuentren ningún sitio donde ir.

Dentro de tres segundos el planeta entero se desintegraría y se convertiría en una esfera de polvo brillante que lo arrojaría todo hacia afuera. Los cazas de Ender estaban entre los primeros; su perspectiva se desvaneció instantáneamente, y ahora el simulador sólo podía visualizar la perspectiva de las astronaves esperando más allá de los bordes de la batalla. Estaba a la distancia que Ender quería que estuvie-

ra. La esfera del planeta explosivo creció hacia el exterior, a tal velocidad que las naves enemigas no pudieron escapar. Y se llevaron consigo al Pequeño Doctor, que ya no era tan pequeño, y su campo desintegraba todas las naves a su paso, convirtiendo a cada una en un punto de luz antes de seguir adelante.

El campo del doctor Ingenio sólo se debilitó en la misma periferia del simulador. Dos o tres naves enemigas volaban a la deriva. Las astronaves de Ender no explotaron. Pero donde había estado la vasta flota del enemigo, y el planeta que protegían, no quedaba nada significativo. Una masa informe crecía a medida que la gravedad arrastraba de nuevo hacia abajo gran parte de los escombros. Estaba al rojo vivo y rotando; era también mucho más pequeño que el mundo que había sido antes. Casi toda su masa era ahora una nube que flotaba en el exterior.

Ender se quitó los auriculares, a través de los que le llegaban los vítores de sus jefes de batallón, y sólo entonces se dio cuenta de que había igual ruido en la sala donde estaba. Los hombres de uniforme se abrazaban los unos a los otros, reían, gritaban; otros, lloraban; algunos se arrodillaban o se postraban, y Ender supo que estaban rezando. Ender no lo entendía. Todo parecía erróneo. Se suponía que tenían que estar enfadados.

El coronel Graff se separó de los demás y vino hacia Ender. Las lágrimas corrían por su cara, pero sonreía. Se inclinó, alargó los brazos y, ante la sorpresa de Ender, le abrazó, le apretó con fuerza, y susurró:

—Gracias, gracias Ender, gracias a Dios por ti, Ender.

Los demás también se acercaron a estrecharle la mano, a felicitarle. Intentó buscar una explicación lógica a todo eso. ¿Había pasado el examen a pesar de todo? Era *su* victoria; no la de ellos, y una victoria hueca, un fraude; ¿por qué se comportaban como si hubiera ganado con honor?

La muchedumbre se apartó y dejó pasar a Mazer Rackham. Fue derecho hacia Ender y le alargó la mano.

—Tomaste la decisión difícil, chico. Todo o nada. Aca-

bar con ellos o acabar con nosotros. Pero el cielo sabe que no había ninguna otra forma de hacerlo. Felicidades. Les venciste, y todo ha terminado.

¿Terminado? ¿Les venciste? Ender no lo entendía.

—*Te* vencí.

Mazer se rió, con una risa fuerte que llenó la sala.

—Ender, nunca has jugado *conmigo*. Desde que me convertí en tu enemigo, no has jugado ni un solo *juego*.

Ender no entendió la broma. Había jugado muchos juegos, a un precio terrible para sí mismo. Empezó a enfadarse.

Mazer estiró la mano y le tocó los hombros. Ender se lo sacudió. Entonces, Mazer se puso serio y dijo:

—Ender, durante los últimos meses has sido el comandante de nuestras flotas. Ésta era la Tercera Invasión. No era un juego, las batallas eran reales, y el único enemigo con el que luchabas eran los insectores. Ganaste todas las batallas, y hoy has combatido con ellos en su mundo de origen, donde estaba la reina, las reinas de sus colonias, todas estaban allí y las destrozaste completamente. No nos atacarán de nuevo. Lo hiciste. Tú.

Real. No un juego. La mente de Ender estaba demasiado cansada para enfrentarse con todo eso. No eran simplemente puntos de luz en el aire; eran naves reales con las que había luchado y naves reales que había destruido. Y un mundo real que había hecho caer en el olvido. Caminó entre la muchedumbre. Esquivando sus felicitaciones, ignorando sus manos, sus palabras, su júbilo. Cuando llegó a su habitación se quitó la ropa, trepó a la cama y se durmió.

Ender se despertó cuando le zarandearon. Tardó un momento en reconocerles. Graff y Rackham. Les dio la espalda.

—Dejadme dormir.

—Ender, necesitamos hablar contigo —dijo Graff.

Ender se dio la vuelta para verles la cara.

—Han estado proyectando los vídeos en la Tierra durante todo el día y toda la noche desde la batalla de ayer.

—¿Ayer?

Había dormido de un tirón todo un día.

—Eres un héroe, Ender. Han visto lo que hiciste, tú y los demás. No creo que haya un solo gobierno en la Tierra que no te haya concedido su más alta condecoración.

—Los maté a todos, ¿verdad? —preguntó Ender.

—¿Qué todos? —preguntó Graff.

—¿Los insectores?

—Ésa era la idea.

Mazer se inclinó hacia él.

—Para eso era la guerra.

—Todas sus reinas. Y por consiguiente maté a todos sus niños, todo de todo.

—Ellos lo decidieron cuando nos atacaron. No era culpa tuya. Tenía que pasar.

Ender asió el uniforme de Mazer y se colgó de él estirándole hacia abajo para que estuvieran cara a cara.

—¡No quería matarlos a todos! No quería matar a nadie! ¡No soy un asesino! ¡No me queríais, desgraciados, queríais a Peter, pero me hicisteis hacerlo, me engañasteis!

Estaba llorando. Había perdido el control de sí mismo.

—Por supuesto que te engañamos. Ése es el asunto —dijo Graff—. Tenía que ser un engaño o no lo habrías hecho. Ése era nuestro problema. Teníamos que tener un comandante con tanta empatía que pensara como los insectores, los entendiera y se anticipara a ellos. Tanta compasión que ganara el amor de sus subordinados y trabajara con ellos como una máquina perfecta, tan perfecta como los insectores. Pero alguien con tanta compasión nunca habría sido el asesino que necesitábamos. Nunca habría ido a la batalla deseando ganar a toda costa. Si lo hubieras sabido, no lo habrías hecho. Si fueras el tipo de persona que podría hacerlo incluso sabiéndolo, no habrías entendido a los insectores en la medida necesaria.

—Y tenía que ser un niño, Ender —dijo Mazer—. Eras más rápido que yo. Mejor que yo. Soy demasiado viejo y cauteloso. Una persona decente que conozca el arte de la guerra no va a la batalla con un corazón entero. Pero no lo

sabías. Nos aseguramos de que no lo supieras. Eras inquieto y brillante y joven. Era para lo que habías nacido.

—Teníamos pilotos en nuestras naves, ¿verdad?

—Sí.

—Ordenaba a los pilotos que fueran y murieran, y ni siquiera lo sabía.

—*Ellos* lo sabían, Ender, y fueron de todas formas. Sabían por qué lo hacían.

—¡No me lo preguntasteis! ¡No me dijisteis la verdad sobre nada!

—Tenías que ser un arma, Ender. Como una pistola, como el Pequeño Doctor, que funcionara perfectamente, pero sin saber a qué apunta. *Nosotros* te apuntamos. Somos los responsables. Si hay algo mal hecho, nosotros lo hicimos.

—Explícamelo más tarde —dijo Ender.

Sus ojos se cerraron. Mazer Rackham le zarandeó.

—No te duermas, Ender —dijo—. Es muy importante.

—Habéis acabado conmigo —dijo Ender—. Ahora dejadme en paz.

—Por eso estamos aquí —dijo Mazer—. Estamos intentando decírtelo. No han acabado contigo, en absoluto. Allá abajo reina el caos. Van a comenzar una guerra. Los americanos afirman que el Pacto de Varsovia está a punto de atacarles, y el Pacto de Varsovia dice lo mismo del Hegemon. No hace ni veinticuatro horas que ha acabado la guerra con los insectores y el mundo de allí abajo vuelve de nuevo a la lucha, tan mal como siempre. Y todos están preocupados por ti. Todos te quieren. El jefe militar más grande de la historia, quieren que dirijas sus ejércitos. Los americanos. El Hegemon. Todos excepto el Pacto de Varsovia, y éstos te quieren muerto.

—Muy bien —dijo Ender.

—Tenemos que llevarte lejos de aquí. Hay marines rusos por todo Eros, y el Polemarch es ruso. Podría haber un baño de sangre en cualquier momento.

Ender les dio la espalda de nuevo. Esta vez le dejaron. No dormía. Les escuchaba.

—Eso es lo que me asustaba, Rackham. Le forzó demasiado. Algunos de esos puestos avanzados menores podían haber esperado. Le podía haber dado algunos días para descansar.

—¿También usted, Graff? ¿Intenta decidir cómo podría haberlo hecho mejor? Usted no sabe qué habría pasado si no le hubiera forzado. Nadie lo sabe. Lo hice de la forma en que lo hice, y tuvo éxito. Por encima de todo, tuvo éxito. Memorice esta defensa, Graff. Quizá tenga que utilizarla usted también.

—Lo siento.

—Veo lo que le ha afectado. El coronel Liki dice que hay una gran probabilidad de que quede dañado permanentemente, pero no lo creo. Es muy fuerte. Ganar significa mucho para él, y ganó.

—No hablé de su fuerza. El chico tiene once años. Dele un descanso, Rackham. Las cosas no han explotado todavía. Podemos apostar un guardia en la puerta.

—O apostar un guardia en alguna otra puerta fingiendo que es la suya.

—Cualquier cosa.

Se marcharon. Ender se durmió de nuevo.

El tiempo pasaba sin afectar a Ender, excepto a ráfagas. Una vez le despertó algo que le presionaba la mano, algo que empujaba hacia dentro, con un dolor insistente, sordo. Alargó la mano y lo tocó; era una aguja atravesando una vena. Intentó arrancarla, pero la aguja estaba adherida y él estaba demasiado débil. Otra vez se despertó en la oscuridad al oír a gente murmurar y maldecir. En sus oídos resonaba el fuerte ruido que le había despertado; no recordaba el ruido. «Encended las luces», decía alguien. Y otra vez creyó oír a alguien llorar junto a él.

Podía haber sido un solo día; podía haber sido una semana; por sus sueños, podían haber sido meses. En sus sueños, parecían pasar vidas enteras. De nuevo, la Bebida del Gigan-

te más allá de los niños lobos, reviviendo las terribles muertes, los constantes asesinatos; oyó una voz que susurraba en el bosque: «Tenías que matar a los niños para llegar al Fin del Mundo.» Intentó responder «No quería matar a nadie. Nadie me preguntó si quería matar a alguien.» Pero el bosque se reía de él. Y cuando saltaba desde el acantilado al Fin del Mundo, algunas veces no eran las nubes las que le recogían, sino un caza que le llevaba a un punto cercano a la superficie del mundo de los insectores, para que mirara, una y otra vez, la erupción de la muerte cuando el doctor Ingenio desencadenaba una reacción en la cara del planeta; luego cada vez más cerca, hasta que veía a los insectores individuales explotar, convertirse en luz, y desplomarse en una pila informe delante de sus ojos. Y la reina rodeada por los niños; sólo la reina era madre, y los niños eran Valentine y los chicos que había conocido en la Escuela de Batalla. Uno tenía la cara de Bonzo y estaba tendido sangrando por los ojos y la nariz, diciendo «no tienes honor». Y el sueño acababa siempre con un espejo o una piscina de agua o la superficie metálica de una nave, algo que reflejara su cara. Al principio, era siempre la cara de Peter, con sangre y una cola de serpiente saliéndole por la boca. Sin embargo, al cabo de un rato empezaba a ser su cara, vieja y triste, con ojos afligidos por miles de millones de asesinatos, pero eran sus ojos, y estaba contento de tenerlos.

Ése era el mundo en que Ender vivió muchas vidas durante los cinco días de la Guerra de la Liga.

Cuando se despertó, de nuevo estaba tendido en la oscuridad. Podía oír a lo lejos el estallido de las explosiones. Escuchó durante un rato. Luego oyó unos pasos suaves.

Se dio la vuelta y disparó una mano, para agarrar a quien se movía sigilosamente. Efectivamente, agarró la ropa de alguien y tiró de él hacia sus rodillas, listo para matarlo si era necesario.

—¡Ender, soy yo, soy yo!

Conocía la voz. Surgía de su memoria como si viniera de mil años atrás en el tiempo.

—Alai.

—*Salaam*, renacuajo. ¿Qué pensabas hacer, matarme?

—Sí. Creí que intentabas matarme.

—Intentaba no despertarte. Bueno, al menos te queda algún instinto de supervivencia. Por lo que dice Mazer, te estabas convirtiendo en un vegetal.

—Lo intenté. ¿Qué son esas explosiones?

—Hay una guerra. Nuestra sección está bloqueada para mantenernos a salvo.

Ender balanceó las piernas para incorporarse. No pudo hacerlo. Le dolía mucho la cabeza.

—No te sientes, Ender. Todo va bien. Parece que la vamos a ganar. No todos los del Pacto de Varsovia se fueron con el Polemarch. Muchos se vinieron con nosotros cuando el Estrategos les dijo que tú eras leal a la F.I.

—Estaba dormido.

—Parece que mintió. No estabas conspirando en tus sueños, ¿verdad? Algunos rusos que vinieron nos dijeron que cuando el Polemarch les ordenó buscarte y matarte, casi le matan a *él*. Sientan lo que sientan por las demás personas, Ender, a ti te quieren. Todo el mundo vio nuestras batallas. Vídeos día y noche. He visto algunos. Con tu voz dando las órdenes. Todo está allí, no hay nada censurado. Es material del bueno. Tienes futuro en los vídeos.

—No creo —dijo Ender.

—Estaba bromeando. ¿Qué te parece? Ganamos la guerra. Estábamos tan ansiosos por crecer para poder luchar en ella, y al final lo hicimos nosotros. ¡Unos críos! —Alai se rió—. Fuiste tú. Fuiste muy bueno, jefe. No sabía cómo nos sacarías de la última. Pero lo hiciste. Fuiste muy bueno.

Ender se dio cuenta de que hablaba en pasado. *Era* bueno.

—¿Qué soy *ahora*, Alai?

—Todavía eres bueno.

—¿En qué?

—En... todo. Hay un millón de soldados que te seguirían hasta el fin del universo.

—No quiero ir al fin del universo.

—¿Dónde quieres ir entonces? Te seguirán.

«Quiero ir a casa —pensó Ender—, pero no sé dónde está.»

Las explosiones se tornaron en silencio.

—Escucha eso —dijo Alai.

Escucharon. La puerta se abrió. Alguien estaba de pie. Alguien pequeño.

—Ha acabado —dijo.

Era Bean. Como para ratificarlo, se encendieron las luces.

—Hola, Bean —dijo Ender.

—Hola, Ender.

Petra le siguió, con Dink cogido de la mano. Vinieron a la cama de Ender.

—¡Eh! El héroe está despierto —dijo Dink.

—¿Quién ha ganado? —preguntó Ender.

—Nosotros, Ender —dijo Bean—. Tú estabas allí.

—No está *tan* loco, Bean. Quiere decir quién ha ganado justo ahora.

Petra cogió la mano de Ender.

—Hubo una tregua en la Tierra. Han estado negociando durante días. Finalmente acordaron aceptar la propuesta de Locke.

—No sabe lo de la propuesta de Locke...

—Es muy complicada, pero en lo que se refiere a nosotros significa que la F.I. seguirá existiendo, pero sin el Pacto de Varsovia. Por consiguiente, los marines del Pacto de Varsovia vuelven a sus casas. Creo que Rusia estuvo de acuerdo porque tienen una revuelta de los ilotas eslavos. Todo el mundo ha sufrido. Aquí murieron unos quinientos, pero en la Tierra fue peor.

—El Hegemon ha renunciado —dijo Dink—. Reina la confusión allá abajo. A nadie le importa.

—¿Estás bien? —le preguntó Petra, tocándole la cabeza—. Nos asustaste. Decían que estabas loco, y nosotros decíamos que los locos eran *ellos*.

—Estoy loco —dijo Ender—. Pero creo que estoy bien.

—¿Cuándo lo decidiste? —preguntó Alai.

—Cuando creí que me ibas a matar, y decidí matarte a ti primero. Me imagino que, simplemente, soy un asesino hasta la médula. Pero prefiero estar vivo que muerto.

Se rieron y estuvieron de acuerdo con él. Luego Ender empezó a llorar y a abrazar a Bean y Petra, que estaban más cerca.

—Os eché de menos —dijo—. ¡Tenía tantas ganas de veros!

—Lo hicimos muy mal —respondió Petra. Besó la mejilla de Ender.

—Lo hicisteis magníficamente —le dijo Ender—. A los que más necesitaba los quemé antes. Una mala planificación por mi parte.

—Todos estamos bien ahora —dijo Dink—. No le ha pasado nada malo a ninguno de nosotros, que no se pudiese curar con cinco días de reposo en habitaciones bloqueadas.

—Ya no tengo que ser vuestro comandante, ¿verdad? —preguntó Ender—. No quiero mandar a nadie nunca más.

—No tienes que dar órdenes a nadie —dijo Dink—. Pero siempre serás nuestro comandante.

Se quedaron en silencio durante un momento.

—¿Qué haremos ahora? —preguntó Alai—. La guerra con los insectores ha acabado, y también la guerra de allá abajo, e incluso la guerra de aquí. ¿Qué haremos ahora?

—Somos unos críos —dijo Petra—. Probablemente nos harán ir a la escuela. Es la ley. Tienes que ir a la escuela hasta que tengas diecisiete años.

Se rieron de eso. Se rieron hasta que les corrieron las lágrimas por las mejillas.

15

La voz de los muertos

El lago estaba tranquilo; no soplaba brisa. Los dos hombres estaban sentados en sus sillas en el muelle flotante. Había una pequeña balsa de madera amarrada al muelle; Graff enganchó un pie en la cuerda y tiró de la balsa, luego la dejó ir, luego volvió a tirar de ella.

—Has adelgazado.

—Unas tensiones te hacen engordar y otras te hacen adelgazar. Soy una criatura de productos químicos.

—Debe haber sido duro.

Graff se encogió de hombros.

—No mucho. Sabía que saldría absuelto.

—Algunos no estábamos tan seguros. La gente se puso como loca allá abajo. Malos tratos a los niños, negligencia homicida... Esos vídeos de las muertes de Bonzo y Stilson eran horripilantes. Ver a un niño hacerle eso a otro...

—Creo que fueron los vídeos los que me salvaron. El fiscal los presentó, pero nosotros contamos toda la historia. Estaba claro que Ender no les provocó. Al fin y al cabo, era sólo un juego de adivinanzas. Declaré que hice lo que creí necesario para la preservación de la raza humana, y tuvo éxito; hicimos que los jueces aceptaran que el fiscal debía probar más allá de toda duda que Ender habría ganado la guerra *sin* el adiestramiento que le dimos. Después de eso, no podía haber problemas. Exigencias de la guerra.

—De todas formas, Graff, fue un gran alivio para todos. Sé que nos peleábamos, y sé que el fiscal utilizó en tu con-

tra las cintas de nuestras conversaciones. Pero para entonces yo ya sabía que tenías razón, y me ofrecí a testificar en tu favor.

—Lo sé. Me lo dijeron mis abogados.

—¿Qué vas a hacer ahora?

—No lo sé. Seguir descansando. Me corresponden unos cuantos años de vacaciones acumuladas. Suficientes para llegar al retiro, y tengo muchos salarios, que no he utilizado nunca, depositados en bancos. Puedo vivir de los intereses. Pero a lo mejor no lo soporto. Quizás haga algo.

—Es una perspectiva halagüeña. Pero yo tampoco lo soportaría. Me han ofrecido la dirección de tres universidades distintas, en la hipótesis de que soy pedagogo. Cuando les digo que lo único que me preocupaba en la Escuela de Batalla eran los juegos, no se lo creen. Creo que aceptaré la otra oferta.

—¿Delegado?

—Ahora que la guerra se ha acabado, es hora de volver a jugar. Será casi como estar de vacaciones. Sólo veintiocho equipos en la liga. Aunque después de tantos años viendo volar a esos niños, ver rugby es como ver babosas machacándose entre sí.

Se rieron, Graff suspiró y empujó la balsa con el pie.

—Esa balsa, seguro que no flota contigo encima.

Graff negó con la cabeza.

—La construyó Ender.

—Ahora lo entiendo. Aquí es donde le trajiste.

—Le han cedido este lugar. Me preocupé de que fuera recompensado con creces. Tendrá todo el dinero que pueda necesitar.

—Si le dejan volver para disfrutarlo.

—No le dejarán.

—¿Con Demóstenes revolviéndolo todo para que vuelva a casa?

—Demóstenes ya no está en las redes.

Anderson entornó una ceja.

—¿Qué significa eso?

—Demóstenes se ha retirado. Para siempre.

—Tú sabes algo, viejo. Tú sabes quién es Demóstenes.

—Era.

—De acuerdo, dímelo.

—No.

—Ya no eres tan ameno como antes, Graff.

—Nunca lo he sido.

—Por lo menos, podrás decirme *por qué*. Éramos muchos los que creíamos que Demóstenes llegaría a ser Hegemon.

—No ha habido nunca ninguna posibilidad de que lo consiguiera. No, ni siquiera la turba de políticos cretinos que seguía a Demóstenes podría convencer al Hegemon de que trajera a Ender a la Tierra. Ender es demasiado peligroso.

—Sólo tiene once años. Doce ahora.

—Más peligroso todavía, porque se le podría manipular fácilmente. Todo el mundo conjuraría el nombre de Ender. El niño dios, el hacedor de milagros, con la vida y la muerte en sus manos. Todos los cachorros de tirano querrían tener al chico, para ponerle al frente de un ejército y ver cómo el mundo se le une en tropel o se encoge de miedo. Si Ender viniera a la Tierra, querría venir aquí, a descansar, a salvar lo que pueda de su infancia. Pero ellos no le dejarían descansar.

—Ya veo. ¿Le ha dicho alguien eso a Demóstenes?

Graff sonrió.

—Demóstenes se lo ha dicho a alguien. A alguien que podía haber utilizado a Ender como ningún otro, para gobernar el mundo y hacer el mundo a su imagen y semejanza.

—¿Quién?

—Locke.

—Locke es uno de los que decían que Ender debería permanecer en Eros.

—Las cosas no siempre son lo que parecen.

—Todo eso es demasiado complicado para mí, Graff. Prefiero los juegos. Reglas limpias. Árbitros. Principio y final. Vencedores y vencidos, y luego todos a casa con sus esposas.

—¿Me darás entradas para algún partido?

—No vas a quedarte aquí y retirarte, ¿verdad?

—No.

—Vas a entrar en la Hegemonía, ¿verdad?

—Soy el nuevo ministro de Colonización.

—Así que van a hacerlo.

—En cuanto nos lleguen los informes sobre las colonias de los insectores. Están ahí, ya preparadas, con edificaciones e industrias ya levantadas, y todos los insectores muertos. Muy cómodo. Aboliremos las leyes de limitación de la población.

—Que todos odian.

—Y todos esos terceros y cuartos y quintos se embarcarán en astronaves con rumbo a mundos conocidos y desconocidos.

—¿Crees que la gente irá?

—La gente siempre va. Siempre. Siempre creen que pueden encontrar una vida mejor que la que tenían en el viejo mundo.

—Qué más da, quizá tengan razón.

Al principio, Ender creía que le llevarían de vuelta a la Tierra en cuanto estuviera todo más calmado. Pero todo estaba en calma ahora, había estado en calma durante más de un año, y ahora estaba claro que no lo llevarían a la Tierra, que era mucho más útil siendo un nombre y una historia que siendo una persona de carne y hueso, e incómoda.

Y estaba además el asunto de la corte marcial sobre los crímenes del coronel Graff. El almirante Chamrajnagar intentó impedir que Ender los viera, pero no lo consiguió; a Ender se le había concedido también el rango de almirante, y ésa fue una de las pocas veces que hizo valer los privilegios de su rango. Así que contempló los vídeos de las peleas con Stilson y Bonzo, miró las fotografías de los cadáveres, escuchó a los psicólogos y a los abogados discutir si se había cometido un crimen o si había sido en defensa propia. En-

der tenía su propia opinión sobre el asunto, pero nadie se la pidió. En realidad, a quien se atacaba en el juicio era a Ender. El fiscal era demasiado listo para acusarle directamente, pero no le faltaron intentos de presentarle como un enfermo, un loco pervertido y criminal.

—No te preocupes —dijo Mazer Rackham—. Los políticos te tienen miedo, pero todavía no pueden destruir tu reputación. Estará indemne hasta que entren en escena los historiadores, dentro de unos treinta años.

A Ender no le preocupaba su reputación. Miraba los vídeos impasiblemente, pero de hecho le divertían. «He matado en batalla a diez mil millones de insectores, que estaban tan vivos y eran tan inteligentes como cualquier hombre, que ni siquiera habían lanzado contra nosotros un tercer ataque, y nadie llama crimen a eso...»

Le pesaban todos sus crímenes, y las muertes de Stilson y Bonzo no le pesaban ni más ni menos que las demás.

Y así, con ese peso, esperó el paso de esos meses vacíos, hasta que el mundo que había salvado decidiera que podía volver a casa.

Uno a uno, sus amigos le dejaron a regañadientes, eran llamados a casa por sus familias, para ser recibidos en sus pueblos con honores de héroe. Ender contempló los vídeos de sus recibimientos, y se conmovió cuando vio que se pasaban el tiempo alabando a Ender Wiggin, que les había enseñado todo lo que sabían, decían, que les había enseñado y les había conducido a la victoria. Pero si habían pedido que fuera traído a casa, esas palabras eran censuradas y cortadas de los vídeos y nadie oía la súplica.

El único trabajo que hubo en Eros durante cierto tiempo consistió en limpiarlo todo tras la sanguinaria Guerra de las Ligas y en recibir los informes de las astronaves, antes naves de guerra y que ahora se dedicaban a explorar los mundos colonizados por los insectores.

Pero ahora había en Eros más ajetreo que nunca, estaba más atestado de gente que durante la guerra, pues estaban trayendo colonos para prepararlos para sus viajes a los mun-

dos vacíos de los insectores. Ender participó en el trabajo, tanto como se lo permitían, pues no se les ocurrió pensar que ese niño de doce años podría estar tan bien dotado para la paz como para la guerra. Pero soportó con resignación la tendencia a ignorarle, y aprendió a presentar sus propuestas y a sugerir sus planes a través de los pocos adultos que le escuchaban, y dejaba que las presentaran como suyas. Estaba preocupado, no por ganar prestigio, sino porque se hiciera el trabajo.

Lo único que no podía aguantar era la adoración de los colonos. Aprendió a evitar los túneles donde vivían, porque siempre le reconocían (el mundo se había aprendido de memoria su cara), y le gritaban y le chillaban y le abrazaban y le felicitaban y le mostraban al niño que se llamaba como él en su honor y le decían que era tan joven; eso les destrozaba el corazón y *ellos* no le echaban la culpa de sus asesinatos porque no era culpa suya, pues no era más que un *niño*.

Se escondía de ellos todo lo que podía.

Hubo un colono, sin embargo, del que no podría esconderse.

Ender no estaba en Eros ese día. Había salido con el transbordador al nuevo L.I.E, donde había estado aprendiendo a hacer trabajos de superficie en las astronaves; era indecoroso que un oficial hiciera trabajos mecánicos, le dijo Chamrajnagar, pero Ender le respondió que como ahora no había mucha necesidad del oficio que conocía, era ya tiempo de que aprendiera otro.

Le hablaron por la radio del casco y le dijeron que alguien quería verle en cuanto entrara. Ender no se acordó de nadie a quien quisiera ver, y por eso no se dio prisa. Acabó de instalar el campo para el ansible de la nave y luego caminó con ayuda del garfio por la superficie de la nave y se subió a la cabina.

Estaba esperándole fuera del vestuario. Por un instante le disgustó que dejaran a un colono venir a molestarle aquí, donde había venido para estar solo; luego miró por segunda vez y pensó que si esa joven fuera una niña la conocería.

Valentine dijo:

—Hola, Ender.

—¿Qué haces aquí?

—Demóstenes se ha retirado. Me voy con la primera colonia.

—Se tarda cincuenta años en llegar.

—Sólo dos años si estás a bordo de la nave.

—Pero si alguna vez vuelves, todos los que conocías en la Tierra estarán muertos.

—Eso es lo que estaba pensando. Tenía la esperanza de que viniera conmigo una persona de Eros a la que conocía.

—No quiero ir a un mundo que hemos robado a los insectores. Sólo quiero ir a casa.

—Ender, no volverás nunca a la Tierra. Me aseguré de ello antes de salir.

La miró en silencio.

—Te lo digo ahora para que, si quieres odiarme, puedas odiarme desde el principio.

Fueron al diminuto compartimiento de Ender en el L.I.E y se lo explicó. Peter quería que Ender volviera a la Tierra, bajo la protección del Consejo de la Hegemonía.

—Tal como están las cosas en este momento, Ender, eso te pondría en realidad bajo el control de Peter, pues la mitad del consejo hace ahora todo lo que quiere Peter. Los que no son perros falderos de Peter, están sometidos a él de una forma u otra.

—¿Saben quién es en realidad?

—Sí. No se le conoce públicamente, pero los que están arriba le conocen. De todas formas, ya no tiene importancia. Tiene demasiado poder como para que se preocupen de su edad. Ha hecho cosas increíbles, Ender.

—Noté que el tratado del año pasado tenía el nombre de Locke.

—Ésa fue su entrada en escena. Lo propuso a través de sus amigos de las redes públicas, y luego Demóstenes le apoyó. Era el momento que había estado esperando, utilizar la influencia de Demóstenes con la chusma y la influencia de

Locke con la inteligencia para conseguir algo notorio. Previno una guerra horrible que podía haber durado décadas.

—¿Decidió no ser estadista?

—Creo que sí. Pero en uno de sus momentos de cinismo, de los que tiene muchos, me señaló que si hubiera permitido que la Liga se rompiera totalmente, habría tenido que conquistar el mundo palmo a palmo. Si mantenía la existencia de la Hegemonía, podía hacerlo de un solo golpe.

—Ése es el Peter que conocía —dijo Ender.

—Es divertido, ¿verdad? Que Peter haya salvado a millones de seres.

—Mientras que yo he matado a miles de millones.

—No iba a decir eso.

—Así que quería utilizarme.

—Tenía planes para ti, Ender. Revelaría su identidad cuando tú llegaras, yendo a verte delante de todos los vídeos. El hermano mayor de Ender Wiggin, que además es también el gran Locke, el arquitecto de la paz. De pie a tu lado, parecería bastante maduro. Y el parecido físico entre vosotros es mayor que nunca. Le resultaría fácil tomar el poder.

—¿Por qué se lo impediste?

—Ender, no te gustaría ser el peón de Peter el resto de tu vida.

—¿Por qué no? Toda mi vida he sido el peón de alguien.

—Yo también. Mostré a Peter todas las evidencias que había reunido, suficientes para probar a los ojos del público que era un asesino psicópata. Entre ellas había fotografías en color de ardillas torturadas y algunos vídeos del monitor, donde se veía cómo te trataba. Me costó mucho trabajo reunirlas, pero cuando las vio accedió a darme todo lo que quisiera. Lo que yo quería era tu libertad y la mía.

—Ir a vivir a la casa de la gente que he matado no es la idea que yo tengo de la libertad.

—Ender, lo hecho hecho está. Ahora sus mundos están vacíos, y los nuestros están llenos. Y podemos llevar con nosotros lo que sus mundos no han conocido nunca: ciudades llenas de personas que viven vidas privadas, individua-

les, que se aman y se odian por razones personales. En todos los mundos de los insectores sólo había una historia que contar; cuando estemos allí, el mundo estará lleno de historias, e improvisaremos sus desenlaces día a día. Ender, la Tierra pertenece a Peter. Y si no vienes conmigo ahora, te tendrá a su alcance, y te utilizará hasta el punto de que preferirás no haber nacido. Ésta es tu única posibilidad de escapar.

Ender no dijo nada.

—Sé lo que estás pensando, Ender. Estás pensando que estoy intentando influenciarte exactamente igual que Peter, Graff o cualquier otro.

—Se me ha pasado por la cabeza.

—Bienvenido a la raza humana. Nadie controla su propia vida, Ender. Lo más que puedes hacer es elegir ser controlado por personas buenas, por personas que te quieran. No he venido aquí porque quiera ser colono. He venido porque me he pasado toda la vida en compañía del hermano que odiaba. Ahora quiero tener la posibilidad de conocer al hermano que amaba, antes de que sea demasiado tarde, antes de que dejemos de ser niños.

—Ya es demasiado tarde para eso.

—Estás equivocado, Ender. Crees que eres un adulto, cansado y hastiado de todo, pero sigues teniendo el corazón de un chico, como yo. Podemos mantenerlo en secreto cara a lo demás. Mientras tú gobiernas la colonia, yo escribiré tratados de filosofía política, y nunca adivinarán que en la oscuridad de la noche nos deslizamos a hurtadillas a la habitación del otro y jugamos a las damas y hacemos guerras de almohadas.

Ender se rió, pero se había percatado de ciertas cosas que Valentine había dejado caer demasiado casualmente como para que fueran accidentales.

—¿Gobernar?

—Yo soy Demóstenes, Ender. Publiqué un manifiesto. Una declaración pública diciendo que creía tanto en el movimiento colonizador que me iba a ir en la primera nave que saliera. Al mismo tiempo, el ministro de Colonización, un

antiguo coronel llamado Graff, anunció que el piloto de la nave colonizadora sería el gran Mazer Rackham, y el gobernador de la colonia sería Ender Wiggin.

—Podrían haberme consultado.

—Quería consultártelo personalmente.

—Pero ya está anunciado.

—No. Lo anunciarán mañana, si aceptas. Mazer ha aceptado hace unas horas, cuando volvió a Eros.

—¿Vas a decir a todo el mundo que eres Demóstenes? ¿Una chica de catorce años?

—Les vamos a decir que Demóstenes va con la colonia. Dejemos que se pasen los próximos cincuenta años estrujándose los sesos delante de la lista de pasajeros, intentando averiguar cuál de ellos es el gran demagogo de la Edad de Locke.

Ender se rió y meneó la cabeza.

—Te estás divirtiendo de verdad, Val.

—¿Por qué no iba a divertirme?

—De acuerdo —dijo Ender—. Iré. A lo mejor incluso como gobernador, siempre y cuando tú y Mazer estéis ahí para ayudarme. Mis conocimientos están un poco oxidados en este momento.

Valentine berreó y le apretujó, como cualquier niña normal que acabara de recibir de manos de su hermanito el regalo que más quería.

—Val —dijo Ender—. Sólo quiero que quede bien clara una cosa. No voy por ti. No voy para ser gobernador, o porque me aburra aquí. Voy porque conozco a los insectores mejor que cualquier otro ser viviente, y si voy allí, a lo mejor llego a conocerles mejor. Les robé su futuro; sólo puedo empezar a indemnizarles intentando averiguar lo que pueda de su pasado.

El viaje fue largo. Para cuando terminó, Valentine había concluido el primer volumen de su historia de las guerras insectoras y lo había transmitido a la Tierra por el ansible,

con el nombre de Demóstenes, y Ender se había ganado algo más que la adoración de los pasajeros. Ahora le conocían, y se había ganado su amor y su respeto.

Trabajó duro en el nuevo mundo, gobernando con persuasión y no autoritariamente, y trabajando tan duro como el que más en las tareas de asentar una economía autosuficiente. Pero su trabajo más importante, y en esto coincidieron todos, era explorar lo que habían dejado los insectores, intentando encontrar, entre las estructuras, la maquinaria y los campos tanto tiempo desatendidos, algo que pudiera servir a la raza humana. Algo de lo que se pudiera aprender. No había libros para leer; los insectores no los necesitaban. Teniendo todo presente en sus memorias, hablando a medida que pensaban, cuando los insectores murieron, su conocimiento murió con ellos.

Y sin embargo, de la solidez de los techos que cubrían sus cobertizos de animales y sus despensas de comida, Ender aprendió que el invierno podía ser duro, con fuertes nevadas. De las vallas con estacas afiladas apuntando hacia afuera, aprendió que había animales merodeadores que eran un peligro para los cultivos y los rebaños. Del molino, aprendió que los frutos de gusto extraño que crecían en las frondosas huertas se secaban y se molían para convertirlos en comida. Y de los cabestrillos, que una vez se utilizaron para transportar a los niños a los campos, aprendió que aunque los insectores no eran muy dados a la individualidad, sí querían a sus hijos.

La vida se asentó, y pasaron los años. La colonia vivía en casas de madera y utilizaba los túneles de la ciudad de los insectores como almacenes y talleres. Ahora se gobernaban mediante un consejo, y elegían a los administradores, y aunque Ender seguía siendo llamado gobernador, no era en realidad más que un juez. Había crímenes y peleas en convivencia con generosidad y cooperación; había personas que se querían y personas que no se querían; era un mundo humano. Ya no esperaban con ansiedad cada nueva transmisión del ansible; los nombres que eran famosos en la Tierra significaban bien poco allí. El único nombre que conocían era el de

Peter Wiggin, el Hegemon de la Tierra; las únicas noticias que llegaban eran noticias de paz, de prosperidad, de grandes naves que salían del litoral del sistema solar terrestre, traspasaban el escudo de cometas y llenaban los mundos de los insectores. Pronto habría otras colonias en este mundo, el mundo de Ender; pronto habría vecinos; ya estaban en camino, pero nadie se preocupaba. Ayudarían a los recién llegados cuando llegaran, les enseñarían lo que tenían que aprender, pero lo que importaba ahora era quién se casaba con quién, y quién estaba enfermo, y cuándo era el tiempo de sembrar, y por qué he de pagarle si el becerro murió al cabo de tres semanas.

—Se han convertido en gente de campo —dijo Valentine—. A nadie le importa que Demóstenes esté enviando, precisamente hoy, el séptimo volumen de su historia. Aquí no lo leerá nadie.

Ender pulsó un botón y su consola le mostró la página siguiente.

—Muy lúcido, Valentine. ¿Cuántos volúmenes te faltan?

—Sólo uno. La historia de Ender Wiggin.

—¿Cómo te las vas a arreglar? ¿Esperarás a que me muera?

—No. Escribiré, y cuando llegue al presente, me pararé.

—Tengo una idea mejor. Llega hasta el día en que ganamos la batalla final. Párate ahí. Lo que he hecho desde entonces no merece la pena ser contado.

—Tal vez —dijo Valentine—. O tal vez no.

El ansible les había traído la noticia de que la nueva nave colonizadora estaba a solo un año. Pidieron a Ender que les buscara un lugar para asentarse, suficientemente cerca de la colonia de Ender para que pudieran comerciar entre sí, pero suficientemente lejos para que pudieran gobernarse solos. Ender cogió el helicóptero y comenzó a explorar. Se llevó consigo a uno de los niños, un chico de once años llamado Abra; tenía sólo tres cuando se fundó la colonia, y no recordaba más mundo que éste. Él y Ender volaron tan lejos

como podía ir el helicóptero, luego acamparon para pasar la noche con la intención de hacer un recorrido a pie a la mañana siguiente, para hacerse una idea del terreno.

Transcurría la tercera mañana cuando Ender comenzó a tener la desagradable sensación de que había estado antes en ese sitio. Miró en torno suyo; era tierra nueva, no la había visto nunca. Llamó a Abra.

—Hola, Ender —gritó Abra. Estaba en la cima de una colina baja y escalonada—. ¡Sube!

Ender trepó, y la turba cedía a su paso en el blando suelo. Abra señalaba hacia abajo.

—Es increíble —dijo.

La colina estaba agujereada. Una profunda depresión en el centro, parcialmente llena de agua, estaba cercada por pendientes cóncavas, que sobresalían peligrosamente por encima del agua. Por un lado, la colina se abría en dos largas estribaciones que formaban un valle en forma de V; por el otro lado, la colina se elevaba en una roca blanca, que sonreía y parecía una calavera con un árbol saliendo por la boca.

—Es como un gigante muerto —dijo Abra—, y la tierra ha crecido para cubrir su esqueleto.

Ahora Ender sabía por qué le había parecido tan familiar. El cadáver del Gigante. Siendo niño, había jugado en ese lugar demasiadas veces como para no reconocerlo. Pero no era posible. El ordenador de la Escuela de Batalla no podía haber visto ese lugar.

Miró por los anteojos en una dirección que conocía bien, con el temor y la esperanza de ver lo que pertenecía a ese sitio.

Columpios y toboganes. Barras de monos. Ahora cubiertas de vegetación, pero las formas seguían siendo inconfundibles.

—Alguien ha tenido que construir esto —dijo Abra—. Fíjate en esta calavera, no es roca, aunque lo parece. Es hormigón.

—Lo sé —dijo Ender—. Lo construyeron para mí.

—¿Qué?

—Conozco este lugar, Abra. Los insectores lo constru-yeron para mí.

—Los insectores estaban muertos cincuenta años antes de que viniéramos aquí.

—Tienes razón, es imposible, pero sé lo que digo, Abra, no te puedo llevar conmigo. Puede ser peligroso. Si me co-nocían lo suficiente para construir este lugar, podrían haber planeado...

—Atraparte.

—Por haberles matado.

—No vayas entonces, Ender. No hagas lo que quieren que hagas.

—Si buscan la venganza, Abra, no me importa. Pero a lo mejor, no. A lo mejor esto es lo más parecido a hablar que podían hacer. Como escribirme una nota.

—No sabían leer ni escribir.

—A lo mejor estaban aprendiendo cuando murieron.

—De acuerdo, pero tan cierto como que estoy aquí que no me voy a quedar quieto por ahí fuera mientras te llevan a algún sitio. Voy contigo.

—No. Eres demasiado joven para arriesgarte.

—No me vengas con ésas. Eres Ender *Wiggin*. No me hables de lo que puede hacer o no un niño de once años.

Volaron juntos en el helicóptero, sobrevolando el patio de recreo, los bosques, el pozo del claro del bosque. Luego lo vieron; el acantilado, con una cueva en la pared y un an-tepecho justo donde debería estar el Fin del Mundo. Y allí, a lo lejos, justo donde debería estar el Juego de Fantasía, es-taba la torre del castillo.

Dejó a Abra con el helicóptero.

—No me sigas, y si al cabo de una hora no he vuelto, ve a casa.

—Traga, Ender. Voy contigo.

—Traga tú, Abra, o te pringaré de barro.

A pesar del tono de broma de Ender, Abra se dio cuen-ta de que lo decía en serio, y se quedó.

Las paredes de la torre estaban melladas y fue fácil escalarlas. Querían que Ender pudiera entrar.

La sala estaba como había estado siempre. Ender tenía el recuerdo lo suficientemente fresco en la memoria como para buscar una serpiente en el suelo, pero sólo había una alfombra con una cabeza de serpiente labrada en una esquina. Una imitación, no un duplicado. Para ser de gente que no conocía el arte, lo habían hecho bien. Debían haber dragado estas imágenes de la propia mente de Ender, buscando y aprehendiendo sus sueños más oscuros a través de años luz. Pero ¿por qué? Para traerle a esta sala, por supuesto. Para dejarle un mensaje. Pero ¿dónde estaba el mensaje y cómo iba a entenderlo?

El espejo estaba esperándole en la pared. Era una burda hoja de metal, en la que había sido rayada toscamente la forma de una cara humana. Intentaron dibujar la imagen que debería ver en la escena.

Y mirando al espejo se recordó a sí mismo rompiéndolo, quitándolo de la pared, y las serpientes brincando del hueco escondido, atacándole, mordiéndole en todos los sitios donde sus venenosos colmillos encontraban donde aferrarse.

«¿Hasta qué punto me conocen? —se preguntó Ender—. ¿Lo suficiente como para saber con cuánta frecuencia he pensado en la muerte, para saber que no le tengo miedo? Lo suficiente para saber que, incluso temiendo a la muerte, no dejaría de quitar ese espejo de la pared.»

Se acercó al espejo, lo levantó y lo retiró. No surgió nada del espacio que había detrás. En cambio, en un recodo ahuecado había una bola blanca de seda, con unas cuantas hebras deshilachadas que asomaban al azar. ¿Un huevo? No. La crisálida de un insector reina, ya fertilizada por los machos larvales, fuera de su propio cuerpo y preparada para arrojar al mundo cien mil insectores, incluyendo unas cuantas reinas y machos. Ender podía ver a los machos con aspecto de babosa adherirse a las paredes de un túnel negro, y a los adultos grandes transportar a la niña reina a la sala de apa-

reamiento; todos los machos penetrarían a la reina larval por turnos, se estremecerían en éxtasis, y morirían, cayendo al suelo del túnel y marchitándose. Después, la reina nueva sería depositada delante de la reina vieja, una criatura magnífica ataviada con alas blandas y trémulas, que habían perdido el poder de volar desde hacía mucho tiempo, pero que seguían teniendo el poder de la majestad. La reina vieja le dio un beso para que se durmiera con el agradable veneno de sus labios, luego la envolvió en hebras desde el vientre, y le mandó ser ella misma, ser una nueva ciudad, un nuevo mundo, dar a luz a muchas reinas y a muchos mundos.

«¿Cómo sé todo esto? —pensó Ender—. ¿Cómo puedo ver todas estas cosas como recuerdos de mi propia mente?»

A modo de respuesta, vio la primera de sus batallas contra las flotas insectoras. La había visto ya en el simulador; ahora la veía como la vio la reina-colmena, a través de muchos ojos distintos. Los insectores formaron su globo de naves, y entonces salieron de la oscuridad los terribles cazas, y el Pequeño Doctor los destruyó en un resplandor de luz. Sintió en ese momento lo que había sentido la reina-colmena, viendo a través de los ojos de sus obreros cómo la muerte venía hacia ellos a demasiada velocidad para esquivarla, pero no con la suficiente velocidad para no presentirla. No había sin embargo ningún recuerdo de dolor. Lo que la reina-colmena sentía era tristeza, resignación. La reina-colmena no había pensado estas palabras cuando vio a los humanos venir a matar, pero eran estas palabras lo que Ender entendió:

—No nos perdonaron —pensó la reina-colmena—. Moriremos.

—¿Qué puedo hacer para que volváis a vivir? —preguntó Ender.

La reina envuelta en su capullo de seda no podía responder con palabras; pero cuando Ender cerró los ojos e intentó recordar, en vez de recuerdos acudieron nuevas imágenes. Había que poner el capullo en un sitio frío, en un sitio oscuro, pero con agua, para que no se secara; no, no sólo agua, agua mezclada con la savia de cierto árbol, y había que

mantenerla tibia a fin de que pudieran tener lugar en el capullo ciertas reacciones. Luego, tiempo. Días y semanas, para que la crisálida que estaba dentro cambiara. Y luego, cuando el capullo hubiera tomado un color marrón polvoriento, Ender se vio rompiendo el capullo, y ayudando a salir a la pequeña y frágil reina. Se vio cogiéndola por el miembro anterior y ayudándola a ir desde sus aguas natales hasta un lugar de anidamiento, blando, con hojas secas sobre arena. «Entonces estaré viva —dijo el pensamiento—. Entonces despertaré. Entonces haré mis cien mil hijos.»

—No —dijo Ender—. No puedo.

Angustia.

—Tus hijos son ahora los monstruos de nuestras pesadillas. Si te despierto, sólo será para que os matemos otra vez.

Entonces cruzaron por su mente docenas de imágenes de seres humanos asesinados por insectores, pero con las imágenes le llegó una aflicción tan fuerte que no pudo aguantarlo, y derramó las lágrimas que esos muertos no pudieron derramar.

—Si puedes hacer que sientan lo que me has hecho sentir, quizás os perdonen.

«Sólo yo —pensó—. Me localizaron a través del ansible, lo siguieron y moraron en mi mente. Consiguieron conocerme en la agonía de mis atormentados sueños. Aunque me pasara el día destruyéndolos; descubrieron el miedo que les tenía, y descubrieron también que no sabía que les estaba matando. En las pocas semanas de que dispusieron, construyeron este lugar para mí, y el cadáver del Gigante y el patio de recreo y el parapeto del Fin del Mundo, para que mis propios ojos me condujeran a este lugar. Soy el único a quien conocen, y por lo tanto sólo pueden hablar conmigo, y a través de mí.»

«Somos como vosotros —el pensamiento se abrió paso en su mente—. No queríamos asesinaros, y cuando lo comprendimos, decidimos no volver nunca más. Creíamos que éramos los únicos seres racionales del universo, hasta que os encontramos, pero no podíamos imaginarnos que esos ani-

males solitarios, que no pueden soñar los sueños de los otros, pudieran pensar. ¿Cómo íbamos a saberlo? Podríamos vivir en paz con vosotros. Créenos, créenos, créenos.»

Ender entró en la cavidad y sacó el capullo. Era asombrosamente ligero para contener todas las esperanzas y todo el futuro de una gran raza.

—Te llevaré conmigo —dijo Ender—. Iré de un mundo a otro hasta encontrar un tiempo y un lugar en el que puedas despertar sin peligros. Y contaré tu historia a mi gente, y quizás os perdonen también. Como me habéis perdonado a mí.

Envolvió el capullo de la reina en su chaqueta y se lo llevó de la torre.

—¿Qué había ahí? —preguntó Abra.

—La respuesta —dijo Ender.

—¿A qué?

—A mi pregunta.

Y eso fue lo único que dijo del asunto; buscaron durante cinco días más y encontraron un emplazamiento para la nueva colonia, alejado de la torre en dirección sudeste.

Unas semanas más tarde se dirigió a Valentine y le pidió que leyera algo que él había escrito. Valentine pidió al ordenador de la nave el fichero que Ender le había citado y lo leyó.

Estaba escrito como si hablara la reina-colmena, contando todo lo que había pretendido hacer y todo lo que había hecho. «Ésta es nuestra miseria y ésta es nuestra grandeza: no pretendíamos haceros daño y os perdonamos nuestra muerte.» Desde su primer despertar hasta las grandes guerras que volaron en pedazos su mundo de origen, Ender contó la historia con rapidez, como si fuera un recuerdo antiguo. Cuando llegó al cuento de la gran madre, la reina de todas, la que aprendió por primera vez a preservar y a instruir a la reina nueva en vez de matarla o de ahuyentarla, Ender se explayó relatando cuántas veces había acabado destruyendo a la hija de su cuerpo, el nuevo ser que no era ella, hasta que tuvo una que entendió su anhelo de armonía.

Era algo nuevo en el mundo, dos reinas que se querían y se ayudaban en vez de combatir, y juntas fueron más fuertes que ninguna otra colmena. Prosperaron; tuvieron más hijas que se les unieron en paz; era el principio del conocimiento.

«Si te pudiéramos haber hablado —dijo la reina-colmena en palabras de Ender—. Pero como no pudo ser, sólo te pedimos esto: que nos recuerdes, no como enemigos, sino como hermanas trágicas, que han tomado una forma repulsiva por la gracia del Destino, de Dios o de la Evolución. Si nos hubiéramos besado, se habría producido el milagro de ser humanas a los ojos del otro. Pero nos destruimos entre nosotros. Y sin embargo, os damos la bienvenida como invitadas y amigas. Venid a nuestro mundo, hijas de la Tierra; morad en nuestros túneles, cosechad nuestros campos; lo que no podemos hacer nosotras, podéis hacerlo vosotras siendo nuestras manos. Floreced, árboles; fructificad, campos; sed cálidos para ellas, soles; sed fértiles para ellas, planetas; son nuestras hijas adoptivas, que han vuelto a casa.»

El libro que escribió Ender no era largo, pero en él estaba todo lo bueno y todo lo malo que conocía la reina-colmena. Y lo firmó, no con su nombre, sino con un título:

LA VOZ DE LOS MUERTOS.

En la Tierra, el libro se publicó rápidamente, y rápidamente pasó de mano en mano, hasta que fue difícil creer que hubiera alguien en la Tierra que no lo había leído. La mayoría de los que lo leyeron lo encontró interesante; algunos que lo leyeron se negaron a olvidarlo. Comenzaron a vivir cumpliendo sus designios lo mejor que podían, y cuando sus seres amados morían, en su tumba había un creyente que se erigía en la Voz del Muerto, y decía lo que el muerto habría dicho, pero con total franqueza y candor, sin esconder faltas y sin disimular virtudes. Los que llegaron a realizar esos servicios los encontraron algunas veces dolorosos y amar-

gos, pero fueron muchos los que decidieron que su vida merecía la pena, a pesar de sus errores, si a su muerte había una Voz que dijera la verdad por ellos.

En la Tierra siguió siendo una religión entre otras muchas. Pero para los que habían atravesado la gran caverna del espacio, y habían vivido en los túneles de la reina-colmena y habían cosechado los campos de la reina-colmena, era la única religión. No había colonia sin *La Voz de los Muertos*.

Nadie sabía y nadie quería tampoco saber quién era la Voz original. Ender no tenía ninguna intención de decirlo.

Cuando Valentine tenía veinticinco años, acabó el último volumen de su historia de las guerras insectoras. Incluyó al final el texto completo del pequeño libro de Ender, pero no dijo que lo había escrito Ender.

Recibió por el ansible una respuesta del anciano Hegemon, Peter Wiggin, setenta y siete años y un corazón débil.

—Sé quien lo ha escrito —dijo—. Si puede escribir por los insectores, ciertamente puede escribir por mí.

Ender y Peter hablaron una y otra vez por el ansible, y Peter vertió la historia de sus días y de sus años, sus crímenes y sus bondades. Y cuando murió, Ender escribió un segundo volumen, firmado otra vez con el nombre de *La Voz de los Muertos*. Juntos, los dos libros recibieron el nombre de la *Reina-Colmena y el Hegemon*, y se consideraron escritos sagrados.

—Vámonos —dijo un día a Valentine—. Volemos y vivamos por siempre.

—No podemos —dijo Valentine—. Hay milagros que ni siquiera la relatividad puede hacer, Ender.

—Tenemos que irnos. Aquí soy casi feliz.

—Quédate entonces.

—He vivido demasiado tiempo con el dolor. Sin él, no sabré quién soy.

Se embarcaron en una astronave y fueron de mundo en mundo. Allá donde paraban, él era siempre Andrew Wiggin, portavoz itinerante de los muertos, y ella era siempre Valen-

tine, historiadora errante, que escribía las historias de los seres vivos mientras Ender narraba las historias de los muertos. Y Ender llevaba siempre consigo un capullo blanco y seco, en busca del mundo donde la Reina-Colmena pudiera despertar y desarrollarse en paz. Buscó durante mucho tiempo.

ÍNDICE